W0298002

LES THÉBAINES

Le Chant de la Terre *******

Née au Mans, Jocelyne Godard a été journaliste d'entreprise et photographe. Après avoir publié des poèmes, elle a créé et dirigé une revue de poésie et fait paraître deux essais : *Elles ont signé le temps* et *Léonor Fini ou les métamorphoses d'une œuvre*, ainsi qu'un roman historique *Dhuoda la Carolingienne*. Passionnée par les femmes célèbres du passé, elle est l'auteur de la saga des *Thébaines* qui comprend dix volumes. Continuant sur sa lancée, elle publie *Les Amours des femmes célèbres* aux éditions Le Sémaphore, et « Lys en Val de Loire » (*La Nuit des démons*), à paraître au printemps 2003 chez Stock.

Paru dans Le Livre de Poche :

Les Thébaines :

La Couronne insolente
De roche et d'argile
Vents et parfums
L'Ombre du Prince
La Seconde Épouse
Les Dieux indélicats

JOCELYNE GODARD

Les Thébaines

Le Chant de la Terre ********

ROMAN

LE SÉMAPHORE

© Le Sémaphore, 2001.

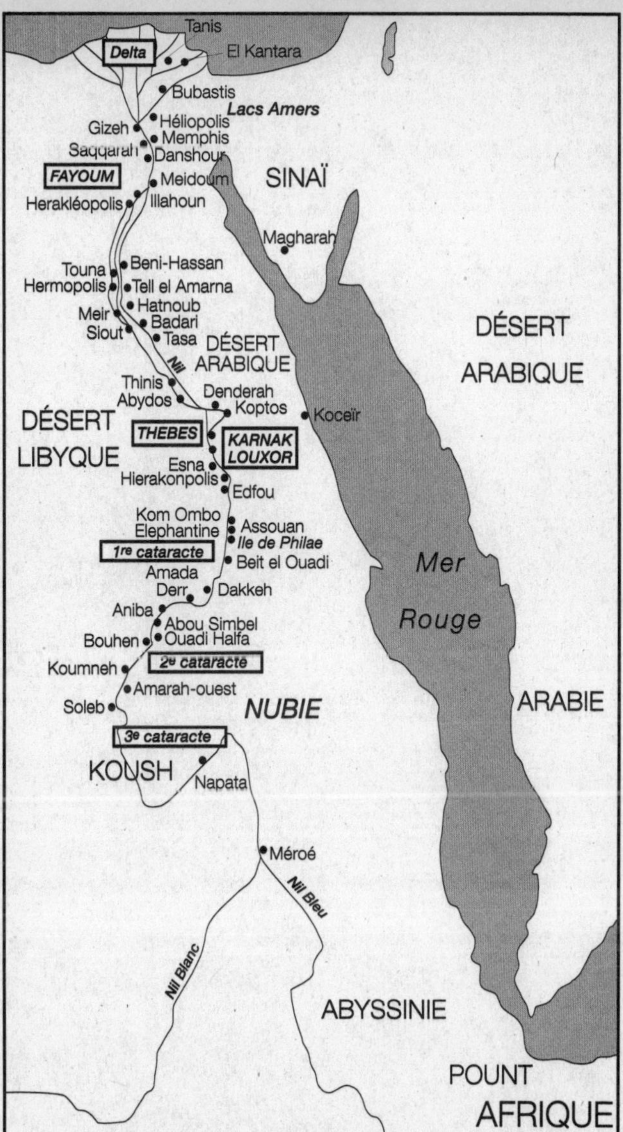

L'Égypte au temps de la XVIIIe dynastie

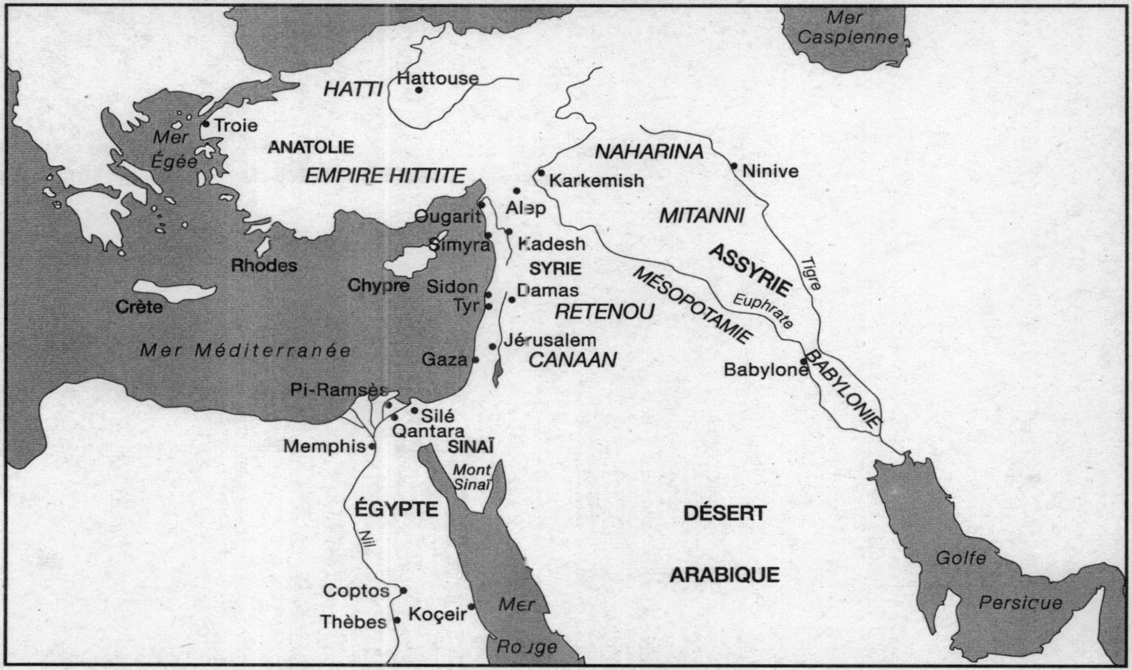

Les pays du Nord au temps de l'Égypte ancienne (XVIIIe dynastie)

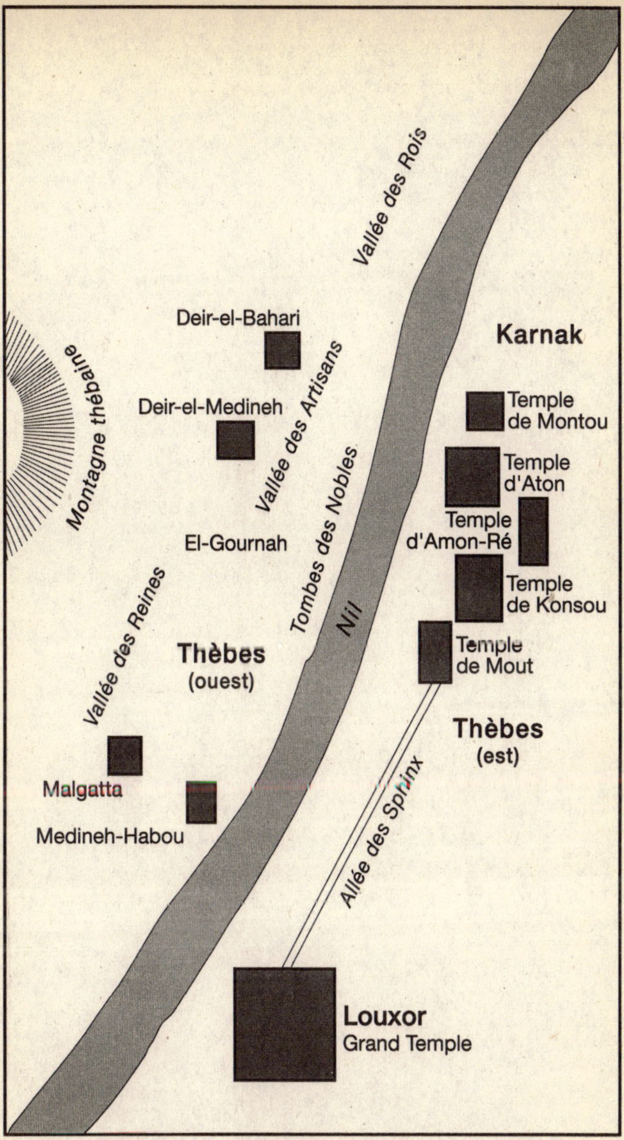

Ensemble de la Vallée thébaine
XVIIIe dynastie de l'Égypte ancienne

LA XVIIIe DYNASTIE ET SES PHARAONS

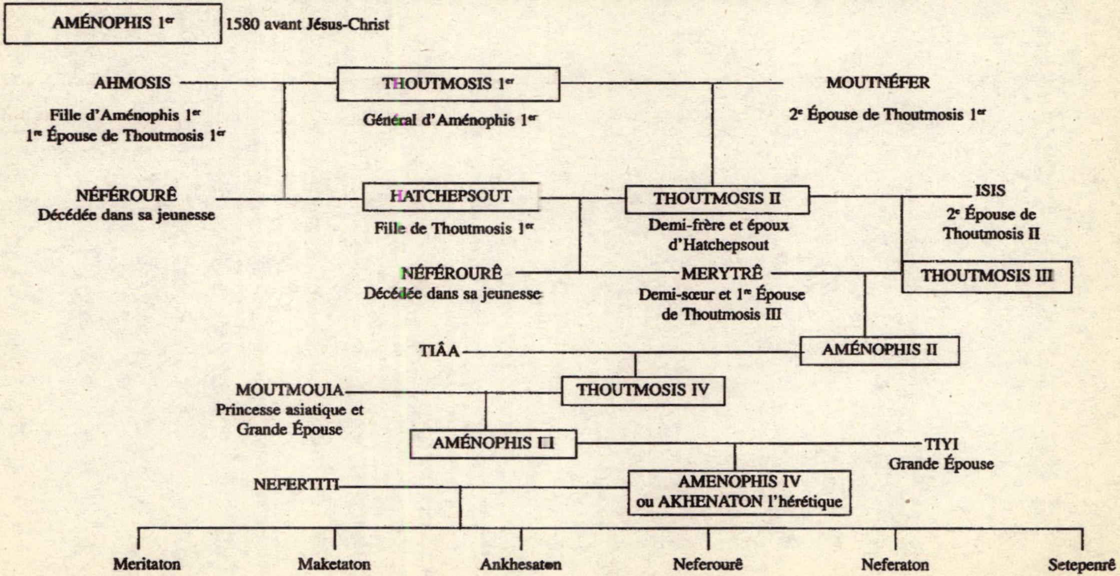

LES THÉBAINES - *personnages fictifs* -
Généalogie de SÉCHAT (la scribe)

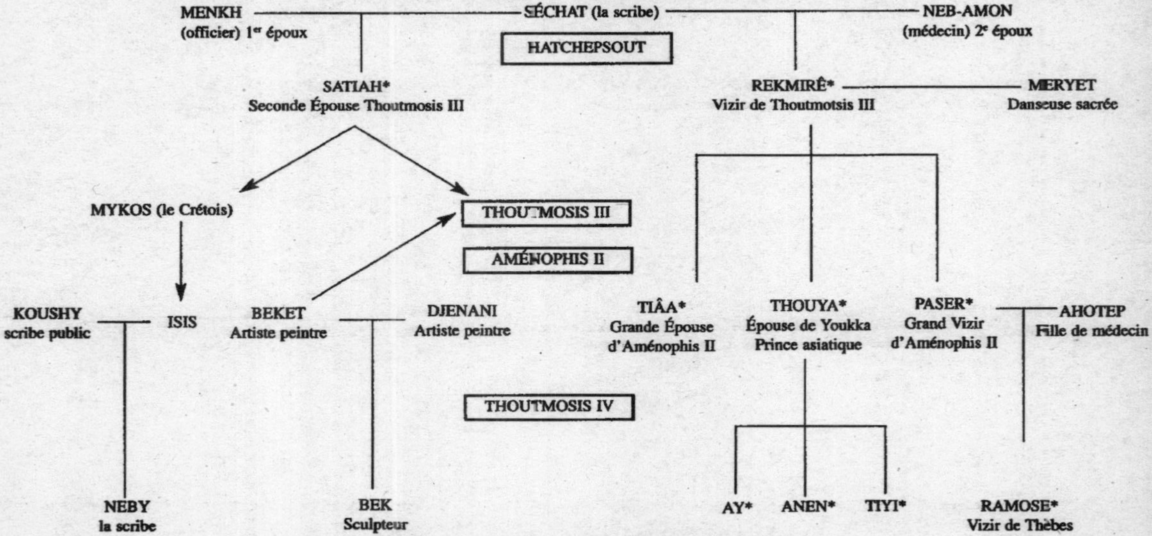

* Personnages dont les noms, fonctions ou titres sont authentiques

Puis le paysan dit à sa femme : « Écoute, je dois aller en Égypte chercher de quoi nourrir mes enfants. Tu trouveras dans la grange les restes de la récolte d'orge de l'année dernière ; mesure-les pour moi. » Son épouse mesura vingt-six boisseaux d'orge. Il lui dit alors : « Garde vingt boisseaux pour les enfants et toi. Avec les trois autres, tu feras du pain et de la bière dont je me nourrirai pendant mon voyage. »

« Histoire du paysan éloquent » [illegible] Moyen Empire

« Il était une fois dans le pays de [illegible] un paysan nommé [illegible] et il avait des ânes sur lesquels il chargeait les produits du désert pour aller les vendre [illegible]. Il se rendit un jour [illegible] qu'il avait [illegible] et voulut les échanger contre des légumes, des fruits et des [illegible] médicinales. »

Extrait de « L'Histoire d'un paysan », XIIe dynastie. Les contes populaires de l'Égypte ancienne.

Puis le paysan dit à sa femme : « Écoute, je dois aller en Égypte chercher de quoi nourrir mes enfants. Tu trouveras dans la grange les restes de la récolte d'orge de l'année dernière ; mesure-les pour moi. » Son épouse mesura douze boisseaux d'orge. Il lui dit alors : « Garde neuf boisseaux pour tes enfants et toi. Avec les trois autres, tu feras du pain et de la bière dont je me nourrirai pendant mon voyage. »

« Histoire du paysan éloquent », Moyen Empire.

- -

« Il y avait une fois dans le pays de Hakhninsan un paysan. Il avait une femme et trois enfants et il avait des ânes sur lesquels il chargeait les produits du pays pour aller les vendre au loin. Il se rendit un jour à l'oasis du Sel, y vendit ce qu'il avait apporté et reçut en échange des légumes, des fruits et des substances médicinales. »

Extrait de « L'Histoire d'un paysan », XIIe dynastie
Les contes populaires de l'Égypte ancienne.

- -

« Le jardinier porte un joug qui fait s'affaisser ses épaules avec l'âge et provoque de vilaines cloques suppurantes dans son cou. Il passe la matinée à arroser ses poireaux et la soirée à soigner son potager, après avoir peiné dans son verger à midi. Son travail, plus que tout autre, l'entraîne prématurément vers la tombe. »

Satire des Métiers, Moyen Empire.

RÉSUMÉ HISTORIQUE

Quand le père d'Hatchepsout — Thoutmosis Ier — meurt, ne laissant que sa fille héritière du trône, celle-ci décide de régner en co-régence avec son époux et demi-frère qui, de son règne assez bref, laisse peu de traces dans les annales de l'Égypte ancienne.

A cette époque de la XVIIIe dynastie, les envahisseurs sont tous repoussés des frontières, Hyksos au Nord et Nubiens au Sud. Seul demeure le royaume du Mitanni qui, par la suite, devait devenir un redoutable adversaire.

Dans cette poussée plutôt favorable, reste à développer l'agriculture et l'artisanat qui, depuis longtemps, subissaient les aléas des guerres, accroître le commerce des matières premières : le calcaire, l'albâtre et les turquoises; enfin reprendre les échanges avec les pays voisins en favorisant davantage les transports et la navigation. Et pour satisfaire ce vaste programme, il fallait un règne de paix qu'Hatchepsout s'apprête à suivre.

Ahmosis, Aménophis et Thoutmosis, les prédécesseurs d'Hatchepsout, avaient ainsi ouvert une nouvelle dynastie qui, de prestige en prestige, devait durer des siècles,

Quand Hatchepsout se fait sacrer Pharaon des Deux Égypte, endossant la double couronne, tenant le sceptre et le fouet symbolique, posant la barbe postiche sous son fin menton, elle prend conscience que son pays n'a plus besoin de guerre, mais d'harmonie intérieure.

Elle s'entoure de quelques vieux fidèles ayant servi son père et s'adjoint de loyaux collaborateurs tels que Hapouseneb le Grand Prêtre d'Amon, Pouyemrê le Grand Trésorier, Senenmount l'Architecte et Néhésy, le Chef de toutes les Polices.

Le règne de la pharaonne Hatchepsout se partage entre le temps des constructions et le temps des voyages.

C'est en abordant cette époque de paix où l'armée n'a plus sa place qu'Hatchepsout agrandira, fortifiera Karnak et son temple d'Amon, élèvera des obélisques à pointe d'électrum, rénovera les villes de Thèbes, Edfou, Abydos, Denderah et, descendant jusqu'à la deuxième cataracte, multipliera les temples aux frontières nubiennes. Puis, sur sa lancée de bâtisseuse, elle ordonnera la construction de sa demeure éternelle sur le site prodigieux de Deir-el-Bahari à Senenmout — son architecte et fidèle conseiller dont on soupçonna toujours qu'il fut son amant — qui se chargera avec succès de la réalisation des travaux.

Une autre partie de son règne concerne les voyages. Une expédition dirigée par Néhésy partira d'Égypte pour le célèbre Pays du Pount, pays étrange qu'il fallait trouver en accédant par l'une des embouchures du Nil ou directement par le port de Quoser, sur la côte de la mer Rouge. L'expédition en rapportera les parfums indispensables au plaisir des dieux, ceux-là mêmes qui ont placé Hatchepsout sur le trône et qu'elle ne veut pas trahir.

De son époux disparu très vite de l'histoire de l'Égypte ancienne, Hatchepsout aura deux filles. La première, Néférourê, décédera dans sa jeunesse, la seconde, Mérytrê, deviendra la Grande Épouse du pharaon suivant, Thoutmosis III.

Après un règne d'environ dix-huit ans, Hatchepsout disparaîtra dans des circonstances que nous ignorons — trop de textes inscrits sur les bas-reliefs ont été effacés après sa mort pour que l'on puisse en savoir plus — laissant la place au troisième des Thoutmosis, fils bâtard de son époux qui, bien entendu, n'attendait que ce jour.

Ces multiples inscriptions disparues, retrouvées parfois, ajoutées à toutes celles qui malgré tout sont restées, peuvent témoigner de la grandeur et de la longévité du règne d'Hatchepsout.

Quand Thoutmosis III monte sur le trône, il ne songe qu'à étendre les frontières de l'Égypte. Ce sont les pays en bordure de l'Euphrate qu'il convoite : la Babylonie, l'Assyrie, le Mitanni, ainsi que le Naharina, contrée florissante et prospère qui grandit en puissance. Quant à l'empire Hittite, il jette un œil concupiscent sur la riche Égypte que le règne d'une femme a peut-être rehaussé au niveau du commerce et de l'agriculture, mais affaibli au niveau de l'armée.

Thoutmosis III, avide de batailles et de gloire, part pour les pays d'Asie. Il fera dix-sept expéditions étrangères, toutes légendaires, soumettant les pays conquis en leur imposant de lourds tributs. Il rapportera aussi d'impressionnants butins — dont le recensement n'est pas une mince affaire — accompagnés de princesses asiatiques et d'esclaves. Il fait de l'Égypte un empire solidement appuyé sur la vassalité des pays qu'il domine.

A sa mort, son fils Aménophis II lui succède, continuant sur la même lancée : ses expéditions guerrières ramèneront aussi butins et esclaves. Des colonnes d'hommes, de femmes et d'enfants épuisés et affamés vont sillonner les terres de l'Euphrate jusqu'au Nil, les pieds ensanglantés. Les survivants se verront enrôlés chacun selon son rang et ses capacités, esclaves, artisans, soldats.

Avec le retour de ces expéditions s'installent d'autres idées, d'autres dieux, et les prêtres d'Amon deviennent méfiants, s'opposant farouchement à tout ce qui se heurte à leur culte.

Mais Aménophis II, plus acharné encore que son père, exige que son fils Thoutmosis IV épouse une Mitannienne, faisant ainsi du futur pharaon Aménophis III un demi-Asiatique. Ce dernier, prenant exemple sur ses proches aïeux, bafoue, lui aussi, les usages établis depuis des siècles en refusant de prendre pour Grande Épouse une fille pharaonique. Il choisira Tiyi, fille de Thouya, une Thébaine noble, et de Youkka, un prince asiatique.

Tiyi, par son sens aigu de la diplomatie, mènera une ferme politique extérieure entre l'Égypte et les pays d'Asie.

Régnant en co-régence avec son époux Aménophis III qui se repose sur les exploits accumulés de ses prédécesseurs, Tiyi verra naître un vrai commerce de princesses asiatiques entre l'Égypte et les pays d'Asie. Quand celles-ci n'arrivent pas à destination, les rois étrangers se sentent déshonorés.

C'est le cas de la princesse Choutarna de Babylonie, ce qui offense gravement le roi Kadashman son père.

RÉSUMÉ DES THÉBAINES (PERSONNAGES FICTIFS)

Séchat, l'héroïne avec laquelle commence la saga, est une jeune Thébaine de la XVIIIe dynastie. Issue de la haute noblesse, elle suit les cours de l'école de Thèbes aux côtés de son amie la princesse Hatchepsout. Très éprise de son compagnon d'enfance Menkh, qui devient grand capitaine de la Charrerie royale, elle l'épouse. Mais à peine a-t-elle donné naissance à sa fille Satiah que déjà elle apprend la mort de Menkh, tué à la guerre du Mitanni dans les armées du pharaon Thoutmosis Ier. Nommée Grande Scribe Intendante des Artisans par la pharaonne Hatchepsout montée sur le trône, elle ne peut élever elle-même sa fille et la laisse à la garde de ses nourrices à Bouhen.

Veuve, Séchat va se consacrer à son métier de Grande Scribe avec ardeur. Elle maîtrise une révolte d'artisans, déjoue un complot de pilleurs de tombes, rénove des fabriques de papyrus, visite des mines d'or l'entraînant dans un lointain village nubien, assiste à la construction du temple de Deir-el-Bahari qui nécessite le rapatriement en masse de paysans, soldats, artisans, prisonniers pour travailler sur le chantier. Des millions d'hommes élèvent et transportent les gigantesques blocs de granit, s'échinent, suent et s'épuisent dans un désert où le soleil n'a nulle pitié. La position hiérarchique élevée de Séchat suscite des jalousies qui vont la heurter de plein fouet : sa fille Satiah est enlevée, prise en otage par des hauts dignitaires. Séchat va sillonner l'Égypte, de la Nubie au delta, pour tenter de la retrouver. Seul son amant Djéhouty, le Grand Vizir de Thèbes, très épris d'elle, l'aidera dans ses recherches. Enfin, tandis que Séchat retrouve sa fille cachée chez une vieille gardienne de chèvres dans les marais du delta, Djéhouty se voit contraint de prendre femme — Aména, une musicienne du temple — sur l'ordre de la pharaonne qui, pour satisfaire ses desseins, a décidé de séparer leur couple.

Séchat revenue à Thèbes, Hatchepsout lui propose de laisser la petite Satiah au harem du palais où elle sera élevée en sécurité. En exigeant l'assentiment de la jeune femme, elle s'assure de son soutien, d'autant plus que sa présence en tant que Grande Scribe est indispensable pour la grande expédition maritime qu'elle projette. En effet, la pharaonne veut partir pour le Pays du Pount sur les côtes africaines, afin de rapporter épices et parfums qui plaisent aux dieux.

Hatchepsout et les Thébaines devront surmonter les dangers d'un océan qu'elles ne connaissent pas et guetter les pièges d'une jungle africaine dont elles ignorent tout. Le voyage est long et périlleux, seule Séchat détient, d'un vieil astrologue, les précieuses cartes maritimes menant au Pount mais on les lui vole. Neb-Amon, le médecin des pauvres de Thèbes engagé sur l'ordre d'Hatchepsout, lui sera d'une aide efficace pour contrer ses ennemis. Leur entente se mue bientôt en une forte et lente passion qui va les rapprocher au large de la mer Rouge jusqu'en

Afrique, où de multiples aventures les attendent avant le retour, espoir pour eux d'un avenir meilleur.

Au retour du Pount, Séchat renonce à son titre d'Intendante des Artisans, mais reste Grande Scribe. Elle demande d'enseigner à l'école du Palais afin de poursuivre le nouveau chemin qu'elle se trace, celui de l'amour et de l'harmonie familiale. Elle a repris à ses côtés sa fille Satiah qui est devenue une adolescente destinée à être la Seconde Épouse de Thoutmosis, le futur pharaon. Puis elle met au monde un garçon, Rekmirê, fils du médecin Neb-Amon. La crue qui tarde engendrant la sécheresse suivie d'une invasion de sauterelles va entraîner famine, épidémie et mort de milliers d'hommes parmi les plus défavorisés. Séchat est ainsi le témoin charnière de son temps. Après ces sombres heures, le règne d'Hatchepsout faiblit, mais se lève celui du prince qui, dans l'ombre, attendait.

Satiah, la fille de Séchat devenue Seconde Épouse du pharaon Thoutmosis III, préfère sa liberté à l'existence étriquée du harem. Délaissée par le pharaon dont elle a une fille, Beket, elle vit une passion partagée avec un navigateur crétois. Celui-ci disparaîtra dans une crue qui déferle sur le pays, franchissant inexorablement terres et villages, emportant sur son passage dévastateur bien des vies humaines. Satiah aura la douleur de perdre non seulement Mykos, son amant, mais aussi sa mère, Séchat, qui avait élevé en partie Beket.

Ainsi les années défilent et passent trois générations de pharaons glorieux et vainqueurs, ramenant butins, esclaves et nouveaux dieux asiatiques. Les Thébaines se propulsent dans un vent qui ne souffle pas de façon habituelle, enlevant un peu de terre à leurs profondes racines égyptiennes. Mais, il y avait eu tant de sang rebelle, côté femmes, depuis que l'audacieuse Séchat avait été Grande Scribe du pharaon Hatchepsout que la lignée des Thébaines ne pouvait s'éteindre sans amorcer une aube nouvelle pleine de fougue et d'énergie. La désinvolte Satiah, la Seconde Épouse, bafoue les règles établies du Palais et du harem pour vivre sa vie comme elle l'entend, le navigateur crétois dont elle a partagé la passion lui a laissé une fille qu'elle doit cacher pour ne pas scandaliser la cour. L'indomptable Beket préfère suivre une carrière d'artiste peintre plutôt que de fonder une famille tandis que Thouya, l'aventurière, épouse un prince asiatique pour la seule joie de vivre les turbulences d'un voyage exotique et voir les bords de l'Euphrate plutôt que ceux du Nil.

Quant à Neby la jeune scribe publique, fille de Koushy et d'Isis, elle-même issue de Satiah la Seconde Épouse de Thoutmosis III, elle sillonne le Nil, toujours à la recherche d'un travail. Contrainte de passer pour un garçon afin de fuir les prêtres de Karnak et également pouvoir exercer son métier en toute quiétude, elle se propulse au cœur du peuple du pharaon.

Tandis que Tiyi la reine, dans le somptueux palais qu'elle fait construire à Malgatta, poursuit son règne de main de maître, le pharaon Aménophis III, grand bâtisseur lui aussi, fait élever temples, colonnes, pylônes et statues gigantesques à son effigie.

A Karnak, alors que s'établissent des dieux qui ne sont pas égyptiens, les prêtres d'Amon, investis de tous les pouvoirs, veillent, espionnent et, irrités, ne reculent devant aucune forfaiture. A Thèbes, les tensions se déchaînent.

CHAPITRE I

Les fêtes du Jubilé qui confirmaient, dans toute sa gloire, le règne d'Aménophis III et de sa Grande Épouse, la reine Tiyi, se poursuivirent dans des festins ininterrompus auxquels on avait convié les grands dignitaires et leurs proches.

Processions en barque sacrée sur le Nil, chants et danses rituelles, offrandes dans les temples — tous les dieux avaient été honorés, même les plus obscurs de province, le dieu Amon en tête — balancements permanents des encensoirs qui diffusaient les parfums les plus subtils et les plus fins et, bien sûr, pour terminer, des festivités grandioses.

Au dernier banquet, celui qui clôturait les longues journées du Jubilé, Nakht, Porte-Étendard du pharaon, et Taoui son épouse, installés confortablement sur des coussins, avaient pris place autour d'une table basse, laquelle était placée parmi les plus centrales. Ils avaient tous deux cette assurance innée qu'ont les nobles de vieille souche et qui, dans une telle atmosphère, ne peuvent que se sentir à l'aise, d'autant plus que la famille de Nakht était l'une des plus fortunées de la ville.

A cette même table, un autre dignitaire dont la fortune n'était pas moindre que celle de son compagnon se nommait Bek. Intendant des Artisans et Directeur des Grands Travaux du pharaon, Bek n'avait rien à envier à son ami. Maât, son épouse, qui, fort audacieusement, avait repris le commerce de joaillerie de son père, discutait avec aisance en jetant des regards encore fort amoureux, malgré leurs quinze ans de mariage, à son prestigieux mari.

Le troisième couple qui complétait l'harmonie bien organisée de cette table d'honneur n'était autre que Ramose, Vizir de la Haute et de la Basse Égypte — assurément la tâche la plus importante du royaume — et son épouse Ipuia. Ils étaient confortablement installés dans la tiédeur et le moelleux des coussins, humant les parfums lourds qui parvenaient à leurs narines. La première femme de Ramose étant décédée à la naissance de sa fille, Ipuia dont le sang noble de la famille ne déparait pas, se prenait, elle aussi, à jeter de hardis clins d'œil à son vaillant époux.

La table basse qui leur faisait face était celle de Ptahmose, le Grand Prêtre de Karnak, et de sa femme Ipény, elle-même Première Prêtresse du temple qui dirigeait l'Ordre des Chanteuses d'Amon, haute fonction qu'elle cumulait depuis presque dix ans avec celle de Directrice du Harem du Temple.

A cette époque de la dix-huitième dynastie, le harem du temple constituait une énorme entreprise qui regroupait toutes les corporations de métiers auxquelles pouvaient prétendre les jeunes filles de haute condition que l'on destinait au service des divinités égyptiennes.

Chaque temple, même ceux de province dont l'importance se révélait de moins grande envergure que celui de Thèbes régi par le dieu Amon, avait son harem personnel que l'on recrutait parmi les filles de la plus haute noblesse.

Memphis et son temple de Ptah enfermait les plus belles danseuses sacrées dont la renommée allait jusqu'au sud de l'Égypte. Prises dès leur plus jeune âge, elles suivaient un entraînement intensif pour être performantes lorsqu'elles atteindraient quinze ou seize ans. Puis, durant quelques années, alors que souplesse, agilité, adresse constituaient leur principal atout, elles dansaient pour les dieux jusqu'à ce qu'un haut dignitaire les remarque et, bien souvent, les désire pour épouses.

Situé au cœur d'Héliopolis, le temple de Rê, dont la fonction spirituelle s'harmonisait avec la créativité qui y régnait, engageait essentiellement des filles ou des épouses d'artistes célèbres, d'artisans réputés, de grandes figures qui rayonnaient dans le domaine de la peinture ou de la sculpture. Ces jeunes filles ou ces femmes étaient affectées aux ateliers du temple selon les goûts et les dons qu'elles montraient. Filage, tissage, poterie, verrerie, cuir — on fabriquait dans ces ateliers de haute compétence les plus fines et les plus souples sandales qui fussent — joaillerie, parfumerie, création de cosmétiques — on parfumait à l'huile de lin les perruques les plus soyeuses et les plus recherchées en cheveux naturels.

Quant à Abydos et son temple d'Osiris, on y formait avec une rigueur extrême les pleureuses les plus célèbres, celles que l'on réclamait dans la haute noblesse égyptienne lorsqu'il fallait accompagner un mort jusqu'à sa demeure éternelle. Ces jeunes filles savaient réciter les hymnes divins les plus représentatifs de la littérature sacrée tirés du Livre des Morts ou de celui des Sarcophages. Elles psalmodiaient, scandaient leurs pleurs et leurs gémissements en tapant dans leurs mains avec un rythme dont elles avaient appris tous les effets. Aucune de ces filles ne pouvait passer inaperçue et, lorsqu'elles pouvaient lancer une œillade audacieuse à l'un des fils de dignitaires qui suivait dignement les obsèques, le but était atteint, autant dire que le couple ne tardait pas à se revoir.

A Tanis, pour servir son dieu Horus, le temple engageait des prêtresses d'offrandes dont les grâces rivalisaient avec celles de Thèbes. Ces jeunes filles devaient impérativement savoir lire et écrire car, à leur charme indéniable, devaient s'ajouter le savoir et la connaissance des hiéroglyphes sacrés puisqu'elles devaient présenter leurs offrandes au dieu, le Grand Livre en mains, et en lire les principaux textes, lesquels changeaient selon les rituels du moment.

Enfin, le temple de Hermopolis, sans doute le lieu le plus intellectuel de l'Égypte puisque c'était là que résidait Toth, le dieu du savoir et de la connaissance, aux côtés de Séchat, la déesse des bibliothèques et de l'écriture, offrait une moins grande variété de carrières féminines. Il fallait en effet une telle mesure de sagesse que Toth à tête d'ibis et Séchat, son calame à la main, ne recrutaient que peu de filles. Très peu de femmes choisissaient cette extrême rigueur de travail pour atteindre un si haut degré de culture.

Voici ce qu'offrait un harem du clergé féminin tel qu'on les trouvait à cette époque de l'Égypte ancienne. Et, pour revenir à la Grande Prêtresse Ipény qui dirigeait celui d'Amon à Karnak, celle-ci n'assumait pas la plus basse besogne, favorisant plus particulièrement le chant et les hymnes sacrés. Il faut dire que, dans sa jeunesse, Ipény avait été l'une des chanteuses d'Amon les plus célèbres de son temps.

La table d'Ipény et de son époux Ptahmose était,

elle aussi, assez centrale pour se trouver parmi les places d'honneur. Non loin, se trouvait celle du Grand Intendant des Greniers à Blé et des Troupeaux du Royaume, Khaemhat, et de son infernale épouse Tî, dont les exigences ne se trouvaient jamais comblées. Assise en tailleur comme tous les autres convives devant les mets les plus raffinés, elle ne cessait de critiquer la cuisson des canards farcis à la purée d'aubergines, la saveur des courgettes en sauce parfumée au lotus ou la fraîcheur des sorbets au concombre. Rien de tout cela ne lui convenait et la capricieuse Tî se consolait le nez dans le fumet des vins fins que les servantes lui présentaient.

Puis, venait la table du Grand Scribe Mérymose, Ambassadeur des pays du Sud, et celle de Kherouef, conseiller de la reine et Maître des Cérémonies, celle de Houy et d'Amenhotep, les Grands Architectes des Travaux du Royaume, de Baken, Intendant du Trésor, de Pérouhé, Capitaine de la Flotte Royale. Ils avaient tous deux rejeté leurs coussins encombrants dont la touffeur les rendait rouges et suants pour adopter ces petits tabourets bas et pliants qui semblaient mieux leur convenir.

Bruyante, volubile, toute la cour était présente. Les femmes dans de somptueuses toilettes, leur haute coiffure surmontée du cône parfumé qui, en fondant sur leurs têtes, leur apportait une fraîcheur dont elles avaient bien besoin, les hommes au cou massif encerclé d'un gorgerin aux pierres rutilantes — jamais plus somptueux, cependant, que celui du pharaon — s'entretenaient dans un brouhaha dont le son montait en puissance d'heure en heure.

Et, en plein centre de l'immense pièce éclairée sur trois côtés par de grandes baies qui donnaient sur les jardins du palais — cette pièce était dite Salle des

Banquets — la table du pharaon Aménophis III et de la reine Tiyi trônait. On y voyait à leurs côtés les deux frères de la Grande Épouse, Anen, Premier Prêtre d'Amon, et Ay, Grand Capitaine de la Charrerie et des Écuries Royales, à la droite duquel se tenait Theyi, son épouse.

Elle conversait avec Mani, l'envoyé du roi de Chypre à qui Tiyi avait demandé de rester à Thèbes, avant son départ pour Alasia, afin qu'il assistât au Jubilé du pharaon et racontât ensuite à son pays les fastes de la cour d'Égypte.

Quant au couple royal, apparemment repu par les plats qui se succédaient en abondance et dont l'arrivée du flot était juste atténuée par la pause qu'offraient les danseurs, les jongleurs et les acrobates, il s'entretenait avec l'ambassadeur du roi Tushratta du Mitanni qui annonçait la venue de la princesse Gilhouhebat en Égypte afin d'épouser le pharaon et prendre le titre de Seconde Épouse.

Aménophis et Tiyi, dont la posture devait être plus élevée que celle de la cour, étaient assis sur des tabourets à dossier et à petits accoudoirs plaqués d'or. Des ailes de faucon incrustées de cornalines rehaussaient le dossier et des griffes serties de turquoises terminaient les pattes incurvées du siège.

A tout ce monde bruyant s'ajoutait la jeunesse qui, ce jour-là, avait été admise au banquet clôturant les fêtes du Jubilé. Elle se regroupait autour des tables extérieures en multipliant les rires et les clameurs.

Les enfants les plus jeunes étant restés avec leurs nourrices, cette jeunesse composée d'adolescents âgés de quinze à vingt ans turbulente — on l'a dit — allait et venait, gesticulait et parlementait à voix forte si bien que, parfois, l'un des parents qui se trouvait éloigné leur lançait un coup d'œil inquiet pour s'assurer que rien ne dégénérait en conflit ou tout simplement en beuverie qui eût fait fort mauvais effet.

Grand, mince, le visage un peu long et la main nerveuse, Any, le fils de Mérymose qui voulait se consacrer comme son père au métier de scribe, se posait en aîné, bien qu'il ne fût pas le moins agité d'entre tous et qu'on l'entendît chanter et s'esclaffer à plus de vingt coudées. Depuis longtemps, Any s'était débarrassé de ses coussins et, les ayant envoyés voltiger au loin, les servantes avaient dû les écarter de leur passage pour ne pas être gênées dans leur service.

Sourrara et Mouthès, les filles d'Ipény, les moins exubérantes, mais sans doute les plus observatrices car elles avaient l'œil posé sur tout ce qui traînait et l'oreille ouverte au moindre murmure, jugeaient, évaluaient, étudiaient, toisaient même avec impudence chaque fait qui, pour quelqu'un d'autre, eût été anodin.

Thoutmès et Pentou, les fils de Nakht, aussi différents que pouvaient l'être parfois deux frères unis par de hautes aspirations — l'un se destinait à la sculpture et l'autre à la médecine — ne paraissaient ni les plus résignés ni les plus silencieux, et Bastet, la fille de Ramose, semblait souvent calmer leur jeu, bien que, depuis quelque temps, elle se tournât plus volontiers vers Pentou dont les sentiments avaient toujours basculé en sa faveur.

Assises en tailleur sur leurs coussins colorés d'oiseaux et de fleurs de lotus, le pouce et l'index relevés pour attraper un mets parfumé qui plût à leur palais, les dissemblables Sekmet et Seita, filles de Bek et de Maât, n'avaient, quant à elles, rien qui les rapprochât l'une de l'autre. Aussi, ne s'adressaientelles la parole que lorsqu'un élément d'ordre purement familial intervenait entre elles et, pour l'instant, l'aînée semblait s'opposer à la plus jeune.

— Tu ne vas pas t'exhiber ainsi en plein public? reprochait Sekmet à sa cadette.

— Pourquoi? rétorqua aussitôt Seita, Sourrara n'a-t-elle pas chanté tout à l'heure?

Elle toisa sa sœur effrontément et se tourna vers Sourrara qui ne daigna même pas lui répondre du regard. Mais Pentou s'interposa :

— Le dernier groupe de danseurs n'est pas encore passé, c'est la troupe des artistes ambulants d'Éléphantine. Pourquoi ne te joindrais-tu pas à eux? C'est une façon intelligente et non provocante, pour nous montrer ce que tu sais faire.

— D'autant plus, répliqua son frère, que ce n'est pas de la danse rituelle, ni de la danse sacrée, mais plutôt du folklore.

— Du folklore! s'indigna Seita, outrée par ce propos qui lui semblait inadmissible. Du folklore!

— Mais oui, ce ne sont que des danses régionales qui ne réclament qu'un très petit public, fit enfin Sourrara, trop heureuse d'en rabaisser la qualité.

Mais Seita n'était pas décidée à laisser Sourrara sur une note de victoire. Elle se tourna vers Bastet qui chuchota à l'oreille de son amie Sekmet :

— Pourquoi n'incites-tu pas ta sœur à danser? Elle meurt d'envie de rabattre le verbiage arrogant de cette orgueilleuse Sourrara sur le plan des félicitations et des applaudissements.

Sekmet eut un sourire entendu et répliqua d'un ton badin en regardant Sourrara :

— Ma sœur a raison. Les danses d'Éléphantine ne sont pas du vulgaire folklore. Elles honorent le dieu bélier Knoum.

— Pas obligatoirement, jeta Mouthès qui voulait prendre le parti de sa sœur.

— Eh bien, je vais vous étonner sur la teneur de ces danses, dussé-je en rehausser la qualité par mes propres chorégraphies. J'irai danser avec la troupe.

Depuis le début du festin, alors que les convives étaient à peine installés, Seita brûlait d'envie de se joindre aux artistes qui, à présent, s'apprêtaient à se projeter audacieusement devant leur public, mains et pieds plongeant dans l'espace, ventre souple, reins courbés et hanches ployées jusqu'à terre. Et, plus encore, Seita s'enthousiasmait à l'idée de se confronter aux talents vocaux de Sourrara.

On terminait de goûter les délicieux plats d'oies farcies au miel et aux herbes sauvages — que Seita n'avait pas touchés d'un pouce pour ne pas alourdir sa délicate apparence — quand on annonça les danseuses.

Légères, elles arrivaient avec des tambourins, des crotales et des sistres et se courbèrent jusqu'au sol devant le couple royal. L'arrogance des deux filles d'Ipény énerva Seita. Elle regarda en direction de sa mère. Ce n'était certes pas elle qui s'opposerait à sa suggestion, car elle semblait avoir abusé de ces merveilleuses boissons capiteuses qui rendaient l'esprit embué et les gestes incertains.

Maât ne distinguait plus ses filles, pas plus que les autres mères ne remarquaient les leurs. Bustes ployés ou à demi allongées sur les coussins qui, à présent, ne les retenaient qu'à peine, le cône d'onguent de leur coiffure depuis longtemps fondu, le khôl de leurs yeux coulant aussi et se mêlant à l'odeur lourde de l'atmosphère, elles écoutaient, bavardaient, riaient, s'épongeaient, s'éventaient, hoquetaient. Le banquet en était à ce stade où les servantes proposaient une cuvette d'argent aux plus indisposées afin de soulager leur estomac.

Seita soupira d'aise et fut pleinement rassurée quand elle vit le sourire engageant que lui lançaient Bastet et sa sœur. Elle attendrait donc patiemment que les danseuses arrivent pour aller se faufiler parmi les plus audacieuses. Ses pieds la démangeaient déjà. A nouveau, elle regarda sa sœur puis, sans bouger, pratiqua tranquillement quelques élongations des bras.

Alors que Bastet, plus encline encore que Sekmet à faire enrager Sourrara, s'apprêtait à mettre en jeu les possibilités artistiques de Seita, elle vit un homme s'approcher d'elle.

— La digne et noble fille de Ramose, fit-il en se courbant devant la jeune fille, est réclamée par Ahotep, sa grand-mère.

Bastet leva les yeux sur l'homme et parut surprise.

— Ahotep, ma grand-mère ! Que me veut-elle ?

— Je ne sais pas, mais elle vous a envoyé ses porteurs et sa chaise. Ils attendent à l'entrée ouest du palais.

— Mais, mon père...

— Le Grand Ramose, votre père, que je viens de tenir au courant m'a informé qu'il rentrera lui-même plus vite que prévu. Mais, il demande que vous vous rendiez de suite auprès de la noble Ahotep.

Toujours étonnée et vaguement inquiète, Bastet chercha des yeux son père. Il parlait avec Nakht et, sans doute était-ce le sujet important de la discussion qui l'empêchait même de tourner son regard vers sa fille. Bastet se leva. Elle aperçut, cette fois, sa belle-mère Ipuia, la main dans celle de Ramose, prendre un intérêt certain à la conversation.

Puisque cet homme avait vu Ramose et que

celui-ci lui avait assuré qu'il rentrerait plus tôt, Bastet pensa qu'il était inutile de le déranger à nouveau. « Allons ! se dit-elle, cette requête inattendue de ma grand-mère va clarifier mes esprits embués par les vapeurs d'un repas trop lourd et l'excès de vin que je n'ai pas pour habitude de boire. »

Elle dégourdit ses jambes ankylosées par la posture en tailleur, passa la main dans ses cheveux retenus par un bandeau blanc parsemé de fleurs fraîches de lotus et se tourna vers Seita.

— Ne déçois pas ton public, fit-elle en riant. Sekmet me racontera ton succès.

— Ne vas-tu pas revenir ? s'enquit Pentou déçu de perdre aussi vite la compagnie de son amie.

— Peut-être ! Je ne sais pas. Cela dépendra de ma grand-mère. Si elle est souffrante, je vais rester avec elle.

Puis, elle se pencha sur l'épaule de Sekmet.

— Ne dissuade pas ta sœur de danser. Je la connais autant que toi, elle est capable de charmer tout le monde. Tu me raconteras le dépit de Sourrara.

Enfin, elle jeta un coup d'œil affectueux à ses amis qui commençaient à lancer des propos incohérents tant ils avaient trinqué et bu ensemble. Any et Thoutmès laissaient fuser des plaisanteries qui devenaient un peu douteuses mais, à regarder du côté des hauts dignitaires qui entouraient le pharaon et la reine, beaucoup riaient et s'esclaffaient aussi trop fort, emportant ce qui restait de leur dignité.

On ne voyait même plus glisser devant les visages indisposés les cuvettes d'argent ou d'albâtre qui permettaient de vider le trop-plein des estomacs. Entre les séances de divertissements que proposaient les musiciens et les jongleurs, les plus résistants se remettaient assez vite.

Bastet jeta un dernier regard en direction de son père. Puis, convaincue qu'il la rejoindrait dans quelque temps, elle se décida, sans plus tergiverser, à suivre l'homme qui la précédait de quelques pas.

Dès qu'elle fut à l'extérieur, l'air lui parut moins pesant bien qu'il fût encore chaud et que l'atmosphère diffusât la brume étouffante d'un halo qui ne tombait en principe qu'avec la dernière heure du jour.

Trop vite sortie afin de respirer plus aisément et intéressée par l'arrivée soudaine du groupe des danseurs qui, instantanément, occupa tous les regards, Bastet n'avait pu apercevoir qu'un autre homme, visage neutre et impassible, se dirigeait discrètement vers Pentou.

Certes, l'alibi était différent, mais restait convaincant. L'homme se courba cérémonieusement devant lui, flairant le sol de son grand nez busqué. Trop peut-être ! L'esprit embué par la lourdeur excessive des parfums, Pentou n'y prit pas garde. Il leva sur lui la candeur de ses grands yeux bruns.

L'homme lui signifia qu'il devait passer de toute urgence à l'hôpital du palais où il effectuait un apprentissage en soins médicaux. Devant l'étonnement du jeune homme, il précisa qu'il ne devait plus perdre de temps et que l'assistant du médecin le réclamait.

Pentou se leva. Il commençait à comprendre qu'il n'avait pas choisi un métier de tout repos et que, bien souvent, il devrait laisser son plaisir personnel pour les besoins d'un malade qui attendait qu'on soulage sa souffrance.

*
**

Dès que Bastet fut hors de vue et surtout dès que les vapeurs de ce lourd banquet se furent atténuées, elle commença à s'inquiéter. Pourquoi n'était-elle pas allée dire à son père qu'elle partait ? Il lui aurait confirmé son propre départ.

Que voulait Ahotep, sa grand-mère ? Elle ne semblait pas souffrante lorsque Bastet l'avait quittée. Et ce n'était guère dans ses habitudes de déranger ainsi sa petite-fille pour une raison bénigne, encore moins quand celle-ci assistait pour la première fois à un banquet officiel.

Dès l'aube, quand la jeune fille était partie pour Malgatta, la résidence du couple royal, en compagnie de son père et de sa belle-mère Ipuia, Ahotep semblait au mieux de sa forme. Et, comme Bastet insistait encore pour qu'elle les accompagnât, elle avait jeté d'un ton tranquille, comme à l'ordinaire :

— Allons, n'insistez pas pour m'emmener avec vous. Ces repas trop copieux ne sont plus de mon âge. J'en reviendrais malade, à moins que je ne boude la totalité des mets dont la lourdeur va gêner les trois quarts de la cour.

Puis, quand Ramose et sa femme avaient tourné l'angle du jardin pour s'approcher de la litière qui les attendait — Ipuia n'aimait pas voyager en char, car elle avait peur des chevaux — elle avait chuchoté à l'oreille de sa petite-fille :

— Et toi, ma chérie, ne bois pas trop et mange raisonnablement.

Puis, voyant Bastet sourire devant ses recommandations, elle avait ajouté d'une voix où perçait une malice bien intentionnée :

— Et surtout, n'en profite pas pour découcher. Tu dois rentrer ici avant l'aube. Je ne tiens pas à ce que tu commettes une bêtise que tu regretterais plus tard, même si c'est avec ton grand ami Pentou.

En se dirigeant vers la porte ouest du palais, Bastet se remémorait ces instants et son attention n'était pas assez soutenue pour remarquer, dans l'ombre de la colonne de pierre qui jouxtait le mur d'enceinte, deux hommes qui se ruèrent subitement sur elle.

Elle n'eut pas le temps de crier ni celui de se débattre, car six mains à la poigne dure et forte la matraquaient, la bâillonnaient et la poussaient dans un sac de toile de lin dont ils attachèrent l'extrémité à l'aide d'un cordon suffisamment serré pour qu'elle ne pût s'échapper après avoir repris connaissance.

Pendant ce laps de temps extrêmement court, Pentou tombait dans le même traquenard et suivait, lui aussi, tassé au fond d'un sac en toile de lin solidement attaché, le même itinéraire que Bastet.

Les hommes déposèrent leur charge dans un chariot qu'ils conduisirent aux portes de Karnak. Passé le premier mur d'enceinte qui contournait la ville, puis le second qui ouvrait sur les pylônes des Thoutmosides et contourné le petit lac sacré qui donnait sur les dépendances et les communs des serviteurs, ils arrivèrent directement à la porte qui menait aux nécropoles.

Une tombe était fraîchement creusée et devait servir à l'ensevelissement du Grand Prêtre Ptahmose. A cette époque, il était dans les traditions que les grands dignitaires élevassent de leur vivant la tombe et celle de leur famille qui devait servir à leur vie future dans l'au-delà. Plus le dignitaire était riche et plus la tombe était grande et belle.

Certains engageaient les artistes les plus réputés et utilisaient les matériaux les plus chers. Il arrivait que le dignitaire mourût avant l'achèvement de sa tombe et, dans ce cas, la famille la terminait en toute hâte, précipitant les travaux qui, alors, n'étaient plus ceux que le mort avait prévus.

Il advenait aussi — mais uniquement dans les familles les plus puissantes — qu'un sarcophage dans lequel reposait la momie du défunt fût déposé provisoirement en un lieu et transféré par la suite dans la tombe initialement prévue à cet effet.

Celle que se construisait Ptahmose, le Second Grand Prêtre d'Amon, en accord avec sa femme Ipény, comportait plusieurs pièces dont la plus petite devait servir aux offrandes faites au dieu Osiris. Les deux autres salles étaient destinées à recevoir le sarcophage du mort et sa momie ainsi que les canopes enfermant les viscères, le mobilier, les objets, les documents et les stocks de blé, de vin et de bière pour assurer la vie éternelle du défunt.

Les deux autres pièces contiguës serviraient à son épouse. Ptahmose et Ipény ne reculaient devant aucune dépense pour la splendeur de leur tombe, mais les murs n'étaient pas encore recouverts des peintures qui viendraient en compléter le luxe et l'éclat. Pour l'instant, ils étaient blanchis d'un plâtre fin et attendaient que le pinceau vînt en décorer la surface de couleurs merveilleuses, vertes et ocrées.

Mais, pour l'instant, il n'était pas question d'en poursuivre le travail. Ipény avait donné son accord pour que la tombe en construction serve de cachette provisoire aux corps ligotés des deux jeunes gens, du moins le temps qu'il fallait pour les acheminer en un lieu plus propice au secret.

Par contre, Ipény avait exigé que l'on ne matraquât ni Bastet ni Pentou — sans doute son cœur de mère avait-il palpité quelques brefs instants en pensant à ses propres filles, Sourrara et Mouthès, dont elle n'aurait pas voulu qu'un sort identique les frappât — et elle avait tenu à ce qu'on l'informât de la suite des opérations.

Certes, apitoiement bien court envers ces deux enfants ! Car son amour des intrigues et sa passion pour les hypocrisies et les atmosphères conflictuelles avaient vite repris le dessus et cet état d'esprit ne l'avait effleurée qu'un bref laps de temps.

D'ailleurs, savoir, par la suite, que son époux avait changé ses ordres ne l'eût pas contrariée. Bastet et Pentou piégés, Ptahmose avait assuré à ses acolytes qu'un léger coup sur le crâne ne les tuerait ni ne les estropierait et, par tous les dieux ! cela donnerait aux ravisseurs le temps d'organiser la suite de ce rapt.

Ce n'était pas Pérouhé, le Capitaine de la Flotte Royale, ni son homme d'équipage, Penfert, complices eux aussi, qui eussent pu dire le contraire. Quand Horemm s'était présenté à Bastet et Ankersat à Pentou, Ptahmose qui était au banquet avait lancé en direction de Pérouhé, lequel y assistait aussi, un coup d'œil dont la discrétion valait bien celle qu'Ayen, le Premier Grand Prêtre d'Amon, s'efforçait de garder.

Qu'eût dit Tiyi, la reine, en ce jour de clôture des fêtes du Jubilé, si on lui avait appris qu'elle était entourée de tout un nid d'espions et que ceux-là mêmes tentaient d'anéantir toute sa politique qui allait dans le sens des Affaires étrangères ?

Qui eût pu l'assurer de façon convaincante que les prêtres d'Amon ne désiraient plus, dans le palais de Thèbes ni même dans le harem du pharaon, de femmes asiatiques et qu'ils souhaitaient interdire ouvertement la venue de dieux étrangers au temple de Karnak ?

Enfin, qui pouvait lui apprendre que la princesse babylonienne, âgée de quelques mois et trouvée un jour de grande inondation dans la boue du Nil, puis adoptée sous le nom de Néfertiti par Theyi et son frère Ay, était la sœur de celle qui avait disparu tragiquement dans le fleuve ?

Même si la reine avait quelques soupçons, elle connaissait trop peu d'éléments pour reconstituer l'affaire. Elle savait que le naufrage organisé par certains prêtres d'Amon dont son frère Anen faisait probablement partie — cependant, elle n'en avait pas encore la certitude — avait fait périr toute l'expédition venant de Babylone, y compris les deux princesses destinées à épouser le pharaon en deuxième et troisième rang.

Elle savait que l'or et les multiples bijoux que transportaient les vaisseaux avaient été interceptés par ces mêmes malfaiteurs et, qu'à présent, des truands avaient confectionné des sceaux à l'empreinte du roi Kadashman et envoyaient ainsi, sous les ordres du temple d'Amon, de fausses missives pour tromper le pharaon et la reine.

Que pouvait faire la reine Tiyi quand son époux le pharaon Aménophis se désintéressait de ces questions qui l'ennuyaient et qu'il laissait volontiers à la responsabilité de son épouse ?

Le roi ne reposait-il pas sur la gloire et le prestige qu'avaient acquis ses ancêtres ? L'Égypte était riche, forte, puissante, ses frontières étaient vastes, sans cesse repoussées plus loin en Nubie, en Asie, par son père, son grand-père et surtout son aïeul Thoutmosis, le troisième du nom.

Aménophis avait même pu s'octroyer le luxe de ne pas épouser l'une de ses sœurs qui eût ajouté la pureté du sang royal au sien pour conforter davantage sa position de dieu.

Tiyi était noble, certes, mais pas fille de pharaon. Aménophis l'avait choisie par amour et non par besoin. De cette union harmonieuse, il découlait, non plus la passion des premières années, mais du moins une immense complicité et un respect réciproque qu'aucun ne voulait rompre.

Son amour exclusif pour Tiyi durant les dix premières années de son règne et la venue de six enfants dont deux fils avaient écarté pour le pharaon l'obligation de prendre une Seconde Épouse qui, sans doute, eût changé la nature de leurs rapports. Il faut dire aussi que l'accident arrivé aux princesses babyloniennes en avait retardé le jour.

A présent, pour le confort du roi et son bon équilibre, il était préférable qu'il prît cette Seconde Épouse en la personne de Gilhouhebat, la fille du roi du Mitanni, l'essentiel étant que Tiyi gardât le privilège de la conduite du gouvernement.

Aménophis III se reposait sur un trône convoité par bien des rois étrangers. Son harem était empli de jeunes et jolies courtisanes dont il ne faisait que partager la couche en prenant soin de ne jamais se laisser séduire par la même deux nuits de suite.

Mais, à présent, peu importait à Tiyi qui, malgré ses sens en alerte, était loin de supposer que la jeune princesse babylonienne entraînerait son fils dans une incroyable aventure.

Cependant, revenons à nos captifs. Quand Horemm et Ankersat eurent déposé leur fardeau dans la plus petite pièce de la tombe, Pentou et Bastet étaient dans l'inconscience la plus complète. La journée s'annonçait chaude et sèche, le ciel prenait cette teinte démesurément bleue et la terre se craquelait partout où il n'y avait pas d'herbage, de roseaux ou de papyrus.

Quand le soleil fut au zénith, et bien que dans la tombe de Ptahmose on ne vît ni ne sentît les rayons s'élever dans le ciel, Pentou fut le premier à reprendre ses esprits.

Il remua tant dans son sac qu'il réussit à en connaître tous les recoins et, soudain, il pensa à sa ceinture où était accroché le petit couteau qui lui servait à tailler ses calames lorsqu'il notait les dosages de ses préparations médicinales. Bastet aussi devait en avoir un, mais elle semblait ne pas bouger dans le carcan qui l'enserrait.

Fort heureusement le lin grossier de la toile du sac laissait un peu l'air pénétrer au travers de sa texture et Pentou pouvait respirer. Ce n'est qu'au bout d'un long moment, après de multiples contorsions dont il sortit vainqueur, qu'il réussit à saisir le manche du couteau, mais il devait dégager son autre bras retourné dans son dos pour détacher la ceinture de son pagne et libérer le couteau.

Après de nouvelles acrobaties qui l'entraînèrent à l'autre bout de la salle — car il sentit le heurt contre le mur opposé de la pièce — il libéra enfin son bras et put, d'un coup sec, trancher le lien du sac. Puis, il retira le bâillon qui obturait sa bouche.

Dès qu'il fut sur pied, l'obscurité de la salle le gêna quelques instants, mais quand ses yeux en eurent fait le tour, il repéra rapidement l'autre sac, le contourna en tâtant l'endroit où il pouvait l'entailler et d'un coup sec, tout aussi tranchant que le premier, libéra Bastet.

La jeune fille était encore inconsciente. Il dut la secouer violemment pour qu'elle reprît ses esprits.

— Pentou, murmura-t-elle, où sommes-nous ?

— Hélas, je crois que nous sommes l'objet d'un rapt.

Elle se leva, titubante et l'esprit embrouillé, mais tomba aussitôt dans les bras de son compagnon qui la retint, lui évitant de se heurter violemment au mur.

En un geste rapide, il ôta son bâillon et la serra dans ses bras. Bastet ne proféra aucun son et se contenta d'absorber une large bouffée d'air. D'une main, elle tâta le mur, de l'autre, elle frôla le visage de Pentou.

— Crois-tu que nous puissions nous enfuir ? dit-elle enfin.

— Nous allons voir. Viens.

Il lui saisit la main et l'entraîna vers la mince ouverture qui, bien sûr, était camouflée par une lourde pierre ne laissant passer qu'un jet de lumière à peine visible.

— Nous sommes bel et bien prisonniers. Jamais nous ne pourrons dégager cette masse rocheuse.

— Essayons, murmura la jeune fille.

Pentou roula des épaules, courba le dos, prit une forte inspiration, s'élança et se jeta contre la pierre qui ne bougea pas d'un pouce. De l'autre côté, ils entendirent des voix, des rires, puis comme par magie, la roche roula et ils virent leurs deux agresseurs qui les observaient avec ironie.

— Cela ne vous servira à rien d'essayer de vous échapper, car nous ne vous quitterons pas, ironisa le plus fort en s'esclaffant.

L'autre passa la main sur son visage et essuya la sueur qui coulait sur son front. Visiblement, c'était lui qui venait de faire rouler la pierre fermant l'entrée de la tombe.

— Ordre du Grand Prêtre Ptahmose, déclara-t-il froidement en abaissant la main.

Il la secoua pour en faire tomber l'humidité puis la posa sur sa taille épaisse.

— Ptahmose ! s'exclama Bastet. Ptahmose, le Grand Prêtre ! Mais, il était au banquet avec nous.

— Eh oui, ma belle. C'est lui qui donne les instructions.

— Mais quelles instructions ? s'enquit Pentou que l'angoisse commençait à tenailler en entendant le nom d'un aussi haut personnage mêlé avec tant de bassesse à cette sordide affaire.

— Celles de vous séquestrer avant de savoir ce qu'il va faire de vous.

— Mais que veut-il ? s'étonna Bastet.

Elle semblait moins inquiète que son compagnon, et n'eût été le bâillon trop serré qui lui avait ankylosé la mâchoire et qui la faisait encore souffrir, elle s'en serait tenue à de simples soupirs.

— Que veut-il ? ricana le gros Horemm en tenant son ventre dans ses deux mains grasses. Mais, ma belle, tout simplement supprimer les preuves.

— Mais quelles preuves ?

— Quelles preuves ! s'esclaffa l'autre, posant sa main sur son bas-ventre en le frottant d'un geste obscène. Mais, celles que vous pouvez jeter à la face de Pharaon.

Bastet s'avança et se planta hardiment devant les deux hommes. La clarté que diffusait l'ouverture de la tombe lui permettait de les distinguer l'un et l'autre. Elle reconnut celui qui l'avait amenée.

— Est-ce encore cette vieille histoire de faux documents que vous signez avec des sceaux que vous avez fabriqués ?

— C'est exact, ma belle. Et, crois-moi, cela nous a déjà rapporté un beau magot. Mais, vois-tu, Ptahmose et Pérouhé qui se font accompagner de Penfert pensent que c'est insuffisant.

— Pérouhé ! s'exclamèrent ensemble les deux jeunes gens incrédules.

— Hé ! Tais-toi, fit Horemm à son compagnon. Tu parles toujours trop. Les ordres ont dit d'en révéler le moins possible.

— Bah ! fit l'autre en saisissant rudement Bastet par le bras. Nous allons les ligoter solidement et, demain, ajouta-t-il en ricanant, direction Memphis.

CHAPITRE II

Hamoud observa quelque temps Neby dont l'ombre brune des cheveux qui repoussaient commençait à envahir le crâne hâlé. Qu'allait-elle faire ou dire quand la chevelure qu'elle portait dans sa petite enfance, et dont elle se rappelait encore les frisures, prendrait le dessus ? Bientôt sa tête serait bouclée comme celle d'une jeune Nubienne et Choutarna lui dirait encore en riant qu'elle ressemblait à une fille sous son pagne de garçon.

Aucun barbier dans le désert ne pouvait la raser et Neby devait se rendre à l'évidence, ses cheveux auraient repoussé avant d'arriver à Avaris avec ses compagnes, et peut-être même à Gaza. Devait-elle trouver une ruse pour expliquer ce fait un peu étrange ? Bah ! Ni Hamoud ni Ali qui, dans quelque temps, retourneraient au sein de leur tribu, ne pouvaient la trahir. Quant à Choutarna et à Myriam, il était peut-être temps de les renseigner sur son véritable sexe.

Les marchands bédouins qui avaient recueilli les trois femmes à demi mortes dans le désert avaient été, de toute évidence, très intrigués par l'étrange silhouette de Neby. Pourtant, ils n'avaient pas cherché à en savoir plus et n'avaient posé aucune question au jeune garçon qu'ils croyaient avoir devant eux. Un crâne rasé d'adolescent n'allait pas les déconcerter, même si, contrairement aux Egyptiens, les Arabes laissaient facilement pousser leur barbe et restaient fiers de l'abondant système pileux qui recouvrait leurs corps.

Chacun savait qu'à l'inverse, les Égyptiens aimaient sentir leur peau nette, propre, huilée et dépourvue de poils qu'ils jugeaient disgracieux. C'est pourquoi, dans les rues — souvent à proximité des temples, à l'ombre des murs d'enceinte — il était fréquent de voir des barbiers assis en tailleur et tenant à la main leur couteau à long manche comme le scribe public tenait son calame.

Ici, en plein désert arabique, on était loin des coutumes et des traditions égyptiennes. Aucun barbier n'offrait ses services et l'adolescente, faiblissant pourtant dans ses attitudes, n'était pas encore prête à révéler que, sous sa tunique de garçon, elle cachait les charmes d'une fille.

Elle se redressa sur son chameau qui la ballottait inconfortablement de droite à gauche et soupira. Il y avait longtemps qu'elle n'avait plus cette impression de vertige, quand, juchée sur cette impressionnante bête, elle sillonnait le désert. Mais elle gardait tout de même la peur d'être déséquilibrée au moindre heurt que pouvait provoquer sur le chemin un caillou mal placé sous le sabot du chameau.

Hamoud avançait tranquillement auprès d'elle. Il avait un turban blanc autour de la tête qui faisait ressortir le teint sombre de son visage et il portait une large tunique, blanche elle aussi, dont les pans flottaient librement sur les flancs de son chameau.

— Hamoud, jeta Neby, il me sera facile désormais de parler et d'écrire l'arabe grâce à tes leçons efficaces, je l'avoue *. A présent, me voici aussi instruit qu'un Grand Prêtre de Thèbes.

Elle lança un franc sourire en direction de son compagnon et ajouta en plaisantant :

— Encore que ceux-ci ne connaissent pas tous les dialectes que j'ai récemment appris. Certains même, à l'exception de leur propre écriture, sont littéralement incultes. Autrefois, quand j'étais enfant, confiné au temple de Karnak, je me souviens que le Premier Prêtre d'Amon et ses principaux suivants faisaient appel à des interprètes pour déchiffrer les lettres envoyées par les rois asiatiques ou les grands princes de vos régions bédouines.

— L'écriture est la seule issue vers la connaissance, affirma Hamoud en hochant la tête. Une connaissance qui se transforme en sagesse si l'homme l'utilise à bon escient.

Il se tourna vers Neby dans un large sourire, ce qui eut pour effet de découvrir ses dents blanches et impeccablement rangées. Hamoud avait un franc visage carré aux yeux dorés comme le soleil du désert.

— Je te retourne les remerciements, car toi aussi, tu m'as appris l'égyptien et ma famille sera fière et satisfaite lorsqu'en compagnie de mon cousin Ali, j'irai commercer dans les pays voisins.

Il cravacha les flancs du chameau sur lequel il était juché depuis l'aube, un bel animal paisible et sobre, plus grand que celui de Neby. Puis, toujours aussi serein, il reprit :

— Voulais-tu dire, tout à l'heure, que les prêtres de vos temples ne détiennent pas la connaissance suprême ?

* Lire *LES THÉBAINES / Les Dieux indélicats.*

— Non. Pas tous. Certains ont un esprit petit et ne méritent pas le poste qu'ils occupent.

Un instant, Neby se rappela son triste séjour au temple de Karnak quand les grands prêtres Anen et Ptahmose avaient voulu la soumettre à leurs abjects caprices. Anen surtout, dont les instincts le portaient plus volontiers vers les jeunes garçons. Elle se remémora sa farouche détermination à ne pas dévoiler qu'elle était une fille, malgré les coups de fouet sanglants qu'elle avait reçus et qui avaient failli la tuer *.

Le temple de Karnak ! Le temple d'Amon qu'elle reverrait sans doute un jour ! Les larcins qu'enfant elle y avait commis, juste pour survivre, lui revinrent en mémoire. Et sa fuite ! Suivie de l'interminable marche vers les régions du nord, jusqu'à Coptos et Memphis où son père, avant de mourir, lui avait assuré qu'on y trouvait du travail.

Dans la foulée des souvenirs, Neby revit son père, un pauvre scribe public végétant de ville en ville, et tenant par la main sa fille au crâne rasé à qui il avait enseigné tout son savoir.

Depuis, Neby tenait farouchement à son secret. Ni Choutarna qu'à présent elle aimait tendrement, ni Myriam qui servait fidèlement la princesse babylonienne depuis qu'elle avait été enrôlée par Papalavizzi, le conseiller du roi Kadashman, ni ceux qui l'entouraient maintenant n'avaient réellement cherché à en savoir davantage. Et c'était réconfortant pour Neby qui, dès son retour en Égypte, tenait à exercer librement le métier que lui avait appris son père.

— Certes, murmura-t-elle en regardant l'horizon

* Lire *LES THÉBAINES / Les Dieux indélicats.*

sans fin du désert, la connaissance est une longue expérience.

Puis elle se retourna, vit Choutarna et Myriam qui avançaient lentement aux côtés d'Ali et pointa son doigt en direction de la longue ligne horizontale amincie et blanchie par la brume matinale.

— La ville de Gaza est-elle derrière cette barrière ?

— Oui, répondit Hamoud, mais nous n'y serons que dans une semaine ou deux. Au bout de cette barre opaque, il y a le mont Zabârah qui enferme des émeraudes non exploitées et des arbustes de coloquinte. Nous prendrons juste le temps, Ali et moi, d'en cueillir les feuilles. Nos femmes en font une pommade qui guérit des brûlures excessives du soleil.

Neby acquiesça et se laissa cahoter de droite à gauche, bercée par le rythme lent et régulier que lui imposait son chameau. Depuis qu'ils avaient quitté le camp des bédouins, ils côtoyaient une large plaine brûlée par le soleil, une sorte de butte désertique et raboteuse où les pierres empilées avaient gêné la marche des mules qui transportaient le ravitaillement de vivres et d'eau.

— Regarde, dit Hamoud en montrant du doigt le sol sablonneux. Regarde, ces empreintes sont celles laissées par les chameaux d'une précédente caravane de marchands. Notre direction est bonne. Demain, nous atteindrons une barrière de rochers à l'abri desquels nous pourrons prendre du repos.

— Y resterons-nous quelque temps ?

— Non, car le puits qui s'y trouve contient de l'eau salée.

— De l'eau salée !

— Oui, acquiesça Hamoud. C'est l'un des derniers lacs, sans doute le plus éloigné et le plus petit qui débouche encore sur la mer Rouge. C'est elle qui l'alimente et ceux qui ne le savent pas se laissent prendre à son piège. Ils boivent cette eau mortelle qui dessèche encore plus leurs bouches et rend leur respiration quasi impossible. Il est inutile de s'y éterniser puisque nous ne pourrons pas remplir nos gourdes.

— Oh ! soupira Neby, qu'il me tarde de retrouver l'Égypte !

— Et pourtant, fit Hamoud d'un ton grave, ne caches-tu pas mieux ton mystère en plein désert ?

— Hamoud, il n'y a aucun mystère, je t'assure.

Le jeune bédouin avança sa main pour toucher son épaule, mais, promptement, Neby la prit au vol. D'un geste ferme, Hamoud dégagea ses doigts de ceux de sa compagne, hésita et passa lentement son index sur la joue de Neby.

— Tu te rases la tête, mais ta joue est douce comme la peau d'une grenade.

Puis, il glissa son doigt sur le cou de la jeune fille, l'ôta et le laissa suspendu, car Choutarna arrivait droit sur eux en une soudaine envolée, les yeux assombris par la colère.

— Hamoud, jeta-t-elle contrariée, laisse mon frère. Il a horreur qu'on le touche.

— Ce n'est pas ton frère.

— Si ! Car nous avons décidé d'un commun accord que c'était mieux ainsi. Et il n'y a pas d'explication à nous demander.

Neby haussa l'épaule et regarda Hamoud qui, sans rien ajouter, lançait un regard narquois à Choutarna.

— Peu importe, fit-elle en donnant un coup de badine à son chameau pour le faire avancer un peu plus vite. Peu importe si le lien du sang n'est pas là. Seul compte celui du cœur.

Elle fit un écart pour dépasser ses compagnons, puis jeta d'un ton plus joyeux :

— Tu le sais, Hamoud ! Puisque tous tes amis sont tes frères.

Un souvenir encore bien proche que celui de ce jeune frère si facilement inventé et qu'elle ne voulait plus lâcher quand, à moitié mortes dans le désert, la tribu des bédouins les avait recueillies ! Certes, une idée de la jeune princesse sans doute pour se l'attacher davantage.

Et que de rassurantes pensées cela pouvait lui apporter ! Choutarna ! Fille du roi de Babylone venue des hauts plateaux de l'Euphrate avec ses multiples richesses, ses nombreux serviteurs, son fidèle Papalavizzi, ses suivantes. Ah ! certes, toutes de belles Asiatiques qui avaient péri dans le naufrage organisé par de vils Égyptiens, lors d'une trop forte crue du Nil. Un massacre ordonné par les prêtres d'Amon afin d'empêcher l'union de la princesse et du pharaon d'Égypte.

Mille fois pire ! Quand les corps avaient été jetés les uns après les autres dans le Nil en furie afin que personne ne pût soupçonner l'origine des meurtres, Choutarna était aux côtés de sa petite sœur Tahoukhipat. C'était un bébé de quelques mois élevé au sein de sa nourrice disparue elle aussi dans le fleuve. Hélas, l'enfant n'avait pas dû survivre et, bien que Choutarna évanouie ne pût l'attester, le couffin d'osier s'était probablement enfoncé dans les eaux furieuses de l'inondation qui avait suivi ce désastre *.

Elle seule et Papalavizzi avaient réchappé miraculeusement à l'odieuse machination. Un peu plus

* Lire *LES THÉBAINES / Les Dieux indélicats.*

tard, quand les rumeurs avaient été amoindries et les esprits apaisés, le fidèle conseiller de Babylone avait organisé un étrange convoi composé de quelques Crétois chassés de chez eux pour avoir causé des désordres politiques et de Myriam qui fuyait un mari violent et destructeur.

Ayant tout perdu dans le traquenard tendu par les Égyptiens, Papalavizzi s'était retrouvé plus pauvre qu'un paysan du delta et, sans les Crétois qui avaient assuré le financement de l'expédition, armes, chameaux, mules, nourriture et tentes de toile, il n'eût pu mener à terme son projet.

Quant à Neby, le sort l'avait mise sur le chemin du Babylonien qui l'avait enrôlée pour enseigner l'écriture égyptienne à Choutarna afin qu'elle ne s'ennuyât pas durant le long périple qui devait la ramener chez elle.

Puis, un jour qu'ils avaient monté les tentes dans le brûlant désert arabique pour se reposer, ils avaient été sauvagement attaqués par des bandits qui se rendaient au pays des Canaans pour y voler des chevaux et les revendre dans le nord, du côté d'Ugarit. Les brigands avaient égorgé et tué tous les hommes. Seules en avaient réchappé Myriam, Choutarna et Neby qui, dès le début du voyage, se faisait passer pour un eunuque.

Cependant les bandits avaient commis une erreur. Affamés, ils avaient tant mangé le premier soir que, la panse trop repue, ils s'étaient endormis lourdement, laissant la possibilité aux trois femmes de s'échapper à condition qu'elles se pressent.

Dans une précipitation qui, sans aucun doute, frôlait la panique, elles s'étaient donc enfuies, n'emportant que ce qu'elles avaient pu ramasser en toute hâte. Elles avaient tant marché pour échapper à l'inévitable poursuite, ne s'abreuvant qu'à l'unique gourde d'eau fraîche emportée qu'elles avaient dû s'arrêter, incapables de poursuivre.

La caravane des bédouins les avait trouvées à demi mortes d'épuisement et de soif et les avait généreusement recueillies. C'était une petite caravane qui rejoignait les siens au nord du désert, là où s'étendait la chaîne des collines qui borde le plateau d'El-Djebel, jouxtant une belle et verdoyante oasis près de laquelle ils élevaient des chèvres.

Les bédouins du désert arabique, du moins ceux des peuplades qui séparaient les hauts plateaux de l'Euphrate des collines du Sinaï, avaient été, autrefois, plus sauvages et plus violents qu'ils n'étaient à présent.

Devenues plus hospitalières envers leurs voisins — le commerce qui se développait aux alentours depuis plus de mille ans les avait sans doute assagies — les tribus bédouines se félicitaient d'être les seules à bien connaître les pièges et les dangers du désert.

Équipés de sabres tranchants et de coutelas effilés qu'ils maniaient à merveille du haut de leur chameau, les bédouins évitaient souvent les agressions des brigands et des pilleurs de toutes sortes. Quel bandit, à l'exception de l'inconscient petit voleur perdu dans le désert, eût tenté de se mesurer à ces fiers et courageux Arabes, gardiens farouches de leurs biens et redoutables guerriers lorsqu'il le fallait ?

Cependant, les marchands bédouins qui conduisaient les caravanes étaient plutôt pacifiques et, bien qu'ils ne badinassent guère avec les trafiquants et les voleurs, ils ne cherchaient qu'à pactiser.

Devant l'étonnement de Hamoud qui semblait

mettre en doute la parenté fraternelle de Neby et Choutarna, celle-ci répliqua, reprenant sa bonne humeur :

— J'aime bien que Neby soit à mon côté. Il ne connaît pas encore les fantaisies du chameau et celui qu'il monte depuis ce matin est particulièrement capricieux.

— Elle a raison, fit Myriam qui arrivait jusqu'à eux, trottant sur son âne dont la résistance et l'excellente forme faisaient plaisir à voir. Neby, tu devrais te grouper à nous puisque Hamoud nous sert d'éclaireur.

Puis, elle se tourna vers Ali :

— C'est toi qui devrais rester aux côtés de Hamoud.

— Il tente sa chance auprès de Choutarna, jeta Hamoud en riant.

— Alors, rétorqua Myriam en talonnant sa mule, je puis te dire qu'avec toute la gratitude que nous te devons, Ali, une princesse de Babylone qui doit épouser le pharaon d'Égypte ne doit se compromettre avec aucun autre homme.

— Aucun ? fit Ali en riant.

— Aucun, trancha Myriam. Qu'il soit bédouin, grec, crétois, nubien ou égyptien. Cela n'a rien à voir avec le fait qu'elle te refuse ou qu'elle te dédaigne. Peux-tu comprendre cela ?

Ali secoua la tête et prit un air consterné.

— Hélas !

— Allons, console-toi, fit Hamoud. Dans quelque temps nous serons rentrés dans notre tribu et, crois-moi, les belles filles de chez nous t'attendent. Léïla, Fatiha, Soriah, Markousha, feront onduler leurs jolis ventres pour toi. Alors, tu oublieras Choutarna.

— Hélas ! conclut Ali, persuadé que seule, Choutarna pouvait lui apporter la dose de rêve qu'il cherchait pour l'instant.

Hamoud se plaça sur sa droite et fit prendre à son chameau la cadence que suivait celui d'Ali.

— Tu sais bien que notre famille se plaint d'avoir trop séjourné près de la côte. Nos échanges commerciaux sont terminés depuis longtemps. Nous devons regagner notre famille avant le prochain khamsin. Bientôt, les puits creusés dans le sable seront bouchés, les arbustes seront ensevelis, les oasis cachées par la poussière du vent.

— C'est vrai, dit Ali en souriant. Adieu, belle Choutarna, il est temps pour nous de partir. Demain, à l'aube, nous prendrons la direction de Gaza, puis nous vous laisserons à Tanis avec des mules et de la nourriture. Il faudra faire attention à ne pas prendre la direction du Sinaï ni celle qui mène sur les côtes de la Méditerranée.

*
**

Dressées sur leur chameau, le visage tendu vers le chemin que leur traçaient les deux bédouins, Neby et Choutarna restaient silencieuses. Bien que l'aube se levât à peine, l'air soufflait une atmosphère chaude et sèche dépourvue de cette tiédeur rassurante qu'apportait chaque lever du jour dans le désert. Tout initié aux sables arabiques, comme Ali et Hamoud, y voyait l'arrivée proche d'un khamsin menaçant de perturber le voyage.

Un convoi de bédouins ne manquait jamais de ce qu'il fallait pour survivre, celui qu'avait organisé les deux jeunes Arabes au départ du camp était peut-être succinct mais comportait ce qu'il fallait pour éviter les pièges et parer les dangers que tendait le désert.

Le convoi se composait de quatre chameaux robustes et deux ânes jeunes et résistants, des aliments séchés en suffisance et des gourdes d'eau fraîche pleines à ras bord.

Pas un seul souffle d'air n'était venu perturber le convoi depuis qu'il avait quitté le camp et, afin de forcer l'allure, la première nuit s'était passée sans repos et les montures qui n'étaient pas encore épuisées avaient filé bon train jusqu'à l'aube suivante.

Gaza était encore loin. Il fallait bien deux à trois semaines pour rejoindre la ville. Des collines de sable s'amoncelaient, mais pas une touffe d'herbe ne venait en verdir l'ensemble. Ali leva le visage et interrogea Hamoud du regard. Ils semblaient s'être trompés sur la venue des signes précurseurs du khamsin. A voir le vol pesant des faucons et celui des vautours qui tournoyaient sans cesse au-dessus de leurs têtes, cela annonçait, à coup sûr, l'arrivée d'un vent beaucoup plus proche que prévu.

Soudain, Hamoud pointa son doigt en direction d'un amoncellement de pierres que cachait le sable.

— Les hyènes ! murmura-t-il.

— Chercheraient-elles déjà de l'eau ? Il n'y a pas de puits dans cette région, jeta Ali d'un ton incrédule.

— C'est pourquoi elles ont senti celle de nos gourdes.

Hamoud abaissa son doigt, tourna la tête et reprit :

— Pourtant, ce matin, j'ai vu des corneilles virevolter au-dessus des ânes. En principe, elles annoncent un point d'eau.

Ils observèrent le monticule de pierres et virent qu'un souffle de vent en balayait le sable qui le recouvrait. Le rocher se découvrit et offrit au soleil une surface de granit rougeâtre striée de gris et de noir. Y attardant un regard qui cherchait à détecter de menus indices, ils virent soudain qu'une racine en sortait, prenant souche dans une fente profonde que formait le rocher.

Puis, la hyène traversa l'espace et détala à toute vitesse vers la ligne d'horizon.

— Je n'aime pas ces fauves-là, observa Hamoud. Ils rôdent et attaquent la nuit. Nous ferions mieux de ne pas nous arrêter ce soir.

Ali tourna la tête et vit que son petit convoi avançait lentement.

— L'épuisement les guette, il faudrait prendre du repos.

— Préfères-tu, mon cousin, que nous soyons attaqués par ces bêtes féroces ?

— Ne sois pas craintif à ce point, jeta Ali en haussant l'épaule.

De sa badine, Hamoud cravacha les flancs de son chameau. Ce fut juste un petit coup sec pour lui faire reprendre du nerf.

— Et si les hyènes t'attaquent sans que tu t'y attendes ? lança-t-il à son cousin.

— Mon père m'a appris à réagir très vite et à trancher net la tête de ces bêtes puantes et malsaines.

— Mon oncle, rétorqua Hamoud d'un ton ironique, t'aurait-il aussi appris à ne sommeiller que d'un œil ?

— Mon père, affirma Ali en reprenant le ton narquois de son cousin, m'a enseigné tout ce que toi, rêveur impénitent, tu ignores.

Hamoud claqua de la langue contre son palais un peu sec. Son chameau venait de faire un écart.

— Moi un rêveur ? Tu te trompes. Je suis un sage et un poète. Envierais-tu ma culture et mes connaissances ?

— Certes pas. Maintenant, ose dire que tu manies mieux que moi le sabre !

— Je sais me défendre.

— Et moi, je fais mieux, je sauve les autres.

Hamoud partit d'un grand éclat de rire.

— Je soupçonne simplement que tu veuilles éblouir la belle Choutarna.

— Que dis-tu ? s'esclaffa Ali.

— La vérité. Ose dire que tu n'es pas amoureux de la princesse ainsi que, cent fois, tu me l'as laissé croire ?

Ali riait. Son grand corps dégingandé se balançait gracieusement sur son chameau. Sa tête aux cheveux noirs dont les boucles étaient courtes et serrées était enveloppée d'un large turban bleu assorti à son ample tunique, tandis que Hamoud était tout de blanc vêtu.

— Allons ! rétorqua Ali d'un ton détaché. Tu as raison. Mieux vaut ne pas s'arrêter cette nuit et poursuivre en direction de Gaza.

Tournant la tête, il ajouta :

— Tu as raison, je vous laisse quelques heures de répit. Reposez-vous pendant que je veille. Tout à l'heure, tu prendras la relève.

Pendant quelque temps, Ali et Hamoud se balancèrent au rythme des chameaux, observant sans cesse le ciel chargé du vol pesant des oiseaux de proie qui, comme les hyènes, cherchaient les voies d'eau les plus proches.

Puis, suivant le conseil d'Ali, Hamoud plissa ses paupières, se détendit et se laissa complètement aller au gré de l'oscillation de son chameau. Mais, il n'était pas écrit dans le ciel chargé de menaces que Hamoud pourrait prendre du repos. Il ouvrit les yeux, leva l'index tourné face au vent dont il sentit aussitôt la brûlante caresse. Il hocha la tête et suivit des yeux un faucon qui planait lourdement.

— Je crains que ce soit pour ce soir, murmura-t-il.

Comme pour lui donner raison, le cri de la hyène perça l'atmosphère et un voile de poussière balaya les yeux des deux jeunes bédouins. Certes, le khamsin n'était pas loin et il ne fallait plus tarder à rejoindre Gaza.

Derrière eux, à moitié somnolentes, avançaient Choutarna, Neby et Myriam qui, sur son âne, avait peine à suivre. Il est vrai qu'en plein désert, un âne avançait moins vite qu'un chameau. Mais la jeune femme n'avait jamais pu se faire au balancement chaotique de ces grands animaux qui lui donnait la nausée. Elle préférait la précarité du transport de son âne auquel elle s'était habituée.

De temps à autre, elle émergeait des profondeurs de la léthargie dans laquelle elle tombait, s'assurait que Choutarna et Neby étaient bien devant elle et, avec sa badine, qui même dans son sommeil ne tombait pas de ses doigts tant elle la tenait serrée, frappait d'un petit coup sec les flancs de son animal.

Depuis que le petit convoi était parti, Choutarna et Neby restaient silencieuses. L'air sec du matin précédent ne les avait nullement alarmées mais le temps qui semblait changer, avec le vent levé, les rendait inquiètes. Elles avaient hâte d'être à Gaza pour en finir avec ce désert étrange qui ne les attirait ni l'une ni l'autre. Choutarna fut la première à rompre le silence :

— Vas-tu regretter Hamoud? questionna-t-elle d'une voix fluette.

— Et toi, vas-tu déplorer l'absence d'Ali en qui tu as trouvé un merveilleux compagnon?

— Oh! moins que toi. Tu seras navrée de ne plus

voir Hamoud qui, patiemment, t'a appris l'arabe et ses coutumes comme tu m'enseignes la langue égyptienne et ses traditions.

Neby se mit à réfléchir. Elle esquissa une moue dubitative et se retourna vers Choutarna.

— C'est vrai. Me voici riche de connaissances supplémentaires qui, sans doute, me seront fort utiles dans mon métier de scribe. Si mon père savait qu'à présent je connais l'écriture akkadienne doublée des langues asiatique et arabe, il serait fier de moi.

Choutarna acquiesça de la tête.

— Ceci dit, je suis heureuse que nous quittions le désert. Ce séjour auprès des bédouins a duré trop longtemps et nous a détournés de notre véritable objectif.

— Choutarna ! reprocha Neby. Ces bédouins nous ont sauvé la vie. Nous devions accepter leur invitation aussi longtemps qu'ils le jugeaient utile.

— Je sais.

Elle se cala contre la bosse de son chameau et lui donna un léger coup de badine afin de le faire avancer un peu plus vite.

— Je sais, reprit-elle. Mais, je me range à l'avis de Myriam et je trouve que ce séjour n'a que trop duré.

Voyant que Neby ne répondait pas, elle jeta d'un petit ton plaintif :

— Neby, pourquoi plais-tu tant à Hamoud ? Tu es un garçon ! N'aimerait-il pas les filles ?

Elle soupira et voyant que sa compagne restait imperturbablement muette, elle reprit :

— Certes, tu as des traits jolis et fins et tes manières sont élégantes. Mais, tu es un garçon !

Elle appuyait sur ce mot comme pour se convaincre de la réalité d'une invraisemblance. Neby sentit qu'un léger frisson effleurait tout son corps. Un sursaut, un tressaillement désagréable. Elle avait horreur d'aborder ce sujet avec Choutarna. Quand elle lui posait une question périlleuse sur son étrange silhouette, elle insistait sur ce point avec une extraordinaire précision. Neby la détournait alors avec autant d'intelligence que de subtilité. Mais ce n'était pas chose facile et la jeune fille devait user de stratagèmes qui, parfois, pouvaient paraître simplistes.

Pourtant, elle sentait que l'heure était venue où elle devait avouer la vérité. Désormais, trop d'intimité allait les rapprocher pour qu'elle persiste à la lui cacher. Jusqu'à présent, un rempart les avait toujours séparées, comme un mur qui les empêchait d'aller au fond des choses. Tout d'abord, Papalavizzi et ses compagnons crétois, puis les bédouins, Hamoud et les autres. A présent, il ne restait plus que Myriam qui, souvent, la regardait avec une perspicacité sans faille.

— Neby, tu ne m'as pas répondu, continua Choutarna en se laissant docilement balancer par le cahotement du chameau.

— Que veux-tu savoir ?

— Je veux comprendre pourquoi l'amitié que ce bédouin te donne te plaît autant.

— Choutarna ! s'étonna Neby. Serais-tu jalouse ?

— Je ne sais pas, fit Choutarna pensive. Mais ce dont je suis sûre, c'est que tu ne dois pas partager la tente de Hamoud lorsque nous aurons décidé du lieu de notre prochaine halte.

— C'est pourtant ce que j'ai toujours fait.

— Eh bien, Neby, tu ne le feras plus.

— Choutarna ! s'exclama Neby. C'est la première fois que tu me donnes un ordre. Pourquoi ?

— Parce que depuis longtemps j'ai compris ce que tu me caches. Tu es une fille, pas un garçon.

— C'est pareil ! jeta sèchement Neby. Je n'ai pas d'ordre à recevoir de toi.

Et, soudain, son cœur s'allégea. Depuis quand Choutarna savait-elle ? Pas une seule fois Neby n'avait dévoilé son buste qui, seul, pouvait détromper son entourage.

— Fille ou garçon, Choutarna, jeta-t-elle d'un ton bas, je refuse d'être soumise. En mourant, mon père m'a fait jurer de ne jamais être la servante de quiconque et j'ai l'intention de suivre son conseil. C'est pour cette raison que j'ai fui le temple d'Amon qui m'avait recueillie.

— Mais, Neby, murmura Choutarna, qui te demande d'être ma servante ? Myriam accomplit fort bien cette tâche. De plus, elle l'effectue avec affection et fidélité.

— Alors, que veux-tu de moi ?

Elle tourna son visage vers sa compagne et ses grands yeux sombres se firent de velours.

— Je ne veux pas que tu tombes amoureuse du premier venu.

— Mais, je n'éprouve aucun sentiment d'amour pour Hamoud. Je te l'ai dit, c'est un merveilleux compagnon et, très souvent, je penserai à lui comme une des meilleures choses qui me soient arrivées jusque-là dans ma vie.

— Et moi ? Vas-tu m'abandonner ?

— Choutarna ! s'exclama Neby. Crains-tu donc que je te laisse lâchement tomber dès que nous serons à Gaza ?

— Tu as la chance d'avoir un travail qui peut te faire vivre. Moi je n'ai rien. Il est donc évident, Neby, que tu auras moins besoin de moi que moi de toi.

Neby eut un sourire que sa compagne ne vit pas. Elle frappa du talon les flancs de son chameau.

— Tu ne me connais guère, Choutarna. Écoute-moi bien. Je n'ai pas envie de te quitter pas plus que je n'ai envie de tomber amoureuse. J'ai trop, en moi, ce violent désir d'exercer mon métier.

— C'est tout !

— Non. Ce n'est pas tout. J'ai promis de t'aider et de rechercher avec toi ceux qui ont si sauvagement provoqué ta perte. Ta cause est devenue la mienne, si toutefois elle ne m'empêche pas de poursuivre mon métier.

— Tu ne changeras pas d'idée ?

— Non, Choutarna. Je suis fidèle et j'ai beaucoup d'affection pour toi.

— Resteras-tu un garçon ?

— Il le faudra. Quand je proposerai mes services de scribe public, les clients ne me feront aucune confiance si je suis une fille. Ils se moqueront, m'ennuieront, chercheront à me nuire ou bien à me séduire et, de toute évidence, j'aurai les pires ennuis. Or, nous n'aurons plus le soutien des bédouins.

— Neby, chuchota Choutarna, je t'aime pour tout ce que tu représentes.

— Tout !

— Oui. Tu es si forte et si peu commune. Personne ne te ressemble et ne t'égale. Moi, je suis si faible dans mon état de princesse déchue.

— Je suis sûre que nous saurons te venger et que ta vraie place te sera rendue.

— Alors Neby, un jour, je te revaudrai tout ça.

— Je ne te demande rien.

Elles ne se parlèrent plus, se trouvant l'une et l'autre soulagées d'un poids qui existait entre elles depuis qu'elles se connaissaient. Myriam somnolait à demi sur son âne. Avait-elle entendu ou deviné le propos qui venait d'unir les deux jeunes filles, les rejoindre pour un temps du moins, celui d'un juste retour des choses?

Le petit convoi ne s'arrêta que le lendemain, lorsque les forces commencèrent à décliner. Chevauchant toujours son âne qui ne montrait pas encore signe de fatigue excessive, Myriam dormait presque en permanence. Les deux jeunes filles commençaient, elles aussi, à se laisser aller à une somnolence qu'elles ne pouvaient pratiquement plus quitter. Aussi, Hamoud et Ali décidèrent-ils de dresser les tentes pour la nuit.

Une nuit chaude et sèche, agitée par des voiles permanents de poussière qui venaient balayer le convoi.

Un cri de femme égorgée les éveilla. C'était celui de la hyène qui les avait suivis tout au long du chemin. Elle appelait les autres, les incitant à venir se regrouper autour d'elle.

Un nouvel hurlement qui perça la nuit, suivi d'un véritable concert de clameurs aiguës, avertit Neby et ses compagnes qu'il valait mieux rester éveillées. Elles se serrèrent les unes contre les autres, attendant que le jour se lève et que le khamsin passe.

La virulente hyène fut vite entourée d'une petite horde suffisamment menaçante pour que les deux jeunes bédouins restassent sur leurs gardes, épiant sans cesse les alentours avec une concentration extrême, étudiant chaque souffle, chaque geste. Ils avaient laissé l'ouverture de leur tente grande ouverte pour éviter d'être surpris par l'éventuelle attaque des fauves. Agression qui ne vint pourtant pas, les hyènes préférant rester au loin. Assoiffées et non affamées, il leur suffisait de suivre le convoi afin de profiter, comme lui, du prochain point d'eau.

En cela, les hyènes avaient ce don de rester tapies

dans l'ombre, à l'écart des camps, comme des chiens attendant les restes du repas des hommes.

Le lendemain, à l'aube, le khamsin se levait et le petit convoi prit la route de Gaza.

CHAPITRE III

Entre le désert arabique et le désert libyque, le Nil serpentait, écoutant le chant de la terre chaque fois que la crue y avait déposé son limon fertile.

De la Nubie au delta, tout au long de ce fleuve régénérateur que le dieu Hapy servait en maître vénéré, champs de blé, de lin et de papyrus poussaient à vue d'œil. Les treilles abondamment fournies qui grimpaient le long des murs blanchis ne restaient pas à l'abandon. Légumes et fruits — quand ils étaient copieusement et régulièrement arrosés — surgissaient eux aussi de la terre et se développaient dans de bonnes conditions.

Il fallait qu'une crue trop abondante fût dévastatrice et entraîne sur son passage arbres, cabanes, maisons, réserves d'aliments durement épargnées, paysans bien souvent, les noyant impitoyablement dans des flots devenus indomptables, pour comprendre que plus rien ne pouvait exister.

Une crue inexistante était tout aussi destructrice et engendrait une sécheresse fatalement suivie d'une famine, si ce n'était une épidémie. Une fois le pays décimé, on réalisait l'importance que pouvait jouer sur lui le fleuve.

Mais Hapy se chargeait de tout rétablir et, s'il était satisfait par les offrandes que son peuple lui apportait, le Nil continuait à couler, riche et poissonneux, apportant son flot régulier pour que la vie s'y déroulât sereine et prospère. Car transports, trafic et commerce utilisaient essentiellement cette voie d'eau pour les besoins du pays.

Assise en ce milieu du Nil, Thèbes, autrefois village de paysans et de bateliers, vivait au rythme de son fleuve, les yeux tournés vers la terre nourricière. Agriculteurs et mariniers ne faisaient qu'un, l'aube de chaque crue motivant leurs espoirs, leurs ardeurs, leurs enthousiasmes.

Le Nil dont la source était gonflée des pluies en provenance des grands lacs africains répandait sa terre noire, donnant aux sables stériles la fertilité nécessaire pour cultiver.

L'Égypte, en ce temps-là, n'allait que d'Assouan aux rives méditerranéennes, n'offrant qu'un long ruban d'eau qui ne permettait de cultiver que sur les bords du fleuve. C'est à peine si l'on pouvait s'en écarter de quelques coudées sans risquer que son champ manquât d'eau.

Mais à présent, tout était différent et les paysans qui vivaient sous le règne du pharaon Aménophis, le troisième du nom, pouvaient se féliciter de voir l'eau arriver sur leurs terres à plus de cinq cents coudées à l'aide de canaux artificiels qu'il fallait, certes, entretenir en permanence dans un excellent état.

Aujourd'hui, Ouri regardait d'un œil satisfait l'étendue de ses champs sans même penser qu'autrefois, les mêmes gestes, les mêmes rites, ceux qu'il effectuait après chaque crue, étaient identiques. Des gestes instinctifs qu'il refaisait chaque année, des gestes avec lesquels il était né.

Gestes connus de tous les paysans d'Égypte, combien de fois répétés, amplifiés, décuplés selon les espoirs et les enthousiasmes. C'était toujours ainsi et cela le resterait toujours. Après l'inondation, les paysans attendaient la décrue. Puis, venait le temps des travaux, le binage, l'égalisation des mottes de terre qu'ils effectuaient avec la houe, le labour qu'ils pratiquaient avec une araire que tiraient deux bœufs puissants, l'ensemencement des graines qu'ils enfouissaient dans un sol fécondé et meuble grâce au piétinement des troupeaux.

Oui ! En cette année, 1 300 ans environ avant J.-C., Thèbes n'était pas que la belle et glorieuse capitale des pharaons et de sa prestigieuse cour. C'était aussi la ville des paysans qui vivaient au rythme immuable de la terre.

Cependant, Ouri aurait été bien étonné s'il était revenu mille ans en arrière, quand le paysan ignorait encore tout des travaux d'irrigation et du curage des canaux qui permettaient aux terres éloignées de recevoir l'eau nécessaire pour ses cultures.

Comment pouvait-il supposer qu'avant il n'aurait pu profiter de cette terre noirâtre et riche qu'il cultivait à plaisir ? Comment pouvait-il imaginer que le canal qui partait de la rive du Nil et qui arrivait jusqu'au jardin de sa maison n'existait pas un millier d'années avant lui ? Son chadouf à proximité avait été doté d'un balancier impeccablement mis au point pour permettre un bon arrosage.

Et, certes, Ouri était fier de son jardin où poussaient les oignons, les courgettes, les laitues, les poireaux, les melons, les concombres, les haricots dont il avait l'usage intégral pour nourrir sa nombreuse famille.

Oui ! Ouri pouvait être satisfait. Son maître le

payait bien. Les immenses champs d'orge et de blé qui appartenaient à Ay et à Theyi son épouse et qu'il cultivait avec son fils Koren, lui laissaient assez de bénéfice pour que Pensilhé et ses filles fassent le pain et la bière nécessaires à la consommation de la famille.

Une belle bière forte et parfumée que beaucoup d'autres paysans ne pouvaient faire aussi fine et qui devait se boire avec des pailles en tige de papyrus enroulées et creusées au centre. Il fallait aspirer fortement afin que seul le liquide arrivât en bouche, laissant au fond les ingrédients mal mélangés.

En observant le champ qui s'étendait à perte de vue, Ouri soupira d'aise et inspecta le ciel qui filait devant lui, azuré et limpide, sans tache apparente ni même le moindre soupçon d'un minuscule nuage qui en eût terni l'éclatante lumière. Puis, les yeux d'Ouri s'attardèrent sur la coloration du paysage qui s'imposait à lui. D'un côté, il voyait les épis dorés qui commençaient à mûrir, de l'autre l'éclosion bleue des fleurs de lin qui, bientôt, exigerait la cueillette.

Ouri n'avait même plus d'état d'âme — ou si peu. Sa vie et celle de sa famille, huilées à la perfection, fonctionnaient sans difficulté. Ay, le Grand Capitaine de la Charrerie Royale, était généreux envers lui. Il allait jusqu'à payer le fisc en lui reversant l'impôt du blé et de l'orge afin qu'il n'ait pas à amputer sur sa part le revenu de ses bénéfices.

Mais, si Ouri était courageux et travailleur, sa femme Pensilhé, malgré les avantages qu'ils tiraient d'Ay et de son épouse, restait tout aussi besogneuse. Outre le pain et la bière qu'elle préparait elle-même, elle filait le lin, le tissait et confectionnait les vêtements dont sa famille avait besoin.

Car Ay, le Grand Capitaine de la Charrerie

Royale, ne possédait pas que des champs d'orge et de blé. Entre les terres aménagées et le fleuve ondulant s'étalaient de vastes espaces où poussait le lin haut et dru dont les petites boules bleues, à l'extrémité de leurs longues tiges, éclosaient à la saison du Chemou. Dès l'apparition des fleurs, une grisante odeur emplissait l'air et persistait jusqu'à la récolte qui réclamait un soin extrême.

Éloignées du domaine, il y avait aussi d'immenses forêts de papyrus dont les ombelles s'élevaient très haut, défiant les colonnes des temples divins. Nature exubérante, verdoyante, prolifique, dont l'Égyptien savait tirer parti. Entre ces tiges de papyrus, vivait toute une faune qui attirait la chasse : cailles, vanneaux, canards, sarcelles, pigeons, huppes et grasses oies excitaient le plaisir des chasseurs.

Certes — on l'a dit — dans sa candeur de paysan, Ouri ignorait que Thèbes, autrefois, n'était qu'un modeste village que rien ne semblait alors devoir distinguer des autres.

Confiant, serein ce matin-là, il avait mis un pagne propre, coiffé longuement ses cheveux courts qui s'arrêtaient juste au-dessus de ses oreilles, et s'était lavé au bord du Nil en prenant soin de nettoyer ses ongles habituellement noircis par les travaux des champs. A l'aube, il s'était rendu sur la petite place publique de Médineh où le barbier du village attendait ses clients.

Il faut dire que la journée risquait d'être mouvementée. Les bruits qui couraient depuis plusieurs jours annonçaient que la fête serait animée, distrayante et même qu'il y aurait, à la tombée du soir, une distribution de galettes d'orge accompagnées de boissons fraîches. Chaque année, c'était ainsi lorsque le fonctionnaire désigné pour gérer la province d'un village situé dans la partie occidentale de Thèbes, à la limite des cultures et du désert, devait inspecter tout le cheptel du voisinage.

C'était à la fois une fête et une contrainte, car le village devait exhiber devant ses supérieurs des troupeaux parfaitement sains, vigoureux, beaux et bien nourris. Si le cheptel montrait une déficience quelconque, maigreur excessive, pelage terne et sale, denture mauvaise, membres atrophiés, les propriétaires du cheptel se voyaient taxés d'une amende plus ou moins importante selon le degré du délit et dont la portée pouvait entraîner leur chute. Bien entendu, ceux-là mêmes reportaient leur mécontentement sur les paysans qui, bien souvent, n'étaient pas responsables.

Le village de Médamoud se trouvait donc en effervescence depuis plusieurs jours. Les propos les plus hardis couraient jusqu'au village voisin qui, grâce à un conseiller sur le point de rendre l'âme, avait échappé à l'inspection annuelle.

Ouri n'avait pas été le dernier à entendre les bruits qui circulaient au sujet de son village. On disait que le cheptel de Khafrê, un des plus anciens propriétaires de bétail du domaine, n'offrait pas des bêtes aussi saines que celles de Hénout, un jeune et ambitieux Égyptien qui, depuis peu, s'était recyclé dans le bétail. Les paris étaient ouverts et, depuis l'aube, on allait même jusqu'à mettre en jeu les mises les plus fantaisistes.

A cette occasion qui valorisait ou discréditait la localité entière, les anciens du village dont Ouri faisait partie malgré son arrivée récente, car celle-ci ne datait que de quelques années, avaient donné l'ordre de monter l'estrade sur laquelle le délégué de l'administration devait s'installer entouré de ses conseillers et de ses scribes.

On avait posé sur l'estrade une sorte de petit trône en bois d'acacia à large dossier sculpté et à pattes massives en forme de colonnes de temples. Les sièges qui jouxtaient le trône étaient de confection plus simple. Il s'agissait de tabourets bas et pliants sur lesquels prenaient place les conseillers du délégué.

Ouri ne tenait plus en place. Quand il aperçut Néfertiti qui accourait avec Sehotep, le dernier de ses fils, il eut un sourire qui éclaira son visage. Mais, voyant la tenue négligée des adolescents, l'inquiétude remplaça la lueur de joie qu'il venait d'amorcer.

— Par tous les dieux ! Mes enfants, vous n'êtes pas encore prêts ! Voulez-vous manquer l'arrivée du conseiller ? fit-il en ébauchant un léger tic nerveux — il relevait un coin de sa lèvre supérieure — qui montrait sa grande impatience. Sehotep, je vois que ta mère ne t'a pas encore mis le pagne tout neuf qu'elle vient de confectionner et toi, Néfertiti, qu'attends tu pour mettre le bandeau doré qui retient tes cheveux et revêtir une tunique de fête ?

— Nous nous sommes échappés ! fit Sehotep joyeusement.

Les deux enfants pouvaient bien rire, car jamais Ouri ne les contrariait ou ne les réprimandait.

— Mais, reprit Ouri toujours inquiet, la foule va se faire dense d'un instant à l'autre. Les musiciennes et les danseuses vont arriver. Où est ta mère, Sehotep ?

Le garçonnet se mit encore à rire et prit la main de Néfertiti, sa sœur de lait. Une fillette qu'un jour Ouri, pauvre paysan de la région de Memphis, avait trouvée sur les berges du Nil, enfouie dans la bourbe du fleuve. Cela s'était passé dix ans plus tôt *.

* Lire *LES THÉBAINES / Les Dieux indélicats.*

Un mystère insondable que lui et son épouse n'arrivaient pas à élucider ! Une énigme entourait la fillette depuis bien des années déjà, et ne faisait que s'obscurcir davantage. Aujourd'hui, Ouri ne comprenait toujours pas. Pourtant, on avait confié le bébé âgé de quelques mois à Pensilhé qui, à l'époque, allaitait Sehotep, son dernier fils. C'est alors que, pour Ouri et Pensilhé, tout avait soudain tourné en leur faveur. De son statut de pauvre paysan qui, souvent, n'avait rien à donner à manger à sa famille, Ouri était passé à celui de riche et puissant agriculteur.

Certes, le statut social du couple avait pris de l'ascension mais dans leur esprit, Ouri et Pensilhé étaient restés modestes. Ouri travaillait toujours la terre bien qu'à présent il pût payer un ou deux ouvriers pour alléger sa besogne. Quant à Pensilhé, si elle fabriquait toujours son pain et sa bière et si elle confectionnait encore ses vêtements, c'est que son amour du travail ne s'était pas estompé avec l'aisance de sa vie nouvelle.

Pensilhé aimait plus que tout manier son petit métier à tisser, y passer les fils, les y tendre et poursuivre son tissage pour en sortir ses propres pièces de toile, d'autant plus que, depuis quelque temps, son aîné Koren aimait à changer de pagne chaque fois qu'il sortait durant son jour de congé, et ses benjamines Netjet et Thanis ne pensaient plus qu'à imiter Néfertiti qui se vêtait de belles robes depuis qu'elle vivait avec sa mère adoptive Theyi.

Et, pour répondre aux mêmes critères d'exigence et de plaisir, elle tamisait sa farine, y mêlant l'eau et le sel pour faire son pain et préparait la levure pour faire sa bière. Pensilhé affectionnait tous ces petits travaux quotidiens qu'autrefois elle ne pouvait effectuer faute de posséder un peu de blé, d'orge, de miel, d'épices ou de sel.

— Sehotep ! cria Ouri en regardant son fils, rentre à la maison avec Néfertiti et préparez-vous en hâte. Je veux que vous soyez les plus beaux enfants de la contrée.

— Allons-nous voir défiler tout le bétail de la région ? questionna le garçon.

— Certes, celui de Khafrê, de Hénout, de quelques autres grands propriétaires qui composent le cheptel le plus important de la contrée. Mais, aussi tous les petits troupeaux du voisinage.

— Vas-tu présenter nos quelques bêtes ?

— Non, car elles ne font pas partie du cheptel de consommation nationale. Nos chèvres sont comme nos mules et nos deux bœufs. Ce sont des animaux qui ne servent qu'à notre propre travail.

***

Bras sur les hanches, jambes écartées, Koren mâchait un roseau parfumé à l'aneth pour se nettoyer les dents. Elles étaient saines et blanches, il se devait de les conserver ainsi le plus longtemps possible. Trop d'Égyptiens gardaient les leurs en mauvais état. Elles étaient grises, se gâtaient, tombaient et amenaient un sourire disgracieux, ce qui était fort gênant quand le garçon voulait plaire à la plus jolie fille du village. Et encore, ceci n'était rien à côté des maux violents que certains d'entre eux supportaient lorsqu'un abcès venait pourrir la bouche.

De temps à autre, Koren retirait le mince roseau d'entre ses lèvres, l'inspectait et le replaçait entre ses dents pour poursuivre son travail. Cette fois, il le tenait serré entre ses doigts et le faisait aller et venir le long de ses gencives qui rougissaient sous sa friction énergique.

Enfin, il se rinça la bouche avec de l'eau additionnée de cannelle et de natron et, cette besogne achevée lorsqu'il jugea ses dents propres, il entreprit de huiler son corps qu'auparavant il venait de laver avec soin.

Durant de longues minutes que sa mère trouvait interminables tant il s'acharnait à vouloir être parfait, Koren frotta avec une patience infinie son torse nu avec une huile odorante qui sentait le cèdre et le lotus.

— N'es-tu pas suffisamment apprêté pour partir ? fit sa mère un peu agacée de voir son fils absorbé par un tel souci de plaire.

Elle se dirigea vers la banquette de pierre qui, à l'occasion, servait de lit. Elle y plaçait alors une paillasse et une couverture lorsque le frère de Ouri, plus défavorisé que lui, venait chercher une oie ou un canard, éventuellement un âne pour effectuer un transport qu'il ne pouvait faire lui-même ou une chèvre qui, avec son lait, nourrissait quelque temps sa famille.

Pensilhé saisit une lampe à huile dont elle devait changer la mèche et la posa sur le coffre de bois qui enfermait la vaisselle. Puis, elle revint à la banquette de pierre, prit le pagne propre qu'elle y avait déposé et le tendit à son fils.

— Si avec celui-ci, tu n'es pas le plus bel homme du village, je ne m'y connais pas ! fit-elle en lui souriant.

Elle regarda Koren qui, sans nulle gêne, n'avait que son cache-sexe — une fine bande passée entre les cuisses qui s'attachait sur les hanches — pour dissimuler ses parties intimes. Il prit le pagne que sa mère lui tendait. Celui-ci était blanc, court et se fermait par un pan qui retombait devant.

Koren avait les pieds nus ainsi que toute sa famille. Porter des sandales était un signe distinctif de la noblesse que ne pouvait s'attribuer la société paysanne. Voilà au moins un point qui rassurait Pensilhé lorsqu'elle voyait le souci de ses enfants à vouloir paraître ce qu'ils n'étaient pas, c'est-à-dire de simples paysans qui, sans l'aide d'Ay et de Theyi, seraient encore dans la misère.

Certes, Ouri et Pensilhé accueillaient avec plaisir ce renversement de leurs habitudes paysannes. N'avaient-ils pas déjà souhaité une première transformation de leur vie en acceptant autrefois la proposition de leurs bienfaiteurs ? Or, à présent, depuis que Néfertiti les avait quittés et vivait avec ses parents adoptifs, les choses évoluaient à nouveau. Menus changements qui transparaissaient jusque dans leur vie quotidienne, surtout depuis que Néfertiti leur rapportait, lorsqu'elle venait les voir, les attitudes raffinées que l'on pratiquait chez les grands dignitaires.

Des usages et des règles journalières établis par Pensilhé, il n'en restaient que quelques-uns ! A présent, Koren et ses filles n'en finissaient plus de se parfumer, se coiffer, se vêtir à la mode pour chercher à plaire à qui voulait bien les regarder.

Mais, Pensilhé n'était pas compliquée. A l'exemple d'Ouri, elle restait tranquille et sage. « Bah ! pensait-elle, cela leur passera. Mes petites sont vaillantes et droites. Quant à Koren, lorsqu'il aura séduit la fille qu'il doit avoir en tête et qu'il lui aura proposé de devenir la maîtresse de ses biens, il reprendra ses esprits. »

Elle soupira et se tourna vers Naï qui étudiait un fragment de calcaire en essayant d'en déchiffrer les lettres.

— Et toi qui n'es pas encore prête ! N'as-tu pas envie de te faire belle ?

— Non, je ne veux pas me rendre à cette fête.

— Et pourquoi ? reprit sa mère. Tu vas rencontrer des jeunes gens de ton âge, discuter, t'amuser !

— Justement, c'est bien ce qui m'énerve. M'amuser ! Je laisse ce plaisir à mes sœurs et à toi, mon grand frère, ajouta-t-elle en haussant l'épaule.

— Je ne vais pas à la fête du village pour m'amuser, répliqua Koren en jetant un regard sombre à sa sœur.

— Ah non ! Pourquoi y vas-tu donc, alors ? Aurais-tu en tête de courtiser une fille dont je connais le nom ?

— C'est faux. Tu ne peux pas la connaître, rétorqua son frère, je ne suis jamais sorti en sa compagnie.

— Non, mais tu vas le faire et je sais qui c'est.

— Allons, reprit Pensilhé, vous n'allez pas commencer à vous chamailler. Toi, Koren, il est temps que tu partes si tu ne veux pas manquer l'arrivée du délégué régional et toi, Naï, si tu préfères rester, je ne peux t'obliger à venir, bien que ce soit encore ta sœur Maêly qui va surveiller les plus jeunes.

— Et toi ? plaisanta sa fille. Tu n'es jamais tranquille quand tes enfants ne sont pas tous réunis sous tes yeux.

— Tu sais bien que le défilé du cheptel est la seule occasion où je dois être aux côtés de ton père.

Elle voulut s'expliquer davantage mais, soudain, une tornade déboucha dans la grande salle où elle se trouvait et, en une seconde, emplit le calme parfait qui régnait tout à l'heure. Deux canards au plumage vert et une oie d'une blancheur immaculée en profitèrent pour entrer dans la pièce, encadrant dans un dandinement bien rythmé Maêly, Netjet et Thanis, ses trois autres filles.

Ce fut l'aînée qui, volubile et bruyante, prit la parole ainsi qu'elle avait l'habitude de faire :

— Ne t'inquiète pas, maman. Nos voisines Mérit et Nout viennent avec nous à la fête. Leur mère vient d'accepter, conseils à l'appui, bien entendu.

— Nous partons, s'écria Netjet. Je ne veux pas manquer le début du défilé. C'est le plus comique, il y a des jongleurs qui font des tours étonnants.

— Moi non plus, poursuivit Thanis, sa sœur que l'on prenait pour sa jumelle tant elles se ressemblaient. Je veux aussi voir les danseurs. On dit qu'une troupe fantastique est hébergée depuis quelques jours par les commissaires de l'État.

Les deux adolescentes étaient vêtues d'une robe bleue plissée, un peu trop étroite au goût de Pensilhé. Mais, il n'y avait rien eu à faire, elles avaient exigé de leur mère cette forme étirée dont Néfertiti leur avait parlé comme d'un nouveau style que l'on adoptait à la cour. Leurs cheveux noirs et frisés étaient retenus par un bandeau bleu assorti et un collier mince en perles d'argile entourait gracieusement leur cou en retombant sur leur frêle poitrine.

— Alors, les filles ! déclara Maêly. Ne perdons plus de temps. Allons-y.

Pensilhé observa sa fille aînée d'un œil chaleureux et reconnaissant. C'était celle en laquelle elle avait le plus confiance pour garder les plus jeunes. Elle ne pouvait compter sur Naï et sans Maêly, ils partaient tous à la débandade, Sehotep et Néfertiti compris, courant comme des jeunes fous dans la campagne quelle que soit la saison. Rien ne les arrêtait.

Koren s'était esquivé en silence lors de l'entrée intempestive de ses sœurs. Avant de partir, Maêly embrassa sa mère et, s'approchant de Naï, elle se pencha sur l'ostraca qu'elle essayait de déchiffrer.

— Que feras-tu quand tu sauras lire ? s'enquit-elle en observant quelque temps les lettres malhabilement dessinées par sa jeune sœur. Tu ferais mieux de nous accompagner à la fête.

Maêly haussa l'épaule dans un petit geste de dédain et reprit sa lecture. Elle n'avait trouvé que Sehotep, à qui Néfertiti inculquait les bases de l'écriture, pour lui enseigner ce qu'il apprenait lui-même. Enfin, Naï leva les yeux et sourit à sa sœur.

— Je ne réclame rien d'autre que de savoir lire, dit-elle. Alors, je t'en prie, laisse-moi seule.

Maêly soupira et regarda sa mère.

— Bon, à présent, il faudrait que...

Elle n'eut pas le temps de poursuivre sa phrase tant la porte s'ouvrit avec fracas. L'air chaud du matin pénétra violemment dans la pièce, tel un gouffre brûlant atténuant au passage le tapage des deux nouveaux arrivants.

— Par le dieu Ré tout puissant ! se plaignit Pensilhé en levant les bras au ciel. Ces enfants qui ne sont ni lavés ni vêtus ! Je croyais que tu étais prête, Néfert.

Elle courut vers le grand coffre en toile de papyrus, celui qui se trouvait à l'opposé du coffre à vaisselle, en tira des vêtements propres, les inspecta, les tria, puis tendit un pagne à son fils.

— Passe-moi ça tout de suite et dépêche-toi. Quant à toi, Néfert, tu as ta tunique à enfiler, tes cheveux à coiffer et tes mains à laver, sans compter le collier de perles bleues que tu dois poser sur ta gorge. Que va dire ta mère si elle te voit en petite campagnarde négligée et malpropre ! Elle te punira, me réprimandera et tu ne viendras plus ici. Veux-tu que les choses se passent ainsi ?

Néfertiti courut vers Pensilhé et l'embrassa avec fougue.

— Sûrement pas, fit-elle en riant.

— Et ton père qui se tiendra à la droite du délégué régional ! reprit Pensilhé en poursuivant son inspection sur la silhouette de l'adolescente. Que va-t-il penser quand, de loin, il t'apercevra aux côtés de mon souillon de fils ?

— Vite ! fit Néfertiti en hochant la tête dans un signe d'assentiment. Vite.

Elle savait que Pensilhé avait raison et que son avertissement était juste. Ce n'était pas qu'elle craignît Ay et Theyi, ses parents adoptifs qui, de leurs deux vastes résidences, celle de Thèbes et celle de Memphis, veillaient sur elle depuis qu'elle était bébé. Mais elle s'angoissait à l'idée de ne plus voir sa famille de Medamoud. Or, Néfertiti aimait la vie de la campagne et n'appréciait rien d'autre, du moins pour l'instant, que de courir avec Sehotep dans les champs qui s'offraient à elle comme d'immenses tapis colorés dont elle ne voyait plus la fin.

Néfertiti adorait ses parents nourriciers et, quand elle voyait une lueur contrariée dans les yeux de Pensilhé, elle courait poser un baiser sur sa joue qui commençait à se faner doucement.

Depuis qu'elle était partie vivre chez ses parents adoptifs, les maîtres et protecteurs de ses parents nourriciers, elle effectuait tant de gestes nouveaux qu'elle se sentait déséquilibrée. On lui inculquait des attitudes et des comportements qu'elle n'avait jamais eu à suivre jusqu'à présent. Pourquoi, soudain, n'était-elle plus libre et subissait-elle toutes ces contraintes, ces pressions qui l'étouffaient ?

Dans la maison de Theyi, il y avait tant de pièces qu'on ne pouvait plus les compter. Tant de servantes qu'une seule n'était pas suffisante pour dicter à Néfertiti la tâche qu'elle devait accomplir. On cherchait jusqu'à lui inculquer un nouvel état d'esprit, celui d'une jeune fille que rien ne peut dépouiller, écorcher, détruire, anéantir. Que voulait dire ce subit revirement des choses ?

Ne plus venir chez sa nourrice eût vivement chagriné Néfertiti. Elle se plaisait tant à vivre au gré de la nature, entourée de gens simples et sincères ! L'adolescente acceptait sa nouvelle famille dans la mesure où elle gardait un pied chez Pensilhé.

Quand elle fut vêtue de sa robe blanche plissée, agrémentée d'une collerette tombant souplement sur ses épaules menues et que Pensilhé eut posé le bandeau doré sur ses cheveux et entouré son cou du collier de perles bleues, elle soupira d'aise.

— Voilà ! A présent vous êtes dignes d'aller à la fête.

***

A cette époque du Nouvel Empire qui marquait la seconde moitié de la dix-huitième dynastie, nombre de fabriques de tissage à Thèbes n'employaient que des hommes, laissant le filage aux femmes. Mais dans les ateliers de Malgatta d'où sortait le lin le plus fin, allant souvent jusqu'à la transparence, on n'engageait que des femmes.

La confection du lin demandait un travail délicat dû à ses divers degrés de finesse. Tissu utilisé essentiellement en Égypte, il était blanc et diaphane lorsqu'il était porté par la classe supérieure, mais de texture plus grossière quand c'était la classe subalterne qui s'en vêtait. Ainsi, Koren passait autour de ses reins un pagne en lin blanc dont la rugosité du grain n'apparaissait pas sur les belles étoffes qui sortaient des ateliers de Malgatta. Cependant, plus pauvre que lui s'habillait de vulgaire jute sec et brunâtre.

Pour en revenir à notre fête, Koren n'avait pas attendu très longtemps pour s'échapper de la foule qui commençait à grouiller autour de l'estrade que l'on avait élevée sous un dais à l'effigie du dieu Horus. Mais les chaises étaient encore inoccupées et, seuls, quelques scribes arrivés plus tôt qu'il ne fallait — sans doute pour commencer à inspecter les lieux — se tenaient déjà assis en tailleur non loin de l'estrade.

Koren marchait à grands pas. Il savait que l'atelier où travaillait Ankhy n'était pas très éloigné et qu'il y serait dans quelques minutes à peine.

Le jeune homme réfléchissait, bien décidé à se servir de cette occasion pour déclarer sa flamme à la jeune ouvrière qui travaillait chez Sennefererê, l'intendante des ateliers de tissage de Malgatta. Une belle fabrique que dirigeait de main de maître l'impérieuse femme.

Les champs de lin s'étendaient à l'arrière des ateliers. Vastes terrains où poussaient hautes et drues les longues tiges terminées par des fleurs bleues dont l'éclosion était un véritable spectacle pour celui qui savait en saisir la poésie. A l'aube, c'était une vague d'un bleu délicat, presque violet qui, le soir, tournait au rose intense, puis au pourpre quand le soleil se couchait.

Koren parut étonné de voir les travailleurs occupés de si bon matin dans les champs. Le directeur des travaux ne leur avait-il pas donné la journée pour fêter l'inspection du cheptel qui se tenait au centre du village ?

Les champs s'étiraient à perte de vue. Au loin, on apercevait les bâtisses blanches des ateliers. Koren avait encore quelques bonnes minutes devant lui avant de les atteindre. Tout en marchant, il réfléchissait et plus il avançait, plus il se persuadait que sa démarche était très audacieuse. Mais pouvait-il procéder autrement quand il ne savait pas où vivait Ankhy ?

C'était au champ que le jeune homme l'avait remarquée alors qu'elle tenait une brassée de lin dont les fleurs éclairaient ses grands yeux aussi dorés que le soleil. Ses bras fins et blancs retenaient l'énorme touffe qu'elle s'efforçait de ne pas faire tomber. Elle la tenait serrée contre elle. Puis, avant de rentrer à l'atelier, elle avait croisé les yeux de Koren avec étonnement, puis les y avait laissé rivés assez de temps pour troubler le jeune homme.

Deux fois encore, Koren l'avait rencontrée alors qu'il venait chercher le rapport quotidien établi par le scribe affecté à cette besogne. Bien sûr, ce n'était pas à lui d'effectuer cette tâche, mais il avait largement payé Penhouy pour faire ce travail à sa place, s'efforçant à chaque fois de rencontrer le regard d'Ankhy.

Il longea le grand champ côté ouest et passa près d'un homme qui saisissait à pleines mains les touffes en prenant soin toutefois de ne pas casser les fibres. Puis, d'un coup sec, il les retournait, les secouait pour en faire tomber les mottes de terre qui s'y étaient collées. Enfin, il s'assurait que les fleurs n'étaient pas séparées des tiges et, d'un grand coup sec, il les égalisait par le bas.

— Eh ! fit Koren à voix forte en désignant les autres travailleurs qui besognaient au loin, n'êtes-vous pas à la fête du cheptel ?

— Hélas, nous espérons l'accord de notre chef

qui, lui-même, attend celui de l'administration régionale. On nous a dit, ce matin, que si nous commencions le travail deux heures plus tôt, on nous libérerait avant que le zénith soit au plus haut de sa course.

L'homme leva les yeux et hocha la tête.

— Cela ne devrait plus tarder. Quand j'aurai lié ces bottes, nous devrions être libres.

Il se redressa et, fixant les alentours, il vit au loin une femme qui, le dos penché, ramassait les fleurs tombées malencontreusement des bottes arrachées.

— Eh ! lui cria-t-il en élevant les bras au ciel, viens lier mes bottes. Si mon travail est avancé, j'aurai plus de chance d'aller à la fête. Après, je te donnerai deux poissons séchés.

La femme vint en clopinant, elle était assez vieille pour prendre une retraite bien méritée. Mais la chance n'avait pas dû la combler, sans doute aussi n'avait-elle plus de famille, car ce travail, malgré son âge avancé, devait lui permettre de survivre.

Elle s'approcha, ne prit pas la peine de regarder Koren et se pencha pour saisir les bottes, tiges d'un côté, fleurs de l'autre.

— Auras-tu fini avant midi ? s'enquit son compagnon.

— Bah ! grommela-t-elle, la fête n'est pas pour moi.

Soudain, on entendit un cri, puis ce fut une clameur tout d'abord bourdonnante qui, peu à peu, prit de l'ampleur et vint jusqu'à eux comme un chahut incontrôlable. L'accord venait d'être donné aux travailleurs de prendre congé pour le reste de la journée. Koren leva les yeux et les dirigea là où s'agitaient les hommes.

Le champ s'emplit brusquement d'un va-et-vient discordant, déchaîné, presque hallucinatoire. Koren n'en revenait pas. Où étaient tous ces hommes à l'instant précédent ? Confondus dans la chaleur du soleil, courbés dans la sinuosité des longues tiges, perdus dans les couleurs du champ ! Tous avalés par la besogne au point qu'on ne les distinguait même plus dans la foulée du travail.

Puis, ce fut presque instantanément le calme. Le champ fut déserté en un clin d'œil. Koren abaissa les yeux et voulut les reporter sur son compagnon, mais celui-ci avait déjà disparu. Alors, à grands pas, il prit le chemin des ateliers.

A présent, il apercevait les toitures plates derrière les acacias qui bordaient les champs. Il se pressa davantage sans plus s'attarder sur ce qui avait été, tout à l'heure, la joie bruyante et agitée des hommes impatients de quitter le travail. Il se retourna juste un instant et vit la vieille femme qui poursuivait sa tâche.

Quand il fut à la porte de la grande bâtisse blanche, Sennefererê parlait d'un ton vif à ses ouvrières.

— Je vous laisse la journée entière pour assister à la fête du cheptel. Mais que chacune soit là, demain à l'aube, à son poste de travail, l'esprit net et le cœur à l'ouvrage.

Chaque prunelle qui fixait la sienne s'emplissait d'une lueur réjouie. Le murmure de satisfaction qui devait suivre attendit pourtant que Sennefererê poursuive du même ton leste, un peu nerveux :

— Le cœur à l'ouvrage ! Me suis-je bien fait comprendre ?

Le bruissement grandissant de l'assentiment général vint troubler Koren qui pénétrait juste dans la grande pièce centrale, là où l'on martelait les bottes de lin à l'aide de petits maillets en bois jusqu'à ce que la partie ligneuse des tiges se détache et se désagrège.

Koren avança prudemment et vit un rassemblement de femmes assises autour de Sennefererê. Alors, il se rendit compte qu'il ne pouvait pas trouver Ankhy, car elle travaillait dans la section tissage qui se trouvait juste à côté.

— C'est parfait, fit Sennefererê. A demain, donc.

L'intendante des ateliers de Malgatta tenait son local avec une rigueur qui faisait dire à son entourage qu'elle ne badinait pas avec le travail. Mais, en contrepartie, chacune savait aussi qu'elle s'efforçait de rester juste et loyale, prenant le temps d'étudier le cas et le tempérament qui pouvaient différencier ses ouvrières et leur permettre d'être au mieux de leur forme.

Debout dans l'embrasure de la porte, laquelle était si basse qu'il fallait se baisser pour entrer, Koren jeta un coup d'œil rapide dans la pièce. Les murs étaient recouverts de plâtre. Des piles de fibres de lin s'étalaient sur tout un côté, fleurs tournées dans le même sens. On devait en égrener le cœur puis trier et rassembler les graines les plus belles que l'on envoyait aux thérapeutes et aux parfumeurs. Les uns préparaient des remèdes afin de soulager certains maux, les autres confectionnaient une huile odoriférante pour embaumer les corps.

Koren avait déjà vu filer le lin. Cela le fascinait assez.

Assises en tailleur, les genoux écartés, les femmes saisissaient les brins des tiges et les enroulaient autour de leurs genoux, puis elles coupaient en plusieurs fois l'ensemble ainsi obtenu de façon à obtenir de longues mèches qu'elles roulaient ensuite en boule et plaçaient dans des récipients suspendus, fermés par un couvercle percé d'un trou. Par cet orifice, elles tiraient les mèches et les filaient sur des fuseaux que d'autres femmes tenaient dans leurs mains.

Koren savait aussi qu'un filage parfait réclamait de longues fibres et que le fil obtenu devait impérativement sortir aussi fin que possible pour réaliser une étoffe légère et transparente. L'ouvrière qui le saisissait avec une grande dextérité était souvent choisie parmi les plus expertes pour ne pas le casser.

— Qui es-tu ? fit Sennefererê en se tournant vers le jeune homme quand ses filles eurent toutes disparu.

— Je suis Koren, le fils d'Ouri, Intendant du Grand Ay, Capitaine de la Charrerie Royale de sa Majesté le pharaon Aménophis.

Koren rougit un peu. Mais il était satisfait de lui. Les mots dont il s'était servi pour s'introduire semblaient faire impression.

— Je connais Ay, le Grand Capitaine, le frère de Sa Majesté la reine Tiyi, fit-elle en inspectant la tenue du jeune homme, et je connais aussi ton père. Que veux-tu ?

Koren hésita et se sentit rougir encore plus intensément. Le regard impératif de cette femme le glaçait.

— Je voudrais demander à Ankhy si elle veut m'accompagner à la fête.

— Eh bien, reprit Sennefererê d'un ton sec, nous allons lui demander. Suis-moi.

Ils pénétrèrent dans la seconde pièce, celle qui était destinée au tissage, certes la besogne la plus délicate et la plus complexe. A vrai dire, Koren connaissait beaucoup moins bien cette partie du travail et il n'en fut que plus fasciné encore.

Les femmes préparaient le travail sur des chevilles

enfoncées dans le mur. Le fil de la trame se glissait à travers une chaîne et les ouvrières le serraient au moyen d'un essieu en bois recourbé. Ces chaînes de tissus étaient tendues horizontalement sur des cadres rectangulaires entre deux supports fixés au sol. Deux bâtons servaient à former le pas, tandis que le tassement du fil de la trame s'opérait au moyen d'un grand peigne.

Les ouvrières travaillaient encore, mais leur attention s'était relâchée depuis qu'elles avaient entendu leurs compagnes s'esquiver sur l'autorisation de Sennefererê.

— Allons, fit-elle en pénétrant dans la grande pièce qui jouxtait l'autre, vous êtes libres pour la journée. Revenez demain pleines d'entrain pour continuer votre travail. La grande pièce d'étoffe que vous avez commencé à tisser doit être achevée à la fin de cette semaine.

Ce fut un tourbillon bruyant qui s'ensuivit. Seule Ankhy n'avait pas lâché le métier sur lequel elle était en train de glisser un fil de trame à travers la chaîne. Du coin de l'œil, elle regardait Sennefererê et Koren s'avancer.

— Ankhy, fit-elle, ce jeune homme s'appelle Koren. Il est le fils d'Ouri, l'intendant agricole qui travaille pour le compte du Grand Ay, frère de Sa Majesté la reine Tiyi et il demande si tu veux l'accompagner à la fête du cheptel.

La jeune fille semblait à l'aise. Elle lâcha la trame du métier qu'elle tenait et regarda Koren. Puis, hardiment, elle planta ses yeux dans les siens, mais ne répondit rien. L'intendante dut apprécier ce regard audacieux, car elle eut un sourire qui, malgré elle, vint éclairer son austère visage.

— Eh bien Ankhy, qu'attends-tu pour donner ta réponse ?

Elle pointa son index sur le buste de la jeune fille, mais celle-ci ne broncha pas.

— Aurais-tu un autre amoureux que je ne connais pas ? Si c'est le cas, tu aurais dû m'en parler, car tu le sais, je veux connaître la situation personnelle de chacune de mes ouvrières.

Elle retira son doigt et le porta, cette fois, sur le torse du jeune homme.

— Koren, je crois que c'est à toi de lui poser la question.

Koren s'avança et, s'enhardissant, prit la main d'Ankhy qu'il s'efforça de ne pas trop serrer malgré son envie subite de la porter à ses lèvres.

— Veux-tu venir avec moi à la fête ? Je te promets, Ankhy, que je te présenterai à mon père qui assiste au défilé du bétail, parmi les anciens du village, derrière le délégué régional assisté des deux administrateurs nommés par le Grand Ay.

— C'est une déclaration ou je ne m'y connais pas, rétorqua Sennefererê d'un ton narquois dont elle n'était guère coutumière. Alors, Ankhy, acceptes-tu la proposition de Koren ?

— Je veux bien, fit la jeune fille avec réserve.

— Parfait, amusez-vous, alors. Cependant, je suppose que tu m'as entendue et comprise, je veux que tu sois là demain matin pour reprendre ton travail.

Les jeunes gens disparurent en un tour de seconde et elle les vit parcourir à grandes enjambées les champs de lin pour rejoindre le village et les attractions qui s'y déroulaient.

Elle soupira en les voyant disparaître. Où était-il le temps où, jeune elle aussi, les yeux emplis d'amour et d'espoir, elle les tournait vers le beau Menkef qui, mort accidentellement quelques mois après leur mariage, lui avait laissé, avec l'accord de la reine

Tiyi, la responsabilité de la direction des ateliers? Sennefererê n'avait pas connu assez de nuits d'amour pour avoir eu le temps d'en être repue. Elle pensait à Menkef au temps des premiers jours de leur rencontre et elle enfouissait au plus profond d'elle-même ses désirs inassouvis.

Encore une fois, Sennefererê irait rejoindre dans le calme de ses ateliers vidés de toute présence humaine le souvenir de ses grands bonheurs.

Pendant ce temps, Koren et Ankhy marchaient à pas tranquilles le long des champs qui menaient au village. Ils avaient quitté sur la droite les grands espaces qu'offrait l'éclosion de ces multiples fleurs bleues à senteur délicate pour s'engager dans les champs de blé récemment fauchés.

Koren avait pris la main d'Ankhy et la serrait dans la sienne.

— J'avais peur que tu refuses, jeta-t-il d'un ton plus assuré.

— Pourquoi aurais-je repoussé ton offre puisque tu me plais? Chaque fois que je t'ai croisé, sans pouvoir te parler, j'ai aimé ton regard.

Il éleva jusqu'à sa bouche la main d'Ankhy qu'il tenait et embrassa doucement ses doigts fins. En laissant retomber son bras, il caressa le bracelet d'argent ciselé qu'elle portait et qu'elle avait relevé jusqu'au coude.

— C'est un bijou splendide, chuchota-t-il à son oreille.

— C'est la reine Tiyi qui me l'a offert.

— La reine Tiyi! reprit-il étonné. Tu connais la reine?

— Elle vient chaque année au moment des labours visiter ma mère qui lui offre des galettes d'orge. Sa Majesté dit que personne ne les fait aussi bien qu'elle. La reine est une femme simple, très proche de la nature. Comme nous, elle aime les couleurs et les odeurs des saisons. Elle respecte la terre et sait en goûter tous les bienfaits.

— Je n'en doute pas. C'est une reine bonne et juste.

— C'est elle qui m'a fait entrer à la fabrique de tissage. Je lui dois non seulement du respect, mais de la reconnaissance. Oui, Koren, la reine Tiyi est une femme sage et compréhensive.

— Je le sais.

Elle releva la tête et le regarda dans les yeux.

— Comment le sais-tu?

— Parce que Pensilhé, ma mère, que je vais te présenter aussi, a élevé la fille du Grand Ay qui, comme tu le sais, est le propre frère de la reine.

— Pourquoi a-t-elle élevé l'enfant d'Ay?

— On dit aux alentours que Theyi, son épouse, manquait de lait à la naissance de l'enfant et que ma mère, qui venait d'accoucher de mon plus jeune frère Sehotep, en avait assez pour deux.

— N'y avait-il pas d'autres nourrices que ta mère? En principe, dans ces familles de grands dignitaires, tout un personnel est là, prêt à remplir sa tâche avant même que leurs maîtres en aient besoin.

— Je ne sais pas, répondit évasivement Koren. Tout cela s'est passé près de Memphis, lorsque nous étions une famille très pauvre. Depuis que mes parents ont élevé la petite Néfertiti, tout s'est déroulé pour nous comme un conte magique et merveilleux.

Il s'arrêta de marcher et prit la jeune fille dans ses bras.

— Si nous nous reposions un peu, proposa-t-il en levant d'une main son petit menton triangulaire et, de l'autre, en l'attirant vers lui. Le village est encore loin. Nous pourrions essayer de nous connaître davantage avant d'assister à la fête. Regarde, ce petit bosquet qui nous tend ses branches basses pour nous apporter de l'ombre.

— Ce bosquet, remarqua-t-elle en souriant, n'est pas qu'un coin dans la pénombre. A mon avis, c'est un véritable abri.

— Ne veux-tu pas discuter à l'aise avant de nous plonger dans le brouhaha de la foule?

Son visage était levé sur celui de Koren et sa bouche frôla la sienne.

— Je veux bien, répondit-elle. Mais avant de nous asseoir sur l'herbe sèche, dis-moi si tu as vraiment envie de me présenter à ton père.

— Bien sûr, fit-il en l'étendant doucement sur le sol. Mais, je voudrais tant pouvoir t'embrasser avant. Il me semble que ta bouche doit avoir un goût de grenade fraîche.

Elle se mit à rire doucement et se laissa coucher comme la feuille docile d'un sycomore touchée par le vent léger du matin. Mais, ils se parlèrent peu. Subjugué par la grâce de la jeune fille, Koren ne se lassait pas de l'admirer, caressant son buste qu'il avait découvert, ramenant ses mains un peu malhabiles sur ses seins, son cou, son visage. Quand il les descendit plus bas, effleurant doucement d'une caresse son ventre doux et plat, elle se leva brusquement.

— A présent, je préfère que nous allions à la fête, dit-elle. J'aimerais bien voir le défilé du bétail. Il paraît que les bovins de Khafrê sont des animaux magnifiques et que ses chèvres noires sont plus belles que les gazelles du grand désert.

Constatant le désappointement de Koren, elle sourit et précisa :

— Crois-tu que je peux m'abandonner à toi avant que tu m'expliques où et comment tu envisages de me donner un toit ?

— Je comprends, fit-il médusé par la repartie audacieuse de la jeune fille. Je comprends. Nous allons en parler avec mon père.

— Peut-être aussi ta mère, si nous devons partager pour un temps la maison de ta famille.

— C'est que, fit Koren gêné, j'ai beaucoup de sœurs qui sont assez volubiles pour nous empêcher de vivre en paix. Je préférerais que mon père m'aide à construire une maison.

— Et ainsi, je deviendrai maîtresse de tes biens !

En Égypte, à cette époque, du moins dans les milieux où il n'y avait pas de gros apports financiers, il suffisait qu'une femme ou une fille partage la couche de son compagnon dans sa propre maison ou sous son toit familial, pour que mari et femme soient nommés.

Le cas se présentait différemment lorsque, dans une classe sociale qui mettait en jeu les titres et la fortune, un scribe administrateur devait noter, sous seing notarié, les biens qu'apportait le futur mari et ceux qu'amenait la future épouse, afin qu'en cas de divorce chacun récupérât les possessions mises en commun.

Le cas de Koren et d'Ankhy, bien qu'il ne fût pas désavantagé, n'offrait aucune obligation légale. Cependant, il demandait réflexion.

Main dans la main, ils avaient repris leur marche. On commençait à voir au loin les premières toitures plates du village et l'on entendait les premières rumeurs.

— Au sujet du toit qu'éventuellement nous pourrions partager, j'ai une autre idée, déclara Ankhy, les yeux allumés de plaisir.

— Ne veux-tu pas m'embrasser avant de me la soumettre ? tenta-t-il assez gauchement.

Elle lâcha sa main et, légère, se mit à courir devant lui. Il la rattrapa en quelques enjambées et ils roulèrent sur le sol. Comment pouvait-elle ne pas avoir envie de lui quand elle le voyait si viril et si tendre à la fois ? Mais aussi, comment s'assurer qu'il irait au bout de ses intentions ?

Ankhy était de cette race de filles sages et prévoyantes. Il y en avait tant qui se laissaient berner par les plus beaux gars du village et qui, s'offrant à eux dans les champs, dans le foin des greniers, sous les abris des papyrus ou sur les berges du Nil, se voyaient délaissées avec un enfant dans leur ventre !

Koren était précisément l'un des garçons les plus séduisants du village et, bien qu'Ankhy fût très amoureuse, elle restait circonspecte.

Ils roulèrent sur le sol et ce fut une racine sèche qui les arrêta. Koren s'appuya sur le buste fragile de sa compagne, l'écrasant doucement de son poids conquérant. C'est à peine si Ankhy pouvait respirer. Elle tenta de se lever.

— Écoute, fit-elle, je veux t'expliquer mon idée.

Il se releva légèrement, buvant des yeux son corps souple et frémissant.

— Parle, dit-il en souriant.

D'une détente brusque, elle le repoussa et ils déboulèrent tous deux quelques coudées plus loin, sur la terre sèche que le soleil commençait à craqueler.

— Voilà, exposa-t-elle en se relevant.

D'un bond, il fut près d'elle et la reprit dans ses bras.

— Je t'écoute, fit-il, sa bouche posée sur la sienne.

— Il y a une petite maison vide qui appartient à Sennefererê. Elle n'est pas très éloignée des ateliers. Si nous y dormons, ce soir, après m'avoir présenté tes parents, Sennefererê nous la louera sans difficultés.

Cette brusque décision qu'il ne put ni discuter ni refuser le laissa profondément ahuri. Cependant, il n'était guère habitué, avec sa ribambelle de sœurs caquetantes, à jeter à leur face le mot de la fin et il se contenta de hocher la tête tout en répliquant simplement :

— Mais, je serai loin de mon travail !

— Veux-tu donc toujours besogner aux champs ?

— Que veux-tu que je fasse d'autre ? C'est le métier qui me vient de mon père.

— Tu pourrais tenir les comptes de l'atelier. Sennefererê cherche un nouveau contremaître. Celui qui travaillait pour elle vient de partir dans le nord pour y ouvrir son propre atelier.

— Mais je ne sais pas compter...

— Tu apprendras.

Il secoua la tête dans un signe affirmatif, fortement désappointé que le tour de la conversation vînt s'enchaîner sur un sujet aussi délicat. Il aurait tant voulu connaître, à l'instant même, là sur le sol chauffé et craquelé par le soleil, ce ventre si blanc dont il n'avait, jusqu'à présent, que soupçonné la douceur.

— C'est vrai, admit-il d'une voix tranquille, ma sœur Naï apprend bien à lire, je veux bien apprendre à compter.

Heureuse et satisfaite, Ankhy prit sa main :

— Allons, viens, fit-elle joyeusement, si nous tardons, le défilé sera passé.

*
**

L'estrade était surélevée de quelques marches au centre de la place publique. Encerclée par les maisons basses, elle plongeait en dessous des terrasses où l'on faisait sécher aussi bien les briques faites de paille et d'argile que les figues ou le poisson. De temps à autre les enfants, vite rabroués par les parents, venaient y courir, jouer, s'y cacher et, quand ils n'étaient pas repérés, ils pouvaient y rester le temps que l'aube s'efface pour laisser place aux brûlants rayons de Rê.

Bordée d'acacias mêlés de hauts palmiers qui lançaient la dentelle verte de leurs feuillages dans le ciel, la place centrale se peuplait déjà des premiers arrivants.

La terre battue avait été nettoyée, arrosée pour éviter que la chaleur n'en séchât et n'en craquelât trop la surface. Un passage étroit sur chaque côté menait aux bâtiments qui enfermaient les bêtes en attendant qu'on les fît défiler devant l'estrade. De toutes parts, on entendait le puissant beuglement des bovins et le bêlement plus pointu des chèvres se mêlant au braiment des ânes.

Plus loin, les grognements des cochons et de leurs femelles se mariaient aux hennissements impatients des chevaux qui balayaient leur croupe de leurs queues démêlées et brossées.

Tout confondu, le cheptel du village à recenser se trouvait là. Gros et petit bétail, auxquels on ajoutait en fin de file les gros oiseaux de volière et les animaux de basse-cour, s'apprêtaient à passer devant les yeux sévères des administrateurs.

L'estrade était prête. Le dais qui la surmontait recouvrait la totalité des personnages qui s'étaient installés autour du délégué régional, lequel avait revêtu pour la circonstance son plus beau pagne qui lui descendait jusqu'aux chevilles. Une amulette représentant une tête de faucon accrochée à une chaîne de bronze pendait sur son torse nu. Le même faucon, ailes déployées, se dessinait sur l'énorme bracelet dont il avait entouré son avant-bras droit.

Au premier rang, à ses côtés, assis sur les tabourets pliants, les deux autres fonctionnaires observaient déjà de leurs yeux inquisiteurs tout ce qui se passait devant eux. L'agitation commençait à s'amplifier, annonçant le début du défilé.

Des pâtres traversaient la place en soufflant dans leurs petites flûtes aigrelettes, des valets d'écurie couraient vers les étables, des âniers criaient le bâton à la main, des bouviers s'acheminaient d'un pas pesant vers les lieux où on les avait engagés, car il fallait toujours prévoir les incidents de dernière heure. D'une part, la peur d'un animal pouvait perturber la marche tranquille d'un défilé et, d'autre part, la reprise en mains de la bête récalcitrante nécessitait des hommes habitués à conduire les grands troupeaux du delta.

Les deux commissaires jaugeaient l'effervescence du village qui, tout à l'heure, était encore latente. Nommés par un administrateur que supervisait Ay, le Grand Directeur du Domaine, lequel se tenait en retrait du délégué régional, mais dont la place était la plus en vue de la foule, ils avaient certes l'expérience de cette inspection. A l'exemple de leur chef, ils frappaient à petits coups secs et nerveux le bord de leur siège avec un bâton fait dans une tige souple d'acacia.

De part et d'autre, des hommes les éventaient avec des ombelles de papyrus, s'efforçant de ne pas occulter la vue qu'ils avaient sur l'ensemble de la place.

Derrière eux, se tenant debout et essayant d'oublier les mouches et les insectes volants qui gênaient leur concentration, venaient les anciens du village parmi lesquels on apercevait Ouri, aussi droit et concentré que lorsqu'il conduisait la charrue dans son champ.

Enfin, une poignée de scribes en pagne court, les cheveux tombant au ras des épaules, le calame de rechange coincé au bord de l'oreille, complétait le Conseil Administratif. Leurs yeux aigus encerclaient la place entière et, déjà, quelques-uns noircissaient le papyrus qu'ils déroulaient devant eux. Sans doute décrivaient-ils l'effervescence de l'atmosphère qui, après le défilé, prendrait des allures de réjouissances.

Bientôt, on ne vit plus personne passer devant l'estrade. Quelques hommes de police venaient de refouler les derniers qui s'attardaient à prendre place. Ils lançaient des ordres brefs et poussaient du plat de leurs lances les traînards, les envoyant rejoindre promptement le flot de la foule vers les étables et les écuries dont on commençait à ouvrir les portes.

Tout autour, la foule s'était massée et, à présent que le Conseil était en place, les états d'esprit se libéraient peu à peu et l'on commençait à parier sur les plus beaux animaux. La moitié du village misait sur les troupeaux de Khafrê, l'autre sur ceux de Hénout.

Les bruits montaient avec la chaleur. On entendait au loin les cris des paysans qui apaisaient leurs bêtes. Certains leur donnaient à boire, d'autres passaient une brosse sur leur pelage pour mieux le faire reluire. De jeunes garçons vérifiaient que leurs derniers excréments n'aient ni sali ni éclaboussé leurs flancs ou leurs pattes arrière.

Quand le héraut annonça au son des sistres et des crotales le début du défilé et que la police eut écarté quelques enfants qui gênaient le passage, Ay aperçut Néfertiti qui tenait la main de Sehotep. Le regard dirigé vers lui, elle eut un geste de l'autre main pour lui signifier qu'elle l'avait vu. Puis, elle courut avec son compagnon vers d'autres plaisirs, ceux qui consistaient à caresser les cornes des grandes chèvres à poils noirs.

Après quelques acrobaties d'une troupe ambulante et les jeux habiles d'une dizaine de jongleurs, le défilé commença par les âniers qui menaient leurs bêtes en compagnie des valets. Ceux-ci avaient pour tâche de faire avancer les plus récalcitrants. Quand un âne s'obstinait, un valet le prenait par l'oreille, puis par une patte, pendant qu'un autre lui assenait des coups de bâton sur le dos.

En Égypte, indéniablement l'âne n'était pas l'animal le plus heureux parmi les bêtes qui composaient le cheptel. Trop souvent battu lorsqu'il refusait de porter un poids excessif, et jamais récompensé quand il effectuait un épuisant effort.

Les scribes s'étaient levés. Ils allaient et venaient parmi le défilé, comptant et inscrivant le nombre de bêtes qui passait devant eux, affairés autant qu'attentifs car il eût été regrettable, pour eux, d'oublier une seule tête. La moindre omission était sanctionnée et le scribe inattentionné retournait à la case départ de la difficile hiérarchie qu'il s'efforçait de grimper. Le scribe subalterne, comme il en existait des dizaines de milliers en Égypte, tentait toujours d'effectuer son travail avec une extrême application.

La marche des ânes fut soudain interrompue par un braiment puissant, un cri qui semblait sortir des ténèbres, un appel au secours. L'un d'eux s'était raidi et refusait d'avancer. Les âniers crièrent et menacèrent l'animal de leurs bâtons.

— Tire-le par l'oreille ! cria un homme dans la foule. Cette satanée bête finira bien par obéir.

Un enfant cria qu'il ne fallait pas battre l'âne et, pour le faire taire, une femme lui donna une taloche.

— Sors l'animal de cette file et passe-le à la fin, intervint l'un des meneurs qui, badine à la main, en faisait vibrer l'extrémité dans l'air pour la seule volupté de l'entendre crisser.

— C'est un mauvais âne, rétorqua l'un de ses compagnons. Il ne veut jamais rien entendre. Je t'avais dit de ne pas le compter dans le troupeau. Il va nous attirer les foudres du Jury.

Tout en maintenant l'une des pattes arrière de l'animal afin de l'immobiliser pour mieux le bastonner, son compagnon haussa l'épaule et jeta un regard sur les commissaires qui ne perdaient rien de la scène.

— Tu sais bien que ces deux-là vont toujours inspecter les lieux après le défilé. Rien ne leur échappe. Aimerais-tu qu'ils te bastonnent à leur tour s'ils voient qu'un âne manque au décompte ?

Les coups reçus firent capituler le pauvre âne et l'ordre revint. Les scribes comptaient scrupuleusement le nombre qui passait devant eux, inscrivant les détails indispensables au bon recensement : les ânesses grosses et prêtes à mettre bas, les bêtes puissantes et celles qui paraissaient plus fragiles et, enfin, les femelles dont les mamelles pesaient, car le lait d'ânesse était fort prisé pour la confection d'onguents et de pommades propres à rendre douce et blanche la peau des belles et riches Égyptiennes.

Après les porcs dont le groin bruyant et remuant poussait les porcelets que l'on avait placés devant, vinrent les pâtres et les bouviers qui portaient des cheveux longs et dont le corps pratiquement nu n'était ceinturé que d'une mince bande en peau d'hippopotame qui, du moins, cachait leur sexe. Lentement, les gros bovins suivaient. De tous les animaux domestiques, c'était évidemment le bœuf ou la vache que l'Égyptien préférait.

Les troupeaux de Khafrê, le propriétaire le plus riche du village, défilèrent en premier. Les bêtes furent comptées, admirées, encensées. Le délégué demanda à descendre de son estrade pour venir s'assurer lui-même de la brillance du pelage de ces splendides bêtes.

Khafrê avait une vingtaine de belles vaches laitières d'origine nubienne aux pis lourds et pendants. Elles étaient tachetées de noir, de jaune, de brun. Figuraient autant de bœufs vigoureux aux cornes courtes et écartées, la bosse bien développée et la robe pie. Une race qui provenait de Palestine et que les paysans égyptiens connaissaient bien pour être des bêtes robustes dans le travail des champs.

Les troupeaux de Khafrê comprenaient aussi des porcs, gros et gras, en quantité innombrable qui servaient en partie au village, lors de la saison des labours, pour écraser et faire pénétrer dans la terre les semailles. Il les louait à la journée aux agriculteurs qui n'en possédaient pas et qui ne pouvaient effectuer avec leurs propres pieds cette tâche ingrate.

Mais, ce qui attira surtout l'attention des administrateurs fut les quelques taureaux puissants et dominateurs qui, lourdement, passèrent devant la tribune. Beaucoup d'entre eux venaient du pays des Hittites et formaient indiscutablement les meilleurs troupeaux d'Égypte.

Du visage, Ay eut un signe approbateur mais discret en direction de Khafrê, cependant il ne descendit pas de son podium, alors que le délégué régional consentait à venir près du riche propriétaire pour admirer les taureaux et prendre plaisir à les tâter, les tripoter, les flatter.

On s'enhardit dans la foule à crier qu'on voyait là les plus belles bêtes de la région et le délégué opina de la tête en remontant sur son estrade.

Il n'y eut pas de chevaux au défilé du cheptel de Khafrê, pas plus qu'à ceux qui allaient suivre, car chacun savait que dans le monde agricole, on ne jouissait pas de cette race d'animaux. Le cheval ne servait qu'à conduire le char du haut dignitaire ou à combattre sur les lieux de bataille.

Quand le troupeau de Hénout prit le relais, le conseil administratif resta stupéfait. Mais, assurément, il y avait de quoi rester ahuri devant une telle parade. Chaque animal avait une couverture riche et colorée sur le dos et des colliers ornés de pendentifs et d'amulettes aux formes variées.

— Hou ! cria quelqu'un dans la foule qui n'avait certes pas parié pour le troupeau de Hénout. Hou ! Cette mesure est inqualifiable !

A nouveau, le délégué descendit de son perchoir, mais cette fois, accompagné par ses deux commissaires. Hénout s'approcha d'eux et, le buste ployé, s'inclina jusqu'au sol. Quand il le releva, il avait sur le visage un sourire audacieux.

— Qui t'a permis de vêtir et d'orner ainsi tes bêtes ? clama haut et fort le délégué régional.

— Seigneur ! rétorqua Hénout d'un ton fort respectueux, il n'est écrit nulle part que nos troupeaux doivent défiler sans ornementation. Les bœufs et les vaches sacrés qui sillonnent les allées des temples lors des cérémonies religieuses sont décorés de la sorte pour que leur vue soit agréable aux dieux.

— La vue des dieux, certes. Mais la mienne, mon ami, n'est pas satisfaite et ton audace mériterait une amende.

Dans la foule un silence tomba. On avait cru un instant que le jeune Hénout gagnerait les paris mais Khafrê semblait reprendre le dessus. Voilà que le Grand Ay, amusé par cette diversion qui changeait un peu la monotonie de ce qu'il connaissait, se levait à son tour. Deux scribes le collèrent au corps, ne voulant pas manquer l'intérêt de ce qu'il s'apprêtait à dire afin de l'écrire.

— C'est très simple, dit-il à Hénout qui ne capitulait pas. Ote ces couvertures que nous puissions apercevoir le pelage de tes animaux.

— Seigneur, dit Hénout en s'aplatissant devant Ay, de tout temps que nous connaissions, nous les Égyptiens avons représenté nos bovins dans toutes les phases de notre existence. Nos artistes les ont toujours dépeints avec le plus grand intérêt et la plus haute bienveillance. Nous! les éleveurs et les agriculteurs avons le droit de poursuivre cette tradition.

Hénout avait redressé le buste et, voyant que Ay ne le regardait pas avec colère, il le releva complètement.

— La vache est un animal sacré, poursuivit-il. Hathor et ses cornes recourbées en est la plus pure démonstration. C'est le symbole de l'amour et de la maternité, de la vie et des jouissances terrestres auxquelles nous avons tous droit ici-bas.

— Ce que tu dis est vrai, rétorqua Ay, étonné du long discours de ce jeune agriculteur à l'allure élégante et dégagée. Aussi, tu n'auras pas d'amende. Retire simplement ces couvertures pour nous montrer le pelage de tes bêtes.

Puis, se tournant vers les scribes, il ordonna :

— Scribes, comptez ces animaux pour le recensement.

Quand Hénout et ses bouviers ôtèrent les couvertures qui recouvraient le dos des bêtes, elles apparurent dans toute leur splendeur. Les femelles en tête marchaient royalement, la tête haute, balançant gracieusement leur croupe comme les belles concubines du harem de Pharaon.

Les mâles suivaient avec cette distinction divine que leur race pure et sans tache leur conférait. Ils déambulaient tels des seigneurs indestructibles et conquérants. Des bœufs que l'on ne pouvait pas oublier.

Les commissaires inspectèrent chaque tête, chaque dos, chaque croupe en hochant de la tête. Debout, les jambes écartées, le délégué se contentait de regarder Hénout d'un air dubitatif en secouant contre sa jambe la tige d'acacia qu'il enfermait dans sa main.

— Ce sont de magnifiques bêtes, conclut Ay, et tu mérites mes compliments. Mes scribes ont noté leur nombre et il est écrit que pas un seul n'est endommagé par une quelconque anomalie ou entaché par cause d'une négligence de tes bouviers.

Il se tourna vers le délégué régional qui arrêta de tapoter sa jambe, laissant pendre sa branchette le long de sa cuisse.

— Cet homme a les plus beaux animaux de la région, réitéra son supérieur. Écrivez-le, scribes. C'est mon avis. D'où viennent tes bœufs, mon ami ?

— C'est une vieille race venant d'Asie qui fut autrefois importée sur le continent africain.

— Vient-elle du pays du Koush ?

— Plus bas encore, seigneur. Ces bœufs viennent des environs de la cinquième cataracte, là où le Nil se sépare en deux en retournant à sa source. Leur pelage, comme tu le vois, est presque entièrement blanc avec seulement quelques taches rousses sur les flancs.

— Oui, mais leurs cornes ! s'écria soudain le délégué. Leurs cornes ! Pourquoi les caches-tu derrière ces perles et ces talismans ? Allons, enlève ces amulettes qui dissimulent sans doute quelque chose d'anormal.

— Elles doivent être robustes, à mon avis, sourit aussitôt Ay.

— Oui, seigneur, car elles sont plus longues que les cornes habituelles. Longues et blanches comme leur pelage.

— Allons ! Montre-nous, s'impatienta le délégué.

Hénout se tourna vers Ay pour répliquer :

— Ce ne sont pas les cornes recourbées en forme de lyre comme celles des bœufs du pays du Koush. Elles se rapprochent plutôt de la forme d'un croissant. Regarde, seigneur.

Les bouviers ôtèrent délicatement les amulettes qui recouvraient les cornes, une par une, jusqu'à ce qu'on distingue leur forme réelle.

— N'y a-t-il pas un subterfuge ? s'enquit le délégué régional, sous le coup du désappointement qu'il ressentait depuis que le jeune agriculteur était entré en scène.

— Quel est ce propos qui me noircit, seigneur ? objecta Hénout en fixant le délégué dans les yeux. Je n'use pas d'un procédé artificiel pour donner à mes bêtes l'allure ancestrale que leur confère leur origine africaine.

— Que veux-tu dire ? demanda Ay.

— Qu'au Soudan oriental, on a recours à de telles pratiques. Quand l'animal est jeune, on racle le tissu corné jusqu'au cornillon du côté vers lequel la corne doit être pliée. Plus tard, lors de la cicatrisation, la corne se courbe d'elle-même dans la direction voulue, accentuée au moyen d'un fer chaud.

Le délégué fit un signe au scribe qui écrivait à son côté et celui-ci lui murmura quelque chose à l'oreille.

— Comment expliques-tu les quarante-huit bêtes dont tu disposes dans ton propre cheptel? Ce troupeau représente une grande fortune et tu es bien jeune pour disposer d'un tel patrimoine, susurra le délégué. Or, tu n'as pas de famille dans la région.

— C'est vrai, les dieux ont favorisé mon destin. Alors que je n'étais encore qu'un adolescent, j'ai ramené de Méroé, là où s'étend la cinquième cataracte, six femelles et deux étalons. Depuis quatre crues que je suis installé à Thèbes, chacune des femelles me donne un petit quand l'eau se retire et un autre quand elle revient. Fais le compte, et tu verras qu'en ne totalisant que quelques morts malencontreuses, nous arrivons au compte.

— Allons, fit Ay en tapant sur l'épaule du jeune Hénout. J'aimerais que tu me prêtes l'un de tes étalons pour obtenir un troupeau aussi beau que le tien. Ton prix sera le mien. Viens me voir après les fêtes.

Hénout soupira dans un sourire parfait, découvrant de belles dents blanches.

— C'est que mes bouviers veillent à ce que mes bœufs ne fassent pas de saillie à n'importe quelle vache, seigneur. Aussi vaudrait-il mieux que je te prête également la vache qui lui convient.

Ay se mit à rire.

— Cela ne m'étonne guère si tu as le plus beau cheptel de la région, Hénout, car tu me sembles savoir allier le sens des affaires à celui de l'agriculture.

Puis, délégué et assistants retournèrent s'asseoir pendant que les bouviers, encadrant le troupeau de Hénout, s'éloignaient.

Chèvres et moutons défilèrent dans l'allégresse. Personne ne trouva quoi que ce fût à redire. Quelques petits propriétaires eurent gain de cause, même si leurs troupeaux étaient minces. L'un d'eux se vit féliciter pour ses grandes chèvres à poils noirs. Chèvres que les chasseurs capturaient dans la montagne et qui supportaient l'enclos assez difficilement. Celles-ci avaient été suffisamment brossées pour garder l'allure de grandes demoiselles hautaines et indifférentes aux cris de la foule.

Il y eut encore un grand moment quand les béliers s'arrêtèrent devant la tribune. Un peu agités, la patte nerveuse et la corne brune abaissée, ils se détendirent au son des sistres qui s'égrenèrent. Puis, le grincement des crotales prit le relais entraîné par un air de flûte, signe d'une coupure qui exigeait dans la foule le plus complet des silences.

Ay qui se faisait éventer scrutait les béliers qu'on venait enfin de calmer. Soudain, on annonça la venue d'une jeune fille et le Grand Capitaine de la Charrerie Royale vit avec plaisir sa fille Néfertiti s'avancer sans l'ombre d'une gêne.

Elle se courba gracieusement devant la tribune et récita un hymne consacré au dieu Knoum, le dieu bélier, maître de la cataracte.

Elle avait l'air si menue, si fragile, malgré l'assurance dont elle faisait preuve que le cœur d'Ay s'attendrit. Un instant, sa mémoire fit un vaste plongeon en arrière. Il revit cette enfant trouvée dans la boue du Nil qui portait au cou un pendentif gravé au sceau du roi Kadashman. Ils étaient si peu à savoir que la fillette était une princesse babylonienne !

Seules, sa propre sœur la reine Tiyi et Theyi, son épouse, le savaient.

Ay ramena ses esprits sur sa fille adoptive. L'hymne au dieu bélier était terminé. L'adolescente sourit à son père, se courba devant le délégué et s'en fut gracieusement rejoindre Sehotep qui l'attendait au premier rang de la foule.

Après cet intermède, suivi de quelques sauts d'acrobates, vinrent les bouquetins à poils durs et ras puis les antilopes que l'on engraissait comme les oies et dont la chair était considérée comme l'un des meilleurs morceaux de choix. D'ailleurs, l'antilope était un animal très prisé lors des sacrifices pratiqués au temple.

Vint enfin la volaille de basse-cour que les Égyptiens de l'Ancien Empire ne connaissaient pas. Autrefois, perdreaux, sarcelles, cailles, canards se trouvaient à foison dans les papyrus. A présent, les Égyptiens les élevaient pour les engraisser et obtenir ainsi de plus belles bêtes.

La vraie fête commença alors dans la cacophonie des oies, des canards, des cygnes, des grues qu'il était toujours difficile de recenser tant l'agitation devenait houleuse.

CHAPITRE IV

L'auberge était enfumée tant le monde affluait. A la taverne de Min, les clients ne manquaient jamais. La grande salle ne désemplissait pas et l'hôtelier, que rien ne semblait perturber ni gêner, servait ses clients avec sa décontraction habituelle.

Malgré la fumée épaisse occultant les visages, Niny ne pouvait passer inaperçue.

Mais pourquoi Niny aurait-elle voulu qu'on ne la remarquât pas ? Cliente trop habituée de l'auberge pour rester neutre et incolore, trop volubile pour se tenir à l'écart des autres, elle apostrophait chaque client qui entrait et que, de surcroît, clle connaissait pour avoir reçu de chacun le quolibet moqueur, parfois sans pitié, dont elle faisait les frais avec une repartie qui n'avait d'égale que sa bonne humeur toujours en éveil.

C'est ainsi qu'observant à travers le nuage de fumée la porte camouflée par un rideau de papyrus tressé que le client écartait en entrant, elle vit Iouna l'astrologue qui, avant de s'avancer, fit des yeux le tour de la salle. Lentement, elle jaugea la densité de la clientèle, s'assura que les lampes à huile disséminées sur les murs diffusaient une trop pâle lumière pour qu'on la reconnût — car, à l'inverse de la naine, elle n'aimait pas fréquenter les tavernes —, repéra Niny et se dirigea vers elle.

Iouna était une femme menue, osseuse, aux joues creuses encadrant un menton fuyant dont la pointe remontait légèrement vers un grand nez aux narines épatées. Ses origines nubiennes en faisaient un personnage caractéristique au teint sombre et aux cheveux crépus qu'elle portait en hauteur comme une forteresse aux murs imprenables. De minuscules frisures noires, serrées, compactes, consolidaient l'édifice et lui donnaient cette incomparable apparence de conquérante.

Goguenard, un rien de suffisance dans l'attitude car il ne recevait que peu de femmes à la taverne, à l'exception de Niny et des jeunes prostituées qu'il offrait sans scrupules à ses clients en échange de la valeur de quelques débens de bronze, le patron vint à elles. Recevoir l'astrologue dans sa taverne ne lui déplaisait pas et il l'accueillit avec grâce.

Ousert se faisait passer pour un Égyptien, mais il n'en était pas un. Certains disaient qu'il venait du pays de Canée, d'autres affirmaient que c'était un Crétois ou un Grec, peut-être venait-il de Byblos? Et, de toute évidence, Ousert n'était pas son nom, mais le fait de le porter lui donnait sans doute la conviction d'être un natif de Thèbes, ville qu'il affectionnait au-dessus de toute mesure.

Le tavernier, de taille haute et le muscle apparent, portait un court pagne de couleur blanche, impeccable, semblable à ceux de tous les Égyptiens, qui laissait nu son torse abondamment poilu sur lequel il laissait pendre une lourde chaîne de bronze ornée d'une amulette qui représentait le dieu crocodile.

— Qu'est-ce que tu nous sers, patron? cria Niny

volubile. On dit que tu as reçu du vin de Magahrah qui emporte les papilles aussi voluptueusement que tes filles emportent les clients au pays des damnés.

— Eh ! La naine ! s'esclaffa Ousert. C'est un vin pour les dieux que je ne donne qu'aux riches.

— Eh ! Le tavernier ! rétorqua Niny en frappant la table de son poing fermé, te dois-je quelque chose depuis que je viens te voir ?

— Non, concéda l'aubergiste en balayant l'espace de sa grande main brune. Mais je te dis que ce vin-là est fort cher.

— Pour moi, intervint la Nubienne, c'est comme à l'habitude, une bonne bière bien fraîche.

— L'habitude ! reprit le tavernier en levant le sourcil, c'est que tu ne viens pas très souvent.

— Je n'ai ni le temps ni l'envie de fréquenter davantage ton auberge.

— C'est dommage.

— Pourquoi ? Aimerais-tu que je te prédise l'avenir en échange d'une chope de ton divin breuvage ? Mon savoir et mes voyances ne sont pas pour toi.

— Allons, jeta Niny en posant son bras sur l'épaule de sa compagne — ce qui l'obligeait à rehausser le buste, redresser la tête et effectuer d'incroyables contorsions — ce n'est pas avec une bière que tu iras rejoindre les damnés.

Puis, elle lâcha son épaule et de son petit bras terminé par une main aux doigts courts et potelés, fit un geste en direction de la salle, désignant les clients attablés qui bavardaient à voix haute.

— Suis mon exemple. Tout à l'heure, ils seront ivres et tu auras besoin de répondre à leurs railleries. C'est toujours ainsi et tu le sais bien. Pas vrai, patron ?

L'aubergiste se mit à rire et pointa ses yeux vers

deux de ses clients qui, déjà, jetaient des regards lubriques vers les deux femmes.

Il faut dire qu'elles ne passaient guère inaperçues, les deux clientes du tavernier. Niny la naine, avec ses jambes torses, son regard aigu, et Iouna l'astrologue, avec sa maigreur extrême et son faciès de chacal. Mais les rares fois où elles se voyaient, elles se rencontraient là et rien n'eût fait changer leurs vieilles habitudes.

— Ils ont l'air bien passifs, ce soir, constata la Nubienne en coulant son regard sombre vers un métis qui, dans le fond de la salle, la toisait en silence.

Visiblement, elle préférait ignorer les deux indélicats qui les narguaient de loin et que, dans quelque temps, elle serait obligée d'écarter avec de bruyants revers de gestes, invectives à l'appui, ce qui amènerait l'hilarité générale dans la taverne. Mais, pour l'instant, nos deux clientes aspiraient à se détendre en attendant le vin qui devait les faire chavirer.

— Allons, fit Niny à l'aubergiste, je paye pour elle et tu nous donnes deux Magahrah.

— Toi, jeta l'astrologue en pointant son doigt sur le buste redressé de Niny, tu as un service à me demander. Depuis quand me payes-tu à boire ?

— Depuis aujourd'hui.

— Alors, parle.

Niny fit signe au tavernier de les laisser et peu après elles eurent leur chope de vin qu'il amena avec des fruits confits — ce qui était une spécialité de la taverne — car selon la tradition, Ousert faisait sécher et confire lui-même ses fruits sur le toit ensoleillé de sa terrasse. Ils étaient si réputés pour leur parfum et leur qualité — sans doute les meilleurs de toute la région — qu'on venait même de la province pour lui en acheter.

Attablées devant leur vin et leurs fruits confits, Niny et Iouna s'absorbèrent dans une longue discussion qui ne prit fin qu'à l'arrivée de celle avec qui, ce soir-là, la naine avait pris rendez-vous.

A la porte de l'auberge, la jeune femme avait dû hésiter. Jamais encore elle n'était venue dans une taverne. Certes, l'établissement était vaste et cossu, entouré de vieux dattiers et de sycomores, construit solidement en briques crues recouvertes de chaux. L'un des murs externes était décoré d'oiseaux et de papyrus, un autre laissait courir une treille dorée où les raisins se serraient en abondance. Du bon raisin de table, juteux et sucré, qu'Ousert servait à ses clients de marque.

Après un instant d'hésitation, tenant le rideau tressé entre les doigts, Lydie le fit retomber lentement et avança de quelques pas. L'arrivée de la noble dame fit impression dans la taverne et il y eut un court silence. Un moment désorientée, elle regarda aux alentours, reporta ses yeux sur l'aubergiste dont l'un des bras était resté en suspens, tenant à la main une chope de bière fraîche. Quand elle aperçut Niny qui, de loin, agitait ses bras courts afin de lui faire signe, elle se dirigea d'un pas leste vers elle.

Niny sauta au bas de son tabouret aussi légèrement qu'une gazelle et retomba aussi souplement qu'elle s'était envolée, les deux pieds sur le sol.

— Je t'attendais. Ne crains rien, nous sommes ici en confiance. Il suffit d'oublier un peu notre entourage et nous pouvons parler en toute liberté.

Comme la nouvelle venue semblait embarrassée par la présence de sa compagne, la naine se fit aussi convaincante qu'elle le put.

— Je suis avec Iouna, une vieille amie qui peut

t'aider. Elle est astrologue de sa profession. Elle ne travaille peut-être pas pour les plus grands, mais je puis t'assurer que ses prédictions sont toujours justes.

— Mais... commença Lydie.

— Allons ! Détends-toi, reprit Niny, et parle.

— Il faut que nous discutions tout d'abord de la rémunération, dit Lydie d'un ton calme.

Puis, elle posa quelques bracelets de bronze devant la naine.

— En attendant, voici pour toi, car je n'ai pas eu le temps de te payer le service que tu m'as rendu au temple de Karnak *.

A peine avait-elle jeté ces mots, qu'elle se remémora le jour où elle était allée voir Ipény, la prêtresse d'Amon, épouse du Grand Prêtre Ptahmose. Celle-ci, abusant de sa puissance et fort désagréable à son égard, lui avait appris que l'enfant qu'elle cherchait avait été soumis aux troubles exigences du Premier Prêtre de Karnak, Anen, le propre frère de la reine Tiyi.

Il faut rappeler que Lydie ne cherchait pas n'importe quel enfant. Celui-ci s'appelait Neby et sillonnait le Nil, mais elle ne savait ni où, ni pourquoi, ni comment. Depuis qu'elle le cherchait, cela faisait presque dix ans, elle arrivait toujours à l'endroit qu'il venait de quitter. Et voici que, à présent, cette Niny qui était à la fois servante et esclave d'Ipény demandait à lui parler.

A vrai dire, le garçon qu'elle cherchait était maintenant un adolescent, peut-être même un jeune homme, car elle ignorait son âge exact. Neby était le fils, du moins le croyait-elle, de sa demi-sœur morte

* Lire *LES THÉBAINES / Les Dieux indélicats.*

peu après la naissance de l'enfant. Cette femme du nom d'Isis aurait pu vivre autrement que dans la pauvreté si sa propre mère n'avait pas été la Seconde Épouse du pharaon Thoutmosis III. Isis, une enfant qu'il avait fallu cacher aux yeux de la cour et de toute la noblesse égyptienne. Une enfant qui n'avait pu bénéficier que d'une protection anonyme durant la vie assez courte de Satiah, sa mère.

Quant au père d'Isis, l'amant de la Seconde Épouse du pharaon, elle ne l'avait jamais vu. C'était un navigateur crétois qui venait faire du commerce en Égypte et qui avait aimé Satiah *. C'était aussi le père de Lydie venue à Thèbes à la mort de celui-ci pour retrouver cette demi-sœur. Apprenant qu'elle était morte, elle avait découvert l'existence de Neby, un garçon introuvable.

Presque dix ans plus tard, pourquoi Niny voulait-elle lui parler ?

— Je ne t'ai rien dit autrefois pour protéger l'enfant, expliqua celle-ci en la regardant de ses yeux futés. C'est à présent que je vais t'apprendre quelque chose.

— Pourquoi maintenant ?

— Parce qu'à présent, cette affaire est liée au rapt de trois jeunes gens nobles dont toute la ville de Thèbes parle.

— Sekmet ! murmura Lydie.

— Oui. Entre autres Sekmet dont le père est l'un de tes amis.

— Oui, c'est un ami. Mais c'est aussi le petit-fils de cette Seconde Épouse qui a mis au monde Isis. C'est donc un oncle de l'enfant que je cherche. Hélas, il n'est pas très coopérant dans cette affaire et

* Lire *LES THÉBAINES / La Seconde Épouse.*

je crains qu'avec l'enlèvement de sa fille, il le soit encore moins.

— Voilà pourquoi il fallait que je te parle.

Elle eut un sourire étrange.

— Je ne suis pas naine pour rien. Je suis petite, mais j'ai l'œil vif et l'oreille fine et je sais me faufiler partout où les autres ne peuvent aller. Or, il semblerait que Neby soit aux alentours de Memphis.

— Qui te l'a dit ?

— Ce n'est qu'un pressentiment. Iouna dit qu'elle a vu en songe un rapprochement étrange entre la personne que tu cherches et le rapt des jeunes gens. As-tu entendu parler d'Ishtar ?

— Ishtar ! La déesse des peuples d'Asie ?

— Elle-même, acquiesça Niny en relevant la tête.

— Pourquoi me parles-tu d'Ishtar ? Je me suis convertie aux divinités égyptiennes.

— Parce que Iouna, poursuivit-elle en se retournant vers son amie, a vu Ishtar en songe et que celle-ci lui a montré Hathor du doigt.

— Et que veut dire cette image ?

— Qu'il y a rapprochement entre les dieux d'Asie et ceux de Karnak.

— Et plus précisément Hathor, murmura louna.

Niny haussa le buste et redressa ses épaules. Elle aimait prendre quelques pouces de hauteur lorsqu'elle parlait à son avantage.

— Neby a volé la déesse autrefois, dit-elle. C'est moi qui l'avait encouragée à dérober le lapis-lazuli qui a dû l'aider à survivre après sa fuite de Karnak *.

— Je me souviens fort bien qu'à l'époque, répliqua Lydie, tu ne m'avais pas caché cet incident. Ton songe, ajouta-t-elle en se tournant vers la Nubienne, m'est étranger et je ne peux en connaître les détours.

* Lire *LES THÉBAINES / Les Dieux indélicats.*

Puis lâchant les yeux de Iouna qui la regardait indécise, avec un soupçon d'ironie mêlée de pitié, elle s'élança vers Niny et lui saisit la main.

— Vais-je retrouver cet enfant ?

— Tout d'abord, ce n'est plus un enfant, affirma Niny. Ensuite, c'est à mon amie l'astrologue que tu dois demander ça. Moi, je n'ai pas quitté Thèbes depuis que je l'ai vu et, à vrai dire, je ne puis que t'apporter une précision qui, je l'espère, te fera avancer dans tes recherches. Pour la suite, tu verras avec Iouna.

Lydie dévisagea quelques instants la Nubienne. Son regard avait changé, il avait pris cette lueur qui rend la pupille brillante et vive.

— Si tu la retrouves, elle sera en compagnie des jeunes gens qui ont été enlevés lors du banquet qui s'est déroulé à la fin des festivités du Jubilé d'Aménophis.

— Mais où sont-ils ?

— Je t'en ai dit assez pour te convaincre de la précision que peuvent avoir mes prédictions.

— Tu m'as persuadée.

— Veux-tu en savoir plus ?

— C'est évident.

Lydie n'hésita pas, elle ramena son bras gauche devant elle. Au-dessus du coude, elle avait glissé un fin bracelet d'or entièrement serti de petites pierres à demi précieuses.

— Pour commencer, fit-elle, voici ce que je peux t'offrir.

Et elle glissa le bracelet le long de son bras, le fit tomber dans un petit bruit mat sur la table devant les yeux de la Nubienne tout en poursuivant :

— Si tes révélations s'avèrent justes, je te paierai bien davantage.

L'aubergiste qui n'avait manqué ni un geste ni un mot de ce qui se passait entre les trois jeunes femmes s'approcha.

— Que puis-je t'offrir, noble dame ? demanda-t-il en esquissant une profonde révérence.

— Un Magahrah ! s'écria Niny. Ensuite, tu nous laisseras, nous avons à discuter.

Une fois seules, elle s'approcha de Lydie et lui chuchota à l'oreille :

— Tout d'abord, tu es dans l'erreur, car le garçon que tu cherches est une fille.

Pendant un court instant, Lydie parut ahurie, mais elle reprit son air tranquille et jeta ses yeux gris dans ceux de la naine qui, après cette révélation époustouflante, paraissait très sûre d'elle. Elle observa sa compagne et vit que des perles de sueur coulaient sur son front qu'elle avait ceint d'un bandeau blanc assorti à sa tunique.

— Oui, une fille, reprit-elle.

— Mais à Méroé, à Bouhen, à Coptos et même ici à Thèbes, on m'a assuré que ce scribe public était accompagné de son fils.

— Oui ! Accompagné d'un enfant qui ressemblait à un garçon. Mais, après la mort de la mère, les choses étant ce qu'elles étaient de son vivant, le père a été saisi de justes réflexions et il s'est dit que jamais une fille ne pourrait exercer le métier qu'il désirait lui apprendre. Aussi a-t-il décidé de lui couper les cheveux et de lui faire porter un pagne de garçon.

— Mais...

— Ne te fais pas plus sotte que tu n'es. Ignores-tu donc qu'en Égypte, s'il existe des femmes scribes, elles sont issues de hauts milieux et n'exercent leur profession que dans la société des nobles ? Que peut faire une simple fille devenue scribe publique sinon se faire harponner comme une vulgaire voleuse, voire une prostituée lorsqu'elle court de rue en rue à la recherche d'un client?

— Mais... insista Lydie.

— Le père de Neby est resté sage et lucide. Il savait que si un jour sa fille restait seule, elle ne pourrait se défendre face à l'injustice d'une société souvent misogyne. Il n'était pas sans savoir qu'elle serait vite appréhendée par la police, peut-être emprisonnée, sinon placée de toute évidence dans une famille noble pour accomplir les besognes les plus ingrates.

— Savait-elle lire et écrire?

— Peut-être mieux que toi. Elle a suffoqué la Grande Ipény par son savoir et sa culture, à l'exception du nom des divinités égyptiennes. Elle ne connaissait ni Hathor, ni Horus, ni Maât, pas plus qu'Anubis ou Ptah.

Niny lui saisit le bras.

— Si tu la recherches, ne révèle pas la vérité à ceux que tu rencontreras.

— La retrouverai-je? murmura Lydie.

— Je crois que oui, exulta la Nubienne. Viens me voir chez moi. Je te révélerai tout ce que j'apprendrai lorsque j'aurai consulté les astres.

— Dieu d'Isis! Je crois qu'à présent, j'ai plus envie encore de la retrouver.

CHAPITRE V

Bastet et Pentou sentaient l'air affluer à leur peau, et leurs cils, en battant, accrochaient le bandeau derrière lequel leurs yeux étaient cachés. Le char devait rouler à vive allure et les chevaux filaient, les flancs cravachés par le conducteur qui, de temps à autre, poussait des rugissements de bête fauve. Bastet et Pentou entendaient le bruit infernal de leurs sabots et ils savaient qu'une telle cadence sur un sol aussi instable ne pourrait durer trop longtemps.

Leurs mains et leurs pieds solidement ligotés empêchaient tout mouvement et s'engourdissaient non par l'inertie provoquée par les liens, mais par la position inconfortable que leur avait fait prendre leur tortionnaire.

Seul leur visage fouetté par le vent restait la seule tache animée dans ce tableau désolant, car leurs narines vibraient à la moindre secousse du char et leurs yeux, bien qu'ils fussent bandés, arrivaient à détecter le jour qui commençait à tomber.

— Ce sont les petits rochers de la route de Coptos, murmura Bastet.

— La route d'Hermonthis qui mène à Esna provoque les mêmes secousses, remarqua Pentou que l'inquiétude gagnait sérieusement depuis que la nuit était tombée.

— Oh ! Pentou ! Qu'allons-nous faire s'ils ne nous détachent pas ?

La plainte de Bastet sembla un instant stimuler le jeune homme. Il tenta de rassurer sa compagne.

— Ne crains rien, je suis avec toi.

Une secousse plus forte que les autres les projeta contre le bord de l'attelage, heurtant violemment leurs épaules. Ils étaient misérablement tassés dans le fond de la coque alors qu'à l'avant, debout sur la petite plate-forme surélevée, jambes écartées, buste redressé, le conducteur tenait les rênes de ses chevaux. Il les cravachait quand l'allure semblait ralentir. Quand il entendit gémir Bastet dont l'épaule avait subi un choc douloureux, il ricana et s'écria :

— C'est pas fini, mes bijoux. Le plus intéressant reste à découvrir.

— Par tous les dieux ! souffla Bastet, que va-t-il nous faire ?

Le char vola ainsi dans la poussière et les cailloux quelques minutes encore, puis il s'arrêta. Les deux jeunes gens se sentirent tirés, jetés à même le sol, puis hissés sur une épaule et entraînés dans un lieu qui ne pouvait être qu'un cachot.

Quelque temps plus tard, on enleva leur bâillon et le bandeau qui recouvrait leurs yeux. Bastet respira un grand coup et, des yeux, fit le tour de sa prison. Elle vit que Pentou avait été jeté à l'angle opposé et qu'on ne lui avait pas encore retiré son bâillon.

— Qu'attends-tu pour lui enlever ? fit-elle à l'homme qui tâtait les murs pour s'assurer de leur solidité. Tu vois bien qu'il ne respire plus.

— Et alors ! Crois-tu que ça me gêne ? répliqua le bandit en ricanant.

— Et toi, crois-tu que tu échapperas à la police de Thèbes si l'on ne nous retrouve pas?

— Ah ça; ma belle! J'en connais d'autres qui paieraient avant moi.

— Et selon toi, qui donc paierait avant que tu ne sois pris?

— Eh! Ma belle! Des gens encore plus importants que ne le sont vos propres pères.

Enfin, il dégagea le bâillon de Pentou puis arpenta la pièce obscure comme s'il comptait ses pas.

— Où sommes-nous? demanda Bastet.

— A Coptos, mes bijoux!

Les deux jeunes gens entendirent le cliquetis d'un loquet qui se fermait, puis un second, plus sec, plus lourd et enfin, ce fut le silence pesant qui s'abattit sur eux.

— Pourquoi a-t-il retiré nos bâillons? s'enquit Bastet.

— Sans doute ont-ils placé un espion qui espère nous entendre dire des paroles révélatrices. Je crois qu'ils veulent tester tout ce que nous savons.

— Mais, nous ignorons pourquoi et pour qui ces hommes effectuent des faux documents! Nous ne savons rien, Pentou. Nous avons juste entrevu, un jour derrière l'hôpital du palais, la silhouette de deux hommes qui voulaient voler des outils d'orfèvrerie pour ciseler des sceaux *.

— Moi non plus, je ne comprends pas pourquoi ces hommes nous ont enlevés et ce qu'ils vont faire de nous.

— Justement! gémit Bastet. S'ils ont retiré nos bâillons, que veulent-ils entendre de notre bouche? Que pourrions-nous dire d'autre qu'ils ne sachent déjà?

* Lire *LES THÉBAINES / Les Dieux indélicats.*

— Peut-être vont-ils demander une rançon?

— Je crois qu'ils veulent tester tout ce que nous savons. Oh! Pentou, je crois que j'ai peur.

Elle se tortilla dans tous les sens pour essayer de se rapprocher de son compagnon. Son corps raclait la paroi grenue du mur et le frottement contre la rugosité de la pierre de ses poignets attachés dans son dos les écorchaient. Mais elle poursuivit son travail et, à force de gestes et de contorsions, elle arriva près de lui.

— Pentou! Je crois avoir une idée. Le mur est poreux et présente des aspérités. En y frottant les cordes qui enserrent nos poignets, on peut peut-être les effilocher jusqu'à les faire céder.

Étonné par la proposition de sa compagne, le jeune homme leva le sourcil. Comment n'y avait-il pas pensé lui-même? C'était évident. Ce mur était aussi rêche qu'une pierre ponce.

Prudemment, il tenta un premier essai, mais aussitôt la peau de son poignet s'écorcha sur la pierre et il fit la grimace. De son côté, Bastet risqua aussi l'opération, mais la douleur dut être trop violente car elle ne persista pas. Elle regarda son compagnon qui remuait le dos en tous sens, mais soudain il s'arrêta net en grimaçant de douleur.

— Nous n'y arriverons jamais, Pentou, gémit-elle. Je sens qu'on va mourir ici.

— Attends! Je vais encore essayer. Je crois qu'en tordant le poignet dans un autre sens, je peux éviter qu'il ne frôle trop durement le mur.

Il fit une nouvelle tentative. Cette fois, ce fut l'os articulaire qui, saillant de son poignet, frotta la rugosité de la paroi. Cela lui fit moins mal et, vaillamment, il poursuivit dans ce sens.

Mais les cordes étaient plus épaisses et plus solidement liées que celles qui les avaient enserrés la fois précédente. Au bout de quelques heures, si Pentou sentit la corde se relâcher, il sentit aussi sa peau écorchée à vif qui le faisait atrocement souffrir. Il y parvint pourtant et ce fut presque dans un cri de victoire qu'il ramena l'un de ses bras engourdis devant son buste.

— J'y suis arrivé, Bastet. Nous sommes sauvés !

Il se précipita sur sa compagne et rageusement entreprit de délier les liens de ses poignets. Il n'y réussit qu'au bout d'un long moment qui parut interminable à la jeune fille. Enfin, ils libérèrent leurs poignets. A présent, il fallait délivrer leurs pieds. Là encore, ce ne fut qu'au bout de plusieurs heures qu'ils y parvinrent, tant les nœuds étaient serrés, mais enfin ils se retrouvèrent entièrement libérés de leurs liens.

Enthousiasmés par cet exploit, Bastet et Pentou se jetèrent dans les bras l'un de l'autre. Pentou eut même l'audace de poser sa bouche dans le cou de sa compagne qui, la première surprise passée, repoussa doucement le jeune homme et bredouilla :

— Je crois qu'il faut essayer de se tirer de là.

Mais après maints efforts, ils n'arrivèrent pas à ébranler la porte, ni même à provoquer le moindre soupçon d'espoir qui les eût aidés à poursuivre.

Épuisés, ils s'abattirent sur le sol et, les nerfs à bout, Bastet se mit à pleurer. Il fallut que Pentou revint vers elle et posât à nouveau sa bouche sur son cou pour que celle-ci reprît courage.

— Cette fois, nous sommes bloqués. Oh ! Pentou, reste serré contre moi. Cela me fait revivre. Tiens, prends ma main et serre-la fort.

Le jeune homme tâtonna, car l'obscurité l'empêchait de voir sa compagne et trouva sa main qu'il serra un instant. Bastet frôla de ses doigts les écorchures de son poignet.

— Cela te fait mal ?

— Un peu. Ce n'est rien.

Puis, il ramena lentement son autre main sur son cou dont les veines battaient à grands coups, la remonta et frôla son visage.

— Embrasse-moi, Pentou. Nous n'avons plus qu'à nous aimer pour oublier ce triste endroit d'où l'on ne peut sortir.

Il trouva la bouche fraîche de la jeune fille et la saisit entre ses lèvres. Sa hardiesse le surprit à tel point que, dans l'obscurité, il se sentit rougir. Lui qui n'avait jamais osé embrasser sa compagne de crainte qu'elle ne le rejetât d'un air moqueur ! Pourtant, Thoutmès, son frère aîné, avait osé ce geste de bravoure et Bastet lui avait dit d'un ton grave :

— Je suis trop jeune, Thouty, il faut attendre que je sois plus âgée.

Et Pentou avait cru que le charme de son aîné doublé d'une expérience que lui-même n'avait pas encore eu le temps d'acquérir l'emporterait. Mais voilà que Bastet était là, frémissante dans ses bras et qu'elle lui suggérait un acte qu'il n'aurait jamais osé lui proposer.

Oui ! Frémissante ! Bastet l'était tout autant que tendue et angoissée. Pentou sentait les boucles de sa chevelure contre son visage. Il lâcha sa bouche et murmura :

— Le veux-tu vraiment ?

— Bien sûr, puisque tu es amoureux de moi, répondit Bastet en serrant son buste contre le sien.

— Mais toi ?

— Pentou ! C'est avec toi que j'aimerais faire ma vie. Je sais que nous nous entendrons bien. Nous avons toujours fait les mêmes choses toi et moi. Nous vibrons pour les mêmes buts, le même idéal. Nous partageons les mêmes désirs. Jamais, tu ne me reprocheras de préférer mon travail à ma maison.

Elle se frotta contre lui.

— Aimons-nous, Pentou. C'est ce qu'il nous reste à faire. Si nos autres rêves ne se réalisent pas, du moins aurons-nous connu le bonheur. Aimons-nous jusqu'à en perdre le souffle.

***

C'est ainsi qu'enlacés, repus du plaisir qu'ils s'étaient donné, tels de jeunes amoureux qui se découvrent, les truands retrouvèrent leurs victimes. Étonnés encore par ce qu'ils venaient de vivre, serrés l'un contre l'autre, ils ne dirent aucun mot quand les hommes les traînèrent sur le sol pour les pousser, puis les jeter au fond du même char qui les avait conduits à Coptos.

Liens et bandeaux sur les yeux avaient été remis. Cependant, une énergie nouvelle semblait s'être emparée des deux jeunes gens, et c'est presque rassurés qu'ils se dirent que, s'ils avaient voulu les tuer, ces hommes l'auraient fait depuis longtemps.

— Nous ne pouvons qu'aller du côté de Memphis, chuchota Bastet, cahotée par les secousses du char.

— Tu as raison, ma belle, tonna le conducteur qui l'avait entendue, et là où vous serez enfermés, vous ne pourrez pas en sortir. Que Seth, le maître des crocodiles, vous engloutisse si vous y réussissez.

A nouveau, il faisait nuit et les abords du désert laissaient un calme peser dans l'espace. La nuit ! Encore la nuit ! Mais bien sûr, comment s'encombrer de prisonniers lorsqu'on est en plein jour! Il leur fallait l'obscurité pour accomplir leurs vols et leurs méfaits. C'est donc sur le sol de terre battue, alors que la lune diffusait un léger halo dans un ciel désespérément noir, qu'à terme du voyage ils furent tous deux violemment jetés à terre et la belle énergie qu'ils avaient amorcée tout à l'heure disparut très vite quand ils virent qu'on les séparait.

— Je t'en prie, s'écria Bastet au gros homme. Laisse-nous ensemble.

— Certes non, mes bijoux! s'esclaffa le gros homme. Vous nous avez suffisamment montré ce que, réunis, vous étiez capables de faire.

— Mais, que veux-tu que l'on fasse? Nous sommes tes prisonniers, pire! à ta merci totale. Tu vois bien que nous nous aimons et que nous ne faisons rien de mal à rester l'un près de l'autre.

— Sauf que cet oiseau-là, dit-il en pointant son index vers Pentou, serait bien capable de faire sauter la porte si tu le lui demandais avec ton œil de velours.

— Écoute, nous n'essaierons pas de nous enfuir, ni même de connaître les raisons de notre enlèvement, mais ne nous sépare pas! jeta Pentou à son agresseur d'une voix accommodante, bien qu'il eût envie de lui cracher au visage.

— Et si tu nous accordes cette gentillesse, répliqua Bastet d'une voix soumise, nous serons même dociles.

— Non, ma belle. C'est ainsi. Ordre du chef!

— Et qui est ton chef? hurla Bastet.

— Oui, reprit Pentou d'un ton rageur. Qui te commande?

Mais le gros Horemm ne répondit pas, saisit Pentou par l'épaule et le traîna loin de Bastet dont les cris de désespoir percutaient l'espace.

— Ne crains rien, Bastet, jura Pentou, je saurai te retrouver et montrer à ce gros porc qu'il se trompe. Il ne gagnera rien à suivre les ordres d'un bandit sans doute placé plus haut que lui.

Un coup de pied dans les côtes le fit crier, puis Bastet n'entendit plus son compagnon. On l'emportait vers sa nouvelle prison. Elle sentit son propre corps frôler des arbustes, des troncs, des tiges de papyrus. Un bruit léger de feuillages et un clapotis suivi du cri aigu d'une oie sauvage lui indiquèrent qu'elle était sur le bord du Nil.

— Allons, ma belle, je n'ai pas voulu le dire devant ton amoureux, mais sache que tu ne vas pas être seule.

On la fit grimper dans une barque et elle entendit le bruit de la gaffe qui permettait à la frêle embarcation de se dégager du bord un peu bourbeux du fleuve. Le trajet fut assez long et elle sentait la barque osciller sur un niveau d'eau assez haut qui devait être le centre du fleuve.

« Un vaisseau ! pensa-t-elle. Ainsi, ils m'emprisonnent sur un vaisseau. » Elle frémit à l'idée de se retrouver hors d'Égypte, sur une terre étrangère. Puis, sa pensée se tourna vers Pentou : « Où vont-ils l'emmener ? Oh ! Dieu de Toth, dieu de la sagesse et de la connaissance, laisse-nous vivre pour aller au bout de nos désirs et de notre idéal professionnel ! Nous n'avons fait qu'étudier jusqu'à présent, nous avons tout à réaliser maintenant. Je t'en prie, laisse-nous vivre. »

Bastet fut arrêtée dans sa prière par un soubresaut qui lui fit perdre l'équilibre. Elle ne s'était pas trompée. Elle se retrouvait dans la cale d'un vaisseau du port de Memphis. Bandeau et liens ôtés, le gros homme la balança près d'un tas inerte et amolli qu'elle ne put identifier sur le moment. Ce gros porc lui avait dit qu'elle ne serait pas seule. Elle tâta l'objet du doute et sentit aussitôt un corps recroquevillé sur lui-même.

Le secouant, elle vit qu'aucune réaction ne répondait à son appel.

— Qui es-tu ? souffla-t-elle.

Mais aucune réponse ne lui parvint. Elle secoua plus fort le corps dont l'inertie persistante lui fit peur. En l'attrapant par l'un des côtés — ce devait être une épaule, car elle perçut une rondeur douce et moelleuse — elle sentit la tête rouler sur elle. Elle la saisit entre ses mains et sut, en touchant le visage, qu'il s'agissait d'une femme.

Et, tristement, Bastet reprit sa prière : « Dieu de Toth ! Je t'en prie, réveille cette femme afin que nous puissions parler, nous connaître, voir ensemble ce que nous pouvons faire. » Puis, elle la saisit par le buste et la secoua énergiquement en maintenant son buste contre la paroi de la soute. Un cordage fixé en hauteur se détacha et lui tomba sur la tête. Puis Bastet vit que Toth l'avait écoutée, le corps se mit à trembler, bouger, remuer bras et jambes.

— Attends, fit la jeune fille, maintenant je vais t'allonger. Tu vas reprendre tes esprits.

Elle s'en occupa presque maternellement, se préoccupant du maigre confort qu'elle pouvait lui apporter, soutenant sa tête et lui murmurant des paroles réconfortantes.

— Nous allons nous en sortir, fit-elle avec une nouvelle fougue. Ces porcs ne vont pas nous abattre. Jamais nous ne les laisserons profiter de cette joie-là.

Le corps frémit un peu dans ses mains. Il se détendait et ne tremblait plus.

— Qui es-tu, je connais ta voix ? entendit-elle chuchoter.

— Et la tienne ne m'est pas inconnue !

Elles se turent l'une et l'autre, mues par un identique espoir, le cœur haletant et l'œil arrondi d'étonnement. Non ! C'était impossible ! Pourquoi se retrouveraient-elles prononçant les mêmes plaintes, vivant le même cauchemar ?

— Sekmet ! murmura-t-elle.

— Bastet !

Et elles tombèrent dans les bras l'une de l'autre.

*
**

Dans l'obscurité, Bastet et Sekmet avaient discuté de longues heures. Elles étaient enfermées depuis trop longtemps pour pouvoir discerner le jour et la nuit. D'un commun accord, elles décidèrent de lutter contre le sommeil quand Horemm leur apporta une galette et un bol d'eau.

Amies d'enfance, les deux jeunes filles se demandaient encore la raison de cet enlèvement. Certes, elles avaient vécu avec Pentou le suivi de cette étrange affaire du vol de l'outillage d'orfèvrerie que Maât gardait jalousement dans une salle fermée de sa maison.

Quelque temps plus tôt, en attendant que son amie reprît entièrement ses esprits, Bastet s'était remémorée la scène qu'elle avait vécue avec Pentou et maintes fois évoquée avec lui au fil des mois suivants.

Un soir, alors que Bastet et Pentou, qui se destinaient tous deux à la médecine, étaient venus suivre un cours à l'hôpital du palais de Thèbes, ils avaient aperçu deux hommes cachés dans un bosquet de papyrus, derrière l'hôpital. Ceux-ci semblaient furieux de n'avoir pu parler à Ayen, le fondeur qui s'était renversé de l'or en fusion sur le pied et qu'on avait transporté de toute urgence à l'hôpital. Bastet avait soigné cet homme dont le pied avait failli être coupé.

Pourtant, Maât, qui avait hérité des ateliers d'orfèvrerie de son père Mériptah * et qui employait Ayen, n'avait pas relevé de vol dans son petit outillage de précision. Ce qui voulait dire qu'Ayen ne les avait pas aidés. Les scarabées qui servaient de sceaux à cette époque avaient été ciselés avec un autre matériel que celui de Maât.

Bastet avait longuement réfléchi avant d'en parler à son amie Sekmet. Car elle sentait que l'affaire avait de l'importance. Puis, quand elle l'avait mise au courant, elles avaient encore tardé à en parler à Maât. Délivrée du poids de ce secret que Bastet ne pouvait plus garder — Pentou était plus fataliste et ne cessait de dire que l'affaire était étouffée depuis longtemps — reposant à présent sur les épaules de Maât, ce n'était que partie remise. Celle-ci, après avoir tergiversé, décida d'en parler à la reine Tiyi. Pour la Grande Épouse, mais non pour Maât, un premier point s'éclaircissait, les sceaux étaient destinés à effectuer de faux documents qui, envoyés au pharaon Aménophis, disaient que le roi Kadashman remettait à plus tard l'expédition des deux princesses babyloniennes qu'il lui destinait afin qu'elles fussent des Seconde et Troisième Épouses. Mais tout ceci était déjà si loin !

Quand Bastet vit la maigre pitance qu'on lui apportait, elle s'écria :

— Nous voulons deux galettes supplémentaires, un bol de lait caillé et des figues sèches.

* Lire *LES THÉBAINES / La Seconde Épouse.*

— Alors, ma belle, ricana le gros homme sans s'émouvoir davantage du besoin de la jeune fille, ce n'est pas la même compagnie ! Il te manque ton amoureux.

— Ce n'est pas son amoureux ! s'écria Sekmet. C'est un compagnon d'enfance.

— Demande-lui donc, fit Horemm en s'esclaffant, si ce n'est pas son amoureux. Quand on s'enfourche, qu'est-ce que c'est ?

Bastet rougit et regarda sa compagne. Par la porte de bois ouverte, une clarté pénétrait dans la cale et Sekmet entrevit la gêne de Bastet.

— Alors, cria-t-elle, si ce sont des amoureux, pourquoi ne les avez-vous pas laissés ensemble ? Cela ne dérangeait personne.

— Pour vous laisser toutes les deux, mes mignonnes. Trois prisonniers ensemble, c'est trop. Tu comprends ?

— Mais Pentou est tout seul ! gémit Bastet.

— Qui te dit qu'il est seul ?

— Avez-vous enlevé son frère ou l'un de ses compagnons ? lança Sekmet, sarcastique.

— Allons, mangez bien, mes colombes. Encore une petite nuit au fond de votre cale, et ensuite nous irons bien plus loin.

Quand il fut parti, elles restèrent atterrées. Le dernier propos de ce gros homme leur enlevait tout espoir. Et Pentou ! Allait-il suivre ? Soudain, la porte grinça et un rai de lumière apparut, éclairant légèrement le visage de celui qui entrait. Ce n'était pas Horemm. L'homme s'approcha doucement et les jeunes filles crurent discerner le bruit et la mesure d'un pas irrégulier.

La silhouette boiteuse s'approcha, braquant sur elles une torche allumée. Sekmet sursauta.

— Ayen ! s'exclama-t-elle.

Comme il ne disait rien, elle reprit d'un ton amer :

— Alors, tu fais partie de leur bande. Tu n'as pas volé ma mère, mais tu ne vaux pas mieux.

Ayen saisit le bras de la jeune fille et lui fit signe de se taire.

— Je simule, jeta-t-il à voix basse. Ils sont plus forts que moi et me forcent à leur obéir. Si je refuse, ils m'égorgent et je sais qu'ils en sont capables. Ils en ont tué plus d'un. Mais, ne parlons pas davantage.

Dans l'autre main, il tenait des fruits séchés et un morceau de lard fumé qu'il leur tendit.

— Je vais essayer de vous tirer de là. Mais il faut que je réfléchisse. Ne perdez donc pas patience.

— Et Pentou ? murmura Bastet.

— Il est sur un autre navire. Celui de Pérouhé, le Capitaine. Sois sans inquiétude, je veille sur lui.

CHAPITRE VI

A Avaris, Neby et Choutarna, restées seules avec Myriam dès qu'Ali et Hamoud les eurent quittées en souhaitant que le destin fît à nouveau croiser leur chemin, prirent la direction des berges du Nil qui s'étendaient devant elles. Depuis longtemps, le fleuve avait rejoint son lit normal et, dans les champs qui s'étendaient à perte de vue, commençaient les récoltes et les moissons.

Laissant derrière elles les bras tentaculaires du delta qui allaient se perdre dans la mer Méditerranée, elles se demandèrent ce qu'elles allaient faire lorsque les quelques provisions que leur avaient laissées les jeunes bédouins seraient épuisées.

Neby comptait reprendre son travail de scribe public. N'était-ce pas le seul moyen pour les trois femmes d'arriver jusqu'à Thèbes sans mourir de faim ? La grande ville d'Avaris, là où les deux bédouins les avaient laissées pour repartir à leurs affaires, était l'ancienne capitale où siégeaient autrefois les Hyksos, cette peuplade de barbares venant du nord au temps où l'Égypte trop faible et trop divisée — à cette époque, les régions appelées nomes avaient chacune leur seigneur qui disposait de ses propres finances et de sa propre administration — était restée sous leur domination.

Avaris était une grande ville cosmopolite, assise à l'extrême droite du Nil, non loin d'El Kantara et de Tanis. S'y côtoyaient Grecs, Crétois, Cananéens, Libyens, Hittites, Mitanniens, Babyloniens et autres peuplades du nord et de l'est sans que des heurts vinssent troubler les relations de commerce qui s'y tenaient de façon très étroite.

Aux portes de la ville, les trois femmes se concertèrent et il fut décidé que Neby amputerait leur maigre pécule pour faire l'acquisition d'une palette et d'un étui à calames, lesquels lui serviraient à chercher du travail sans plus tarder. Bien décidée à ne pas abandonner son habit de garçon sous peine d'essuyer les propos ironiques des éventuels clients, Neby se sentait pleine de courage et d'enthousiasme.

Choutarna et Myriam acceptèrent même l'idée d'engager les frais d'un barbier pour raser la tête de Neby, lui permettant ainsi de ressembler à un garçon. Et, vêtue de son pagne de scribe en lin blanc, elle se mit à la recherche d'un client illettré.

Ces premières dépenses ne furent pourtant pas inutiles, car chaque jour Neby trouvait du travail auprès des marchands étrangers qui transitaient par la ville pour effectuer leurs échanges. Les uns prenaient la direction du désert arabique, les autres montaient à bord d'un vaisseau pour accoster sur les îles grecques et crétoises, d'autres encore — et ils étaient nombreux — descendaient le Nil pour livrer leurs produits en Nubie jusqu'à la troisième et même la quatrième cataracte.

Neby s'enthousiasmait pour son travail, car elle pratiquait, à présent, la langue arabe que lui avait enseignée Hamoud et la langue asiatique que Choutarna continuait toujours à lui apprendre. Maintenant, Neby comprenait qu'un scribe public propulsé dans la foule des marchands cosmopolites d'une ville comme Avaris ne pouvait que mieux travailler. En plus, s'il savait parler et écrire les langues des pays limitrophes, il était sorti d'affaire. Plusieurs fois, Neby s'était mise à penser à son père qui n'avait pas eu le temps d'arriver dans cette vaste ville où, à coup sûr, il aurait, lui aussi, trouvé du travail.

Après ce premier temps où les jeunes femmes purent manger à leur faim, elles décidèrent de quitter Avaris pour rejoindre Tanis. En effet, elles avaient prévu d'aller jusqu'à Thèbes pour que Choutarna, qui n'avait qu'une idée en tête, celle de retrouver les meurtriers des siens, pût commencer les préliminaires de ses recherches.

Bien que Neby le regrettât fortement, il fallut donc quitter la ville prospère d'Avaris et poursuivre jusqu'à Tanis. Hélas, la ville ne leur offrit pas la chance qu'Avaris leur avait donnée et il leur fallut poursuivre jusqu'à Memphis. Après quelques semaines d'attente néfastes pour leur estomac, elles quittèrent Tanis et marchèrent toute la journée et une partie de la nuit suivante. Puis lasses, elles décidèrent de s'arrêter à l'angle de deux grands champs où les blés étaient si hauts qu'ils atteignaient presque une demi-coudée et, là, elles se dissimulèrent entre les grandes tiges pour dormir.

Le ciel offrait une luminosité telle que le blé des champs paraissait encore plus doré et scintillant. Quand l'aube se leva, un homme réveilla Myriam en la secouant par le bras.

— Que faites-vous dans ce champ? tonitrua-t-il, ce qui réveilla aussitôt Neby et Choutarna.

— C'est que, fit Myriam en se levant brusquement, après une longue marche, nous nous sommes arrêtées épuisées. Il faisait nuit et nous n'avons trouvé que ce champ pour nous abriter.

— Sais-tu que c'est interdit de s'arrêter dans les champs du temple de Ptah ? Ce domaine appartient au Grand Prêtre Meryrê et il ne pourrait tolérer que des vagabonds y élisent domicile.

— Il n'en est pas question, rétorqua Myriam scandalisée par le terme de « vagabond », je t'ai dit que nous cherchions un asile pour la nuit. Alors, ne crains rien, nous repartons de ce pas.

Puis, comme elle tirait à elle Neby et Choutarna, le paysan lui reprit le bras.

— Qui es-tu ? fit-il en glissant un œil suspicieux sur les jeunes filles.

Mais, sans attendre plus longtemps la réponse, il poursuivit tout en inspectant le visage de Neby et celui de Choutarna, comme s'il voulait s'assurer de ce qu'il allait dire :

— Ce sont tes enfants ?

Myriam leva le sourcil, parut étonnée, puis hésita. Elles n'avaient ni l'une ni l'autre, pas plus que Myriam, pensé à cette question à laquelle elle devait répondre.

— Oui, fit soudain Myriam sans plus hésiter, ma fille et mon fils. Ils ont presque le même âge. Vois-tu, nous avons subi un revers de fortune et je retourne à Thèbes avec eux. C'est là qu'est ma terre d'origine.

Comme le paysan détaillait toujours la silhouette gracieuse de Choutarna et celle plus étrange de Neby, il parut nécessaire à Myriam de préciser :

— Mon époux est décédé. Il tenait un haut poste dans l'administration et voici mon fils Neby qui a appris l'écriture et qui est scribe comme l'était son père et ma fille Choutarna qui a étudié la musique et la danse.

Elle jeta un coup d'œil à Neby.

— Vois, mon fils ne peut qu'exercer un métier de scribe public en attendant qu'il ait l'âge de trouver un travail à Thèbes.

— N'as-tu pas des relations à Thèbes ?

Elle haussa les épaules.

— Bah ! fit-elle, je suis partie depuis presque deux ans à la recherche de ma famille dispersée en Égypte, mais je n'ai trouvé que déceptions et je vois qu'il faut, à présent, nous débrouiller par nous-mêmes. Aussi, puisque le temple de Ptah est si peu accueillant, nous allons prendre le chemin d'Hermopolis, le dieu Toth sera peut-être plus avenant.

— Allons ! fit le paysan, devenu presque débonnaire, es-tu pressée de rentrer chez toi ?

— Non.

— Alors, je vais t'aider et te présenter au temple comme une travailleuse saisonnière. Tu pourras faire la moisson avec ta fille. Elle commence dans les jours prochains. Quant à ton fils, nous lui trouverons aussi de la besogne. Il manque toujours des scribes pour compter les bottes de blé que nous entassons.

Il en fut ainsi. Les moissons ayant à peine commencé, Myriam et Choutarna se mirent au travail pendant que Neby, sa tablette en main, écrivait les chiffres comptabilisés, le soir, à chaque rentrée de blé.

Le soir, Choutarna ne sentant plus son dos, car il fallait se baisser en permanence pour attraper les tiges que les faucheurs coupaient d'un geste précis et sec avec leur faucille pourvue d'une lame de silex bien aiguisée, elle fut très vite affectée au vannage.

Le vannage était une opération que les paysans

effectuaient dès que les bœufs avaient piétiné les grains pour les séparer des tiges. Les femmes se regroupaient ensemble sur de grandes aires de terre battue et projetaient en l'air les grains pour les débarrasser de la paille et des impuretés. Ensuite, ces grains étaient mis dans des sacs que l'on comptait et que l'on entassait pour les engranger.

Le geste que faisait Choutarna en faisant voltiger les grains dans l'espace pour les rattraper ensuite l'amusait davantage que de courber l'échine, comme continuait de le faire Myriam pour saisir les tiges entières qui tombaient sous la main des faucheurs.

Choutarna ne travaillait pas vite. Il est vrai que la princesse n'avait jamais eu, jusqu'alors, à travailler pour gagner sa vie. L'intermède du meurtre des siens à son arrivée à Memphis, suivi de sa fuite dans le désert avec Papalavizzi et le séjour dans la tribu des bédouins n'avaient pas vraiment inculqué en elle les notions fastidieuses d'un travail forcé. Aussi, la pauvre Choutarna était-elle effrayée à l'idée d'avoir à subir les aléas d'une besogne contraignante et quotidienne.

Alors, au bout du cinquième jour, elle avait entrevu une solution plus proche de ses dispositions. Aussi s'était-elle glissée aux côtés des deux musiciens qui, de leur petite flûte en papyrus, tiraient des notes légères, cristallines, aériennes, pour encourager les faucheurs. Puis, elle avait commencé par hausser légèrement la voix jusqu'à laisser s'élever dans l'air une douce mélodie syrienne qui avait agréablement saisi son public.

— C'est joli, ma fille, avait dit le paysan qui se sentait responsable du trio depuis qu'il l'avait intégré aux moissonneurs. C'est joli et ta chanson plaît à nos paysans. Si tu veux, tu peux chanter et danser pour eux. Tu toucheras le même salaire.

Ravie, Choutarna ne se fit pas prier et, s'aidant de sa jeune mémoire qui revint d'ailleurs assez vite et de ses membres souples qui n'avaient rien perdu de leur agilité, esquissa les gestes qu'elle avait appris au temps de son adolescence dans le palais de son père. Choutarna avait vénéré assez de fois la déesse Astarté pour connaître tout le répertoire des danses sacrées effectuées au temple de Babylone. Mais, pour séduire son nouveau public, elle devait les agrémenter de gestes profanes, lesquels traduisaient mieux le folklore de son pays.

Quoi qu'il en soit, chacun fut ravi de ses chants et de ses créations chorégraphiques, car hommes et femmes tapaient dans leurs mains en scandant les mouvements qu'elle effectuait avec grâce pendant que Myriam surveillait d'un œil toujours un peu inquiet les envolées de sa soi-disant fille. C'est ainsi que nombre d'entre eux, fatigués de leur journée de moisson, prirent l'habitude de se regrouper sur la petite place publique pour voir Choutarna danser avant de s'enfermer pour la nuit dans leur cabane de paille et de boue séchée.

Mais tous les soirs qui suivaient ces journées de moisson n'étaient pas aussi tranquilles et, quelquefois, s'élevaient des objections. Or, ce soir-là, alors que Neby, en plus de son travail de comptage aux champs, arpentait les rues et les abords du temple pour y trouver de menus travaux supplémentaires d'écritures diverses, une fillette s'était plantée devant Choutarna en agitant un petit tambourin que lui avait confectionné son frère avec un cercle de cuivre et quelques breloques suspendues à la tige. Elle l'actionnait avec frénésie et semblait prendre un plaisir extrême à voir Choutarna danser.

— Viens, fit la jeune fille à l'enfant. Viens danser avec moi.

— Ah ! fit une vieille en hochant la tête, la fille des vagabonds préfère lever les jambes que de courber l'échine.

— Ce n'est pas vrai, rugit l'admiratrice de Choutarna. C'est une danseuse et toi tu es une mauvaise femme.

— Mauvaise femme ! Je vais t'apprendre, petite polissonne, à qui tu parles, moi ! La doyenne du village !

— Tu es peut-être la doyenne, mais tu es aussi la plus méchante.

— Ouady, cria sa mère, si tu te disputes avec ton aïeule, tu ne regarderas plus Choutarna danser !

— Mais, c'est elle qui est menteuse ! rétorqua la fillette en désignant la vieille de son index à l'ongle cassé tant elle avait raclé les grains que ses compagnes plus âgées séparaient de l'épi.

— Mauvaise femme ! Menteuse ! Que me chantes-tu là ? Attends que je t'attrape !

Et de sa canne en bois de sycomore, elle frappa rageusement le sol.

— Allons, calmez-vous, fit Myriam en s'approchant de la vieille. Le temps que nous passons parmi vous sera court. Nous repartirons après les moissons.

— Tant mieux ! Ta fille n'est qu'une faiseuse de troubles. Regarde nos hommes, ils restent là, à bâiller aux corneilles, quand ils devraient déjà être couchés pour être frais et dispos à l'aube suivante.

Et la vieille femme tapa de sa canne sur le sol de terre battue à petits coups secs et hargneux. Dans l'assemblée s'était levé un murmure désapprobateur. Quelques femmes vinrent se ranger aux côtés de l'aïeule afin de lui donner raison Les autres, assises près de leurs époux, battaient dans leurs mains pour encourager Choutarna à poursuivre ses ébats.

— C'est une danseuse ! criait Ouady, voyant que nombre de villageois se rangeaient à son côté.

Neby, qui n'avait pas trouvé de travail ce soir-là, rentrait et, de loin, regardait la scène.

— C'est une danseuse ! répétait avec force et conviction la jeune Ouady en agitant son tambourin. Une artiste qui connaît les danses de notre pays.

Neby refusa d'intervenir. Elle évitait toujours ce qui devait compliquer les choses. Et puis, de toute façon, comme l'avait dit si justement Myriam, après les moissons, ils ne seraient plus là.

Oui ! Neby regardait distraitement ses amies. Si distraitement qu'elle n'avait pas aperçu l'ombre qui s'était faufilée derrière elle. Surprise, elle entendit murmurer dans son dos :

— Il ne me semble guère que ces danses soient de notre pays.

Neby se retourna et vit un homme grand, beau, dont l'âge avoisinait la trentaine. Comme elle, il avait le crâne rasé, mais portait une tunique longue et blanche qui amincissait son corps svelte.

— Ta compagne danse à merveille, mais ce ne sont ni des scènes ni des gestes égyptiens qu'elle effectue.

— Ce n'est pas ma compagne, répondit Neby en rougissant, c'est... C'est ma sœur.

L'homme au crâne rasé l'observait de ses yeux gris dont l'acuité semblait percer le regard de la jeune fille et, soudain, Neby eut peur qu'il ne trouvât son allure équivoque.

— Compagne ou non, dit-il, cette jeune fille a de belles envolées, je la regarde parfois alors que personne ne voit où je suis.

— Et, où êtes-vous ?

Neby regretta sa question qu'il pouvait juger

indiscrète. Cet homme devait être un prêtre de Ptah, l'un de ceux à qui appartenaient ces grands domaines agricoles de Memphis. Elle osa, bien qu'elle rougît encore, le regarder droit dans les yeux. Il y avait une lueur perspicace, presque avenante, mais quand il vit qu'elle l'examinait de plus près, il jeta d'un ton sarcastique :

— Je n'ai pas observé que ta sœur, je t'ai surveillé également.

Cette fois, Neby eut un léger tremblement qu'il semblait avoir aperçu, mais son œil se fit étrangement doux.

— Quel âge as-tu ?

— Dix-huit ans.

Neby s'était vieillie de deux années puisqu'elle n'avait, en fait, que seize ans, mais qui pouvait le savoir ? Qui pouvait contester ?

— Pourquoi ce crâne rasé alors que tu n'y es pas obligé ? Seuls les étudiants scribes qui apprennent au temple sont ainsi.

— Parce que c'était une idée de mon père. S'il n'était pas mort, il aurait aimé que j'étudie au temple.

Il la scrutait de ses yeux gris, frangés de cils épais longs et noirs. Ses sourcils étaient épilés, son visage mince et ses lèvres larges et bien dessinées. Près de ses tempes filait une minuscule veine bleue qui se perdait sur le côté de son crâne rasé. Son nez fin restait en parfait équilibre avec l'angle un peu saillant des pommettes et, bien que son front se distinguât par une hauteur impressionnante et que l'écart entre ses yeux gris ne fût pas assez grand, tout n'était qu'harmonie dans l'ensemble du visage.

— Pourquoi ta mère, avec tant d'inquiétude, n'observe-t-elle que ta sœur ?

— Parce qu'elle est plus jeune, balbutia Neby.

— Et pourquoi n'a-t-elle pu combler le désir de son défunt époux s'il voulait que tu apprennes au temple ?

— Parce que nous sommes complètement démunis et qu'il fallait que mon travail rapporte la nourriture nécessaire à notre survie.

Il n'insista pas et précisa avant de la quitter :

— Si vous êtes toujours là après les moissons, viens me voir au temple. Le domaine qui est au sud comporte de belles vignes. Il y aura du travail pour toi, ainsi que pour ta mère et ta sœur, car les vendanges vont commencer.

Il eut un sourire encourageant.

— Que fais-tu sur l'aire d'abattage ?

— Chaque fois qu'un faucheur laisse tomber la gerbe qu'il vient de couper et qu'une femme la saisit pour la porter sur l'aire de dépiquage, là où est piétiné le blé par les bœufs, je dois l'inscrire et en comptabiliser le total à la fin de la matinée. Puis, je recommence à totaliser jusqu'au soir.

— Cela te plaît-il ?

— Non, bien sûr. Je préfère rédiger les actes de vente, d'achat ou les textes testamentaires. Mais, je suis heureux que Min m'ait proposé ce travail. Le salaire de ma mère et celui de ma sœur n'auraient pas suffi à notre existence.

— Connais-tu l'écriture hiératique ?

— Bien sûr. Et, comme je connais les langues arabes et syriennes, je trouve souvent du travail dans les rues de Memphis.

— Qui t'a appris ces langues ?

Cette fois, Neby marqua une légère hésitation. Elle ne pouvait compromettre Choutarna sans risquer sa perte.

— Mon grand-père, hasarda-t-elle. Il a fait les dernières campagnes asiatiques de feu le pharaon Aménophis II.

— Voilà, jeune homme, qui est intéressant ! railla le prêtre. N'oublie pas ma proposition pour les vendanges.

Comme il s'apprêtait à partir, Neby s'inclina, mais il la retint par le bras.

— Où logez-vous durant ces moissons ?

— Min, le chef moissonneur, celui qui s'est occupé de notre engagement, nous a beaucoup aidés. Il nous a laissé une cabane libérée par la mort d'un vieux paysan qui, lui-même, n'avait plus de famille. C'est la dernière du village.

***

Quand Neby revint auprès de Myriam et de Choutarna, l'algarade suscitée par les danses de Choutarna s'était terminée. Mais, la discussion qu'elles entretinrent toutes les trois fut aussi vive.

— Ce prêtre de Ptah t'a ensorcelée, Neby. Tu as dit cent fois que nous ne resterions pas plus de trois mois à Memphis. Pourquoi changes-tu d'avis ?

— Choutarna, je crois que Neby a raison.

— Non, Myriam, elle a tort. Nous avons conclu que chaque escale ne devait pas dépasser deux ou trois mois. Si nous restons pour les vendanges du temple, assura Choutarna, nous prendrons du retard. Alors, quand serons-nous à Thèbes ?

— Mais, cela revient au même. Réfléchis. Si nous accumulons un plus gros salaire, nous n'aurons plus besoin de nous arrêter à Hermopolis, pas plus qu'à Abydos ou Denderah et nous poursuivrons directement sur Thèbes.

— Comment veux-tu que nous accumulions autant ? Nous ne sommes payées qu'en nature. Nous n'avons même pas d'âne pour transporter des outres d'eau et des sacs de nourriture.

Elle fit volte-face et se planta devant Neby.

— Je dis bien que tu t'es laissée prendre aux belles paroles de ce prêtre.

Puis, réfléchissant qu'il valait mieux prendre sa compagne par les sentiments que par la colère, elle se mit à gémir :

— Qu'allons-nous faire seules, Myriam et moi, si tu ne veux plus poursuivre ta route avec nous ?

Neby prit son amie par les épaules.

— Que tu es sotte ! Il n'est pas question que je vous laisse. Écoute, nous en reparlerons. Pour l'instant, allons dormir.

Le lendemain, Choutarna semblait de meilleure humeur. Elle attaqua directement Neby :

— Écoute, puisque Myriam se range à ton avis, c'est entendu, nous ferons les vendanges, mais il faut que tu t'arranges avec ce prêtre pour qu'à la fin de celles-ci, nous emportions la valeur de quelques débens.

— Allons, Choutarna, fit Myriam qui, penchée sur le petit four, cuisait l'orge pour en faire des galettes. Neby a raison, nous avons un toit alors que nous couchons dehors depuis de longs mois et nous avons chaque soir de la nourriture. Si elle peut accroître notre bien, ici, à Memphis, nous repartirons plus tranquilles.

Choutarna soupira et se rendit à l'évidence. Elle s'assit, jambes et genoux relevés et croisés sur l'unique natte de la pièce autour de laquelle on se plaçait pour manger. Il n'y avait aucun mobilier tant la cabane était vétuste, mais les trois femmes n'avaient rien à conserver ni ranger si ce n'était leur provision d'orge, d'huile et de bière, quelques oignons et quelques poireaux. Lorsque le jour de congé arrivait et que les hommes allaient pêcher, elles arrivaient parfois à obtenir un mulet ou un gardon qu'elles partageaient en trois.

Toutes les cabanes du village, à l'exception de celle de Min construite en briques crues, étaient en paille mêlée à de la boue séchée. Elles se serraient les unes contre les autres et formaient le noyau du village. Au centre, une grande place permettait aux paysans de se détendre le soir quand les derniers rayons du soleil tombaient et que la fraîcheur commençait à se faire sentir.

Comme chaque matin, les trois femmes prirent un repas composé d'une galette et d'un bol de lait caillé. Quand elles se rendirent aux champs, les paysans commençaient à faucher et Myriam s'en fut à l'autre bout du terrain tenir sa place et son rôle derrière Nouth, un faucheur qui l'avait prise en estime et qui coupait ses blés en brassées assez larges pour que la jeune femme arrivât sans mal à les ramasser et à les assembler.

Choutarna se dirigea vers l'aire de terre battue où déjà l'attendait un monticule de grains à vanner. Les jeunes paysans qui regardaient ses danses lui adressaient des sourires équivoques, mais elle n'y répondait que rarement, ne voulant pas entretenir des quiproquos qui eussent inévitablement tourné en sa défaveur. En principe, la jeune fille ne vannait le grain que trois ou quatre heures. Puis, après la pause que les fonctionnaires accordaient aux moissonneurs, elle allait rejoindre les flûtistes et préparait avec eux les chants et les airs qui redonnaient de l'énergie aux travailleurs.

Quant à Neby, elle se dirigea d'un pas vif vers le rassemblement des scribes attendant le travail de la journée qui, d'ailleurs, chaque matin était identique. Se tenaient là les scribes-arpenteurs, les scribes-contrôleurs, les scribes des rapports journaliers, ceux du comptage de blé et ceux de l'administration désignés pour surveiller qu'aucun paysan n'emportait pour son compte personnel une partie de la récolte.

L'un des responsables, celui qui dirigeait les équipes de comptage, se dirigea vers Neby.

— Tu as ta journée, petit. Aujourd'hui, mon fils fera le travail du comptage des bottes liées et celui des sacs à engranger. Mais ne t'inquiète pas, cette disposition qui risque parfois de se renouveler, et dont je prends l'entière responsabilité, n'ôtera rien à ton salaire. En fin de mois, tu auras la même quantité de pain, d'huile et de bière.

Neby fit un vague salut et prit la direction de la ville. Arrivée sur l'une des places publiques, elle décida d'aller voir le barbier. Il se tenait chaque jour sous le gros sycomore de la place, assis sur le sol devant un tabouret sur lequel étaient installés ses ciseaux et ses couteaux à lame de silex. Deux grands seaux d'eau lui permettaient de laver et de rincer les crânes de ses clients. Et, sur son côté gauche, il installait quelques fioles qui enfermaient des onguents et des parfums pour les dignitaires soucieux de leur hygiène qui, parfois, s'arrêtaient. Ils étaient assez rares à demander le recours du barbier du village, car nombre d'entre eux avaient leur barbier personnel à domicile.

Quand Neby s'approcha, deux hommes étaient assis devant le barbier. L'un semblait de plus haute origine que l'autre, mais ils discutaient en toute sympathie.

— Les bateaux sont chargés de bois, assurait le haut dignitaire qui avait revêtu un simple pagne. Je crois que l'expédition a été commandée par le temple de Karnak.

— Qu'ont-ils encore besoin de construire ? fit le commerçant en haussant l'épaule.

— Il paraît que c'est pour la construction d'une barque solaire destinée au nouveau sanctuaire d'Amon, répondit le barbier d'un ton badin. Depuis que la Grande Épouse multiplie ses offrandes au dieu du soleil, les prêtres de Karnak décuplent les leurs pour Amon. Quand vont-ils arrêter de rivaliser ?

— Allons ! répliqua le dignitaire, ne nous plaignons pas de ce genre d'opérations commerciales qui font marcher l'Égypte.

— Et engraisser les caisses de Karnak, renchérit le brave commerçant qui n'était pas dupe des affaires de l'État. Encore qu'il ne faudrait pas que la cargaison de bois disparaisse dans le fleuve comme elle l'a fait, autrefois, quand les inondations du Nil avaient tout ravagé.

Neby avait soudainement dressé l'oreille. L'histoire de cette terrible inondation racontée si souvent par Choutarna l'avait tant marquée que son cœur se mit à battre violemment.

Soudain, le barbier l'aperçut.

— Eh là ! Petit, tu n'es pas au travail aujourd'hui ?

— Je peux disposer de ma journée.

Et comme les deux clients payaient le barbier et s'en allaient, il ajouta :

— Tu veux encore te faire raser la tête ?

— Pas aujourd'hui, barbier. Mon crâne est lisse, mais si tu avais cette huile parfumée qui permet aux rayons du soleil de ne pas trop l'endommager, cela me plairait bien. Combien la vends-tu ?

— Celle qui est parfumée n'est pas pour ta bourse, petit. Mais, l'autre, je peux te la céder si tu me rends un service.

— Lequel ?

— J'ai besoin d'une attestation pour mon beau-frère.

— Que veux-tu que j'écrive ?

— L'homme qui l'emploie est un menuisier. Il faut lui certifier qu'il habite bien la maison sise à côté de la mienne et qu'il en est le propriétaire.

— Dans quel but ?

— Obtenir une avance afin qu'il confectionne ses propres meubles. La matière première est chère et son employeur lui a promis une aide à rembourser dans l'avenir s'il présentait un papier affirmant qu'il est le propriétaire de sa maison.

— Mais, comment puis-je savoir qu'il habite bien la maison qui côtoie la tienne et plus encore qu'il en est le propriétaire ?

— Parce que je te le dis.

— Mais il faut que j'en sois sûr pour te l'écrire !

Le barbier plissa ses yeux et se mit à rire. Rusé comme un macaque, l'un de ces petits singes dont raffolaient tant les Égyptiennes, il approuva :

— C'est bon, je te donne l'huile parfumée et tu me fais confiance.

— Voici un commerce bien engagé ou je me trompe, déclara soudain une voix grave et chaude derrière eux.

Ils se retournèrent et virent le Grand Prêtre du temple de Ptah. Son allure parut plus séduisante encore à Neby que la veille lorsqu'il l'avait surprise près des champs du domaine.

— Peux-tu me raser, barbier ? fit celui-ci sans cesser d'observer Neby. Et je veux que tu m'appliques cette même huile que tu t'apprêtes à laisser à ce jeune scribe. C'est celle que je préfère.

Observant toujours Neby, il réussit à la déstabiliser du regard. Comment aurait-elle pu oublier ce grand regard gris que l'absence de sourcils rendait si étrange malgré les épais cils noirs qui bordaient ses paupières ? Et comment aurait-elle pu, aussi, oublier la jalousie de Choutarna lorsqu'elle avait chaudement parlé de lui ? Il lui lança un sourire charmeur.

— Je ne veux pas t'empêcher de travailler. Tu peux rédiger ce papier pendant que le barbier me rase la tête.

Cherchant à retrouver son équilibre, elle s'assit en tailleur à côté du barbier, ouvrit sa palette et en sortit un calame à pointe de roseau très effilée.

Puis, dans l'un des godets elle délaya son encre noire et, enfin, tira d'une entaille externe de la palette une mince feuille de papyrus qu'elle déroula. Ces préliminaires professionnels lui avaient rendu son calme.

— Puis-je te poser une question, barbier, avant de commencer ?

Comme le barbier se concentrait pour appliquer l'huile à raser sur la tête de son client, il ne répondit pas.

— Qu'est-il arrivé à Memphis lors de cette terrible inondation dont le marchand parlait tout à l'heure ? reprit-elle en effilant du doigt la pointe de son calame.

— Ah ! Ce fut une terrible année où les bateaux se sont tous fracassés sur la berge. Il y avait des navires qui transportaient du bois de cèdre, du vin de Chypre et des poteries de Crète. Mais, il y avait aussi des vaisseaux qui venaient de Babylone et qui transportaient des princesses, des ambassadeurs, des dignitaires. Ils ont tous péri. C'est bien triste.

— Tous péri ! En es-tu aussi sûr ? Ne resterait-il pas au moins un malheureux marin de cette expédition ?

— Si tu veux en savoir plus, petit, va questionner les dockers du port. Mais, si tu veux ton huile parfumée, il vaudrait mieux que tu m'écrives ce document dont j'ai besoin.

— Tout de suite, répliqua Neby dont le cœur bondissait pour deux raisons très différentes l'une de l'autre. La première étant qu'elle brûlait d'envie de se rendre au port pour en savoir davantage sur le terrible naufrage dans lequel avait péri la sœur et les amies de Choutarna. La seconde étant le regard du Grand Prêtre qui ne cessait de l'observer.

— Quel est le nom de ton beau-frère ?

— Menkepthah.

— Son domicile ?

— La dernière maison après la courbe des ateliers de papyrus.

— Très bien.

Puis, elle lut à haute voix ce qu'elle écrivait d'une main rapide et sûre, de gauche à droite sans laisser à son esprit le temps de se reposer : « J'atteste, par ce document écrit légalement de la main d'un scribe public à Memphis, me nommer Menkepthah et vivre dans la dernière maison qui jouxte celle de mon beau-frère le barbier, maison sise après la courbe des ateliers de papyrus et dont je suis le propriétaire. Ce document a été fait le sixième jour du mois de Toth, en l'an quinze du règne d'Aménophis le troisième. »

Elle coupa le papyrus pour en dégager la partie écrite et la tendit au barbier.

— Tu diras à ton beau-frère de signer là. Sinon, ce document n'aura aucune valeur.

Entre-temps, le barbier avait terminé de raser le

Grand Prêtre. Quand ce dernier eut donné la fiole d'huile parfumée à Neby qui le remercia, le prêtre se tourna vers Neby et plongea son regard dans le sien. Un sourire étrange flottait sur ses lèvres.

— Où vas-tu, à présent ?

— Par là, fit Neby en désignant du doigt la rue commerçante de Memphis qui s'étendait devant eux. En principe, c'est par ici que je trouve les clients qui ont des documents à écrire.

— Ne vas-tu jamais du côté de l'école d'administration ? Elle est moins importante que celle de Thèbes, mais elle pourrait t'aider.

— C'est que, fit Neby hésitante, les étudiants n'aiment guère ceux qui ne sont pas de leur condition. Je me suis souvent vu ridiculiser.

— C'est peut-être parce que tu rases ton crâne et que tu n'es pas un élève-prêtre. Pourquoi tiens-tu autant à cette image ? Laisse pousser tes cheveux et sois un garçon normal.

Comme Neby ne répondait rien, il lui prit le bras.

— Viens avec moi, je vais te présenter un ami scribe. Il pourra peut-être t'aider.

Ils arrivèrent dans le quartier des étudiants de Memphis et le Grand Prêtre se dirigea vers une maison isolée par de grands arbres séculaires. Quelques étudiants étaient assis en tailleur en face d'un vieil homme au visage ratatiné comme la peau d'une figue sèche. Le prêtre de Ptah se courba devant lui.

— Salut à toi, Grand Panehesy ! l'apostropha le vieil homme. Comment va ton père ? J'ai su qu'il avait été souffrant.

— Le Premier Grand Prêtre Meryrê, mon père, se porte bien et je te remercie de prendre de ses nouvelles. Je lui transmettrai la sollicitude que tu portes à son égard.

A nouveau, l'homme se courba, mais Panehesy abrégea rapidement :

— Aurais-tu quelques copies de textes à donner à ce jeune scribe ? Sa famille est en difficulté et il court de rue en rue pour trouver du travail.

— Tu es bien jeune pour être un scribe public. Quel âge as-tu ?

— Dix-huit ans.

— En attendant de trouver mieux, il comptabilise le blé sur notre domaine agricole de Ptah. Je me suis renseigné, il est sérieux et surtout capable de faire autre chose que d'aligner des chiffres qui, pour lui, ne veulent rien dire.

— Sans mettre ta parole en doute, Grand Prêtre, puis-je le tester ?

— Fais comme tu l'entends.

De la main, le vieil homme congédia ses élèves, puis tendit sans attendre un papyrus à Neby et lui dicta un texte assez rébarbatif où il était question d'anciennes lois égyptiennes révolues depuis longtemps. Neby écrivait vite et bien. Elle sentait le point d'attraction des regards attaché à ses doigts écrivant, les deux hommes l'observaient en silence.

— Veux-tu le relire ?

— Ce n'est pas la peine. J'ai tout inscrit. Il ne manque rien.

— Travailles-tu tous les jours sur l'exploitation agricole du temple ?

— Je n'ai qu'un seul jour de congé par semaine.

— Veux-tu le passer avec moi ? J'enseigne le droit à mes élèves. Tu copieras des textes de lois. Si tu es d'accord, présente-toi ici à ton prochain jour de congé. Tu recevras la valeur d'un dében de cuivre par mois.

Quand ils furent à l'extérieur et que le Grand

Prêtre voulut prendre son bras, Neby se dégagea doucement :

— Pourquoi m'aidez-vous ?

— Peut-être parce que ton visage me plaît.

Un instant, Neby frissonna et se revit presque dix ans en arrière devant Anen, le Grand Prêtre d'Amon qui voulait réduire l'enfant qu'elle était à néant. La soumettre à des actes vils et dégradants. Comme s'il lisait dans ses pensées, Panehesy jeta d'un ton vaguement ironique :

— Allons, ne crains rien. Même si je trouve ton visage très attrayant et tes manières fort élégantes, je ne suis pas un dénaturé. J'aime les jolies filles et tu n'en es pas une, bien que tes yeux soient de velours et tes lèvres roses comme un lotus. Je regrette simplement de ne pas voir tes cheveux. Je suis sûr qu'ils m'apparaîtraient aussi doux et soyeux que l'ambre de la nuit quand elle descend sur le Nil.

***

Les moissons étaient terminées depuis quelque temps, on engrangeait le grain. Neby travaillait sans relâche, augmentant chaque jour son petit salaire. C'était Myriam qui avait la garde du pécule qu'elle cachait soigneusement sous la pierre qui servait à attacher le seau que l'on prenait pour aller chercher l'eau au fleuve.

Myriam, Choutarna et Neby ne possédaient pas, comme beaucoup de leurs compagnes, quelques oies ou quelques canards qui s'égaillaient, en cahotant, dans les cours intérieures du village. Elles ne disposaient pas non plus d'un carré si petit fût-il pour cultiver quelques oignons et quelques poireaux qui agrémentaient le quotidien des familles. Mais, peu importait, après les vendanges du temple de Ptah, elles prendraient la route de Thèbes, enfermant dans leur ballot la valeur de plus de vingt débens qui permettraient de ne plus s'arrêter en chemin et de poursuivre sans difficulté jusqu'à Thèbes.

Min avait la charge du bon entretien des greniers à blé du village. Il effectuait son travail avec conscience et intégrité, car jusqu'alors aucun agent du Trésor n'avait détecté la moindre anomalie dans les quantités qu'il stockait avec soin.

Le plus grand des greniers à blé, celui qui entreposait le stockage réservé à l'administration du temple de Ptah, était identique aux deux plus petits dont l'un servait à la consommation du village et l'autre revenait d'office au temple de Karnak, ce qui révoltait les prêtres de Memphis qui, trouvant que les immenses domaines de Karnak étaient suffisamment puissants et riches pour ne pas s'approprier le bénéfice des autres temples de province, cherchaient depuis quelque temps l'occasion d'une révolte bien guidée.

Les greniers à blé étaient construits en briques crues. Ils avaient une forme conique et une base circulaire qui communiquait avec une large rampe menant au sommet. Le plus grand, celui dont la consommation était pour Memphis, comportait cinq étages, les plus petits n'en possédaient que trois.

Neby se rappelait qu'à Karnak certains greniers à blé, bien structurés, étaient formés de piliers verticaux et possédaient de grandes vannes permettant de régler le débit.

Le plus grand des greniers logeait le gardien. Mais celui-ci n'avait qu'un infime carré dans lequel il pouvait à peine poser sa paillasse pour dormir. Un petit four à pain et un tabouret constituaient tout son mobilier.

Depuis qu'elle travaillait pendant son jour de congé à recopier des textes juridiques pour le vieil enseignant de droit attaché à l'école de Memphis, et surtout depuis que l'engrangement avait commencé, Neby n'avait plus de temps à elle. Chaque soir, elle se promettait d'aller au port pour y tâter l'atmosphère qui y régnait. Mais, chaque soir, elle rentrait dans la cabane, fatiguée, sans même prendre le temps de regarder Choutarna qui continuait à danser sur la place centrale au son des flûtes dans lesquelles soufflaient les deux musiciens du village et au rythme des tambourins qu'agitaient quelques filles sans doute désireuses, elles aussi, de danser un jour devant un public enthousiaste. Car Choutarna en était venue à aimer danser pour le plaisir de son public. Elle ne ménageait pas ses gestes et ses acrobaties. Cela réussissait à lui faire oublier qu'elle avait une mission vengeresse à accomplir ou, du moins, la faisait patienter en semant une accalmie dans son esprit.

Neby avait sa palette entre les mains et, toute la journée, notait les sacs de blé qui entraient dans les greniers. Mais, il fallait souvent aider les ânes qui rechignaient à grimper sur la rampe pour atteindre l'entrée du local.

— Attendez ! cria Neby aux deux jeunes garçons qui tentaient de faire avancer une mule rétive en plein milieu de la rampe. Je vais la pousser.

La pauvre bête qui supportait une charge très lourde se mit à braire, montrant ainsi son refus d'avancer. Quand Neby poussa l'animal, aidée de Paousert, un homme du village, elle vit qu'il claudiquait d'une patte arrière. Les bruits de cet incident avaient attiré Min et deux autres hommes s'approchaient, une trique à la main, pour corriger la mule récalcitrante.

— Attendez ! répéta Neby, cette mule doit avoir une écharde dans le sabot. C'est pour cela qu'elle refuse d'avancer.

On observa le sabot de l'animal et on vit qu'effectivement un caillou de la grosseur d'un pois chiche entravait sa marche normale. Le caillou ôté avec un petit couteau à lame fine, il se remit à avancer.

— Dis-moi, mon garçon, fit Min, le chef du village, que vas-tu faire avec ta mère et ta sœur lorsque l'engrangement du blé sera terminé ? C'est que je n'ai plus de travail pour vous. Il faudra attendre les labours et d'ici là, la crue prochaine doit venir. Tu sais que, pendant tout ce temps, j'ai déjà fort à faire pour occuper tous les paysans du village.

— Ne t'inquiète pas pour nous, répondit Neby. Il est vrai que la saison du Chemou se termine. Mais avec elle vient aussi les vendanges et le Grand Prêtre de Ptah nous a dit de venir au temple pour y travailler. Après, nous repartirons en direction de Thèbes.

— Écoute, si l'an prochain, vous vous trouvez à nouveau sans travail, il y en aura toujours ici au moment des labours ou des moissons.

— Merci, Min, fit Neby, mais j'espère que ma mère et ma sœur ne courront plus les routes. Quant à moi, j'aime bien mon métier et je garde ta proposition dans ma mémoire.

Le dernier soir de l'engrangement, il y eut une fête au village. Puisant dans leurs économies, Choutarna avait pu se procurer une nouvelle tunique, un turban neuf qu'elle noua autour de son front et quelques bracelets en perles d'argile. Ces perles grossières étaient en terre séchée, trouées et cuites au soleil, puis peintes de couleurs vives ou laissées à l'état brut quand la peinture manquait. Certes, colorées, elles faisaient le plaisir des filles et des femmes de basse condition.

— Neby ! cria un garçon du village, on va tuer un cochon et tout le village est invité, tu es des nôtres toi, ta mère et Choutarna.

— Je ne sais pas si nous serons là, hésita Neby qui, justement, voulait profiter de cette accalmie pour aller faire un tour du côté du port.

— Ah ! non, s'écria le garçon, ne vous défilez pas, le chef du village n'apprécierait guère ce manque de courtoisie. D'autant plus que, lorsque l'intendant régional est satisfait du travail du chef du village, il donne à toute la localité un cochon gros et gras et plusieurs jarres de bonne bière bien fraîche.

Neby n'osa donc refuser bien qu'elle soupçonnât ce sympathique garçon de préférer la présence de Choutarna à la sienne. Ce n'était donc pas encore le moment d'aller aux nouvelles sur le port de Memphis. Plus tard, sans doute, quand ils en auraient tous les trois terminé avec les travaux des champs.

La fête battait son plein. On avait installé une estrade sur laquelle l'intendant régional et le chef du village devaient se tenir côte à côte afin de jouir du spectacle qu'allaient donner les musiciens et les danseuses — en l'occurrence, il n'y en avait qu'une : Choutarna — puis, commencerait le repas des paysans qui, ce soir-là, était le seul de l'année où chacun pouvait se gaver aux frais de l'administration.

Au dernier moment, on annonça que l'intendant régional serait accompagné du Grand Prêtre Meryrê. Ce phénomène était assez rare et n'arrivait, en principe, que lorsqu'une personnalité de Thèbes était invitée à Memphis. Comme aucun dignitaire n'avait été prévu, le village se demanda quelle pouvait être la cause de ce déplacement.

Ce ne fut pas le nom de Meryrê, mais celui de son fils Panehesy que l'on proclama lorsque la chaise à porteurs tirée par deux ânes s'approcha de la place du village. Les paysans l'acclamèrent lorsqu'il passa. Il fallut dégager les oies et les canards qui obstruaient le passage. Une chèvre qui broutait une mince couche d'herbe fut également écartée.

Myriam, Choutarna et Neby étaient restées un peu à l'écart, non loin de leur cabane. Quand Panehesy passa près d'elles, il dévisagea Choutarna quelques instants, puis se tourna vers Neby et dit :

— Il me serait agréable d'avoir un scribe compétent auprès de moi pour les quelques propos que j'ai à prononcer et qui doivent être mentionnés sur un rapport. Un scribe jeune et capable. Acceptes-tu d'être celui-là ?

— Comment pourrais-je refuser une telle proposition, Grand Prêtre ! Alors que c'est un honneur qui devrait revenir à un ancien scribe de ton village.

— Eh bien, cette année, j'ai décidé que ce serait toi.

Min et l'intendant parurent surpris, mais n'osèrent critiquer la décision du Grand Panehesy et laissèrent monter Neby sur l'estrade à son côté.

— Qu'on lui apporte le nécessaire pour écrire, ordonna t il à l'intendant.

Il fut dit, par la suite, que cet instant avait dû être prévu, car Neby reçut sans attendre le matériel adéquat. C'était une véritable sacoche de scribe avec tout ce qu'il fallait pour écrire, étui à calames, palette à doubles godets encastrés pour délayer l'eau et les encres, lame pour couper le papyrus dès le message terminé, lissoir pour aplanir le document, petit mortier et broyeur pour écraser les couleurs, étui pour enrouler convenablement le papyrus, chiffon, grattoir pour effacer les ostracas.

Neby n'avait jamais vu un tel matériel. Même

celui qu'elle avait volé autrefois au temple d'Amon lorsqu'elle était enfant n'était pas si complet ni si luxueux. Elle déroula le papyrus fin et blanc, dont la texture avait été délicatement écrasée au mortier. Le grain était si peu visible que son calame glissait tout seul sur la feuille. Même les textes de droit qu'elle recopiait pour l'école de Memphis n'avaient pas de si beaux supports.

Son premier étonnement passé, Neby se concentra sur les paroles du Grand Prêtre. Il lut un texte dédié à Ptah, le dieu de Memphis, et commença son discours :

« Comme chaque année, après la moisson et l'engrangement des céréales, nous avons une part à fournir au temple de Thèbes qu'hélas, vous le savez, nous ne pouvons soustraire du rendement de cette moisson. »

Cet aparté fit sourire l'intendant qui connaissait trop les conflits permanents qui opposaient le temple de Memphis et celui de Karnak pour penser qu'il n'y avait là qu'une amertume. Mais son sourire ne fut qu'à peine teinté de soupçons et son visage redevint impassible.

« La part de votre impôt, reprit Panehesy, sera prélevée directement sur ce que vous recevrez mais, compte tenu de l'excellente année des récoltes, le temple a décidé d'accorder à chacun, femmes et enfants compris, un boisseau d'orge supplémentaire par saison, donc trois boisseaux en plus dans l'année. »

Un cri de plaisir s'ensuivit. Neby ne prit pas le temps d'observer la joie qui agitait l'assemblée. Trop concentrée sur ce qu'elle écrivait pour disperser son attention sur autre chose que les lettres qu'elle traçait avec une rapidité étonnante, elle ne remarqua pas la surprise qu'elle suscitait.

— Tout va bien ? questionna le Grand Prêtre.

— Faut-il écrire la suite ? s'enquit Neby à son tour.

— Rappelle-toi, Neby, qu'un rapport est un texte qui doit tout préciser. Si quelque chose te paraît suspect, tu dois l'inscrire. C'est à ton chef hiérarchique de retirer ou de laisser ce qu'il juge inutile ou nécessaire. Voici quelque chose de nouveau que tu dois apprendre. Ton père était scribe, n'est-ce pas ?

— Oui, mais il n'a jamais fait de rapport d'assemblée ou de... Elle s'arrêta, s'apercevant soudain qu'elle venait de commettre une erreur. N'avait-elle pas assuré que son père, le soi-disant époux de Myriam, était un scribe de la fonction publique ?

— Bien sûr, fit-il, un léger sourire sur les lèvres. Il t'a appris ce qu'il savait, rédiger des documents pour ceux qui ne savent pas écrire et qui en ont besoin.

Neby se mordit la lèvre inférieure et ne répondit pas. Parler davantage de son père l'eût probablement enfoncée plus encore dans son mensonge. Or, les yeux du Grand Prêtre paraissaient tout comprendre.

— Allons, changeons de sujet. Je suis fort content de toi. A présent, laisse là ta tablette et ton calame et cours manger une grillade avec les autres.

— Je crois que j'ai l'estomac bloqué, murmura Neby.

— Voyons ! Pourquoi ne voudrais-tu pas manger de ce merveilleux porc rôti pour le plaisir de vous tous ? Regarde la joie de tes compagnons, le contentement déborde de leurs visages tant ils mangent et s'abreuvent. Même le chef du village et l'intendant s'en donnent à cœur joie. Et, en plus, je vois les musiciens s'approcher, l'œil vif et la flûte en bouche.

Les deux jeunes villageois qui faisaient office de

musiciens s'étaient avancés vers l'estrade. Ils jouaient un air de flûte entraînant dont le rythme folklorique traduisait les traditions des pays de l'Égypte du Nord. Les hommes crièrent à Choutarna de danser. Elle s'avança en ondulant du ventre, les épaules mouvantes, les mains positionnées en angle droit avec ses bras gracieusement arrondis au-dessus de sa tête qu'elle remuait par petits coups hachés.

— C'est étrange, fit Panehesy d'un ton bas, en approchant son buste de celui de Neby, la position de ses mains indique celle des danseuses syriennes. Ta sœur a-t-elle appris les danses asiatiques ?

Neby crut défaillir.

— Avec votre permission, Grand Prêtre, je crois que je vais rentrer. Je suis fatigué et j'aimerais prendre du repos.

— Alors, je vais t'accompagner. Je te ferai partager ma litière.

— Mais, ma cabane n'est qu'à quelques pas d'ici. C'est la plus basse et la dernière du village.

— Alors, je t'y accompagnerai à pied.

Il lui prit le bras et, ensemble, ils descendirent de l'estrade. Parmi les paysans, la joie était si débordante que nul ne s'aperçut de leur départ. Ils marchèrent quelque temps en silence. Le cœur de Neby battait la chamade. Il lui semblait que cet homme voulait tout savoir d'elle. Mais comment lui faire confiance ? A présent, elle ne pouvait révéler qu'elle était une fille et moins encore que Choutarna était une princesse babylonienne venue en Égypte pour épouser le pharaon Aménophis III et qu'à présent, son désir le plus vif était de venger les siens. Que la jeune fille révélât son origine à quiconque et c'était sa mort certaine.

Quand ils arrivèrent près de la cabane, il courba

légèrement la taille pour pénétrer dans la masure tant l'entrée était basse. Le cœur toujours battant, Neby le laissa faire et ils se retrouvèrent, silencieux, entre les quatre murs de boue séchée dont les parois ne présentaient qu'une triste uniformité accentuée par quelques clous plantés d'où pendaient des oignons, des poissons séchés et des sacs de fèves et de pois chiches.

— Mais, je ne vois là qu'une seule pièce et une seule paillasse, fit Panehesy d'un ton neutre. Vous dormez tous ensemble ?

— Nous sommes habitués. C'est ainsi depuis la mort de mon père.

— Quand est mort ton père ?

Gênée, Neby soupira.

— C'est déjà si vieux qu'il me semble ne plus m'en souvenir.

Il lui saisit le bras et plongea le gris limpide de ses yeux dans les prunelles brunes de la jeune fille.

— Je t'attendrai dès demain pour les vendanges. Elles ne commenceront que dans huit ou dix jours, mais si tu veux en attendant, je t'initierai à l'art de la lecture sacrée que tu sembles méconnaître.

Ne sachant que répondre, Neby se tut. Elle préférait ne pas se hasarder dans les détours d'une discussion qui l'eût déstabilisée ou desservie. Car cet homme la troublait comme jamais personne ne l'avait fait. Elle aurait voulu tout lui dire et, cependant, elle persistait à se taire. Soudain, il serra son bras et l'attira à lui.

— Tu n'es pas un garçon, fit-il en chuchotant ces mots dans son oreille.

Elle le repoussa brutalement, mais insensible à son geste, il ne broncha pas et se contenta de sourire.

— Ote le corsage de ta tunique et je te croirai.

— Non ! cria-t-elle.

— Tu as peur de ma réaction ?

Il s'approcha d'elle à nouveau, car elle était partie se réfugier vers le mur opposé de la pièce.

La tenant par les épaules, il la regarda dans les yeux et murmura :

— Laisse-toi faire. Je promets que je ne te ferai aucun mal. Il faut simplement que je sache. Je n'en dors plus la nuit. Je vois tes yeux, ta bouche, le velouté de ta peau et je ne peux croire que tu es un garçon. Ne pas savoir m'obsède.

Puis, il ramena la main sur son visage et caressa sa joue.

— Ta peau est si satinée, Neby, tes doigts fins. Tout en toi respire la féminité. Je ne peux me tromper à tel point.

Il embrassa ses lèvres et, cette fois, Neby ne fit aucun geste pour reculer pas plus que pour le repousser. Il détacha ses lèvres des siennes. Elles avaient un goût frais, un peu salé. Il descendit sa main sur l'épaule du corsage et abaissa la large bretelle qui en recouvrait l'épaule. Le tissu du vêtement s'abaissa et le cœur de Neby entama une chamade incroyablement désordonnée. Quand l'autre manche fut abaissée et que les deux petits seins aux mamelons tendres et roses furent en vue, Panehesy jeta un long soupir.

— Dieu de Ptah ! émit-il dans un souffle. Me voici rassuré. Je commençais à croire que j'avais des pensées équivoques.

Il avança sa main vers la poitrine menue de sa compagne, en caressa longuement la peau douce et blanche qui frémissait sous le contact de ses doigts puis, à regret, ramena les pans de l'étoffe sur ses épaules.

— Ne te fais aucun souci, Neby, ton secret sera le mien.

CHAPITRE VII

Sur le vaisseau, Bastet et Sekmet avaient attendu le retour d'Ayen toute la nuit et une partie de la journée suivante. Il ne revint que tard dans la soirée muni de quelques galettes d'orge et d'une poignée de fruits séchés.

— Ces scélérats ont décidé de vous faire mourir de faim, dit-il en leur tendant le peu d'aliments qu'il avait réussi à obtenir. Prenez des forces. Nous en aurons sans doute besoin.

— As-tu trouvé le moyen de nous aider? s'enquit Sekmet d'une voix inquiète.

— Peut-être. Mais je vais à nouveau repartir, dans une heure ou deux, le marin qui vous garde sur ce bateau laissera sa place à l'un des siens qui, à mon avis, devrait se laisser prendre à l'astuce que j'ai concoctée cette nuit.

— Pourquoi ne nous gardes-tu pas toi-même, ce serait plus facile?

— Parce qu'ils n'ont pas suffisamment confiance en moi.

— Alors, fit Bastet étonnée, pourquoi te gardent-ils? En principe, les bandits de cette espèce suppriment tous ceux qu'ils craignent ou dont ils se méfient.

— C'est juste. Aussi ils me tueraient s'ils se doutaient que je leur fausse compagnie.

Sekmet avait déjà ingurgité sa galette et ses fruits séchés. Elle regardait Ayen d'un air incrédule.

— Et qu'exigent-ils de toi ?

— Ils ne connaissent aucun fondeur d'or tel que moi. Lorsque l'expédition du Mitanni sera en route pour l'Égypte, ils l'arrêteront, la pilleront, tueront, et récupéreront toutes les pièces d'or qu'ils trouveront. Les fondre est le seul moyen pour éviter, par la suite, de se faire prendre.

— Mais, c'est monstrueux ! s'écria Bastet.

— C'est ce qu'ils ont fait avec l'expédition des princesses babyloniennes ! Les sceaux qu'ils ont fabriqués ont servi à fausser les données du trajet.

— Dieu d'Horus ! Le voici l'élément qui nous manquait ! C'était donc ça. Ils ont tué les filles du roi Kadashman et se sont emparés de leurs biens qui devaient être considérables.

Bastet n'en revenait pas. Ses yeux s'agrandissaient d'effroi et de colère impuissante. Quant à Sekmet, sa réaction était plus froide, plus calculée, bien qu'elle serrât les poings elle aussi d'impuissance.

— Que vas-tu faire si tu ne veux pas les aider ? fit-elle d'un ton assez calme.

— Dans un premier temps, fuir avec vous.

— Mais en as-tu le moyen ?

— Voici mon plan. Le marin qui doit vous garder tout à l'heure est un grand gars costaud assez bête et assez méchant pour vous mener la vie dure. Au bout d'une heure environ, je vais aller le trouver et lui faire croire que vous venez tout juste de vous enfuir dans l'une des barques du vaisseau.

— Mais nous serons toujours là !

— C'est pourquoi je vais détacher une barque, y mettre deux paquets de chiffons de sombre apparence ayant une forme humaine couchée et recroquevillée et, comme le crépuscule aura commencé sa descente sur le fleuve, je crierai et je désignerai la barque du doigt. C'est un homme qui sait nager et, comme je le connais, il n'hésitera pas à plonger pour vous rattraper.

— Et s'il ne le fait pas ?

— Alors, il détachera la barque restante et vous poursuivra. C'est à ce moment-là qu'il faudra nous échapper.

— Mais comment, s'il n'y a plus de barque ? gémit Bastet.

— J'aurai pris soin d'emprunter une petite embarcation sur la berge. Je la calerai de l'autre côté de la coque afin qu'il ne la voie pas. Il faudra faire très vite car la barque où vous serez censées être, étant vide, n'avancera pas. Il faudra peu de temps au garde pour la rattraper.

— Si nous sommes très rapides et si rien de fâcheux ne vient contrecarrer ce plan, l'idée me paraît excellente, décréta Sekmet en hochant de la tête.

— Peut-être, fit Bastet. Mais, je ne partirai pas sans Pentou.

— Il n'est pas loin. Horemm et ses complices l'ont jeté dans un chaland qui transporte des jarres d'huile.

— Aurons-nous le temps de le délivrer ? s'enquit Bastet avec inquiétude.

— Nous essaierons. Je pense que nous ne devrions pas trouver de difficultés, le chaland est amarré sur le sol ferme.

— Et après, en admettant que ton plan réussisse ? reprit Bastet plus encline à l'espoir.

— Après, nous filerons entre les bateaux. Le marin ne voudra pas attirer l'attention et je crains qu'il ne puisse demander de l'aide sans qu'on exige quelques explications.

Tout leur convenait et elles firent un signe affirmatif de la tête. Ayen referma la porte de la cale où elles étaient enfermées assez solidement craignant que le complice de Horemm, la trouvant trop souple, ne la refermât davantage, et qu'en revenant il mît plus de temps pour la rouvrir.

Quand il fut sur la berge, il chercha une barque disponible qui, bien sûr, ne lui appartenait pas. Il la trouva à quelques coudées d'un gros chaland qui transportait du bois. En cette saison d'Akhit, le port était encombré de navires au repos, de chalands pleins à ras bord qui transportaient pour la plupart du bois ou des denrées alimentaires, d'embarcations diverses, petites et moyennes qui, dès l'aube, transportaient les travailleurs d'un village à un autre ou leur faisaient tout simplement passer le gué.

Le navire jouxtant la barque qui faisait l'objet du délit était un gros bâtiment de taille imposante. La cabine centrale s'élevait à côté du grand mât unique dont la base laissait entrevoir la voile abaissée. Le chargement de bois se trouvait rangé sur les bas-côtés, laissant la poupe et la proue s'élancer dans l'espace. Magnifiquement sculptées d'une croix d'Ankh elles se relevaient comme la queue d'un scorpion.

Une femme juchée sur le pont observait les pas silencieux et les gestes feutrés d'Ayen.

*
**

Après le départ de Panehesy, Neby s'était laissée tomber lourdement sur sa paillasse pour réfléchir aux derniers instants qui avaient ébranlé son équilibre et, pourtant, il fallait qu'elle se remît au plus vite.

Hélas, comment faire quand elle avait encore le goût des lèvres du Grand Prêtre sur les siennes ? Que pouvait-elle penser quand elle revoyait l'étonnement de ses yeux sur son buste dévoilé ? Son regard s'était fait chaud et pénétrant. Une lueur imprécise — du moins que Neby ne savait analyser — avait joué dans les prunelles grises de Panehesy.

Par tous les dieux, pourquoi l'avait-il embrassée ? Pourquoi avait-il esquissé ce sourire qu'elle allait emporter avec elle pour ne plus l'oublier ? Elle soupira et se leva, se dirigea vers la grande urne qui contenait l'eau fraîche que l'on consommait dans la journée, y trempa ses mains et les passa sur ses tempes, son visage et son crâne lisse.

Aussitôt, elle se trouva mieux, plus détendue et plus dispose, bien que, devant ses yeux encore surpris, s'imprégnât encore cette image de Panehesy qui, doucement, avec des gestes d'une précision et d'une lenteur calculées, abaissait les épaules de sa tunique pour voir sa délicate poitrine.

Neby frissonna. Aurait-elle dû se laisser aller contre ce poitrail musclé et puissant qui, en silence, s'offrait à elle ? Panehesy l'avait aidée, mais l'aurait-il comprise ? Il fallait que Neby ôtât impérativement de sa mémoire le souvenir de ce prêtre si différent de ceux qu'elle avait connus autrefois à Karnak.

Elle se laissa encore quelque temps de réflexion, passa la main sur son crâne lisse encore humide de l'eau dont elle l'avait aspergé tout à l'heure, puis se dit qu'elle pouvait profiter de cette soirée où Myriam et Choutarna ne rentreraient sans doute qu'au petit matin pour aller faire un tour du côté du port. Les vendanges allaient commencer, le temps lui manquerait et certes, elle avait déjà attendu trop longtemps.

Mais, à peine sortie de la cabane, elle se heurta à Choutarna.

— Ne restes-tu pas à la fête pour t'amuser toute la nuit ? lui dit-elle d'un ton étonné. Il y a suffisamment à manger et à boire et tu danses comme une déesse. Ils sont tous là à t'adorer et à t'applaudir.

Plus surprise encore, elle vit Choutarna s'élancer dans ses bras.

— Oh ! Neby, je t'ai vue partir avec le Grand Prêtre et j'ai eu peur que tu ne reviennes plus.

Neby l'embrassa. Sa compagne avait posé sa tête sur son épaule et ses bras autour de son dos.

— T'ai-je déjà trompée, Choutarna ?

La jeune fille secoua la tête dans un signe négatif.

— Cependant, observa-t-elle, tu es bien partie avec lui.

— C'est vrai. Il m'a laissée à la porte de notre cabane et s'en est retourné.

— Oh ! Il n'a eu d'yeux que pour toi, t'a traitée comme une reine, bien que tu sois un garçon pour lui et pour les autres. Cela a laissé planer une équivoque qui n'a pas manqué d'étonner non seulement l'intendant et le chef du village, mais également une grande partie des villageois.

Malgré elle, Neby se mit à rire.

— Et toi ! Petite danseuse babylonienne ! Tu as plus encore étonné le Grand Prêtre à danser avec tes mains positionnées à l'asiatique et non à l'égyptienne. Mais écoute, je profitais de cette agitation du village et du temps, que je possède enfin, pour aller voir ce qui se passe au port. Alors, laissons là tous ces discours et allons-y ensemble.

— Neby, si nous allons au port, ne crois-tu pas qu'il vaudrait mieux nous y rendre avec Myriam pour le cas où nous ne reviendrions pas ?

A nouveau, Neby se mit à rire.

— J'ai dans l'idée que tu ne veux pas faire ces vendanges, Choutarna. Mais, c'est d'accord, allons chercher Myriam. Je suis persuadée que nous allons apprendre un tas de choses étranges. Seulement, dis-toi bien que nous reviendrons ici. Chaque chose en son temps. Il ne faut rien précipiter si nous voulons réussir.

Elles repassèrent par la place du village où l'agitation restait toujours aussi intense. Myriam parlait avec un groupe de villageoises assises en tailleur qui faisaient un cercle au centre duquel elles avaient regroupé des enfants en bas âge qu'elles pouvaient surveiller tout à loisir. Quand Myriam vit ses compagnes, elle vint de suite vers elles.

— Nous allons au port, Myriam. Il vaudrait mieux que tu viennes avec nous.

— Mais, la fête ne fait que commencer et il y a encore à manger et à boire !

Soudain, elle se tut, observa ses amies et se frappa la tête.

— Mais bah ! Quelle importance ! Je vous accompagne pour le cas où vous ne reviendriez pas.

— J'ai déjà entendu ça quelque part, dit Neby en fronçant le sourcil.

Elles s'esclaffèrent toutes les trois, laissant la fête se poursuivre sans elles, et prirent la route du port de Memphis. Il fallut deux bonnes heures pour l'atteindre, car celui-ci était à l'autre bout de la ville et le village où vivaient les trois femmes n'était pas proche de Memphis.

Elles trouvèrent les quais assez calmes, pourtant de

nombreux bateaux accostés la veille s'ajoutaient à ceux déjà ancrés depuis quelques jours. Mais la vue du port ne leur permit pas de se faire une idée et elles durent s'approcher pour mieux saisir la situation.

Des dockers travaillaient encore malgré l'heure tardive. Certes, ils ne chargeaient ou ne déchargeaient plus, ils attachaient les barques attenantes aux chalands autour des bornes d'amarrage avant de gagner la taverne la plus proche pour y passer le reste de la nuit.

Voyant les trois jeunes femmes hésiter, ils crurent qu'il s'agissait de quelques prostituées se hasardant parfois jusqu'au port pour prendre l'air et ramener un marin qui eût l'esprit moins embué que ceux qu'elles trouvaient dans les tavernes.

— Trois pour deux, voilà qui nous plaît, mes belles oiselles.

L'un d'eux s'arrêta devant elles, la peau brunie par le soleil, les muscles saillants et l'air assez jovial.

— Ah ! Mais c'est que je vois un tout jeune homme. C'est pas l'habitude dans le coin de voir un crâne rasé. Où allez-vous comme ça ?

— Nous ne sommes pas ce que tu crois, jeta vivement Myriam, je suis avec mon fils et ma fille.

— Hum ! Ta fille est jolie et toi, ma foi, tu es encore appétissante. Quant au jeune...

— Le jeune garçon, dit Neby à son tour, te fait remarquer à nouveau que ma mère et ma sœur ne sont pas ce que tu crois. Nous sommes à la recherche d'un oncle qui a travaillé sur les quais du port de Memphis.

— Et alors, que veux-tu qu'on fasse ? dit un docker plus petit, au poitrail et aux jambes velus. Tu ne trouveras plus personne à cette heure-là. Reviens demain matin, tu le trouveras peut-être.

— Que lui veux-tu, à ton oncle ?

Ce fut Myriam qui répondit.

— Il devait nous aider en cas de problème.

— C'est pas notre affaire.

— Nous venons de perdre notre père, rétorqua Choutarna d'une petite voix plaintive en battant des paupières et en glissant à l'homme un œil de velours. Et nous avons besoin de lui.

Le grand docker au poitrail velu sembla s'adoucir.

— Ah ! Eh bien moi, je ne peux pas te renseigner. Je ne suis à Memphis que depuis hier et je ne suis pas du métier.

Il se tourna vers son compagnon.

— Tu peux peut-être les aider, toi !

Mais un troisième marin arrivait en ondulant des hanches et en mastiquant un brin de papyrus qu'il cracha sur le sol.

— Il travaillait où, votre oncle ? fit-il en glissant ses doigts dans la ceinture de son pagne et en déshabillant Choutarna du regard.

— Sur les quais de Memphis, se hâta de dire Myriam.

— Oui, ici, au port, ajouta Neby qui préférait diriger la discussion. Mais, nous n'avons pas eu de ses nouvelles récemment. Cela date déjà de cette fameuse crue qui a ravagé tant de bateaux.

Ils hochèrent la tête d'impuissance et le plus grand pointa son index vers une bâtisse à l'autre bout du port.

— Pourquoi n'iriez-vous pas voir le gardien du port ? Il pourrait peut-être vous renseigner.

Elles remercièrent les dockers de leur amabilité et repartirent en direction opposée vers la maisonnette située au bout du port. L'homme qui les accueillit était bourru, mais ne paraissait pas méchant. Il les observa tout d'abord avec méfiance tout en les laissant sur le pas de sa porte. Puis, il les écouta parler.

— Quel est le nom de cet oncle ? questionna-t-il quand elles lui eurent tenu le même discours qu'avec les dockers.

— Ouser, jeta précipitamment Myriam, oui, Ouser.

— Comment était-il ?

Cette fois, Myriam hésita, puis répondit :

— Grand, bien bâti, la quarantaine comme moi.

— Comment veux-tu que je t'aide, ma brave femme ? Des Ouser, grands et bien bâtis, j'en ai vu défiler à la pelle.

Choutarna eut l'idée de jeter les seuls éléments qu'elle connaissait mais qui, hélas, ne représentaient que de piètres renseignements.

— Il a été engagé au moment de la terrible crue qui a détruit tant de bateaux.

— Ah ! Ma pauvre mignonne ! Ce fut une triste époque.

— Y avait-il beaucoup d'embarcations sur le fleuve ?

— Beaucoup ! Ah oui ! Des chalands, des barques de transport, des felouques, des péniches et même des vaisseaux de hauts dignitaires.

— Des vaisseaux de hauts dignitaires ! Que veux-tu dire ? s'écria Choutarna qu'un clin d'œil de Neby calma aussitôt.

— Eh oui ! Je dis bien des bateaux de dignitaires de la plus haute fonction, car la nuit de la grande noyade, il y avait le vaisseau de la navigation royale. De toute évidence, c'était le plus beau. Eh bien, me croirez-vous ! Rompu, cassé, inondé...

Il s'arrêta subitement et, jetant ses petits yeux allongés sur les trois femmes, reprit :

— Et, là, que voulez-vous ? dit-il suspicieux. Des renseignements sur les inondations de cette année-là ou des renseignements sur votre oncle ?

A nouveau, il s'arrêta net, car il vit que s'avançait une femme plutôt grande et forte, charpentée comme un homme, le buste développé et les hanches mouvantes. Et, bien que sa carrure imposante empêchât de lui donner un âge, on pensait qu'elle avait entre trente et quarante ans. Le gardien leva les bras au ciel :

— Ton chaland est-il prêt, Minhotep ? As-tu décidé de partir ce soir ?

— Non, dit la batelière, je crois que je partirai demain. Mais, je voulais te signaler de curieuses agitations sur le Nil. Des agitations qui me paraissent étranges.

— Bah ! Tu dois t'inquiéter pour rien. J'irai voir demain, à l'aube, si tout va bien. Dis-donc, toi qui sillonnes le Nil depuis longtemps, aurais-tu croisé un Ouser grand et bien bâti ?

— Si j'en ai connu des Ouser ? Bien entendu.

Elle se retourna vers les jeunes femmes.

— J'ai entendu que vous recherchiez un marin engagé il y a quelques saisons déjà. Venez avec moi, je vais vous raconter ça.

— Eh bien voilà, fit le gardien content de cet exploit. Minhotep, la batclicrc, va tout vous dire. Je suis sûre qu'avec elle vous retrouverez votre oncle. Moi, je vais me coucher. Il est tard.

Sur ces mots, il rentra et ferma sa porte. Soulagées, elles repartirent avec la batelière. Quand elles furent un peu éloignées de la maison du gardien, elle dit d'une voix tranquille :

— J'étais là depuis longtemps et je vous ai entendus. Le gardien a raison, vous semblez plus intéressés par les naufrages que cette inondation a provoqués que par l'existence de votre oncle.

— Pouvez-vous nous dire quelque chose à ce sujet ?

— A quel sujet ?

Neby hésita, puis jeta d'un ton sceptique :

— Au sujet des naufrages.

La batelière mit ses poings sur les hanches et les observant, le sourire aux lèvres, rétorqua :

— Je vous trouve plutôt sympathiques et j'ai envie de vous aider. Pouvez-vous monter à bord de mon chaland ?

S'étant concertées rapidement du regard, les trois amies acceptèrent.

— Que voulez-vous savoir ? Il m'a semblé que c'était le navire de Pérouhé qui vous intéressait.

— Qui est Pérouhé ? questionna Neby.

— Le Grand Capitaine de la Flotte Royale. L'Intendant de la Marine de Pharaon. Son bateau devait ramener des princesses babyloniennes destinées à épouser Aménophis le troisième. L'expédition venait du désert. Il y avait toute une suite, une quantité innombrables de suivantes, de serviteurs et de personnel attaché aux princesses. Mais de princesses, nous n'en avons jamais vu.

Choutarna se mit à trembler et cette étrange réaction n'échappa pas à la batelière. Mais elle fit mine de rien et poursuivit :

— Le bateau de Pérouhé que conduisait le capitaine Penfert s'est fracassé en plein fleuve. Il paraît que des barques ont pris les femmes, mais on n'a retrouvé ni barques ni princesses.

Choutarna était blanche. Elle se mit à frissonner, les yeux écarquillés, hagards.

— Ça ne va pas, petite ? demanda Minhotep en s'approchant d'elle.

— Si, si, fit Neby en soutenant sa compagne. C'est l'émotion ; peut-être que notre oncle était de l'expédition.

— Ah ! C'est donc cela, vous auriez un oncle qui faisait partie de ce voyage. Un marin ?

Choutarna hocha la tête.

— Alors, cette histoire d'oncle est véritable.

— Presque, fit Neby en parlant à sa place. Nous te serions vraiment reconnaissants si tu pouvais ne pas nous poser trop de questions. Nous voulons juste tout savoir sur le naufrage de ce bateau-là.

— A mon sens, il s'agit d'une affaire trouble, car j'ai entendu deux mariniers, ce soir-là, qui chuchotaient entre eux. Ils refusaient de marcher dans cette histoire, prétextant que cela ne leur porterait pas chance. Un troisième est arrivé et leur a flanqué un coup de poing dans la figure. Une bagarre a eu lieu et les deux hommes hésitants ont filé. Je ne les ai jamais revus. Par contre, plus tard, j'ai rencontré le troisième larron. Il était sur son propre bateau et je lui ai crié : « Tu es ton patron à présent ! » « Oui, et c'est bien agréable ! » a-t-il répondu.

Choutarna se trouvait si mal qu'il fallut l'allonger. Elle tremblait de tous ses membres et pâlissait de plus en plus.

— As-tu de l'eau ? fit Myriam.

Aussitôt vint un homme, de taille moyenne, mince, le regard aigu et les oreilles largement déployées de chaque côté de son crâne rasé.

— C'est Kyos, mon homme d'équipage qui, autrefois, alors qu'il n'était qu'un enfant, a été pris dans la tourmente qui opposait Grecs et Crétois. Il est muet. Les Grecs lui ont coupé la langue. Ils s'apprêtaient à l'emmener en captivité quand je l'ai trouvé ligoté sur le pont d'un de leurs navires. Je l'ai sauvé, depuis, il ne me quitte plus.

Elle regarda Kyos qui lui tendait une jarre d'eau.

— Tiens, verse-lui un peu d'eau fraîche sur le visage, cela devrait la soulager.

Puis, elle observa Choutarna dont les yeux s'étaient fermés.

— Ce n'est pas ta fille, n'est-ce pas ? jeta-t-elle à Myriam. J'ai remarqué que dans cette affaire, tu ne parlais pas beaucoup comme si toutes ces questions ne concernaient que cette enfant-là.

La batelière posa la main sur le front de la jeune fille et hocha la tête.

— Allons, si tu ne vas pas bien, tu resteras coucher sur mon bateau et Kyos s'occupera de toi.

Comme elle vit que Myriam s'inquiétait, elle ajouta :

— Vous aussi, bien entendu. Le pont de mon navire est grand et ma cabine peut loger une dizaine de personnes. Mais je vous préviens, la nuit risque d'être agitée, car j'ai remarqué deux curieux individus qui avaient un paquet sur l'épaule. Il faisait sombre, mais je suis sûre qu'il s'agissait de deux personnes assommées ou endormies. Cela m'inquiète et j'aimerais y mettre mon nez. Tout à l'heure, j'ai vu un homme voler une barque qui ne lui appartenait pas et l'emmener vers le bateau qui doit enfermer ces deux personnes.

Elle s'arrêta subitement et voyant que Kyos avait, lui aussi, tendu l'oreille, elle reprit :

— Tiens, écoutez ça.

A l'exception de Choutarna qui n'avait pas encore repris ses esprits, elles virent, en effet, l'homme dont Minhotep parlait tout à l'heure qui semblait vouloir s'emparer d'une nouvelle barque.

— Eh toi ! cria la batelière, ces barques ne t'appartiennent pas.

L'homme hésita, faillit repartir, mais dit :

— C'est vrai, elles ne m'appartiennent pas, mais je veux bien les laisser si tu me prêtes les deux tiennes.

— Et pour quoi faire ?

— Si je te disais que je ne suis pas un voleur et que je veux aider quelqu'un, me croirais-tu ?

— Pas du tout.

— C'est pourtant vrai. Je veux sauver deux personnes qui sont enfermées dans ce bateau-là.

— Là, je te crois, car j'ai vu les deux fripouilles qui les amenaient. A qui appartient ce navire ?

— A un grand dignitaire, au capitaine Pérouhé.

A l'unisson, trois exclamations identiques fusèrent :

— Pérouhé !

Myriam et Neby avaient crié d'un ton haut et grave, tandis que Choutarna avait jeté un gémissement, telle une bête blessée. Puis, elle s'était relevée comme si un scorpion venait de la piquer.

— Je veux inspecter ce bateau. Vite ! Je vous en prie.

— Mais, Choutarna, la retint Neby revenue de son étonnement, ce n'est pas le vaisseau du naufrage. C'est un autre, même s'il appartient au même propriétaire.

— Eh bien, je veux voir le capitaine Pérouhé.

Par-dessus la coque de son navire, la batelière cria :

— Toi, le voleur ! Qui est sur ce navire à part toi et les deux personnes que tu veux soi-disant sauver ?

— Il n'y a qu'un garde, une brute qui n'hésitera pas à les tuer si je n'interviens pas. Je vais simuler une fuite et lorsqu'il va suivre la barque censée emporter les fugitifs, nous en profiterons pour filer.

Voilà pourquoi il me faut deux barques supplémentaires.

— Ton histoire me semble vraie et nous allons t'aider. Tiens, je vais même prendre la matraque avec laquelle je sais si bien assommer les rôdeurs et ceux qui me cherchent des histoires et Kyos va prendre son petit couteau à longue lame qu'il sait admirablement lancer.

Choutarna avait repris des couleurs. Une étrange excitation vrillait tout son corps et la seule idée de voir celui qui était à l'origine de l'extermination des siens la prenait au ventre. La batelière se tourna vers le marinier.

— Alors, on vient avec toi ! lui cria-t-elle, et si tu as menti, ton kâ ira tout droit retrouver tes ancêtres.

— Laissez-moi organiser la fausse fuite, reprit le marinier. Je vais lancer la barque en y posant les deux paquets que j'ai prévus. Ensuite, je lancerai l'alarme et c'est à ce moment-là qu'il faudra monter de suite à bord. Votre aide me sera utile.

Ayen avait bien organisé les choses et tout fut fait comme il l'avait prévu. Dès qu'il cria au garde, le doigt tendu vers l'horizon, que les fuyards avaient pris l'une des barques, il hésita quelques secondes, courut détacher l'autre barque et, ramant avec vélocité, prit en chasse la frêle embarcation qui, étant vide, ne faisait qu'osciller sur le fleuve.

Le navire de Pérouhé fut très vite accaparé par les sauveteurs pleins de zèle. Avant que Bastet et Sekmet réagissent, elles furent saisies et emportées dans la barque prévue à cet effet.

— Choutarna ! cria Neby. Choutarna, dépêche-toi, je t'en supplie. Le garde est proche de la barque et dans un instant, il va s'apercevoir qu'Ayen l'a berné.

Mais la jeune fille était introuvable.

— Ne m'attendez pas, reprit Neby en se tournant vers les autres. Je vais la chercher. Nous vous rejoindrons à la nage.

— Kyos, emmène les fugitifs sur mon bateau et reviens avec l'autre barque. Si le garde arrive, je l'assommerai avant qu'il n'ait le temps de mettre le pied sur le pont.

Durant ce temps, Choutarna inspectait la cabine du capitaine Pérouhé qui, en fait, était celle de son homme d'équipage Penfert. Elle n'avait pas fait quelques pas qu'elle était restée sidérée et c'est dans cette attitude béate que Neby la trouva. Elle tenait dans l'une de ses mains un scarabée au sceau de son père, Kadashman, le roi de Babylone.

Ses yeux étaient grands ouverts, incrédules, vides d'expression. Choutarna ne réagissait plus. Neby la prit par le bras et la tira.

— Écoute, dit-elle à son amie. Tu as entre tes mains plus de preuves que tu n'en as souhaitées. Il faut partir à présent. Que veux-tu trouver de plus ?

Minhotep arrivait. Quand elle vit la jeune fille tenant le scarabée de turquoise, elle ne dit pas un mot, ce fut Choutarna qui parla :

— C'est l'un des sceaux avec lesquels mon père envoie ses correspondances au pharaon d'Égypte. Je ne comprends pas pourquoi il est sur ce bateau.

— Eh bien, répliqua Minhotep sans se démonter, il n'est plus besoin de te poser de questions pour que je comprenne la situation. Tu as tout révélé en quelques mots. Maintenant, pressons-nous. Sinon, tu vas rejoindre, toi aussi, l'âme de ceux que ces traîtres ont dû expédier au royaume de tes dieux.

Les larmes affluèrent aux yeux de Choutarna. Son regard restait vide et aucune réaction ne venait secouer son corps inerte. Insensible à son entourage, elle pleurait silencieusement.

— Ma petite sœur, murmura-t-elle en laissant couler les larmes sur ses joues. Ma petite sœur, elle n'avait que trois mois et mon père me l'avait recommandée. Comme moi, elle devait épouser le pharaon. Il lui fallait attendre l'âge de quinze ans pour devenir sa troisième épouse. Le rôle de la Seconde Épouse me revenait.

Neby entoura les épaules de son amie, puis affectueusement posa ses lèvres sur son front, son nez, ses joues jusqu'à ce qu'elle réussisse à la faire sourire.

— Nous la vengerons, chuchota-t-elle enfin à son oreille. Nous la vengerons. Mais, pour cela, il faut partir d'ici très vite, car le garde va revenir. C'est un homme qui n'hésitera pas à nous tuer s'il nous trouve sur le bateau de son maître. Partons, je t'en supplie, partons !

Mais, l'incident qui avait tant ébranlé l'esprit de Choutarna avait pris du temps et le garde revenait, furieux de s'être laissé berner de la sorte par ce minable d'Ayen qu'il allait, aussitôt, jeter en pâture aux crocodiles qui sillonnaient les alentours de sa barque.

Neby saisit la torche restée à terre. Mais Choutarna la lui prit et l'éleva à quelques centimètres de ses yeux.

— Oh ! Neby, je sens encore quelque chose. Je sais que je vais trouver une nouvelle preuve.

Elle leva les yeux, les écarquilla, mais Myriam la tira par le bras.

— Choutarna, viens ! Le garde arrive et si la batelière manque son coup avant qu'il ait le temps de mettre le pied sur le pont, nous sommes irrémédiablement perdues.

Puis, Neby leva les yeux sur l'objet qu'observait Choutarna. A la paroi d'un des murs de la cabine, un poignard au manche d'or joliment sculpté de turquoises et de lapis-lazuli était accroché. Elle tendit la main pour le décrocher, mais il était planté si haut qu'elle dut se lever sur la pointe des pieds pour saisir la lame qui brillait à la lueur de la torche.

— C'est le poignard de mon fidèle Papalavizzi, fit-elle. Je veux l'emporter.

Pour le décrocher, elle dut faire un mouvement incertain de la hanche et la torche qu'elle tenait vint s'écraser contre le mur. Elle dut se rattraper à la paroi et laissa tomber la torche. Un dernier sursaut lui fit attraper la pointe de la lame. Elle se blessa les doigts, mais ne voulut pas lâcher prise.

Myriam et Neby hurlèrent ensemble. La torche avait pris feu et les flammes commençaient à lécher les parois de la cabine. Quand elles voulurent sortir, la petite porte de bois craqua. Le feu venait de l'atteindre. Neby avait tiré Choutarna et l'entraînait à l'extérieur de la cabine. Mais Myriam, bloquée par les flammes qui, en quelques secondes, s'étaient élevées à une hauteur considérable, commençait à gémir.

Neby et Choutarna, serrées l'une contre l'autre, ne savaient comment faire. La batelière dut quitter son poste pour se porter à son secours.

— Ah ! J'ai vu plus d'un bateau enflammé ! s'écria-t-elle en s'élançant dans l'incendie devant les yeux agrandis d'effroi des deux jeunes filles.

Elle parvint à sortir sa compagne des flammes, mais celle-ci devait être sérieusement brûlée, car elle gémissait fortement. Myriam pouvait marcher, mais elle se tenait le bras et l'épaule.

— Occupez-vous d'elle, à présent je retourne à mon poste. Je crains que nous ayons des complications.

Elle ne pouvait dire mieux, car le garde s'apprêtait à se hisser le long de la coque du navire pour enjamber le pont. Minhotep qui l'attendait, sa matraque à la main, lui assena un violent coup sur la tête. L'homme avant de chuter avait saisi l'un des bras de la batelière. Elles les avait abaissés, croyant que le garde allait s'écrouler plus vite. Dans sa chute, il l'entraîna et elle tomba par-dessus bord.

— La barque de Kyos, cria-t-elle, la tête hors de l'eau. Je la vois qui arrive. Sautez vite et nagez dans sa direction. Attention aux crocodiles. J'en ai vu deux dans les parages. Faites vite.

Malgré son pied handicapé, Ayen était un bon nageur. Ayant eu le temps de mettre Bastet et Sekmet en lieu sûr, il était revenu sur les lieux. Quand il aperçut la tête des trois jeunes femmes émerger de l'eau, il nagea dans leur direction.

— Sauve Myriam, lui cria Neby. Choutarna et moi nous pouvons rejoindre le bateau de Minhotep.

Elles nageaient vite, le cœur battant car elles venaient d'apercevoir la crête dorsale d'un saurien qui avançait lentement. Il n'en fallait pas plus pour leur donner des ailes.

Quant à Myriam, la douleur de ses brûlures ayant décuplé son angoisse et sa peur de l'eau, elle s'était tout simplement évanouie et il fallut qu'Ayen la tirât par les pieds pour la faire avancer. Elle se mit à flotter juste au moment où ils atteignaient la coque du bateau que venaient d'atteindre les deux jeunes filles. Ayen attrapa les épaules de Myriam, la hissa sur le pont et se laissa tomber tant l'effort l'avait secoué.

De son côté, la batelière avait fort à faire avec le garde. La chute dans l'eau l'avait réveillé du choc qu'il avait reçu sur le crâne et il s'acharnait après Minhotep qu'il empêchait de remonter à bord ou du moins qu'il croyait empêcher de remonter car en fait, seule Minhotep savait que la partie arrière du vaisseau brûlait et que, dans quelques instants, le navire entier croulerait sous les flammes.

Elle cherchait donc à présent à se dégager de la poigne puissante de son agresseur pour regagner à la nage son propre vaisseau. Elle crut y parvenir quand, d'un coup de poing bien placé, il l'atteignit dans le bas-ventre. Elle chancela, fit un tourbillon dans l'eau et, quand son visage revint à la surface, il lui décocha un autre coup à la mâchoire. Minhotep avait perdu sa matraque, sans doute tombée dans le fleuve quand il l'y avait entraînée.

Une violente douleur au menton lui ramena ses esprits. Elle s'arc-bouta et, d'une détente subite des jambes, les envoya dans le thorax de son adversaire. Elle vit que son coup avait porté et que l'homme, bras par-dessous jambes, disparaissait dans les flots du fleuve.

Quand il revint à la surface, Minhotep avait disparu. A grandes brassées, elle tentait de rejoindre *La Croix d'Ankh*, mais avec horreur, elle vit l'un des sauriens qui hantaient les parages depuis quelques heures se tourner vers elle. Elle distingua l'extrémité de sa longue gueule, fermée comme un étau puissant et son épine dorsale qui semblait stagner au-dessus du fleuve assombri par la nuit. Elle savait qu'il filait lentement mais inexorablement sur elle.

Un instant, elle ne sut que faire, se laisser attraper les jambes — c'était souvent ce qui arrivait lorsqu'un nageur ne pouvait distancer un crocodile — ou réintégrer le bateau en flammes. Elle n'était qu'à quelques brassées du bateau de Pérouhé et pouvait encore l'escalader. Un bref regard en arrière l'enjoignit d'adopter la seconde solution, car le saurien n'était plus qu'à quelques centimètres de l'extrémité de ses pieds.

Quand elle agrippa la coque du vaisseau, les flammes commençaient à attaquer l'avant du pont et à lécher à grands coups la proue qui craquait. Une chaleur suffocante l'étouffa. Elle faillit plonger, mais se retint. Tournant la tête, elle respira une grande bouffée d'air et vit au loin sur le fleuve une barque qui s'avançait vers elle. Relevant les yeux, elle vit que l'incendie venait de son côté. A présent, il embrasait tout le vaisseau. Le cordage qu'elle tenait commençait à noircir et à lui brûler les doigts. D'un coup de reins, elle envoya son corps se balancer sur le rebord de la poupe, seul endroit du bateau qui n'était pas encore entamé par les flammes. Elle s'y balança sans trop savoir combien de temps elle pourrait maintenir cet exploit.

La barque avançait rapidement et elle distingua son fidèle Kyos qui ramait avec autant d'agilité que d'adresse. Par le dieu Hapy, le dieu du fleuve, elle était sauvée ! Le bord externe de la poupe à laquelle elle s'agrippait craqua sous le poids des flammes et le morceau de bois qu'elle tenait se fracassa. En bénissant le dieu du fleuve, elle se laissa tomber lourdement dans le frêle esquif.

*
**

Ils étaient tous à bord de *La Croix d'Ankh* à l'exception de Pentou que Bastet ne cessait de réclamer quitte à aller le chercher elle-même.

— Laissez-moi, je me débrouillerai seule. Je refuse de partir sans mon compagnon.

— Je reste avec toi, Bastet, dit aussitôt Sekmet.

Elle sauta littéralement au cou de Minhotep et l'embrassa sur les joues.

— C'est très héroïque ce que tu viens de faire pour nous et nous t'en serons redevables toute notre vie. Quant à nos familles, elles sauront te remercier comme il se doit. Tu es aussi vaillante que certains chasseurs de lions que je connais et qui mettent en péril leur propre vie pour ramener un de ces incroyables fauves encagés.

— Bah ! Ce n'est ni de louanges ni de remerciements que j'ai besoin, c'est de mon bateau. Sans lui, je crois que je serais anéantie.

— Cependant comprends-nous, reprit Bastet, il n'est pas juste que notre compagnon Pentou qui a été enlevé avec nous périsse entre les mains de ces fripouilles alors que nous avons la chance, grâce à toi, d'être sauvées.

— C'est surtout grâce à lui que vous devez d'être saines et sauves, jeta la batelière en désignant Ayen du doigt. Je ne l'ai pas cru sur le coup et, si je n'avais pas vu ces sacs suspects sur les épaules de ces bandits, je crois que je n'aurais pas cru son histoire.

— Je vous en prie, s'écria Bastet, allons chercher Pentou !

Elle chercha des yeux Ayen mais celui-ci était déjà parti.

— Je crois bien que cet homme-là vous a devancées, mes petites. A mon sens, il avait une idée derrière la tête.

Bastet hocha la sienne d'un signe affirmatif.

— Pentou a été jeté dans un chargement de bois que transporte un chaland des environs.

— J'espère qu'Ayen a repéré celui qui enferme votre compagnon. Car des chalands qui transportent du bois, il n'y a que ça qui circule actuellement sur le port. Moi-même, j'en transporte. Mais, ne nous tracassons pas, votre sauveur sait ce qu'il fait et dans quelques instants Pentou sera parmi nous.

Choutarna et Neby étaient penchées sur Myriam qui geignait doucement, le bras, l'épaule gauches et le haut du dos gravement brûlés. Elles la cajolaient, la rassuraient, lui murmuraient que dès qu'elles auraient récupéré les quelques économies laissées dans la cabane du village, elles la feraient soigner par un bon médecin de Memphis. Elles étaient si consternées devant leur impuissance à soulager leur amie qu'elles n'avaient pas encore adressé la parole aux captives. Aussi furent-elles surprises quand elles virent Bastet s'approcher et se pencher sur le corps de Myriam.

— J'apprends la médecine à l'hôpital du palais de Thèbes, dit-elle aux deux jeunes filles, et Pentou, mon compagnon, qu'Ayen est parti délivrer, se destine lui aussi à soigner les maladies des humains. Je peux soulager votre mère si Minhotep dispose sur son bateau de quelques ingrédients qui me permettront d'atténuer son mal en attendant de la transporter à l'hôpital.

Soulagée, Choutarna la regarda et lui sourit. Elle tenait le scarabée dans l'une de ses mains et le poignard dans l'autre. Quand elle s'écarta pour laisser la place à Bastet qui voulait examiner les brûlures de plus près, elle frôla Sekmet dont les yeux s'arrondirent de surprise en s'arrêtant sur le petit scarabée de turquoise posé dans le creux de sa paume.

— Mais, c'est un sceau royal ! s'exclama-t-elle.

— Comment le sais-tu ? répliqua Choutarna.

— Ma mère est orfèvre. Elle en a ciselé d'identiques pour la Grande Épouse Royale, la Première Épouse du pharaon. Veux-tu me le montrer ?

Étonnée, Choutarna regarda Sekmet, puis déposa le petit scarabée dans le creux de sa main.

— Mais, c'est le sceau du roi Kadashman ! Regarde, Bastet ! Regarde. C'est le même que celui que voulait reproduire les bandits pour signer les faux documents !

— C'est peut-être un faux, fit Bastet d'une voix tranquille.

D'une main tremblante, Choutarna reprit le scarabée et murmura devant Bastet et Sekmet qui la regardaient, abasourdies :

— C'était donc ça. Le pharaon a reçu une fausse missive qui annulait ou retardait notre expédition et ces pirates nous ont tués au passage.

— Quoi ! Que dis-tu ? fit Sekmet interloquée.

Ce fut la batelière qui, ayant trouvé l'élément lui faisant défaut jusqu'alors, conclut d'une voix assurée :

— Cette jeune fille qui est devant vous n'est autre que la princesse Choutarna destinée à devenir la Seconde Épouse du pharaon Aménophis le troisième. Des faux documents établis avec un sceau de cette espèce, dit-elle en désignant le petit scarabée, ont faussé les correspondances envoyées au palais de Thèbes. La cour du pharaon n'attendait pas l'expédition à Memphis. Aucun dignitaire de confiance ne l'attendait d'ailleurs. Aucun membre royal n'était au courant. De plus, pour tromper les faits, les brigands ont organisé le massacre alors que la crue devenait impitoyable et que les inondations faisaient rage.

— Et, murmura Choutarna à son tour, ils nous ont laissé croire qu'il fallait prendre les barques pour aller rejoindre un autre vaisseau où nous attendait l'Intendant de la Marine Royale, le Grand Capitaine Pérouhé.

— Mais qu'ont-ils fait ? questionna Sekmet, aussi ahurie que Bastet par l'énormité d'une telle révélation.

— Ils ont noyé Tahoukhipat, ma petite sœur, qui n'était qu'un bébé, ils ont tué ma nourrice qui était aussi la sienne. Ils ont fait périr toutes mes suivantes, lesquelles étaient mes amies. Ils ont éliminé mes servantes et mes serviteurs.

— Mais, toi ? s'enquit chaleureusement Bastet.

— Moi, j'étais coincée au fond d'une barque et c'est ce qui m'a sauvée. Papalavizzi, le conseiller fidèle de mon père, envoyé pour nous remettre en bonne et due forme auprès du pharaon d'Égypte, parti chercher du secours, n'a retrouvé que des épaves, des planches, des corps noyés. C'était un désastre. Et, parmi les cadavres, du moins ceux qui sont revenus tels des poissons morts sur la berge, car beaucoup ont été engloutis au fond du Nil, Papalavizzi n'a retrouvé aucun coffre, aucun trésor, aucun bijou appartenant à moi et à mes suivantes. Tout avait été volé par les bandits.

Elle leva tristement la main et brandit le poignard.

— Ce couteau était celui de Papalavizzi. Sans doute l'avait-il laissé pour un motif que j'ignore — car jamais il ne s'en séparait — avant de partir chercher du secours. C'était mon père qui le lui avait offert.

— Mais, qui te dit que ta petite sœur a été noyée ? jeta Sekmet, les yeux encore arrondis de saisissement.

Choutarna remua tristement sa tête de droite à gauche.

— Papalavizzi et moi avons tout retourné sur la berge. Mais, c'est vrai que nous n'avons pu rester très longtemps pour éviter de nous faire prendre. Nous avons dû nous échapper pour rentrer à Babylone.

Elle courut vers Neby qui la serra dans ses bras puis continua :

— C'est alors qu'au départ de notre petit convoi, qui devait retourner à Babylone, Papalavizzi a engagé Myriam qui errait dans la ville de Memphis afin qu'elle s'occupe de moi malgré notre grande et subite pauvreté. Puis, il a rencontré Neby qui, elle aussi, errait à la recherche d'un travail.

Sekmet et Bastet observèrent quelque temps l'aspect étrange de sa tête lisse, son visage aux traits purs, sa peau satinée, sa grâce et ses doigts si fins. Mais elles ne posèrent pas de questions, malgré leur envie d'en savoir plus. Aussi Neby poursuivit-elle :

— Nous avons traversé une partie du désert arabique. Puis, un jour, nous avons été attaqués par des bandits qui ont tué tous les hommes de l'expédition. Ils n'ont épargné que les trois femmes. Ce sont des bédouins qui nous ont recueillies. Nous sommes restées plus d'un an avec eux.

Sekmet se tourna vers Neby et ne put s'empêcher de lui dire :

— Tu as dit que les bandits du désert avait épargné les trois femmes ? Je ne comprends pas.

— Ça, c'est une autre affaire, murmura Neby.

— C'est lui qui m'a appris à lire et à écrire l'égyptien aussi bien qu'une véritable Thébaine, expliqua Choutarna en pointant son index vers Neby.

Lui ! Lui ! Cela sonnait si faux dans l'authenticité de ce récit que Neby eut honte. A présent elle voulait tout éclaircir, avouer, se justifier auprès de ces gens qui venaient non seulement de les sauver, mais d'apporter la lumière au problème de Choutarna.

— Choutarna s'est révélée une élève très fine et très intelligente. Ce fut un plaisir pour moi de lui enseigner tout ce que je savais.

— Que fais-tu et qui es-tu ?

— Puisque Choutarna vous a tout dit, je vais à

mon tour m'expliquer. Oui, je cherchais du travail quand Papalavizzi m'a engagée à le suivre jusqu'en Babylonie. Qui je suis? La fille d'un scribe public mort de faim et d'épuisement sur les berges du Nil quand je n'étais qu'une enfant. Il m'avait enseigné tout son savoir, mais craignait pour moi. En tant que fille, je ne pouvais courir sur les routes, de ville en ville, pour exercer mon métier. Alors, il m'a rasé la tête et vêtue d'un pagne de garçon. Il avait raison, car je me suis souvent rendu compte que, dans bien des circonstances, je me suis tirée d'affaire en affichant le sexe mâle.

— Mais, cela a dû être très contraignant pour toi, répliqua Sekmet. Avec ton beau visage et tes manières si gracieuses, ne te prend-on pas, parfois, pour un jeune eunuque?

Neby se mit à rire.

— Peu importe pour moi, l'essentiel est de rester scribe. C'est la seule chose qui m'intéresse.

— Tu as raison Neby, affirma Minhotep. Pour moi, ce qui compte, c'est de toujours garder mon bateau.

Sekmet et Bastet semblaient médusées, ne sachant plus lequel de tous ces courages de femme elles devaient admirer. Celui de Choutarna dans sa tourmente ou celui de Neby dans sa détermination, jusqu'à cette énergique batelière qui devait en remontrer aux hommes.

Les gémissements de Myriam les firent toutes se retourner. Pourtant, la pauvre femme n'en était pas encore à sa pleine quiétude, car Ayen et Kyos — qui, finalement, était parti à sa recherche — revenaient en tenant dans leurs bras un jeune homme endormi.

— Pentou! s'écria Bastet en s'élançant sur son compagnon. Oh Pentou! Que t'ont-ils fait?

— Il a dû vouloir s'enfuir et attraper quelques coups sur le visage et sur le corps. Il va falloir s'occuper de lui.

— J'ai de la poudre de cardamone, fit la batelière. Cela peut le réveiller. Pauvre petit, que lui ont-ils fait ?

— De la poudre de cardamone ! Parfait, fit Bastet. Cela ira. As-tu du vinaigre ?

— Bien sûr.

— Je vais préparer une décoction et la lui faire respirer.

— Mais, toi aussi, Ayen, tu as reçu des coups ! fit Sekmet en s'approchant du pauvre homme qui avait quelques vilaines ecchymoses au visage.

Kyos se mit à gesticuler et à simuler, grands gestes à l'appui, une lutte entre hommes. Puis, il sortit son couteau et fit mine de le plonger dans son ventre.

— Mes blessures ne sont pas graves, confirma Ayen, mais nous avons eu quelques problèmes. Horemm, un bandit de la pire espèce, l'homme de confiance de Penfert, celui-là même qui est le bras droit de Pérouhé, surveillait Pentou non loin de lui. Quand il s'est retourné, prêt à bondir sur nous, le couteau levé, Kyos a été le plus rapide.

— Parfait ! s'écria Minhotep, cela fait un salaud de moins sur cette terre bénie par les dieux.

Les premiers soins portés à Myriam et à Pentou, pendant que Kyos et Minhotep surveillaient les environs, furent troublés par l'agitation du port. On avait dû alerter le gardien du port qu'un vaisseau prenait feu. De loin, Kyos faisait des signes.

— Ça sent les ennuis, observa Minhotep. Nous n'allons pas tarder à déguerpir. Inutile de rester ici. Kyos, prends le gouvernail, je vais leur dire que nous partons. Inutile de monter la voile, cela pourrait attirer l'attention.

Du pont, elle voyait le vaisseau qui commençait à crouler sous les flammes et, sur la berge, une silhouette regardait en direction de l'incendie avec un air complètement atterré. Elle reconnut la silhouette allongée de Penfert qu'elle croisait souvent sur le port lorsqu'on déchargeait leurs bateaux réciproques.

— Que regrette-t-il ? Vos corps qu'il croit se consumer dans cet enfer ou le sceau qui servait à fabriquer les faux papiers et qui était caché dans ce navire ?

Des cris s'ensuivirent et Minhotep vit la police de Memphis courir sur les quais. Elle était suivie de toute une bande de scribes lesquels, palette et calame en main, s'apprêtaient à décrire le spectacle qu'ils voyaient.

— Vite, fit-elle en se précipitant sur ses nouveaux amis. Il faut partir avant qu'on inspecte tous les bateaux. Cachez-vous dans la cale car, aux alentours, on sait que je n'ai pas de passagers.

Kyos venait de détacher les amarres et lentement le bateau prenait du large. Mais, ils furent rapidement apostrophés par un grand policier, la tête enfoncée sous son casque et la main droite tenant fermement sa lance effilée.

— Qu'on arrête ce navire ! cria-t-il.

Dix barques prirent aussitôt le large et encerclèrent *La Croix d'Ankh*. Il fallut que Kyos fît marche arrière.

— Eh ! s'écria Minhotep à l'égard du grand policier, ce n'est pas un bateau en feu qui va m'empêcher de partir.

— Tu dois attendre demain. Nous devons faire une enquête.

— Et moi, j'ai une cargaison de bois à livrer à Saïs et je ne tiens pas à ce qu'elle brûle. Appelle-moi le gardien du port.

Réveillé par l'agitation du fleuve et les cris de la police, le petit homme qui s'était couché quelque temps plus tôt accourait tout essoufflé sur le port.

— Allons, dis-leur que je devais quitter Memphis ce soir et que j'ai un long voyage à faire dans les marais du delta. Un voyage difficile, périlleux, encombré par ces satanés hippopotames qui ne veulent jamais vous laisser passer. Je ne dois pas perdre de temps. Allons, dis-leur que je devais partir !

— C'est que, rétorqua le gardien encore à peine réveillé, tu ne savais pas encore.

— Tu dois encore dormir, il me semble. Pourquoi suis-je venue te voir, t'en souviens-tu ?

Cette fois, le gardien fut réveillé. Il se rappelait, à présent, que la batelière était venue le voir pour une agitation sur le port qui lui paraissait trouble. Mais celui-ci lui avait répondu qu'il se faisait tard et qu'il irait jeter un coup d'œil le lendemain à l'aube. Si elle révélait ce détail, il risquait un blâme qui entraînerait la suppression de son emploi.

— Pourquoi suis-je venue te voir ? répéta Minhotep.

— C'est vrai, fit le gardien. Excuse-moi, policier. Je dormais si profondément que je suis à peine réveillé. Cette femme voulait quitter le port ce soir même. C'est une habituée. Elle est régulière, sans histoire, et fait bon commerce avec tous les gens du port. Il ne faut pas retarder son voyage.

Le grand policier fit signe aux barques de s'écarter.

— C'est bon, fit-il, tu peux quitter le port.

CHAPITRE VIII

Panehesy faisait des rêves étranges depuis l'esquive inexplicable de Neby et, bien qu'il n'eût jamais cru que Myriam et Choutarna fussent sa mère et sa sœur, il s'était assuré qu'elles avaient pris la fuite ensemble. A présent, les questions qu'il se posait restaient sans réponse et, au bout de quelques jours qui l'entraînèrent dans un abîme de réflexions, il dut se convaincre qu'il devait effectuer des recherches capables de le mener à un apaisement dont les conséquences pesaient sur l'harmonie de son travail.

Depuis qu'il avait eu la certitude que Neby était bien une jeune fille, son image ne le quittait plus. Pourquoi décidait-elle de rester la tête rasée, vêtue d'un pagne de garçon? Une bien étrange décision pour effectuer le métier qui, sans aucun doute, était le seul qui lui plût.

Dans le marasme de ses réflexions, Panehesy se reprocha de ne pas avoir pris le temps de la convaincre qu'aucune loi égyptienne n'empêchait une femme d'exercer un métier de scribe public. Puis il hocha la tête, comprenant soudain que là n'était pas le problème. Certes, Neby savait qu'elle le pouvait. Mais elle appréhendait d'exhiber sa gracieuse silhouette, ses yeux en amande, sa peau blanche et satinée, son buste gracile à la poitrine joliment soulignée pour exercer son métier.

De plus, il était vrai — Panehesy le savait pour n'avoir formé en son temple que peu de scribes du sexe féminin — que seules les jeunes filles de la haute noblesse, en l'occurrence celles des hauts dignitaires qui en avaient le goût, pouvaient après leurs études obtenir le titre de scribe. Mais il fallait, de toute évidence, suivre les cours adéquats dans les établissements désignés à cet effet et surtout elles devaient étudier l'écriture sacrée, celle des hiéroglyphes.

Le handicap de Neby résidait dans le fait qu'elle exerçait son métier au sein du petit peuple égyptien et, inévitablement, dans les basses couches. Quant à la gent masculine exerçant ce métier dans les rues, elle n'avait pas besoin d'avoir étudié au temple ou même suivi le haut enseignement qui consacrait les plus grands.

Pour Neby tout était là. Certes, son père qu'elle disait mort — en cela d'ailleurs, Panehesy la croyait — lui avait appris avec un grand art tout ce qui constituait le métier car de toute évidence, elle semblait experte pour rédiger le document le plus complexe qui fût, sans doute mieux encore qu'un simple scribe comme il en traînait tant dans les ateliers, les campagnes, les petits temples de province où officiait un seul assistant.

Conscient qu'elle avait tout appris sur le tas, à même la foule, les cris, les contestations et, surtout, les discussions sans fin sur le coût de l'établissement d'un document, Panehesy se doutait bien que, fréquemment, Neby ne devait pas être payée selon la valeur de ses services.

Depuis sa fuite, Panehesy se prenait à réfléchir sur l'éventuel soutien qu'il pouvait lui apporter. Mais, pour ce faire, il fallait la retrouver. Un vent brûlant, mordant, soufflait en lui. Pourquoi avait-il fallu que, attiré par la personnalité de la jeune fille, celle-ci lui échappât comme un petit gardon rusé file entre les doigts, pourtant habiles, du pêcheur ?

Le lendemain de sa disparition, Panehesy s'était rendu au village, avait questionné Min et les paysans des alentours, inspecté la cabane que les jeunes femmes habitaient et trouvé quelques cercles de bronze que Neby gardait, sans doute pour des jours plus néfastes. Mais, tout ceci n'avait apporté aucun élément qui l'eût mis sur une piste sérieuse.

Pourtant, deux jours après cette première inspection, Panehesy conclut que rien ne laissait supposer l'agression de quelques malfaiteurs puisque les maigres économies de Neby étaient restées là où ils auraient pu aisément les trouver. Il s'agissait bien d'une fuite et non d'une attaque. Pour le Grand Prêtre, bien que cet élément se révélât clair, la suite n'en restait pas moins trouble. Neby avait-elle pris peur le soir où Panehesy avait découvert sa supercherie ? Pourtant, loin de lui l'idée de la démasquer aux yeux du public ! Bien au contraire, il aurait voulu la conforter dans l'exercice de sa fonction afin qu'elle pût la pratiquer en tant que femme. Panehesy ne cessait de revoir le buste fragile et les seins menus de la jeune fille qu'il avait dénudés.

Certes, le Grand Prêtre s'était rendu chez le vieux maître qui enseignait le droit à l'école de Memphis et pour lequel Neby avait travaillé. Mais celui-ci n'en savait pas plus. Étonné, lui aussi, de ne pas voir son scribe venir chercher le travail qu'il lui payait d'une façon régulière et correcte.

A la suite de ces premiers jours, la complexité du cas devint telle qu'elle se mit à perturber l'équilibre de Panehesy. En toute conscience, devait-il la rechercher ? Et, s'il la retrouvait — les moyens ne lui manquaient pas et ceux qu'il s'apprêtait à déployer seraient assez puissants pour en savoir davantage — que lui apporterait la suite si ce n'étaient des complications d'ordre personnel ? Dans un premier temps, il pouvait lui offrir, sinon lui proposer, un enseignement au temple de Ptah afin qu'elle fût compétente en tous les domaines. Munie d'un enseignement de haut niveau, elle n'aurait plus à ruser sur son état de femme.

Devant sa table de travail où des manuscrits de toutes natures s'empilaient et se dispersaient, Panehesy soupira. Certes, Ahmès, son épouse, veillait avec vigilance sur ce prestigieux mari qui, bientôt, remplacerait son père le Premier Grand Prêtre de Ptah. Une des charges les plus importantes après celle du Grand Prêtre d'Amon tenue par Anen, le propre frère de la reine Tiyi.

Malgré les tumultes grandissants à Karnak, malgré les guerres intestines entre prêtres d'Amon et prêtres de province qui cherchaient à se libérer du joug de ceux qui devenaient de plus en plus oppressants, Ahmès avait peu de crainte quant à l'avenir brillant de son époux. Mais, comment pouvait-elle connaître les rancœurs que nourrissaient les dirigeants de Karnak ? Ils se mettaient même à dos leurs confrères des temples voisins pour une question d'autorité abusive qu'il ne fallait pas remettre en cause, même si la guerre, parfois, se déclarait assez vivace pour en exterminer quelques-uns parmi les plus faibles.

Ahmès tenait à son rang d'épouse de Grand Prêtre de Ptah qu'elle rehaussait dans son esprit par les dons et les hymnes qu'elle offrait sans compter aux divinités qui l'entouraient. Les plus privilégiées étaient celles de Toth et d'Anubis auxquelles elle se vouait avec la ferveur qu'on lui avait apprise. Sans doute parce qu'elle-même était la fille du Grand Prêtre de Toth, et la petite-fille du Gardien des Trésors d'Anubis, dieu des nécropoles et des lieux obscurs.

Panehesy observait le placage de feuilles d'or qui recouvrait sa table. Il saisit quelques papyrus dispersés et les regroupa nerveusement. Pourquoi s'apprêtait-il à compliquer sa vie ? Il connaissait trop la nature exclusive d'Ahmès pour se voiler la face et savait qu'il était hors de question qu'elle acceptât à ses côtés une concubine qui lui fît ombrage.

Ne pouvant agir seul, il avait fait appel à son ami Kerouef, inspecteur de police à Memphis, lequel était assisté du jeune Mahou qui, à dix-huit ans, débutait dans le métier. Et, ce matin-là, tout en rangeant les documents qui encombraient sa table, Panehesy attendait avec une nervosité qu'il essayait de dissimuler les deux policiers qui devaient l'entretenir de leurs premières recherches.

Agité, tendu, le Grand Prêtre se leva et fit quelques pas vers la baie vitrée de son bureau d'audience où il avait l'habitude de recevoir les hauts fonctionnaires, les dignitaires, les prêtres qui lui étaient subordonnés et ceux qui venaient des temples voisins pour l'entretenir des problèmes actuels.

La grande fenêtre près de laquelle il se tint quelques minutes lui apporta une clarté bienfaisante. Il vit passer deux prêtres-scribes qui sans doute s'en allaient quérir le rapport de l'office du matin. La baie lui projeta en plein visage suffisamment de soleil pour qu'il remarquât la chaleur excessive et la moiteur de ses rayons qui lui brûlaient la peau. Ils descendaient abruptement d'un ciel immensément bleu sur la grande palmeraie qui faisait face. Panehesy prit une grande bouffée d'air chaud. Dans quelques instants, il pourrait prendre sa décision. S'il savait où Neby se cachait, Kerouef poursuivrait son travail. Si, au contraire, les premières recherches s'avéraient infructueuses — cette hypothèse le rendait fou — il partirait lui-même à sa recherche.

Il dut encore attendre une heure, laquelle, bien sûr, lui parut interminable. Puis la tension de son esprit se desserra quand son serviteur vint lui annoncer la venue de Kerouef. D'un bond de chat sauvage, Panehesy franchit la porte de son bureau et vint en personne à la rencontre du policier.

Kerouef était accompagné de son jeune adjoint, un garçon fort bien bâti, tout en muscles, le torse puissamment développé. On apercevait ses cuisses charpentées comme celles d'un athlète sous son pagne blanc et court, dont les pans étaient attachés sur le devant par une ceinture en cuir souple au bout de laquelle était accrochée une amulette de Ptah.

Son visage pouvait surprendre par la trop grande douceur des traits pour appartenir à un policier dont l'allure générale devait être plus rébarbative qu'avenante. Mais quand on connaissait le jeune Mahou, intraitable et déterminé, on savait qu'il ne prenait pas son métier à la plaisanterie et le velours tendre de ses yeux bruns, le sourire enjôleur de ses lèvres pulpeuses, n'étaient qu'un alibi pour charmer, convaincre, ordonner et réussir.

Son maître, l'inspecteur Kerouef qui attendait que son élève fût assez expérimenté pour prendre sa retraite, était un homme juste, intègre, ayant prouvé tout au long de sa carrière ses multiples compétences. Il poursuivait jusqu'au bout son travail avec l'efficacité et le sens de l'honnêteté qui l'avaient toujours caractérisé.

A l'inverse de son jeune protégé, Kerouef avait ce ventre proéminent que tout homme en Égypte se targuait d'obtenir après une carrière bien remplie et une retraite bien méritée. Son visage avait dû s'épaissir avec les années, mais son regard n'avait pas changé, pas plus que le pli sévère qui barrait son front que recouvrait la frange d'une perruque parfumée à l'oliban et à l'huile de cèdre. Son œil bleu, perçant, avide de vérité, se posait intraitablement sur celui qui lui faisait face. En fait, le jeune Mahou était à bonne école.

— Alors, mon ami, fit Panehesy en tendant ses mains finement manucurées au policier qui s'avançait, que m'apportes-tu comme nouvelles au sujet de cette affaire qui me préoccupe tant ?

Kerouef eut dans l'œil une lueur qui attisa l'espoir du Grand Prêtre.

— T'a-t-on mis au courant de l'incendie qui s'est déclaré l'autre soir sur le port ? dit-il en posant la main sur l'épaule de son ami.

Panehesy hocha la tête.

— Oui. Hélas, je n'ai pu m'y rendre, car je ne l'ai su que plus tard.

Il posa son regard sur le jeune Mahou.

— Tu peux parler, fit Kerouef. Mahou et moi partageons les mêmes idées qui sont aussi les tiennes.

— On m'a dit qu'il s'agissait du vaisseau de Pérouhé, le Capitaine de la Marine Royale, que commandait son homme d'équipage, Penfert.

— C'est exact.

Le Grand Prêtre eut un éclair sombre et fulgurant qui alluma ses larges yeux gris. Nul besoin, à cet instant, d'expliquer ses états d'âme pour comprendre que le haut dignitaire Pérouhé n'entrait pas dans le cercle de ses amis.

— Tu connais mes idées, Kerouef, reprit-il en prenant le bras de son ami, il est dommage que cet homme n'ait pas péri dans le feu de son navire.

— Je sais.

— Quand tous les prêtres d'Amon qui, aujourd'hui, tiennent le pouvoir intégral du royaume seront morts, nous respirerons davantage. Et Pérouhé doit être le premier.

— Pour tout te dire, mon ami, répliqua Kerouef, je ne prendrai vraiment ma retraite que lorsque j'aurai éclairci cette histoire de vaisseaux naufragés qui date déjà de quelques années.

Il lâcha le bras de Panehesy et s'en fut vers Mahou qui se tenait toujours à l'écart. Puis, il se planta devant lui et eut un rire moelleux, un peu gras, qui sortait de son ventre.

— Ne crains rien pour ta situation, mon garçon, je crois que je vais bientôt résoudre cette énigme et te laisser enfin ma place.

Il revint à Panehesy et l'entraîna vers la fenêtre d'où l'on voyait les jardins du temple de Rê. Un très vieux temple qui, en son temps, avait eu toute sa gloire et, bien qu'il fût encore, à Karnak, associé au dieu Amon, il n'en restait plus qu'une pauvre image qui tombait en décrépitude, tout comme le dieu Ptah d'ailleurs, dont les prêtres qui le représentaient ne pouvaient plus assurer l'autorité et le prestige.

Or, c'était bien cette cause que cherchaient à défendre farouchement Panehesy et son ami l'inspecteur de la police de Memphis qui, de plus, était en conflit permanent avec la police d'Amon, laquelle soutenue par ses prêtres, pensait détenir à elle seule toutes les prérogatives administratives et religieuses. Karnak, sous l'emprise d'Anen et de ses Grands Prêtres, commandait de la façon la plus abusive qui fût et s'immisçait tant dans les affaires des temples de province qu'il en arrivait à les voler en prenant une part toujours plus grande de leurs récoltes ou du produit de leurs ateliers.

Certes, pour Panehesy qui gérait le temple de Ptah à Memphis, la coupe était pleine, d'autant plus qu'ils réclamaient, à présent, le vote suprême de leurs dirigeants. Une contrainte pesante qui valait aussi pour Ay au temple de Toth et tous les autres Grands Prêtres qui officiaient au sein de leurs temples dont ils vénéraient les dieux.

Panehesy et son père Meryrê — qui, aujourd'hui, lui avait laissé la place — disposaient fort heureusement de nombreux sympathisants auxquels s'ajoutaient quantité de fidèles ralliés à leur cause ne pouvant plus supporter ce joug dont les temples de province souffraient chaque jour davantage. Ils se trouvaient tous sous la domination d'Amon. Les dieux secondaires, ceux qui avaient régi le destin de l'Égypte depuis plus de mille cinq cents ans, ne comptaient plus et n'avaient que rarement droit à la parole. C'est à peine s'il leur restait quelques initiatives à prendre sur l'organisation de leurs propres villes.

Memphis, qui était l'ancienne capitale des pharaons, gardait encore quelques pouvoirs importants et son dieu Ptah était encore respecté. De même qu'Héliopolis, ville sur laquelle veillait Ay, le frère bien-aimé de la reine Tiyi, Grand Capitaine de la Charrerie Royale qui défendait son dieu Toth.

Mais, les autres villes chaviraient sous le poids d'Amon. Abydos n'arrivait plus à contenter son peuple tant elle devait donner d'offrandes à Karnak, et son temple d'Osiris perdait une grande partie de son pouvoir. Il en allait de même pour la ville de Thinis pour laquelle son dieu Horus ne pouvait plus faire d'efforts ou celle de Denderah sur laquelle Hathor ne pouvait plus compter.

Seuls, les dieux qui régnaient sur les villes près des cataractes du Nil, comme Éléphantine, Bouhen, Soleb, étaient trop puissants encore pour qu'on leur retirât leurs pouvoirs.

C'est ainsi que se préparait une féroce guerre entre le puissant temple d'Amon et les temples secondaires qui, pour être plus forts, se regroupaient peu à peu.

Assis sur le prestige et la gloire que lui avaient amenés ses ancêtres — en particulier la pharaonne Hatchepsout qui s'était servie des prêtres d'Amon pour se maintenir au pouvoir — Aménophis le troisième laissait faire et, tolérant, semblait ne pas accorder d'importance à ces heurts permanents qui opposaient les prêtres d'Égypte. Seule, Tiyi restait consciente de la trop grande domination d'Amon sur le peuple et cherchait le moyen d'en atténuer l'ampleur. Mais elle ne savait pas encore que l'un de ses propres fils, devenu pharaon, irait trancher au plus vif jusqu'à tout bousculer, changer, métamorphoser d'une façon plus abusive encore.

Pour l'instant, Panehesy écoutait avec une attention soutenue les propos de son ami Kerouef alors que Mahou se tenait toujours à l'écart, droit, silencieux et respectueux, l'œil aux aguets et l'oreille en alerte.

— Cet incendie m'a fortement intrigué. Ma police est allée questionner le gardien du port, expliqua Kerouef. Or, quand celui-ci est arrivé sur les quais, mes hommes ont vu un chaland prêt à partir qui transportait du bois. Aussitôt ils l'ont encerclé de leurs barques, mais il s'avéra que la batelière — car c'était une femme — était une habituée du port et que, la veille, elle avait déjà alerté le gardien pour lui dire qu'elle devait prendre le large le soir même.

— Tes hommes l'ont laissée partir ?

— Oui, car il n'y avait aucun motif pour la retenir.

— N'eût-il pas été plus prudent de la questionner davantage ?

— Je ne pense pas. Penfert, l'homme d'équipage du vaisseau en feu, a déclaré que son coéquipier avait laissé une torche allumée sur le pont.

— N'a-t-il porté aucune plainte ?

— Aucune. Ce qui a classé définitivement l'affaire.

— Alors, jeta Panehesy d'un ton amer, nous n'avons pas d'éléments qui nous permettent de trouver ce jeune scribe pour lequel je t'ai demandé d'effectuer des recherches.

— Attends ! fit Kerouef précipitamment. Je n'ai fait que commencer mon récit.

Il fit quelques pas de long en large, puis revenant près de Panehesy, il vit que celui-ci lui indiquait le siège bas qui se trouvait à ses côtés.

— Le gardien m'a parlé d'une femme d'environ quarante ans, accompagnée de son fils au crâne rasé et de sa fille, tous deux âgés de seize à dix-huit ans.

— Ce sont eux, j'en suis sûr ! s'exclama le Grand Prêtre.

— Ils recherchaient un oncle du nom d'Ousert engagé comme marinier au port de Memphis l'année de cette mauvaise crue.

— Ces deux jeunes gens ne recherchaient pas

d'oncle, affirma Panehesy. Je ne crois pas en cette histoire, pas plus que je ne pense qu'ils étaient frère et sœur.

Kerouef détendit ses jambes qu'il avait un moment repliées sous le siège. Il eut un rictus qui remontait ses lèvres sur l'un des côtés de son visage et jeta d'un ton tranquille :

— Je ne sais pourquoi tu recherches ce jeune scribe. Mais puisque tu me dis qu'il n'a commis aucun forfait, je te le remettrai en mains propres dès qu'il sera sous ma coupe.

— Très bien, Kerouef. Je saurai te remercier.

— Bah ! fit l'inspecteur. Lorsque j'aurai résolu le mystère de l'expédition de Babylone qui n'a jamais abouti, je prendrai ma retraite en triomphateur. Et, crois-moi, mon ami, je n'aurai besoin de rien d'autre.

— Alors, tu sais que cette énigme me préoccupe autant que toi. Verrais-tu en cette affaire une pièce essentielle à notre but commun ?

— Il me semble.

— Très bien, conclut Panehesy en venant s'asseoir auprès de son compagnon. De toute façon, les gens dont tu me parles sont ceux que je recherche. Ils sont trois. Cependant, comme je te l'ai dit, je ne suis pas sûr qu'ils soient issus de la même famille.

— Pourrais-tu expliquer pourquoi ils cherchent à le faire croire ?

— Mon opinion personnelle tend à certifier qu'il ne s'agit pas de malfaiteurs. A mon sens, ils se sont unis pour rester plus forts. Aussi, j'exige qu'il ne leur soit fait aucun mal si tu les retrouves.

— Ne t'emballe pas, mon ami, je poursuis mon récit. D'après le gardien du port, cette femme d'équipage dont le chaland transportait du bois serait venue le voir pour l'informer de son départ pour l'île de Crète, là où elle devait le livrer. D'après lui, elle les aurait embarqués pour les déposer quelque part. Comme elle remontait vers le nord, ça ne peut être qu'à Héliopolis, Bubastis ou Tanis.

— Cela me paraît intéressant. Il faut poursuivre tes recherches.

Le jeune Mahou qui était resté à l'écart toussota discrètement, car son intention était de se faire entendre. Il porta la main devant sa bouche et, quand il vit que les deux hommes se retournaient vers lui, il l'abaissa, puis fit un pas en avant et, lentement, s'approcha d'eux. Se courbant respectueusement devant Kerouef, il jeta d'un ton calme :

— Mon maître, puis-je ajouter une petite précision ?

— Parle, Mahou, parle.

— Je ne sais si ce détail est important, mais avant de partir, la batelière a fait monter à bord un homme qui, visiblement, avait emprunté l'une de ses barques.

— Le gardien m'a dit qu'elle avait un matelot avec elle, reprit Kerouef étonné par cette précision qui, venant de son protégé, lui parut fort opportune, car il savait déjà que la suite des détails n'allait pas tarder à venir.

Mahou œuvrait ainsi. Et c'était bien ce qui l'avait distingué de tous les autres jeunes policiers en liste pour remplacer Kerouef, il ne se contentait jamais des premiers résultats d'une enquête. Il retournait sur les lieux jusqu'à ce qu'il trouvât un élément nouveau.

— Avec toutes mes excuses, mon maître, fit Mahou avec une lueur malicieuse dans l'œil, cet homme n'était pas son matelot.

— Alors, ils ne devaient plus être trois, mais quatre.

Les yeux du jeune commissaire se plissèrent et ses lèvres s'écartèrent en un demi-sourire conquérant.

— Cinq ! jeta-t-il.

Cette fois, son chef le dévisagea avec une franche surprise. Il savait que cet œil allumé de plaisir chez le jeune homme révélait la découverte d'un élément de taille.

— Explique-toi, fit-il sans le quitter des yeux.

— Je suis retourné au port après votre départ. Sur les quais, j'ai questionné quelques dockers. L'un d'eux a vu la batelière embarquer un homme qui côtoyait son matelot. Ils avaient quelqu'un avec eux, enveloppé dans une couverture.

— Tu as raison, cela fait cinq.

Visiblement, Kerouef n'attendait pas la réplique suivante.

— Et pourquoi cela ne ferait-il pas sept ?

Un silence brutal se fit. On entendit un insecte bruisser des ailes et on perçut le souffle, pourtant retenu, de Kerouef. Il fit un bond et se frappa le front.

— Le voici notre point commun ! explosa-t-il. Cela fait sept avec les trois jeunes gens enlevés à Thèbes pendant le festin du Jubilé. Et, d'un seul coup, nous voilà sur l'affaire des fameux bateaux qui ont sombré dans le fleuve, lors de notre fatale crue.

Il tapa dans le dos de Panehesy.

— Cette fois, je crois que nous allons boucler notre affaire.

— Mon maître, fit Mahou en souriant, il faut d'abord les retrouver.

— Ils ne peuvent plus nous échapper. Nous allons fouiller tout le nord, ville après ville.

Il se tourna vers le jeune commissaire et lui frappa cordialement la poitrine de ses deux poings fermés. Comment pouvait-il ne pas être satisfait ? D'une pierre, il faisait deux coups. Il retrouvait le garçon qui semblait tant intriguer son ami le Grand Prêtre et les trois jeunes gens de Thèbes enlevés qui, fatalement, lui expliqueraient la cause de cette affaire, qu'il savait liée à celle des naufrages pendant la terrible crue.

— Oui ! Je vais boucler cette affaire et grâce à toi, mon garçon ! Je le savais, tu as l'étoffe d'un grand inspecteur. Je partirai tranquille en te sachant à ma place.

Il se tourna vers Panehesy.

— Le jeune scribe que tu recherches sera chez toi dans quelque temps. Laisse-nous un délai pour fouiller les villes du delta.

— Ne fouillez pas les villes.

— N'as-tu pas dit qu'il s'agissait d'un scribe public ? Or, ces hommes vont de ville en ville.

— Tu as raison, c'est ce qu'il faisait avant que je lui enseigne comment travailler sur une exploitation agricole où l'on recherche toujours des scribes itinérants pour évaluer le rendement des récoltes.

— Que me conseilles-tu ?

— Les moissons étant terminées et les vendanges n'ayant pas encore commencé, il reste la récolte des papyrus dans tout le delta.

***

La reine Tiyi songeait, la tête posée sur le petit socle incurvé et tapissé d'un coussin que venait de disposer la servante sous son cou. Ces temps-ci, Aménophis occupait ses esprits. Ses rages de dents devenaient trop fréquentes et ravageaient sa santé. Et, pour ne rien arranger, ne se déplaçant plus, son poids devenait excessif. Sa politique beaucoup plus diplomate que guerrière avait porté ses fruits assez longtemps et, durant toute la première partie de son règne, le pharaon avait consolidé les relations extérieures en entretenant de solides correspondances avec les rois étrangers.

Mais voilà que les pays voisins réveillaient leurs ardeurs et Tiyi se voyait obligée d'en calmer la teneur. La Babylonie, depuis l'affaire de l'expédition de ses filles qui n'avait pas abouti, se tenait sur ses gardes et, malgré le fait qu'un bruit avait couru jusqu'aux oreilles du roi Kadashman lui annonçant qu'une épidémie avait décimé la population des gens du nord jusqu'à celle du désert arabique, celui-ci se méfiait et rien ne pouvait apaiser ses doutes.

Certes, Tiyi n'était pas à l'aise lorsqu'elle correspondait avec le roi de Babylone. Elle craignait qu'il apprît un jour que l'une de ses filles avait disparu avec tout l'équipage dans un naufrage sauvagement organisé par les prêtres d'Amon qui refusaient la venue de toute princesse asiatique au sein du royaume et que l'autre, sauvée par un étrange destin, avait été adoptée par son frère afin d'éviter que l'affaire s'ébruitât.

Cependant, malgré cet accident, les princesses du Mitanni, de Babylone et de Chypre ne manquaient pas d'emplir le harem d'Aménophis. N'attendait-on pas encore Gilhouhebat, fille du roi mitannien que le roi Tushratta envoyait au pharaon ?

La tête appuyée sur son reposoir, Tiyi soupira. Étroitement associée aux manifestations officielles du règne de son époux, elle en tenait certes le pouvoir, surtout depuis que son état maladif diminuait ses capacités physiques. Mais il faut dire que le pharaon Aménophis III était sujet à l'indolence qui, bien souvent, l'avait entraîné dans un raffinement extrême allant jusqu'à l'ostentation.

A l'exception de quelques inspections au nord et de quelques expéditions en Nubie, la cinquième année de son règne, on ne pouvait dire que l'époux de Tiyi eût beaucoup voyagé, si ce n'était à l'intérieur même de son pays. Or, la reine sentait une menace étrange et tracassante qui venait de l'extérieur. Les petits États étrangers commençaient à perdre patience, voyant que l'Égypte s'endormait sur les vieilles relations autrefois établies.

Mais, pourquoi Aménophis se serait-il inquiété? L'or nubien arrivait à flots ainsi que les turquoises du Sinaï, le cuivre de Chypre et l'or blanc d'Asie. Arrivaient aussi d'énormes quantités de matières premières et de produits finis livrés par les pays placés sous la sujétion du pharaon. Depuis longtemps, Aménophis ne se déplaçait plus pour aller vérifier la bonne tenue de ces mêmes contrées et les peuples extérieurs pouvaient se relâcher davantage.

Aménophis était un bâtisseur. Il n'avait vraiment œuvré que pour élever des temples qui marquaient de façon gigantesque l'éclat de sa fonction. Celui de Soleb, érigé en Nubie, illustrait son Jubilé. Celui de Louxor, élevé de colonnes élégantes, soulignait la splendeur de son époque. Quant aux deux statues colossales à son effigie, elles témoignaient de sa grandeur. Ces monuments, tous construits près des nombreux sanctuaires d'Égypte, rappelaient la majesté, la gloire et la puissance du pharaon.

A cette époque — et depuis que la pharaonne Hatchepsout avait laissé la couronne à son neveu Thoutmosis III — l'Égypte poursuivait encore une politique impérialiste ayant pour but la possession d'un vaste empire. Les multiples expéditions guerrières des derniers pharaons en Asie jusque sur l'Euphrate, et en Afrique jusqu'en Nubie, près de la quatrième cataracte, n'excluaient d'ailleurs pas les nombreuses incursions au Liban, en Jordanie, au Sinaï et dans tout le nord-est des frontières. L'Égypte dominait même la Méditerranée orientale.

Cette politique de puissance assurait la sécurité des voies stratégiques et commerciales de l'Égypte, développait son économie tout en maintenant son emprise permanente sur les pays étrangers. Le Mitanni demeurait son allié. Pour ce faire, le roi Tushratta offrait ses filles et ses sœurs en mariage au pharaon. La Babylonie faisait de même, bien qu'il y eût cette étrange affaire qui avait rendu le roi Kadashman plus méfiant. Les pays du Hatti et ceux de l'Assyrie qui ne pouvaient prétendre encore à une suprématie politique restaient sous la protection dominante de l'Égypte.

Chaque jour, Tiyi recevait conseillers, ambassadeurs ou envoyés spéciaux des pays étrangers. Elle veillait constamment à ce qu'ils fussent soumis au contrôle des frontières, au respect des alliances et des traités passés avec eux. Elle écrivait de nombreuses lettres, rédigeait des actes administratifs en usant de cette diplomatie qui, certes, lui servait aussi à dénouer les intrigues du palais.

Le relâchement d'Aménophis inquiétait Tiyi, mais ne la perturbait cependant pas dans l'exécution de ses fonctions, car elle restait consciente que la montée en puissance des Hittites effrayait tous les pays frontaliers qui, pour ne pas subir les aléas d'une guerre destructrice, préféraient rester sous la protection de l'Égypte.

Oh ! Tiyi savait combien de ces alliances défensives étaient soutenues par des mariages politiques ! La cour du couple royal n'attendait-elle pas la princesse Gilhouhebat, la fille du roi du Mitanni ? Il faut dire que la cour d'Égypte et celles d'Asie pratiquaient cette politique matrimoniale depuis que Thoutmosis IV avait lui-même choisi Moutmouia, une princesse syrienne, et l'avait faite Grande Épouse Royale. Comment Tiyi aurait-elle pu oublier ce point essentiel alors que coulait en elle du sang asiatique ?

Babylone, la riche cité dont le commerce se trouvait plus entre les mains des marchands que dans celles des souverains, pouvait bien donner ses filles en mariage. Le Mitanni, Chypre, le royaume d'Alasia, un État marchand uniquement tourné vers le commerce et dont les ambassadeurs n'étaient, d'ailleurs, que des marchands, pouvaient également céder les plus beaux spécimens féminins de leurs cours pour satisfaire le pharaon d'Égypte. Ainsi la politique de paix s'instaurait tout autant que les bons échanges commerciaux.

Tiyi restait sans cesse à l'écoute de ces ambassadeurs qui, chaque jour, venaient l'instruire de leurs problèmes. Dans tout l'Orient asiatique, des envoyés spéciaux ne cessaient de voyager. Engagés soit pour une mission spéciale, et dans ce cas ils ne demeuraient à la cour que le temps de mener à bien leur mission, soit pour entretenir des rapports amicaux avec la cour égyptienne, dans cet autre cas, la reine Tiyi les invitait parfois plusieurs semaines. Il ne se passait pas, à Thèbes, une seule cérémonie officielle sans qu'un ambassadeur étranger n'y assistât. Pour le pharaon, d'ailleurs, c'était là une façon habile de répercuter à l'extérieur jusqu'où pouvait aller la grandeur et la puissance égyptiennes.

Dès le matin, en compagnie de Kherouef son fidèle conseiller et Menna son scribe personnel, Tiyi se mettait à l'ouvrage. Pouvant fort bien traduire les langues syriennes, sachant lire et écrire l'akkadien, elle se passait de traducteur, mais elle avait la sagesse d'écouter les avis et suggestions, parfois les mises en garde de son entourage personnel. C'était elle qui préparait les alliances, débattait les mariages, négociait les emprunts, traitait dans de longs palabres les questions de politique extérieure.

Les événements, décrets ou ordonnances, décidés par Tiyi ou le pharaon étaient automatiquement annoncés dans toutes les régions par l'émission de textes inscrits sur des scarabées. Les autres pays faisaient de même. Il n'y avait pas de grandes fêtes célébrées en un endroit quelconque, un roi qui se mariât ou mourût, une reine intronisée, la naissance d'un héritier mâle, même la maladie d'un souverain ou d'une souveraine, sans que ce fût communiqué entre pays par ce moyen.

Ces protocoles d'usage rédigés en akkadien avaient une valeur internationale et ne pas s'y conformer était un acte discourtois, voire hostile. Les pays d'Akkad dont Babylone était le centre, tout comme l'Égypte et le Mitanni, tenaient beaucoup à ce style diplomatique établi dans des nuances qu'il ne fallait ni déplacer ni oublier, pas plus qu'il ne fallait déranger l'ordre normal des noms des souverains ou les titres des Grands Dignitaires.

L'affaire mystérieuse de l'expédition de Babylone troublait sans cesse la reine. Car elle connaissait l'influence du code législatif en matière de droit international ayant pour but de protéger les ambassadeurs et les marchands voyageant à l'étranger et, plus encore, toute expédition royale envoyée dans un pays ami. Ceci pour préserver l'intense circulation d'hommes véhiculant des richesses diverses sur les routes de l'Orient lorsqu'il fallait traverser de grands déserts extrêmement périlleux, ou sur les océans lorsqu'il fallait passer la mer Rouge ou la Méditerranée.

Tiyi savait aussi que lorsqu'une escorte royale étrangère était victime, en territoire égyptien ou sous dépendance égyptienne, d'une attaque ou d'un vol, le roi d'Égypte apparaissait comme unique responsable. Il devait alors lourdement indemniser ceux qui avaient subi les dommages.

Munis d'un laissez-passer témoignant de la protection qui leur était due par le souverain du pays où ils se rendaient, marchands et ambassadeurs devaient le conserver avec la plus grande vigilance. Le perdre était certainement l'un des plus gros ennuis qui pouvaient leur arriver.

Par contre, une loi appelée « droit d'aubaine » existait. Quand un riche étranger, ayant introduit des richesses dans un autre pays que le sien décédait, ses biens appartenait au pays où il était mort. Il existait parfois un recours qui permettait de rapatrier les biens par voie diplomatique. Mais les démarches restaient longues et incertaines car il fallait débattre les articles du code en circulation.

Dans cette vilaine affaire de Babylone, Tiyi savait que son frère Anen, le Grand Prêtre d'Amon, avait été mêlé. Elle n'en connaissait pas la mesure, mais elle craignait qu'elle fût suffisamment importante pour qu'il eût à en payer les conséquences si les coupables étaient trouvés. Alors, il faudrait en déférer au tribunal et si les criminels échappaient aux poursuites, les victimes pouvaient se retourner contre elle.

Certes, l'affaire était si complexe que Néfertiti devait toujours ignorer son origine babylonienne et ce n'était pas Ay, le second frère de Tiyi et son épouse qui pouvaient dévoiler le secret, ayant adopté la fillette d'une manière assez trouble. Mais, depuis quelque temps, la reine avait l'étrange pressentiment que l'intrigue bougeait quelque part. Dans sa correspondance diplomatique, Kadashman ne cessait de se lamenter sur la disparition de ses deux filles et ne parlait plus d'envoyer d'autres princesses au pharaon.

Les battants de la porte de cèdre ornée d'or s'entrouvrirent et la servante de Tiyi montra le bout de son nez.

— Entre ! cria la reine. Et dis-moi qui tu m'annonces.

— Vos deux fils, Majesté.

— Qu'ils viennent. Voilà plusieurs jours que je ne les ai pas vus.

Un grand jeune homme à l'allure bien charpentée, visage ouvert et sourire avenant, pénétra dans le bureau de Tiyi, suivi d'un frêle adolescent dont les yeux cherchèrent aussitôt ceux de sa mère.

— Je suis heureuse de vous voir, mes enfants. J'allais d'ailleurs vous faire appeler dans le courant de la journée. Eh bien, voilà qui est fait.

Les deux garçons se prosternèrent à ras du sol, mais Tiyi se leva et leur commanda de se relever. Puis, elle s'approcha d'eux et les embrassa affectueusement.

— Mère, fit l'aîné, je voulais vous voir avant de partir à la chasse.

Elle planta son regard aigu dans celui de son fils. Il avait la pupille grise de son père et le sourire identique, joyeux et charmeur. En lui, il n'y avait aucune angoisse, aucun complexe et la vie se déroulait sous les meilleurs auspices. On l'honorait déjà comme un futur pharaon, on l'encensait, et on lui accordait mille grâces depuis qu'il était enfant.

— Tu reviendras quand ?

— La Nubie n'est pas loin, mère, mais la chasse dans la montagne sera longue.

Tiyi soupira.

— Si ce n'était que longue, mon fils, je ne m'inquiéterais nullement. Mais le genre de chasse à laquelle tu t'adonnes me déplaît. Je n'aime pas te savoir courir l'ours et le lion dans ces vastes contrées qui ne m'inspirent aucune confiance.

— Avez-vous toujours fait ce reproche à mon père ?

— Quelquefois oui. Mais il ne m'écoutait guère.

— Alors, mère, fit-il en riant, pourquoi faudrait-il que je vous écoute ?

— Parce que tu es mon fils et que tu seras, un jour, le pharaon d'Égypte. Je ne voudrais pas qu'il t'arrive un malheur avant que tu ne sois couronné.

— Mère, plaisanta Thoutmosis, je sais manœuvrer ces fauves mieux que vous ne le pensez. Soyez sans inquiétude, il ne m'arrivera rien.

Elle prit la main de son fils et la caressa dans la sienne.

— C'est tout de même la première fois que tu chasses le lion sans ton père. Fais attention Thouty. Ta trop grande fougue te fait parfois faire des sottises.

Il fut un peu vexé par cette constatation mais préféra, devant son frère, ne pas montrer le désappointement qui s'apprêtait à s'inscrire sur son visage. Au mot de « sottise », Aménophis le cadet s'était approché de sa mère en lui décochant un sourire plein de sous-entendus. Son visage contrastait tant avec celui de son aîné qu'on avait peine à penser qu'ils étaient frères.

Aménophis, le second fils de Tiyi, cachait dans son regard toute la nostalgie d'un monde aux antipodes de celui de son frère. Son visage était allongé, son menton triangulaire, sa bouche étirée à l'extrême et, quand il souriait de ses grandes lèvres charnues et sinueuses, son œil s'allumait en même temps d'une lueur étrange dans laquelle on ne pouvait saisir ce qu'il cherchait à exprimer.

Sa grande silhouette était maigre et allongée tout comme son visage et ses membres restaient insuffisamment développés. Mais, qu'importait, puisque ni les activités sportives, ni les chasses, ni les compétitions d'aucune sorte n'encombraient son esprit.

Aménophis préférait la musique, la littérature, les sciences occultes et surtout les prières adoratrices au seul être suprême qu'il admirait : le soleil. Cependant, sa véritable passion, qu'il développait sans efforts ni contrainte, concernait les animaux. Son amour des chevaux lui faisait pratiquer le seul sport auquel il ne se fût jamais adonné autrement, la conduite des chars. Il manœuvrait d'ailleurs ses attelages mieux que son frère, conduisant ses chevaux d'une main de maître, car il savait leur parler, les motiver, les rassurer, s'occuper d'eux, passant le temps qu'il fallait aux écuries pour les nourrir, les brosser et, le cas échéant, les soigner.

— Mère, fit le cadet d'un ton suave, Thouty n'est pas le seul à vous quitter.

— Je sais, mon fils. Mais là où tu vas est un lieu qui ne m'apportera nulle crainte. Memphis est une belle et grande ville, tranquille et sage. Le temple de Ptah où tu effectueras l'apprentissage de Prophète et de Prêtre t'apportera la maturité qu'il te manque. Mon ami Meryrê et son fils Panehesy t'apprendront tout ce qui te sera utile dans la vie.

— Croyez, mère, que je m'efforcerai de bien retenir leur enseignement.

— Parfait, mon fils. C'est tout ce que je souhaite.

Elle lui prit le menton et lui décocha une œillade complice.

— Et puis, n'auras-tu pas, là-bas, un temple de Rê qui te permettra d'adorer le soleil?

— A vrai dire, mère, je ne pense plus qu'à ça.

Tiyi soupira. Par tous les dieux! Quelle chance que Thouty fût l'aîné, celui qui deviendrait pharaon! Le tempérament exclusif, le caractère absolu de son cadet lui donnaient parfois du souci. Aménophis n'aimait aucune demi-mesure. La nuance, pour lui, n'existait pas. Seule comptait la part entière, le geste ou le mot sans réserve.

Pharaon ne comprenait pas — ou refusait de comprendre — la nature complexe de son cadet et, d'ailleurs, demandait très peu à le voir. Par contre, il se plaisait en la compagnie de son aîné, le parant de toutes les qualités, de tous les dons et mérites dont il sublimait la grandeur. Consciente du manque d'intérêt qu'il éprouvait pour son jeune fils, Tiyi s'était toujours efforcée de compenser le manque affectif paternel dont le garçon souffrait par les largesses de ses propres sentiments de tendresse.

Tiyi avait aussi trois filles, Satamon, Isis et Khetaneb. L'aînée était destinée à se marier avec son frère Thoutmosis pour devenir sa Grande Épouse Royale comme la coutume des dynasties pharaoniques l'exigeait. Ce n'était pas que Satamon refusât d'épouser son frère Thoutmosis, mais elle aurait préféré s'accorder au tempérament malléable, à la gentillesse et à la nature sensible d'Aménophis, bien que la beauté de Thouty attirât plus volontiers ses désirs sensuels de femme.

Il eût été naturel et légitime, après cette première union, qu'Isis, la cadette, épousât Aménophis pour être sa Seconde Épouse mais, depuis quelque temps, Tiyi avait une idée qui germait dans son esprit. Une réflexion intime — du moins pour l'instant — pouvant peut-être parer l'éventuelle catastrophe si on dévoilait l'affaire du naufrage des gens de Babylone. Son sentiment, depuis peu, lui soufflait de donner en mariage la princesse Néfertiti à son fils Aménophis. C'est pourquoi elle avait demandé une audience à son frère Ay en compagnie de Ramose, Bek et Nakht, afin de mettre cette affaire au clair.

Ses fils partis, elle n'attendit que quelques minutes avant que sa servante vînt lui annoncer les Grands Dignitaires.

Ils entrèrent tous les quatre et se courbèrent bas devant la reine. Le visage serein d'Ay contrastait avec ceux des trois autres hommes dont le regard était empreint d'une tristesse bien compréhensible qu'ils ne pouvaient cacher. Il y avait si peu de temps qu'on avait enlevé leurs enfants pour une cause politique regrettable lors de ce banquet de Thèbes qu'ils étaient encore sous le choc.

La reine vint à eux les mains tendues.

— Restons confiants, les rassura-t-elle. Si la police de Thèbes piétine, celle de Memphis œuvre d'une façon plus efficace. Il paraîtrait que l'on a retrouvé une trace facilement exploitable. Apparemment, vos enfants seraient plutôt dans la région nord du pays que dans celle du sud.

— Pourquoi cette hypothèse, Majesté? s'enquit Ramose, le père de Bastet.

— Kerouef, l'inspecteur de la ville de Memphis en qui j'ai toute confiance, a effectué des recherches très poussées sur le port de Memphis.

— Que dit-il ? interrogea Bek d'un ton soupçonneux.

Le père de Sekmet paraissait certes moins confiant que ne l'était Ramose. Il observa la reine quelques instants en silence et attendit qu'elle lui répondît. Ce fut Ay qui poursuivit d'un ton mesuré et saupoudré de prudence.

— Tout d'abord, il nous a appris que le vaisseau de Pérouhé avait sombré dans les flammes.

— Un incendie ! s'exclama Ramose.

— La cause serait, soi-disant, une torche restée allumée dans l'une des cabines centrales. Pour ma part, je n'y crois pas.

La reine fit quelques pas de long en large et revint lentement vers eux.

— Pour la mienne, un curieux rapprochement se dessine.

— Lequel, Majesté ? s'enquit prudemment Nakht, le père de Pentou.

— Le naufrage du précédent navire de Pérouhé lors de la crue qui a occasionné tant de morts.

— En effet, même personnage que nous soupçonnons, même accident, même lieu. Il est vrai que cet engrenage de faits reste trouble, approuva Ramose en se frottant le menton.

— En quoi cela toucherait nos enfants ? fit Bek sombrement.

— En cela, trancha subitement Ay. Vos enfants ont été enlevés parce qu'ils avaient connaissance de la fraude des sceaux royaux de Babylone. C'est à Memphis que le naufrage est arrivé. C'est à Memphis que ces enfants doivent être.

— Est-ce la conclusion de Kerouef?

Ay hocha la tête en un signe d'assentiment, mais Bek remua tristement la sienne en un signe de dénégation.

— S'ils étaient sur le bateau de Pérouhé et si celui-ci a pris feu, où sont-ils à présent?

Ay posa sa main sur l'épaule de son compagnon.

— Patience, Bek. L'enquête se poursuit dans ce sens. Nous devrions avoir d'autres éléments très vite.

— Ce qui est gênant, observa Tiyi, c'est que si l'affaire du naufrage se dévoile aux yeux de la police de Memphis, nous risquons des problèmes. Nous pourrions peut-être freiner les recherches.

— Majesté ! explosa Bek. Comment pouvez-vous réagir de la sorte ? Freiner les recherches, c'est enterrer nos enfants.

Tiyi eut subitement honte de sa réflexion, pourtant elle rétorqua :

— C'est également mettre la politique de notre pays en péril. Car si l'on découvre qu'une princesse a été sauvée et que l'autre est restée dans les eaux furieuses du Nil, où va-t-on? A ce propos, Ay, je voulais te dire qu'il faudra envisager le mariage de Néfertiti avec mon fils Aménophis, dès que celui-ci rentrera de Memphis.

Ay ne broncha pas. Il regarda sa sœur.

— Est-ce la meilleure solution? fit-il en matière de conclusion.

— La meilleure, je ne sais pas. En tout cas, c'est la seule.

— Nous sommes loin de notre enquête, Majesté, grommela Bek.

— Justement non, déclara Tiyi. Ces deux éléments sont intimement mêlés.

— C'est un pressentiment que vous avez là,

Majesté, non une certitude, rétorqua Ramose d'un ton maussade.

— Mes pressentiments ne me trompent jamais, coupa Tiyi un peu sèchement.

— Puissiez-vous dire vrai, Majesté, murmura Bek. Mais vous ne m'ôterez pas de l'idée que, même si ces deux affaires se recoupent, nos enfants ont pu périr dans l'incendie du navire.

Tiyi soupira et se retourna vers son frère. Celui-ci eut un haussement de sourcil accompagné d'un tic de la lèvre inférieure qu'il mordillait vivement tout en fixant la reine sans rien dire. Puis son visage redevint immobile et il dit à sa sœur :

— Crois-tu rééquilibrer les choses si nous marions ma fille adoptive et ton fils cadet, Tiyi ? Crois-tu que les rumeurs au cœur du palais, les mêmes d'ailleurs qui circuleront à l'étranger, s'effaceront pour autant ?

Elle haussa les épaules et ses yeux flottèrent dans le vide quelques instants comme si elle cherchait une réponse à la question logique de son frère. Il était bien improbable que cela arrangeât le cours des choses mais, du moins, la seconde fille du roi Kadashman de Babylone, seule rescapée du naufrage, épouserait un prince de sang pur. En cela, les choses seraient contrebalancées pour le cas où elles tourneraient mal.

Tiyi et Ay pourraient alors attendre que se recoupent les événements. Elle décida sans plus attendre qu'elle en parlerait au pharaon et qu'elle émettrait ensuite une série de textes inscrits sur les scarabées pour annoncer le mariage.

CHAPITRE IX

A la Taverne de Min, les bruits montaient en sourdine jusqu'à la terrasse où l'aubergiste venait de grimper, soufflant et suant, car son embonpoint prenait des proportions telles que son cou tombait grassement sur son buste, et son ventre dégoulinant empiétait sur ses cuisses qu'il avait courtes et rebondies. Pourtant, il n'y avait que quelques années à peine, Ousert était encore un fier gaillard au muscle puissant mais ferme et à la taille plus haute et plus fière qu'elle n'était à présent.

Délicatement, comme il eût fait pour prendre un oiseau fragile dans une cage, il saisit par les deux anses l'objet de sa convoitise. C'était une cruche d'argile bouchée par un de ces couvercles en boue séchée du Nil qui, par sa fermeture irréprochable, permettait au vin de vieillir selon le désir des clients amateurs.

Quand il redescendit, Niny sa cliente était arrivée, sa petite taille difforme déjà installée contre la table la plus excentrée de la pièce. Elle était accompagnée de cette femme jeune encore, élégante, distinguée, un brin hautaine, le genre de dames qu'on ne voit guère fréquenter les tavernes du port.

Ousert se doutait bien que les deux femmes entretenaient une discussion qui ne regardait pas les autres et qui, vraisemblablement, réclamait une discrétion qu'elles ne pouvaient trouver qu'en un lieu neutre, comme ici dans l'auberge du tavernier. Elles discutaient à voix basse, mais dans la foulée des clients qui passaient, il arrivait fréquemment qu'un ou deux matelots, enivrés de bière forte — seuls, les clients du quartier noble de Thèbes ou les riches commerçants buvaient les vins fins de Crète ou de Syrie — fussent pris d'un violent désir de les importuner.

La table basse qu'elles avaient choisie était la plus reculée de la pièce. Celle qui côtoyait la petite porte à demi camouflée par des caisses de boissons et des assortiments de fruits séchés. Un instant, Ousert se demanda si elles avaient l'intention de réclamer la salle qui jouxtait l'une des annexes de l'auberge où dormait, parfois, un riche client trop enivré pour repartir chez lui avant la venue des premiers rayons solaires du lendemain.

Souplement, tel un gros ours à l'aise dans le royaume de ses montagnes, Ousert se faufila parmi les clients et s'approcha des deux femmes.

— Ce vin-là, affirma-t-il en tendant la jarre vers ses clientes, vous ravira le palais.

— Eh ! riposta Niny en clignant de l'œil vers le patron de la taverne, nous sommes venues discuter et non nous enivrer.

— Allons ! Laisse-le nous servir son vin, répliqua Lydie en faisant signe à l'aubergiste qu'il pouvait leur verser le nectar dont il faisait tant de cas.

Depuis que la salle était pleine, les clients s'agitaient, se communiquant leur euphorie. Ils parlaient haut et fort, trinquaient dans des chocs de gobelets, se vantant de pouvoir soutenir alertement leur cadence de grands buveurs jusqu'à l'aube. Deux hommes se tenaient contre le rebord du comptoir où des cruches et des gobelets en terre cuite s'alignaient. L'un d'eux se détacha de son compagnon et vint près de Niny.

— Allons, ma belle ! intervint-il d'un ton goguenard en s'approchant d'elle. Tu vas bien trinquer avec nous.

L'autre homme n'avait pas bougé et observait Lydie en silence. En effet, en entrant dans l'auberge, celle-ci avait jeté de plein fouet un coup d'œil sur lui et, depuis, il ne cessait de la regarder. Il portait une grossière tunique brune dont l'une des épaules était découverte, laissant son buste à demi nu. Ses cheveux épais et frisés formaient un halo sombre au-dessus de sa tête, bien que des fils blancs courussent çà et là dans l'épaisse toison.

Son visage carré ombragé d'une barbe naissante, ses yeux clairs et son nez aquilin traduisaient une origine étrangère. Plus Lydie le regardait, plus elle se persuadait qu'elle connaissait ce visage.

— Ma belle ! s'exclama Niny d'un ton rude en envoyant une bourrade bien appliquée dans le buste bombé du marin, où as-tu vu que j'étais belle ? C'est la Méditerranée qui t'aveugle à ce point ?

Certes, pour qui appelait « Ma belle » Niny la naine, le terme était controversé, car dès que l'on voyait sa grosse tête accrochée directement aux épaules et son buste difforme attaché sur ses courtes jambes, la notion de beauté égyptienne était loin.

Niny, néanmoins, charmait par ses yeux. Parfois, elle les animait si vertigineusement que l'on pouvait se demander s'ils n'étaient pas deux feux follets à la recherche d'un abri sûr pour ne pas s'éteindre. Des yeux verts aux lueurs chaudes et dorées qu'elle savait rendre tour à tour tendres, rusés, généreux ou dissimulateurs.

— La Méditerranée, certes non, fit le marin en s'esclaffant, je ne l'ai point encore traversée. C'est le Nil, ma belle, qui m'aveugle. Le Nil et ses belles Égyptiennes, rien d'autre.

Il se tourna vers son compagnon et pointa l'index en direction de son buste à demi dénudé. Une toison plus grise que noire courait sous l'étoffe de la tunique et surgissait là où celle-ci ne couvrait plus la peau.

— L'île de Crète, c'est lui.

— Ah ! L'île de Crète, murmura Lydie en laissant tomber sur l'inconnu un regard interrogateur. Ses rochers hauts et blancs et son soleil plus doux que celui de l'Égypte, ses plages de sable fin et ses coquillages dorés !

Tout aussi dubitatif, le marin la regardait avec insistance, étonné de sa réaction quant à ce lieu méditerranéen séparé de l'Égypte par un si vaste océan. Leurs yeux s'interrogeaient en silence : qui était et d'où venait l'autre ?

— Dieu du ciel ! murmura-t-elle encore. La Crète, que c'est loin !

— Allons ! fit Niny compatissante. Il te sera donné un jour l'occasion de la revoir.

Elle se tourna vers l'inconnu qui observait toujours Lydie avec une attention soutenue et poursuivit :

— D'après ton ami, il semblerait que vous ayez des attaches communes. Ma compagne est d'origine crétoise.

— Alors, ça se fête ! s'écria le marin en bondissant devant le tavernier pour lui enlever la jarre des mains. Allons ! Patron, remets-nous ça !

Il dirigea ses yeux rompus à toute équivoque vers Lydie qui semblait chercher la solution de l'énigme et se dit que la présence d'une aussi belle femme dans une taverne se faisait rare et que si le destin l'avait placée là, c'était fatalement pour payer la tournée à tout le monde.

— La Crète est un beau pays, fit Lydie. Y vas-tu souvent ?

Comme elle s'était adressée au marin qui n'avait encore proféré aucun mot, elle le vit hocher la tête, puis la baisser en fronçant le sourcil. Il la laissa quelques instants rivée vers le sol comme s'il réfléchissait sur quelque chose qui lui revenait lentement en mémoire.

Il n'en fallait pas plus à l'autre homme pour que cette diversion lui donnât tous les droits et, sans plus de façons, il vint s'installer à côté des deux femmes.

— Allons, pas de manières avec Niny et sa compagne, ironisa-t-il. Leur générosité est grande, elles vont nous offrir le petit vin de Crète que notre tavernier s'apprête à nous servir et que mon ami le Crétois va déguster sans plus attendre.

— Eh là ! fit Niny, en tapant un grand coup sur la table, où as-tu vu que nos ressources étaient suffisantes pour vous offrir à boire ? C'est toi qui devrais payer. Ne viens-tu pas t'enivrer avant de repartir sur le Nil ?

— C'est exact, fit-il en s'esclaffant. Moi, je pars.

A nouveau, il pointa le doigt vers le buste de son compagnon.

— Mais lui il reste.

— Qu'attends-tu ? Un bateau pour te ramener en Crète ? fit Lydie qui soutenait toujours son regard.

Ce fut le tavernier qui répondit d'un ton volubile :

— Et pas n'importe quel bateau. Un vaisseau qui

vient de Crète avec un chargement de produits divers : poteries, onguents, parfums, vins fins. Ah ! Dieu de Seth ! Quelle cargaison !

— Et quel capitaine ! renchérit le marin.

— Qui est-ce ? fit Niny qui connaissait à peu près tous les navigateurs de la région.

— Minhotep, la femme d'équipage qui ancre toujours son bateau à Thèbes lorsqu'elle ne navigue pas.

— Ah ! rétorqua Niny, je la connais. C'est une femme épatante. Brave et gaillarde comme un homme. Et croyez-moi, je vous dis qu'elle sait y faire avec ses déplacements. N'est-elle pas partie livrer du bois du côté du delta ?

— Si fait, confirma l'inconnu en s'avançant, enfin, vers le groupe qui s'était rassemblé et assis sur les nattes disposées autour de la table basse. Il parut hésiter un instant, puis voyant que Lydie s'écartait pour lui faire une place, il vint s'accroupir à côté d'elle.

— On dit que son bateau est à Memphis. Il n'est pas près d'être à Thèbes.

— Je sais, fit le Crétois. C'est la raison pour laquelle il faut que je trouve du travail sur le port avant d'embarquer.

— Tu vas trouver, fit Niny, il y a toujours de la besogne sur les quais de Thèbes.

— Oui, le port de Thèbes grouille d'activités diverses. On embauche des marins de toutes sortes. On recrute des dockers de toutes nationalités. Le passage des bateaux ne manque pas. Les gués sont en mouvement perpétuel. Il me semble parfois, fit le Crétois en scrutant le regard de Lydie, que je suis un jeune matelot comme au temps où...

Lydie sursauta. Cette fois, elle avait trouvé.

— Au temps où tu étais sur le bateau de Mykos le Crétois, coupa-t-elle.

L'homme ouvrit des yeux grands comme des lunes. Ahuri, il marmonna :

— La petite Lydie, c'est toi !

— C'est exact. C'était le bateau de mon père. Tu y étais matelot et Mykos, mon père, t'avait appris le métier de marin.

— Ainsi, tu es sa fille.

— Hélas. J'étais. Mon père est mort depuis bien longtemps.

Et Lydie se souvint. Elle se souvint de ce que peu de gens savaient. La fille que son père avait engendrée avec une femme égyptienne de la plus haute importance. Une Seconde Épouse de pharaon ! Cette fille n'était guère plus jeune que Lydie lorsqu'en cachette, elle était née à Bouhen, dans le sud de l'Égypte.

Une sœur de son âge nommée Isis qu'elle avait recherchée tout au long du Nil et qu'elle n'avait retrouvée que dans sa descendance en la personne d'un jeune garçon, son fils Neby, qu'elle recherchait encore depuis plus de dix ans.

Niny l'aidait dans cette tâche qui n'aboutissait pas. Pourtant, c'est elle qui lui avait appris que Neby n'était pas un garçon, mais une fille qui, pour exercer le métier que lui avait enseigné son père, devait paraître sous des dehors masculins. Depuis que Lydie savait que Neby était une jeune fille elle désespérait encore plus de la trouver un jour. Et, plus le fil des recherches semblait aboutir, plus les choses paraissaient se compliquer.

Iouna, une astrologue, lui assurait qu'elles se retrouveraient un jour. Niny l'espérait aussi. N'avait-elle pas été la dernière à l'avoir vue un jour qu'enfant elle fuyait le temple de Karnak, y étant trop maltraitée ?

Lydie se passa la main sur le front pour oublier Neby et revint au souvenir de son père que ce marin-là, assis à côté d'elle, avait si bien connu.

— Ainsi, tu te fais prendre en charge par une femme ! s'exclama Niny. Ah, Minhotep, je connais bien ! Ça m'étonnerait qu'elle te laisse en rade.

⁂

Le Grand Vizir de Thèbes et le Directeur des Travaux Royaux eurent une minute de silence, chacun s'absorbant dans le même labyrinthe de réflexions dont ils ne trouvaient ni l'un ni l'autre l'issue.

Puis, Bek, reprenant ses esprits, d'un regard appuyé força son compagnon à revenir sur l'entretien qui les préoccupait. A vrai dire, la tragédie qu'ils vivaient depuis quelque temps les perturbait à tel point qu'ils passaient des nuits blanches à ruminer leur malheur, couchés à côté de leurs épouses qui ne dormaient pas plus.

Bek prit son ami par l'épaule. Ramose stoppa le geste qu'il s'apprêtait à faire. Puis, se ravisant, il saisit la coupe et but une gorgée de bière fraîche que venait d'apporter Tou-Yi, la servante.

Bek relâcha son étreinte, soupira et se dirigea, lui aussi, vers la cruche de bière pour la porter directement à ses lèvres. Geste qu'il effectuait fréquemment dans son atelier lorsque l'envie de se rafraîchir le prenait. Entre deux sculptures, Bek avait toujours une cruche fraîche qui attendait. Les ouvriers, les aides et les subalternes qui l'entouraient y veillaient farouchement. Et, point de gobelet ou de coupe, Bek buvait directement au goulot de la cruche.

La bière qu'avait apportée Tou-Yi était un breuvage assez fort, parfumé à la coriandre. Une de ces bières égyptiennes au prix élevé que seuls les favorisés pouvaient s'offrir. Tou-Yi avait apporté un plateau d'amandes et de figues fraîches, mais ni l'un ni l'autre n'y avait touché.

Depuis qu'on avait enlevé sa fille, un pli amer barrait le front de Ramose, tandis que le visage de Bek avait une expression têtue tant il s'acharnait sur une piste qui, pourtant, n'avait débouché sur aucune conclusion positive.

Bek avait à peine esquissé un pas vers la baie de la pièce où filtraient les rayons naissants du jour que Tou-Yi entrouvrait les battants de la grande porte plaquée de bronze.

— Maître, trois femmes demandent un entretien avec vous. Elles disent que si le Grand Vizir de Thèbes est avec vous, cela n'en est que mieux.

La surprise qui s'afficha sur le visage de Ramose n'étonna pas le sculpteur et la crainte qui s'inscrivit sur le sien n'échappa nullement à son compagnon. Ainsi, tous deux communiquaient dans le chagrin comme dans le doute, l'espoir ou l'étonnement. Sur le qui-vive, ils se concertèrent du regard.

— Qu'elles entrent, fit Bek en se disant que si Tou-Yi avait osé parler d'entretien, c'est qu'elle jugeait l'affaire importante.

Dans la clarté diffusée par le soleil qui pénétrait entre les deux battants de la porte ouverts largement par la servante, Lydie, Niny et l'astrologue s'avancèrent, la naine en tête tant elle était assurée de la bonne marche de l'entretien qui devait suivre.

Figé près de la porte, Bek marqua un léger temps d'arrêt que Lydie ressentit comme un embarras devant le Grand Vizir qui s'était écarté, puis accoté à l'une des colonnes soutenant le plafond de la salle.

Mais Bek oublia aussitôt son malaise devant le

sourire de Lydie tant il était plein de réserve et de pudeur. Il avança les bras et, balayant tout scrupule, s'approcha d'elle et lorsqu'il la serra contre lui un instant, Lydie fut submergée de bonheur. Elle aimait ce moment car Bek, l'enfant qu'elle avait élevé en partie à la place d'une mère trop occupée par son métier, la gratifiait d'un geste à la fois de tendresse et de bienvenue.

Bek n'oubliait pas ce temps où, enfant solitaire, Lydie enveloppait d'une chaude présence son fragile cocon familial. Quand il repassait sa jeunesse en mémoire, il ne pouvait s'empêcher de regretter les absences régulières d'une mère sans cesse à la recherche d'un idéal qu'elle avait su tout de même trouver. Les bas-reliefs des temples de Karnak en étaient bien la preuve. Tant de pylônes, de tombes, de murs, de colonnes étaient remplis de ses idées, de ses dessins, de ses couleurs !

Si Bek et sa mère n'avaient pu se rejoindre dans les mêmes pensées créatrices, c'était que, déjà tout enfant, Bek refusait les anciens concepts de sculpture et d'architecture pratiqués en Égypte depuis que les premières civilisations avaient laissé leurs empreintes. Fort heureusement pour lui, issu de la haute noblesse et bien intégré dans le royaume, il avait pu développer l'originalité de ses idées et les exposer devant la reine Tiyi qui ne les avait pas repoussées, bien au contraire. Le palais de Malgatta regorgeait de sculptures aux formes audacieuses qui, d'ailleurs, attisaient la jalousie de quelques autres artistes payés, eux aussi, par la cassette du royaume.

Le Grand Vizir de Thèbes qui n'avait jamais vu la naine haussa le sourcil quand celle-ci, arborant devant eux sa petite taille comme une certitude qu'il ne fallait plus contester, se planta devant Bek.

— Tu recherches une jeune fille, Grand Maître, dit-elle d'un ton éclatant en s'inclinant aussi bas qu'elle put. Et je viens te parler d'une autre.

— Oui, je sais, murmura Bek en regardant Lydie.

Celle-ci battit du cil et attendit sans intervenir.

— Une jeune fille qu'on a longtemps considérée comme un garçon, reprit Bek. Y aurait-il un lien entre l'enlèvement de Sekmet, ma fille, et cette Neby qui, soudainement, passe de l'état masculin à l'état de femme?

— C'est possible, fit l'astrologue en avançant sa tête surchargée de frisures noires et serrées. Son visage brun, anormalement allongé, ses yeux sombres et perçants, alliés à la maigreur étonnante de son corps, lui donnaient l'air étrange d'un personnage oublié depuis des siècles dans les profondeurs d'une nécropole enfouie elle-même sous les tombes.

— Explique-toi, fit Bek d'un ton métallique.

Mais Lydie qui n'avait rien dit jusqu'à présent s'était avancée et, le prenant par le bras, l'obligea à pivoter afin qu'il l'observât davantage. Elle plongea ses yeux dans les siens, y coulant la tendresse qu'elle lui portait, renouant une intimité d'autrefois, une relation qui ne pouvait s'éteindre.

— Bek, dit-elle d'un ton bas. Le fait que nous ne soyons pas seuls me gêne pour te parler de manière intime. Cependant, je vais le faire, car il est de plus en plus impossible pour toi de m'accorder une audience. Je sais que tu es fortement prisé à la cour et que tes multiples occupations t'accaparent sans cesse au point de ne plus voir même ceux que tu aimes.

Il hocha la tête en un signe d'assentiment et l'entraîna vers un angle de la pièce tandis que Ramose s'éloignait à l'opposé.

— Bek, reprit-elle toujours à voix basse. Pour prix de mon attachement à toi et à ta mère, celle-ci en mourant m'a laissé une maison confortable pour que j'y vive jusqu'à la fin de mon parcours terrestre. Je lui en serai éternellement reconnaissante.

Il acquiesça de nouveau et elle reprit :

— Elle m'a pourvue généreusement de biens pour que je puisse longtemps manger à ma faim et subvenir aux frais qu'exige mon unique domestique. Mais, ces richesses s'épuisent peu à peu et je n'en ai pas d'autres. Or, le prix qu'il faudrait payer à l'astrologue dépasse mes possibilités.

— J'ai compris ton souhait. Si l'astrologue est compétente, je la dédommagerai comme il faut. Maintenant, retournons là-bas, fit Bek en désignant de la main l'autre bout de la pièce où se tenaient les autres.

Lydie s'accrocha au bras de Bek et ses yeux aux prunelles claires qui sollicitaient encore autre chose croisèrent les siens.

— J'ai déjà beaucoup investi pour les recherches de ma nièce.

Le terme de « nièce » fit sursauter le sculpteur. Lydie préféra se persuader que l'expression étonnée qui venait de s'inscrire sur le visage de Bek était logique puisque auparavant elle utilisait le terme de « neveu ». Mais cependant, elle crut bon d'ajouter :

— Que tu le veuilles ou non, Bek, cette jeune fille est l'enfant de ma demi-sœur, comme elle est la petite-fille de ta propre grand-mère.

Il eut un geste agacé.

— Je sais, Lydie. Je sais. Mais cette jeune fille dont tu me parles depuis presque dix ans — bien qu'avant, ce fût un garçon qui courait de ville en ville avec son père — m'est totalement inconnue. Or, celle que je recherche et que je veux retrouver est Sekmet, l'enfant que j'ai eue avec Maât, mon épouse.

Il lut le désappointement dans le regard de sa compagne et reprit d'un ton las :

— Allons, je t'ai promis de payer tous les frais qui concerneraient la recherche de cette personne.

Sans avoir eu le temps de soupeser l'effet de leur bref entretien, ils entendirent la voix criarde de Niny. Elle essayait de persuader le Grand Vizir dans un langage qui était le sien.

— Ah ! Seigneur, affirmait-elle, les astres sont prometteurs. Il faut savoir les regarder, les observer et attendre leurs signes. Mon amie l'astrologue peut vous surprendre.

Visiblement, celle-ci attendait patiemment qu'on lui parle.

— Avec qui as-tu appris la divination ? questionna Bek qui s'approcha des deux femmes regroupées auprès d'une des petites tables centrales.

Tou-Yi réapparut et apporta des nattes sur lesquelles s'accroupirent Niny et l'astrologue, mais quand Lydie fit mine de s'installer, Bek approcha un siège bas et lui fit signe de s'y asseoir, tout comme Ramose et lui-même. C'était là, bien sûr, une marque honorifique, car la différence de classe sociale imposait que les personnes de caste supérieure fussent assises plus haut que les autres.

— Je vais répondre sans détours à ta question, Grand Maître. Je lis dans les astres depuis ma plus tendre enfance et ma mère qui était une pure Nubienne m'a appris la divination par la magie de son pays.

Comme Ramose esquissait un imperceptible haussement de sourcil, elle répliqua vivement :

— Sois sans inquiétude, Grand Vizir. Si, à présent, elle est morte, je puis t'assurer que, durant tout son passage sur terre, elle honorait les dieux de l'Égypte.

Elle s'assura que ses paroles frappaient sa petite assemblée de façon judicieuse et poursuivit :

— Aussi, les temples de la deuxième et de la troisième cataracte élevés par les pharaons Thoutmosis III et Aménophis II — sans oublier la pharaon Hatchepsout qui, en Nubie, a poursuivi l'action de son père — ont toujours trouvé grâce à mes yeux, et Amon, le dieu de Thèbes, a toujours murmuré à mes oreilles les prières qu'il fallait.

Ramenant ses genoux en avant et prenant la position confortable du scribe, elle poussa son exposé plus loin encore. Les oreilles étaient trop attentives pour qu'elle en négligeât les effets prometteurs :

— Quant à mon père qui m'a transmis la science des astres, il vénérait Hapy, le dieu du Nil, et Knoum, le dieu de la cataracte, qui, les jours fastes, lui soufflaient les prédictions magnanimes et bienfaisantes.

La voyante glissa un regard perspicace en direction de ses auditeurs. Comme ils l'observaient toujours avec la même attention soutenue, alors qu'elle discourait pour tenter de s'imposer, elle conclut de façon plus éloquente encore :

— Quant au dieu Sobek, le dieu des crocodiles qui hantent les insondables marais d'Égypte, et Seth, le dieu du mal, celui qui a lâchement tué son frère Osiris au seuil de sa maturité, ils lui insufflaient les funestes présages afin qu'il les interprétât pour mettre les hommes en garde contre tous les maux qui tombent sur eux et sur leur descendance.

Niny remua ses courtes jambes et les replia en arrière sous son buste. On eût dit que son torse était coupé et que, seul, il reposait directement sur le sol. Ses hanches effacées traînaient du côté de ses talons et, de ses petits bras remuants, elle agitait l'air pour écarter quelques mouches qui venaient l'indisposer.

Un large et franc sourire vint s'évaser sur ses lèvres, telle une vague soudaine mais prompte à s'effacer. Ravie du discours de sa compagne, elle tendit son buste de joie.

Niny n'était certes pas une femme compliquée. Servante à Karnak depuis sa jeunesse, attachée à la Grande Prêtresse Supérieure des Chanteuses d'Amon, elle était suffisamment bien placée pour connaître l'effet que produisait sur un noble personnage un honorable discours relatant l'importance des dieux.

Puis, son torse volumineux et disgracieux se tourna vers le Grand Vizir qui, lui aussi, paraissait satisfait du propos savant de l'astrologue. Il toussota et sembla réfléchir, mais ses sourcils n'étaient plus froncés par le doute. Quant à Bek, il attaqua de plein fouet :

— Que peux-tu nous apprendre ?

— Beaucoup, je crois, répliqua la voyante en souriant.

— Quel est ton prix ?

— Cela dépend du travail que je t'apporte, répondit-elle encore en fixant son regard dans celui du sculpteur.

Il le soutint quelques instants, puis baissa la tête et parut se plonger dans une brève méditation. Quand il releva les yeux sur elle, il jeta d'un ton décisif :

— Pour commencer, je t'enverrai quelques objets précieux que tu pourras troquer contre ce que tu désires et je t'offrirai deux chèvres et un âne. Cela te convient-il ?

— C'est plus qu'il n'en faut pour payer ce que je vais t'apprendre ce jour.

Un sourire modeste vint fleurir sur ses lèvres épaisses, seule partie charnue en elle. Certes, elle pensait que jamais encore, elle n'avait été sollicitée par un personnage aussi haut placé. Jusqu'à présent, elle n'avait œuvré que pour une basse classe qui ne pouvait qu'à peine payer ses services, bien qu'ils fussent toujours précis et sérieux. Aussi se permettait-elle de jubiler intérieurement. Avec deux chèvres, elle pourrait se nourrir de lait et de fromage. Avec un âne, elle pourrait se déplacer d'un bout à l'autre de la ville sans plus se fatiguer.

Pour le reste elle ne voulait pas encore y penser. Son seul souci, à présent, était de travailler loyalement et d'apporter à son client le plus de vérités possible.

Après avoir été quelque peu intrigué, Ramose était retombé dans son amertume comme si ce débat ne le concernait pas. Cependant, il aurait dû s'intéresser davantage à quiconque pouvait lui apporter des éléments nouveaux et se tourner avec plus d'intérêt vers ceux qui tentaient d'éclaircir l'impasse, puisque la police de Thèbes n'avait abouti sur aucun fait positif.

— Parle, fit Bek.

A présent qu'elle s'était fait remarquer comme elle le souhaitait, il fallait convaincre. Elle releva le buste, ferma les yeux et se concentra sur ce qu'elle savait déjà. Puis, se raclant la gorge, elle commença :

— L'étoile d'Orion qui, comme tu le sais, Grand Maître, est l'âme d'Horus me conduit là où je lui demande. En ce qui te concerne, elle laisse présager d'heureux résultats à condition que les constellations de l'eau soient en harmonie avec elle. Ce qui n'est pas évident compte tenu de la prochaine crue qui approche et qu'il faut craindre. Ce qui veut dire, hélas, que ces résultats favorables n'interviendront que tardivement. Mais, ne crains rien, un jour prochain, même s'il est encore lointain, ta fille reviendra vers ton foyer.

Bek écoutait en silence.

— Aujourd'hui, je peux t'apprendre autre chose, poursuivit l'astrologue. Il se passera des faits étranges concernant la cour et le royaume entre le moment où tu retrouveras Sekmet, celle qui est l'enfant sortie du ventre de ton épouse, et Neby, celle qui te vient de la descendance de ta propre grand-mère.

Bek prit une bouffée d'air avant de demander, dubitatif :

— Ainsi, selon toi, il devrait y avoir un lien actuel entre ces deux jeunes filles ?

— Le rapprochement qui existe entre ces deux affaires est aussi vrai que le lien de sang qui les unit toutes les deux.

Ramose, qui commençait à craindre qu'on l'oubliât dans cette affaire, décida de laisser de côté son amertume et son désintéressement et s'approcha de Bek. Il sentait soudainement ses veines bouillonner et sa peau le démanger curieusement.

— J'accepte aussi de te payer. Je veux que tu m'aides. Vois-tu Bastet toujours proche de Sekmet ?

— Oui. Comme je la vois proche d'un ami.

— Pentou ?

— Qui est Pentou ? fit l'astrologue.

— Le troisième otage de cette affaire. Un jeune homme qui est son compagnon d'enfance.

— C'est diffus. Car en ce qui te concerne, l'étoile du Chien qui apparaît à l'horizon, au crépuscule du matin, rapporte un élément que tu n'attends pas et qui fait barrage à tes projets.

— Que veux-tu dire ?

— Pour l'instant, rien de plus qu'un échec inscrit dans les astres, malgré les retrouvailles de ta fille. Je consulterai les tables stellaires et je t'en dirai peut-être davantage si tu le souhaites.

Puis, elle ouvrit les yeux et les dirigea vers Lydie qui n'avait pas dit un mot.

— Pour toi, fit-elle en murmurant, il est dit que la queue du Lion qui apparaît à la douzième heure du seizième jour, au mois de Paophi, t'apportera la joie et l'apaisement.

*
**

Le départ des deux frères eut lieu le même jour sous l'œil vigilant de toute une cour qui se tournait plus volontiers vers l'aîné que vers le cadet. Il faut dire que Thoutmosis, le fils premier-né du pharaon, avait fière allure, habillé seulement de son pagne court dont les pans croisés retombaient sur l'avant de ses cuisses musclées, le torse nu et le cou ceint d'un pectoral de bronze incrusté de cornaline et de lapis-lazuli.

Soucieux de la bonne image qu'il donnait au peuple, se tenant droit sur son char, il défiait la foule, mesurant du regard le poids de l'admiration qu'éprouvaient à son égard courtisans, nobles et dignitaires placés au premier rang. A son côté, le carquois rempli de flèches et sur son front l'ombre d'une mèche folle — il n'avait pas posé la perruque d'apparat qui lui octroyait plus de prestige encore — il tenait les rênes de ses chevaux avec l'assurance qui lui était habituelle.

Puis, dans un crissement de roue qui vrilla les oreilles et une embardée qu'il sut pleinement contrôler, il fit un départ fracassant. Pharaon, son père, hocha la tête de satisfaction et le suivit des yeux jusqu'à ce qu'il n'y eût plus qu'un point imperceptible à l'horizon.

Il s'appuya sur le bras que Tiyi lui tendait et murmura :

— Que les dieux le protègent et qu'il revienne couvert de gloire.

Puis, aidé par son épouse qui soutenait le poids de son corps alourdi par la fatigue qu'il venait de lui imposer, il s'en alla se recoucher, apaisé par le reflet qu'il gardait de son fils.

Tiyi entretenait, quant à elle, une image bien moins rassurante. Comment pouvait-on faire confiance à une jungle périlleuse quand on allait au-devant des fauves les plus redoutables? Chasser le lion dans le désert de Nubie avec le pharaon d'Égypte était si dangereux qu'à chaque retour revenait le corps déchiqueté de deux ou trois hommes de son expédition.

La reine soupira, reconduisit son époux dans sa chambre et, frappant dans ses mains, attendit que la volée habituelle de servantes s'affairât auprès de lui afin de satisfaire ses besoins et ses plaisirs encore tenaces. Tiyi avait si bien rempli ses fonctions d'épouse, de mère et d'amante attentionnée qu'elle laissait depuis longtemps la place aux autres femmes. Seule, à présent, lui restait la fonction de reine. A elle seule incombait le pouvoir de mener la politique de son pays et d'en assurer la conduite.

Mais pour Tiyi, la journée n'avait esquissé que l'amorce de sa plénitude. Son fils cadet en poursuivait la trajectoire et, quand le ciel infiniment bleu absorba les rayons solaires les plus torrides, ceux du zénith, elle sentit son cœur battre à l'unisson du sien.

Dieu de Rê ! Dieu du soleil et de la lumière ! Pourquoi fallait-il que son jeune fils aimât tant la chaleur écrasante et qu'il lui rendît hommage au point de ne voyager que sous les rayons ardents qui rendaient l'air irrespirable et les corps amollis ? Horemheb ne tarderait certes pas à lui réclamer la halte reposante qu'il lui fallait au moment où le zénith terrassait l'horizon.

Après le départ de Thoutmosis, Tiyi avait assisté à celui d'Aménophis. Si elle se rassurait par la présence d'Horemheb à ses côtés, elle n'en restait pas moins inquiète de savoir que, pour la première fois, son fils allait être livré à lui-même. Horemheb et son fils cadet avaient le même âge, tous deux bâtis de façon fort différente. L'un semblait être un roc, l'autre une souple branche de sycomore. Compagnons d'enfance, puis d'adolescence, ils avaient grandi ensemble, joué, ri, étudié, suivi les mêmes enseignements, exception faite des sports violents et guerriers comme le lancement du javelot, le tir à l'arc, la lutte à main nue, la chasse et, ce jour-là, Tiyi avait senti que Horemheb aurait sans doute préféré suivre Thoutmosis en Nubie pour combattre le lion farouche que Aménophis au temple de Memphis pour y apprendre la théologie.

Alors que le soleil dardait ses plus étouffants rayons, Aménophis, debout sur son char, eut un chaleureux regard pour sa mère qui l'observait avec une attention soutenue, une lueur inquiète sous sa lourde paupière maquillée de khôl. A côté d'elle, il aperçut, avec la même sensation de bien-être, Satamon et Isis serrées l'une contre l'autre. Ses deux sœurs se faisaient éventer par leurs servantes qui agitaient au-dessus de leurs têtes de grandes ombelles de papyrus. Il lâcha, d'une main, les rênes de ses chevaux et leur fit un signe amical auquel elles répondirent avec un grand enthousiasme.

Tiyi se sentit dépouillée. Un sentiment dont elle n'avait pas l'habitude. Que lui réservait l'avenir ? Ses deux fils étaient si différents ! Pharaon lui-même avait depuis longtemps jaugé les atouts dont l'un était pourvu et qui faisaient si cruellement défaut à l'autre. Seule, Tiyi avait compris que la quête insensée de son second fils était trop spirituellement dirigée pour plaire aux exigences de son père. Oui ! Ses deux fils œuvraient déjà dans un sens totalement opposé.

L'un, séduisant et sûr de lui, appelé à régner prochainement, pensait déjà à se faire admirer de son peuple. Les armées étaient déjà préparées, les casques et les armures briqués, les chevaux harnachés, brossés, les javelots et les carquois sortis. Tout était en ordre pour un départ imminent en terre étrangère.

Le second, sensible, solitaire, introverti, qui n'avait que le velours sombre de ses yeux et le sourire généreux pour charmer l'entourage qui se plaisait en sa présence, ne savait que penser d'une Égypte soumise à ce qu'il n'aimait pas : le dieu Amon. Cette aversion était sans doute due à ce qu'il exécrait le plus au monde, la suffisance de soi, l'autorité abusive et la puissance exercées contre ceux qui, démunis, attendaient à présent dans l'ombre que justice se fît. Pour lui, Amon n'était qu'un imposteur, élevé par des princes assoiffés de pouvoir et soutenu par des pharaons qui n'étaient que des pantins devant des prêtres dont ils étaient pourtant les supérieurs.

Donc, en ce grand jour de branle-bas où le jeune Thoutmosis s'en allait en vainqueur chasser le fauve d'Afrique, son cadet Aménophis partait en direction de la capitale du Nord, Memphis, là où l'origine de la philosophie religieuse avait commencé et là où l'un des plus anciens dieux, Ptah, lui ferait entrevoir des mystères qu'il ne connaissait pas encore.

Déjà, Aménophis — qui, on l'a dit, n'était ni un guerrier ni un sportif — avait longuement réfléchi sur les incompréhensions de la création et les troubles qu'elles engendraient dans son esprit. Par des questions judicieusement posées à ses maîtres, il avait appris que tout était fondé sur un concept unique et que l'existence du chaos originel sortait de l'eau, là où germait la survivance d'une énergie en attente. Cette eau était le « Noun » plongé dans les ténèbres et, de cet océan inorganisé, issu du mystère total, le divin avait surgi.

Aménophis n'était pas sans ignorer qu'après l'émergence de ce chaos, il y avait eu Atoum, la force suprême et ses neuf entités complémentaires qui avaient créé les premiers êtres mâles et femelles, et que Rê, le premier dieu solaire, le dieu à qui il vouait sa plus grande admiration, avait été engendré pour communiquer cette énergie vitale à laquelle chaque être humain était redevable.

Mais, dans sa grande innocence, si le jeune Aménophis connaissait les origines du monde, c'est à Memphis que sa soif de découvrir allait prendre son essor et que les maîtres de la science allaient lui enseigner l'ensemble des idées théologiques égyptiennes. Toute une mythologie dans laquelle les croyances étaient juxtaposées et qui tentait d'amalgamer, en une forme unique, les dieux les plus subtils et les plus divers.

La Maison de Vie qui jouxtait le temple l'attendait de pied ferme, inébranlable dans ses convictions, au milieu de ses piles de documents anciens et de papyrus dont la surface jaunie était emplie à ras bord de l'écriture des scribes qui en avaient composé l'ensemble. A Memphis, où les plus vieux pharaons avaient imposé leur siège, où les pyramides défiaient le temps, veillées par un sphinx à corps de lion et à visage d'homme, le jeune prince apprendrait que la première émergence de l'univers avait été l'Esprit Créateur qui avait fait jaillir la lumière par l'intermédiaire du soleil dont le rayonnement devait donner vie à toute chose. Puis, on lui enseignerait qu'en suscitant ce soleil, l'Esprit devait organiser sa création et l'orienter suivant la course de l'astre dans quatre directions différentes, celles des éléments : l'eau, le feu, l'air et la terre.

Oui ! Aménophis apprendrait qu'avant d'enclencher le processus de la création, il incombait à l'Esprit Créateur d'équilibrer les forces de la nature et de nommer ceux qui devaient transmettre la vie : les dieux. Mais, le don divin suprême ne pouvait être communiqué que si l'homme remplissait ses fonctions sous forme d'obligations, ce qui entraînait les dieux eux-mêmes à déléguer leurs pouvoirs. A charge pour l'homme, ensuite, de préserver et de perpétuer la vie terrestre en les sollicitant.

A ce stade de la pensée religieuse égyptienne, intervenait celui qui avait reçu le poids de cette investiture : le pharaon. Les dieux issus de l'Esprit Créateur choisissaient un fils pour accomplir son travail sur terre. Ce fils qui, corps et âme, devait incarner la force et la santé devait avoir tous les pouvoirs. Il était dieu lui-même. A lui de préserver dans l'ordre des choses l'axe de la terre.

Certes, Aménophis aimait l'idée d'apprendre tout ce qu'il pouvait comprendre sur la création de cette idéologie qui encombrait tant son esprit. Les réflexions qui bouillonnaient dans sa tête s'organisaient de façon anarchique et l'essentiel lui échappait. Au palais de Thèbes, ses maîtres lui avaient enseigné que, lorsque le processus de la création s'était enclenché, Atoum, le soleil, et Nout, maîtresse du ciel, avaient engendré le dieu-terre Geb, maître des minéraux et des plantes qui, lui-même, avait procréé d'autres dieux. Étaient nés de leurs entrailles Osiris, Isis, Seth et Nephtis. Quant au dieu solaire Rê, il constituait le noyau des combinaisons. De lui dépendait la survie. Une tendance qui devait aboutir à l'élaboration des dieux qui l'entouraient et qu'il fallait préserver dans un édifice, un lieu sûr, un enclos sacré : le temple.

Entrait alors en jeu tout le rituel nécessaire à l'entretien de ce symbole, la liturgie, le culte où le Verbe, prenant le pas sur l'Acte, était le seul moyen que possédait l'homme de respecter le pacte entre lui et l'Esprit incarné par le dieu. Il prouvait ainsi à la divinité qu'il prenait soin de la création et qu'il entretenait la Vie comme il devait.

Certes, Aménophis savait qu'il ne serait pas pharaon — à moins que son frère trépassât — aussi se préoccupait-il moins des devoirs d'un roi que de ceux des prêtres dont il allait tout apprendre.

Dans cette logique ainsi décrite, fils de Rê puis d'Amon, le pharaon était dieu. Il avait des comptes à lui rendre ainsi qu'à Maât qui devenait l'Esprit, l'équilibre cosmique, le respect de l'ordre terrestre, la vérité, la justice. Ainsi, le monde créé gardait une forme immuable, définie autant dans ses aspects que dans ses fonctions. Mais, il n'était pas d'équilibre sans chute si l'on ne veillait pas à son bon fonctionnement et chaque rouage du mécanisme comportait un élément différent pour lequel on nommait un dieu qui déléguait au pharaon.

Dès l'aube, le prince Aménophis avait soupesé les questions qu'il se posait, puis l'idée proche du départ les estompa rapidement de son esprit. Avoir vu sa mère et ses deux sœurs serrées l'une contre l'autre pour le regarder partir l'avait ému et il eut une pensée pour la jolie Satamon qui, dans quelque temps, épouserait son frère aîné pour devenir, plus tard, Grande Épouse Royale.

Les deux jeunes gens conduisaient leur char avec dextérité. C'était bien là le seul exploit sportif d'Aménophis. Cependant, il effectuait cet exercice avec autant de maîtrise et d'assurance que son ami Horemheb. L'amour qu'il portait à ses chevaux en était sans doute l'un des principaux motifs. Deux autres chars les talonnaient, ceux des gardes affectés au service du prince. Des gaillards forts et robustes qui savaient se battre à mains nues en cas d'attaque dans le désert.

— Arrêtons-nous à Abydos, fit Horemheb en approchant son attelage de celui de son compagnon.

— Pourquoi ? rétorqua Aménophis. Serais-tu déjà épuisé ?

Il tourna la tête et vit que son ami tenait d'une main son attelage et passait l'autre sur son front trempé de sueur. La canicule frappait de plein fouet les corps exposés au soleil du désert, bien que la route fût pourtant proche du fleuve. Mais la fraîcheur des abords du Nil s'estompait dès que l'on s'en écartait de quelques pouces et les rayons ardents tombaient comme des couperets sur les voyageurs.

De tout temps, la chaleur écrasante du plein zénith n'avait jamais trop importuné Aménophis. Il semblait même apprécier le contact de la brûlure solaire sur sa peau. Les flammes du soleil léchaient son torse nu et il s'en délectait. Sa tête ne portait ni perruque ni linge et il arrivait même qu'il levât parfois le visage pour fixer l'astre afin de mieux communier avec lui.

— Allons mon frère, dit-il à son ami. Courage, si nous forçons l'allure, nous serons dans deux jours à Memphis.

— Avec cette chaleur !

Le char du prince fit un écart. Ses chevaux esquissèrent un soubresaut mais reprirent aussitôt leur allure.

— Je préfère m'arrêter à Badari, fit Aménophis d'un ton joyeux.

— A Badari ! s'exclama Horemheb. Mais il n'y a pas de temple !

— Peu importe. Nous coucherons à la belle étoile.

— Et tes chevaux, répliqua Horemheb. Ne sont-ils pas épuisés ?

Il glissa un regard vers son compagnon et vit que son argument avait touché juste. Les flancs des chevaux d'Aménophis, tout comme ceux des siens d'ailleurs, ou ceux des gardes qui les suivaient, commençaient à se recouvrir de sueur.

— A cette allure et sous cette canicule, nous risquons de les rendre fous, poursuivit-il en faisant siffler son fouet dans l'air sec et chaud qui tombait abruptement sur ses épaules arrondies et musclées.

Horemheb connaissait bien son ami et il savait qu'il n'en fallait pas plus pour qu'il réfléchît avec justesse.

— Tu as raison. Que proposes-tu ?

Horemheb hésita, il répondit cependant d'un ton assez railleur pour que son compagnon n'y vît l'amorce d'aucune ruse :

— J'ai un cousin à Thinis qui pourrait nous héberger.

— Accepterait-il de me recevoir comme si j'étais l'un de tes simples amis ou serai-je obligé de me présenter comme le fils de Pharaon ?

Horemheb réfléchit quelques instants. Comprenant que la réponse à la question de son ami dépendait de la décision qui devait en ressortir, il se mit à rire.

— N'es-tu pas mon ami, rien de plus ?

CHAPITRE X

Le bateau de Minhotep avançait toute voile déployée vers un horizon où se reflétaient de larges barrières herbeuses. Elles montaient à plus de trois hauteurs d'homme et s'enfonçaient dans le fleuve comme des pieux lourdement plantés.

Le fleuve présentait d'étranges couleurs bleutées qui se mêlaient au mauve suave du ciel annonçant que l'aube pointait. Minhotep avait éteint les quelques lampes à huile qui diffusaient une clarté jaune et scintillante. Elle avait laissé derrière elle bateaux, felouques, radeaux et simples coques en bois léger qui, presque toutes, s'arrêtaient là où le delta étalait ses branches, comme les doigts de la main écartés, entre Héliopolis et Bubastis.

Même les bateaux sans bordages, tressés en fibres de papyrus étroitement liées entre elles, plus larges et plus creuses en leur centre pour permettre aux chargements d'être solidement retenus, ne pouvaient s'aventurer si profondément dans le delta.

Pourtant, Minhotep connaissait les petites embarcations, comme celle qui était suspendue à la coque de *La Croix d'Ankh*, faciles à manier et qui glissaient dans les voies d'eau les plus inaccessibles, là où les marais touffus et l'étroitesse du fleuve rendaient impossible le passage de gros bateaux. Sa gaffe terminée par deux dents lui servait à accrocher les fonds vaseux, lui permettant d'avancer quand le chemin se faisait difficile.

Laissant le plateau de Saqquarah sur la droite avec ses tombeaux des rois de l'Ancien Empire et celui de Gizeh avec ses pyramides et son sphinx qu'un des tout derniers pharaons avait désensablé, Minhotep, la navigatrice, avait dépassé Héliopolis et Bubastis et engageait son navire vers la branche extrême droite du delta où la ville de Tanis avait posé ses assises.

— Sais-tu que j'aime ton bateau ? déclara Neby en observant le large ruban du Nil encombré par les grands papyrus qui, bientôt, allaient obstruer la voie et il faudrait savamment les contourner comme savaient le faire les bons navigateurs égyptiens.

Et Minhotep était bien de ceux-là, de la trempe des marins qui se sortent toujours d'une impasse sans grandes difficultés. Son père lui avait appris toutes les astuces du métier, tous les pièges à éviter. Le Nil était son domaine, son foyer, ses espoirs.

Neby baissa son regard sur Choutarna qui dormait sur le pont. Elle gardait toujours le poing droit sous son cou et ramenait sa tête penchée sur l'épaule. Découragée par les preuves qu'elle avait trouvées sur le bateau de Pérouhé qui signaient les meurtres qu'elle soupçonnait depuis longtemps, mais dont elle ne connaissait pas les auteurs, elle s'était laissé tomber lourdement sur le plancher du bateau et s'était endormie aussitôt.

A son côté, Myriam gémissait de temps à autre, souffrant encore de ses blessures que Bastet et Pentou s'efforçaient d'apaiser. Ceux-ci avaient retrouvé leur plein enthousiasme et s'il n'y avait eu l'inquiétude qui ramenait à leur esprit la pensée d'une famille sans doute désespérée, ils eussent vécu le grand bonheur d'être ensemble à chaque instant sans même prendre conscience qu'ils couchaient à même le sol dur et inconfortable du pont.

Quant à Sekmet, elle s'accoutumait à la vie rudimentaire d'un vaisseau de transport qui, certes, la changeait du bateau familial où elle avait l'habitude de se prélasser à l'ombre du dais central qui recouvrait confortablement la cabine en bois de sycomore où des coussins douillets étaient installés.

Sur *La Croix d'Ankh*, tout était différent. Les bas-côtés étaient encombrés par les chargements de Minhotep. Il arrivait même que l'unique cabine, celle qu'occupait la batelière pour se reposer, se trouvât embarrassée par quelques marchandises supplémentaires qui n'avaient pas été prévues à la cargaison initiale.

La Croix d'Ankh était un solide vaisseau, bien conçu, avec une coque résistante en bois du Liban. La poupe recourbée s'évasait comme une gigantesque fleur de lotus au bout de laquelle la croix ansée s'élevait. La croix d'Ankh ! Symbole de la vie et de la verdeur. La proue se recourbait elle aussi et se terminait par l'œil d'Oudjat, l'œil du dieu céleste dont la pupille étrange émaillait la joue du faucon royal.

Neby regardait Minhotep qui maniait le gouvernail avec difficulté. La basse profondeur de plus en plus bourbeuse empêchait d'avancer à une cadence raisonnable.

— C'est la première fois que je mets le pied sur un bateau, Minhotep, reprit-elle, cela me plaît au-delà de ce que je pensais.

— Ce n'est pourtant pas le meilleur de la navigation que je peux t'offrir depuis que nous avons quitté Memphis. Ces satanés herbages vont bientôt barrer notre route.

— Peu importe, continua Neby dans son euphorie. C'est fascinant de voguer sur le fleuve et cela me plaît, même si pour toi ce parcours est insupportable. Quand tu navigueras sur la grande mer qui te conduira en Crète, tu n'auras plus de souci.

Elle huma l'air du Nil et reprit d'un ton exalté :

— Ah oui ! Je crois que je me suis prise d'affection pour ton bateau.

— Alors, peut-être y avait-il un marin ou un navigateur chez tes ancêtres ?

— Pas du côté de mon père, que je sache, avoua Neby rêveusement. Quant aux ascendances de ma mère, elles resteront toujours obscures. Comment pourrais-je savoir si l'un de mes aïeux a navigué sur le Nil ?

— Qui sait ! fit Minhotep en saisissant la gaffe pour se dégager d'un bourbier qui s'épaississait de plus en plus et dont les branchages bas éraflaient les flancs de la coque.

Elle l'enfonça d'un coup sec, la dirigea, puis la braqua en essayant de faire pivoter son bateau du côté opposé où un énorme tronc venait de frôler la coque.

— N'as-tu aucune famille ? dit-elle en soulevant la gaffe pour la repiquer aussitôt un peu plus loin.

— Quand ma mère est morte, mon père a voulu retrouver les siens du côté de Soleb, vers la troisième cataracte. Connais-tu le Nil à cet endroit ?

— Je l'ai sillonné bien des fois dans sa partie la plus haute comme dans sa partie la plus basse. Mais, il va de soi que c'est à Thèbes que je préfère le Nil. Il est calme et sans surprise, il reste paisible, serein.

Même les crocodiles ne s'aventurent pas aussi près que dans les autres contrées.

Elle inspecta l'endroit creux où elle plantait la gaffe.

— Et ton père, qu'a-t-il fait en revenant de Soleb ? reprit-elle en s'appuyant de tout son poids sur le manche en bois de la fourche.

— Déçu, il est revenu à Bouhen.

— C'est sur les routes qu'il t'a appris son métier de scribe public ?

— Oui, nous avons sillonné les berges du fleuve de Bouhen à Thèbes. Quand il est mort, je me suis hasardée au temple de Karnak où j'ai été prisonnière presque deux ans.

Neby frissonnait à chaque fois qu'elle abordait ce point délicat de sa vie d'adolescente. Pointant son regard sur le fleuve qui prenait ses teintes diurnes, elle murmura comme pour elle seule :

— J'ai d'ailleurs des comptes à rendre à la déesse Hathor. Je lui ai volé autrefois un bijou et si je ne peux pas lui rendre, j'irai du moins la prier.

— Est-ce pour cette raison que tu veux accompagner la princesse Choutarna dans la mission qu'elle s'est juré d'accomplir ?

— Cela m'y incite. Mais, je veux réellement l'aider. Sa cause est devenue la mienne. Pourtant...

— Pourtant ? insista la batelière. Que veux-tu dire ?

— Que j'ai failli rester à Memphis et laisser Choutarna à son destin. Ah ! Minhotep, ce prêtre commençait à absorber tous mes esprits.

— De qui parles-tu ? fit-elle en observant sa compagne.

— De Panehesy.

— Le Grand Prêtre de Ptah ?

— Lui-même.

— Tu as bien fait, petite. Cet homme n'est pas pour toi. Son épouse t'aurait apporté les pires ennuis.

Puis, elle se retourna vers le mât, haut d'environ vingt coudées, sur l'avant duquel se balançait la vergue.

— Kyos, cria-t-elle, il est préférable d'abaisser la voile ! Le vent ne souffle plus et nous ne pourrons avancer qu'avec les rames. D'ailleurs, cette gaffe est de plus en plus lourde à soulever tant les racines des papyrus deviennent dures et profondes.

Comme pour lui donner raison, la gaffe heurta un obstacle et le navire fit une légère embardée qui réveilla Choutarna. Elle fut debout en une seconde, se frotta les yeux et regarda Myriam qui s'éveillait elle aussi.

— Te sens-tu mieux, ce matin ? dit-elle en se précipitant sur elle.

— Les brûlures de mon bras s'estompent, mais je ne peux toujours pas bouger l'épaule.

— Attends, je vais appeler Bastet.

La jeune fille arriva aussitôt et inspecta les plaies de Myriam. Ses cheveux étaient embroussaillés et avaient perdu leur éclat habituel. Sa tunique était déchirée en plusieurs endroits et elle avait perdu ses sandales depuis longtemps. Mais, peu importait son apparence, elle et Pentou s'aimaient et une mise impeccable de sa tenue ne représentait qu'une bien folle idée.

— Ce sera long, faute de remèdes suffisants, mais je peux t'assurer que c'est en bonne voie de guérison.

Le bateau tangua. Minhotep avait réussi à contourner la récalcitrante racine et replantait sa gaffe ailleurs, là où le fleuve était plus fluide.

— A Tanis, dit-elle, la police ne vous cherchera plus. Je resterai ancrée au port avant de faire voile vers la Crète.

— Vers la Crète ! s'étonna Bastet.

— Je dois m'effacer quelque temps pour éviter les interrogatoires. Je vous reprendrai au retour de Tanis. Cela ne durera que quelques jours.

— Quelques jours seulement ! lança Choutarna étonnée.

— Hélas, je dois prendre livraison d'un important chargement de jarres d'huile destiné au temple d'Abydos et lui remettre dans les tout premiers jours de la saison d'Akhit. Ce qui ne me permet guère de trop distraire mon temps à des besognes que je n'ai pas prévues.

Elle eut un sourire en direction de Choutarna.

— Mais, rassurez-vous. Je ne vous laisserai pas errer à l'aventure, c'est très court quelques jours. Le temps de livrer mon bois aux constructeurs qui me l'ont acheté, puis le temps de m'assurer que vous avez trouvé du travail et celui d'acheter les remèdes pour Myriam, car une fois la grande mer atteinte, on ne peut plus descendre à bord.

— Myriam a besoin de soins attentifs, intervint Bastet. Et les remèdes, Minhotep, sauras-tu les lui administrer ?

— Bien sûr. Je t'ai observée.

— Crois-tu vraiment, insista Choutarna, que son séjour sur le bateau la rétablira davantage que si elle nous suit là où nos jambes nous porteront ?

— Myriam serait un fardeau pour vous, mes enfants. Elle ne pourrait qu'attirer les malveillances à votre égard. Ne vous inquiétez pas. Dès mon retour, vous la retrouverez en bonne forme.

— Espérons-le, souffla Myriam.

Choutarna la prit affectueusement par l'épaule. Du moins celle qui restait dénudée et valide, l'autre mordue par les brûlures était entourée d'un bandage que Bastet lui avait fait la veille. Myriam se redressa. Ses yeux se plissaient. Ils semblaient las et une sorte de désespoir en ternissait le regard.

Certes, Myriam se désolait. Triste de laisser sa protégée aller seule vers son destin alors qu'elle s'était fait un devoir de la guider jusqu'à Thèbes. Reverrait-elle un jour les bords du Nil ? Vivrait-elle l'instant où, face au pharaon Aménophis, Choutarna demanderait réparation ? Elle détourna la tête et s'efforça d'oublier son regret.

— Comment pourrons-nous rembourser ce que tu fais pour nous ? fit-elle simplement en hochant la tête

— En travaillant, lança Neby d'un ton alerte. Tu oublies qu'à présent, je sais présenter mes services ailleurs que dans les rues populeuses. Minhotep dit que les exploitations agricoles ne manquent pas du côté de Tanis et j'ai appris qu'on avait toujours besoin d'un scribe durant le temps d'une moisson, d'une vendange, d'une cueillette de lin ou de papyrus.

— Mais, intervint Sekmet qui arrivait avec Pentou remis de ses multiples commotions, nos agresseurs ne vont-ils pas nous rechercher jusqu'à Tanis ?

— Et la police de Memphis ? répliqua Bastet.

— Bah ! Ne craignez rien, les assura Minhotep. Il ne vous arrivera rien de fâcheux si un chef d'exploitation vous engage dès votre arrivée. Les champs de papyrus regorgent dans la région et c'est l'époque de la récolte.

Bastet s'était approchée de Pentou et l'avait pris par la taille.

— Resterons-nous très longtemps à Tanis ?

questionna-t-elle. Nos familles s'inquiètent et se morfondent et, sans doute, nous croient-elles morts. Quand pourra-t-on les sécuriser ?

Minhotep secoua la tête en un signe affirmatif et jeta son regard vers la voilure que l'on avait fait glisser sur le mât et qui retombait au sol.

— Il faut le demander à Ayen.

Debout près de Kyos qui manœuvrait les avirons de gouverne, Ayen se tenait en équilibre à l'avant sur le plat-bord du bateau et actionnait les rames assez habilement. Il s'était levé tôt pour prendre sa part de travail et prouver à Minhotep qu'il pouvait s'accorder aux besognes marinières. Lever le nez au vent et respirer l'air du large avait éveillé en lui un goût qu'il venait de découvrir comme un enfant s'ébahit du premier pas qu'il fait en dehors des bras de sa mère.

Rester et travailler sur un bateau ! Il faut dire qu'Ayen avait mûri ce soudain désir quand Horemm et Penfert, les hommes de Pérouhé, l'avaient engagé, ignorant qu'il était un espion.

Aussi Ayen se sentait-il bien depuis que Minhotep parlait de l'engager complètement, d'autant plus que les silences de Kyos semblaient s'accorder aux siens.

— Ayen, jeta la batelière qui, voyant que son navire prenait de l'élan, couchait la gaffe sur le sol, tu partiras pour Thèbes dès demain. Il faut prévenir discrètement la famille de ces trois jeunes gens qu'ils ne sont pas morts. Cependant, tu éviteras toute rencontre gênante qui pourrait t'identifier. Dès ton retour, reviens à Tanis. Alors, je t'engagerai sur mon bateau puisque ta présence semble plaire à Kyos.

⁂

Quand le jour fut complètement levé, on distingua les barrages de papyrus. Sur les berges, quelques hippopotames se prélassaient au soleil. Ils avaient l'air inoffensifs, du moins jusqu'à ce que le bateau vînt les effleurer ; alors l'un d'eux se trouva offensé par la proximité du vaisseau perturbateur.

Plus agressif que les autres, le mastodonte se fraya un passage entre deux tiges immensément hautes et, de sa démarche lourde, s'approcha de la coque qui tentait de se faufiler dans l'entrelacs des branchages. Il avançait au rythme de sa pesanteur et, si la vitesse du bateau n'avait pas été aussi lente, l'énorme bête ne se fût pas trouvée devant lui.

L'hippopotame ouvrit sa gueule et offrit en spectacle sa puissante mâchoire béante. On y voyait un labyrinthe de chairs roses et visqueuses enfouies dans la montagne remuante de sa langue molle et gélatineuse, les molaires apparaissaient comme d'effroyables outils tranchants émergeant entre les plis de graisse qui fléchissaient à chacun de ses mouvements.

Neby et ses compagnes ouvrirent des yeux étonnés, une légère stupeur stagnant au fond de leurs pupilles. Mais Minhotep ne semblait pas inquiète, pas plus que Kyos qui manœuvrait toujours en silence l'aviron de gouverne.

Quand l'hippopotame s'immobilisa, cessant tout à coup l'oscillation de son pas nonchalant, il referma sa mâchoire avec un chuintement qui ressemblait au bouillonnement d'une eau qui chauffe au-dessus d'un brasero.

— Ces hippopotames ne sont dangereux qu'en plein milieu du fleuve. Perdus dans les marais, ils deviennent inoffensifs, car ils se meuvent plus lentement.

— Ils m'impressionnent quand même, murmura Sekmet en reculant vers le centre du bateau.

Elle fut aussitôt suivie par ses compagnes qui préféraient regarder de loin le spectacle. La sombre carcasse de l'animal semblait attendre quelque chose. Tournant lentement la tête, l'hippopotame s'immobilisa quelques instants et lorsqu'il ouvrit à nouveau la mâchoire, ce fut pour appeler sa femelle. Elle vint à lui tout aussi pesamment, ondulant de son énorme croupe au rythme de son pas, écrasant de ses monstrueuses pattes les tiges qui fléchissaient sous son poids.

Quand les hippopotames furent face à la poupe, la fixant de leurs yeux enfouis dans les replis graisseux de leur peau, Minhotep leva les bras au ciel.

— Ils ne nous attaqueront pas. Mais il va falloir attendre qu'ils dégagent la voie. C'est ainsi chaque fois que j'emprunte ce passage !

— Ne pouvais-tu l'éviter? questionna soudain Pentou qui ramenait son bras sur l'épaule de Bastet.

— Si je n'avais pas dû accoster à Tanis, j'aurais filé de suite à l'est du delta où je retrouvais sans encombres les côtes de la Méditerranée. Chemin qui me rapproche, d'ailleurs, de l'île crétoise.

Il fallut deux bonnes heures avant que les hippopotames, las de leur attente, s'en allassent retrouver leurs congénères vautrés dans le soleil et les flaques du fleuve qui s'étalaient sur les berges.

Quand le soir commença de tomber, les marécages ne laissaient plus qu'à peine passer la lumière tant ils étaient drus. La végétation des alentours semblait secrète et mystérieuse. Les crocodiles s'aventuraient à la recherche d'une nourriture plus opulente que celle des oiseaux et des volatiles qu'ils trouvaient dans les marais.

Le premier soir, Neby et ses compagnes écoutèrent les bruits étranges qui se faufilaient à travers tout l'espace. Des cris d'oiseaux aquatiques perçaient la nuit devenue complète. Toute une vie ignorée remuait dans les branchages de ce milieu redoutable. Un péril nouveau pouvait survenir à chaque instant si l'œil vigilant de Minhotep ou celui de Kyos restait fermé la nuit entière.

Les lianes qui se balançaient venaient s'accrocher à la coque et les plus acharnées enroulaient leurs extrémités autour des anneaux d'ancrage, remontant jusque sur le pont quand rien ne les arrêtait.

Neby et ses compagnes ne s'endormirent qu'à l'aube, écourtant largement leur sommeil, car les premières heures du soleil levant annoncèrent dans une lumière éblouissante le petit port de Tanis qui se cachait dans un fourré verdoyant, face aux maisons de briques et de paille que les habitants avaient élevées.

Quand le bateau de Minhotep fut amarré au port de Tanis, Neby se mit à la recherche d'un travail. Elle le trouva sans peine non loin de la ville, sur l'une des grandes exploitations qui couvraient plus du quart des environs. Son allure avait pris une maturité incontestable que son visage ne démentait plus, bien que sa tête rasée lui conférât toujours cette extrême jeunesse qu'elle devait conserver encore longtemps.

Le port de Tanis était fortement agité. Dès l'aube, de gros vaisseaux chargés de diverses denrées accostaient et déversaient leurs énormes cargaisons dans une indescriptible cacophonie qui ne faisait que croître avec la montée des rayons solaires.

Sans la perspicacité de Neby, Pentou et ses compagnes n'eussent sans doute jamais trouvé de travail.

Elle avait ordonné que le groupe se scindât en deux afin de ne pas attirer l'attention. Pentou et Bastet décidèrent de se faire passer pour mari et femme. Quant à Sekmet, elle rejoignit le clan de Choutarna et de Neby dont l'habitude était prise de passer pour frère et sœur. Rien ne changeait donc si ce n'était qu'une compagne supplémentaire s'ajoutait à la petite famille.

Fort heureusement, Neby intéressa l'intendant de l'exploitation par sa vivacité d'esprit et ses multiples connaissances. Dans la foulée, Choutarna et Sekmet furent engagées aussitôt et affectées à l'arrachage du papyrus.

Mais, côté jeune couple, les choses s'avérèrent nettement plus compliquées. L'intendant observa d'un œil soupçonneux les mains lisses et blanches des deux jeunes gens et refusa de les embaucher.

Quand Pentou et Bastet racontèrent à Neby l'échec de leur démarche, la jeune fille décida d'intervenir en leur faveur. Elle se présenta quelques jours plus tard chez l'intendant, occupé avec l'un de ses assistants à trier les bottes de papyrus dont le cœur de la tige présentait une fibre plus moelleuse. Ces dernières devaient être impérativement sélectionnées pour la confection du papier.

— Neby, que fais-tu là au lieu d'être à ton travail ? dit-il d'un ton sec en fronçant le sourcil.

— C'est que j'ai une requête à vous faire.

— Une requête ! Ne t'ai-je pas embauché toi et tes sœurs ?

— Si et je vous en remercie, Grand Intendant. Mon travail me plaît et je promets de vous donner toute la satisfaction que vous attendez de moi. Quant à mes sœurs, si le travail est dur, elles s'efforcent aussi de l'accomplir honnêtement.

— Alors, que veux-tu ?

— Voici : hier soir, alors que je me promenais sur le port, j'ai rencontré un jeune couple désespéré qui n'avait pas mangé depuis plusieurs jours. Je ne parle pas du toit qui leur manque, car les nuits sont chaudes à cette époque et dormir sous les étoiles n'est nullement pénible.

L'intendant jeta sur elle un œil méfiant mais, sans se démonter, Neby poursuivit d'un ton tranquille :

— On dit dans la région que vous êtes le maître le plus exigeant, mais aussi le meilleur et le plus juste.

Elle le regarda de plein fouet.

— Et sans aucun doute, le plus intelligent.

L'intendant redressa son buste dénudé et Neby sentit qu'elle avait touché juste. Cet homme inculte ne savait ni lire ni écrire ni compter. Rusé, certes, et assez imbu de sa personne, il donnait facilement le change, car il savait s'entourer du personnel qui lui apportait ce dont il était dépourvu et, de surcroît, le retenait par un salaire bien payé.

— Ces jeunes gens vivaient chez un parent veuf qui vient de reprendre femme. Or, celle-ci ne tolère la présence ni de l'un ni de l'autre.

A nouveau, l'homme releva son sourcil ombrageux.

— Leur allure est bien belle, malgré leur pagne sale, pour être des vagabonds !

— Ils travaillaient dans un atelier de tissage à Thèbes, là où l'on file le plus beau lin qui soit. C'est une besogne délicate qui demande des doigts fins et habiles. Voilà pourquoi leur allure est plus élégante que celle des arracheurs de papyrus.

— Que veux-tu que je fasse ? De tels employés ne doivent guère être rentables pour le travail que je propose.

— Ne peux-tu les prendre à l'essai si je te donne ma parole qu'ils besogneront autant que les autres ?

De son regard sombre, il observa Neby en pinçant ses lèvres minces. Puis, il caressa son menton glabre.

— Je trouve que tu risques beaucoup à les défendre.

— C'est que je comprends leur situation, expliqua prudemment Neby. Je n'ai pas toujours trouvé facilement du travail.

— C'est bon ! Dis à tes protégés de se représenter demain à l'aube. Mais, s'ils n'arrachent pas autant de tiges que les autres, vous perdrez tous votre place, y compris toi et tes sœurs.

Neby remercia l'intendant qui la regarda partir d'un air dubitatif et, de crainte qu'il ne la rappelât pour se rétracter, elle s'esquiva promptement.

La ville était entourée d'immenses champs dont les limites débordaient parfois sur les habitations les plus excentrées. Prudentes, Neby et ses compagnes choisirent un logement assez retiré à la lisière des champs les plus éloignés qui, apparemment, n'était pas directement relié à la ville de Tanis.

Ce n'était pas facile, pour des travailleurs agricoles itinérants, de trouver un logis et les choses semblaient plus compliquées à Tanis qu'elles l'avaient été lors des moissons à Memphis. D'ailleurs, l'atmosphère qui régnait dans cette immense marée de tiges épaisses et drues n'avait rien de comparable avec l'intimité que l'on trouvait dans les champs de blé où l'on entendait, à chaque détour, un musicien souffler alertement dans sa flûte ou des jeunes filles agiter leurs sistres, leurs tambourins ou leurs cymbales.

Ici, rien de tout cela. Des hommes rustres, nus, aux cheveux longs et sales, au torse penché et ruisselant de sueur, perdus dans une hauteur de papyrus de plus de dix coudées qui ne permettait même pas de distinguer le ciel, arrachaient les tiges à leur base sans même prendre le temps d'essuyer la sueur qui coulait sur leurs corps.

Le logis que Neby et ses compagnes trouvèrent n'était qu'une simple pièce dans une maison de paille et de boue séchée que partageait une famille de paysans n'ayant pour toute fortune qu'une oie maigre et une chèvre plus efflanquée encore. Trop éloignée d'un canal ou d'une source d'eau pour entretenir un carré de jardin qui leur eût permis de cultiver quelques poireaux, laitues et oignons, la cabane ne disposait que de cette pièce unique où mangeaient et dormaient le couple de paysans et leurs six enfants.

En échange de cet hébergement et des repas qu'elles prenaient au sein de la famille, les jeunes filles devaient donner leur part quotidienne d'orge, de légumes, d'huile et de poisson séché qu'on leur remettait à chaque fin de journée. Avec cette part d'orge supplémentaire, la mère de famille préparait de la bière, ce qu'elle ne pouvait faire en temps ordinaire avec les seules rations dues à son mari et à ses deux fils qui travaillaient aux champs.

Seita brassait l'orge à partir de la farine tamisée mélangée à de l'eau et du sel. Puis, elle préparait une pâte épaisse à laquelle elle ajoutait de la levure qu'elle pétrissait avant de la passer au four. Une fois émiettée, la miche obtenue était mise à fermenter avec des ingrédients divers dans une jarre en terre cuite et la bière obtenue était une boisson gazeuse, à peine alcoolisée, presque douceâtre et si épaisse, tellement elle était remplie d'impuretés, qu'il fallait la boire avec une tige de papyrus creusée au centre pour n'absorber que le simple liquide.

Certes, cette bière était celle des pauvres. Mais, lorsqu'ils avaient l'opportunité de la faire avec les moyens du bord, cela les changeait de l'eau du Nil qu'ils stockaient dans des jarres d'argile en des endroits frais.

Lorsque Seita disposait d'une quantité plus importante d'orge, ce qui était le cas actuellement avec les rations supplémentaires de Neby et ses compagnes, elle fabriquait des gâteaux en plus du pain dont se contentait habituellement la famille.

Fabriquer le pain était une tâche très astreignante. Or, pour une famille comprenant beaucoup d'enfants à nourrir, le pain était indispensable. Il fallait que Seita tamise longuement sa farine après avoir mélangé son eau et son sel. Le pétrissage était lui aussi contraignant car la pâte devait être ferme avant de passer au four.

Sans levain, Seita obtenait un pain plat au centre duquel elle disposait des oignons hachés, de la purée de fèves et des poivrons, le tout trempé d'huile. Cela devenait un mets consistant que mangeait rarement la famille de Seita tout comme celui qui se changeait en un gâteau délicieux lorsqu'elle fourrait le pain de figues, de dattes ou de graines de caroubier.

Le soir, après le repas que Neby, Choutarna et Sekmet partageaient avec la nombreuse famille de Seita — on mangeait accroupi ou assis en tailleur sur la terre battue — l'une des filles de la maison balayait le sol qui n'était encombré d'aucun meuble et disposait les paillasses.

Comme beaucoup de ses consœurs paysannes, Seita n'avait pas assez d'eau de natron pour humidifier chaque soir le sol de son unique pièce. Cette solution aux propriétés antiseptiques écartait les insectes, puces et souris qui infestaient souvent les logis mal entretenus. Mais le natron coûtait cher et mieux valait pour Seita troquer un pain au marché du village contre un poisson ou une cuisse de canard.

Neby se félicitait de son salaire, elle rapportait plus d'huile, de fèves et d'orge que l'époux de Seita, et ses deux fils réunis. Quant à Bastet et Pentou qui n'avaient pas eu l'opportunité de trouver un logis, ils mangeaient et dormaient dans les hauts papyrus comme le faisaient bon nombre de travailleurs saisonniers qui s'en allaient après la récolte. Mais que dire de cette aubaine qui les faisait se retrouver seule à seul quand ils n'étaient qu'au début de leur idylle et qu'ils avaient tout à apprendre ? Aussi, ne se plaignaient-ils pas de leur sort.

Certes, tout au long du Nil jusque dans le sud, aux environs de la troisième cataracte près de Bouhen, le papyrus poussait vert et dru, assez haut pour qu'il occultât tous les environs. Mais ici, près de Tanis et dans toute la région du delta, c'était l'apothéose. On arrachait la plus grosse production et l'on en faisait naître tout le nécessaire à la vie quotidienne des Égyptiens.

Dans la zone marécageuse, humide et chaude de Tanis, les champs s'étendaient à perte de vue, offrant leur ampleur moite à l'odeur suffocante. Accroché dans la boue du Nil, le papyrus lançait à l'assaut du ciel ses tiges à section triangulaire et ses ombelles chevelues à des hauteurs prodigieuses. Il fallait, au départ, détecter les plus tendres et les arracher avant que le sol ne fût totalement dévasté.

Immenses, incontournables, les champs emplissaient les yeux et les barraient d'un horizon de verdure qui semblait indestructible et, pourtant, après la récolte, il n'y avait plus qu'espaces mutilés et déserts où couraient en tous sens les volatiles et les rats de campagne afin de trouver un autre refuge.

Mais, pour l'instant, Neby regardait cette nappe ondulante en se disant que jamais elle n'avait vu telle ampleur de verdure. C'était un grand océan comme celui qu'avait dû connaître le vaisseau de Minhotep et sur lequel elle devait, à présent, voguer pour atteindre l'île de Crète.

Entre les tiges flexibles se faufilaient des canards et des oies sauvages qu'accompagnaient d'autres petits quadrupèdes qui ne s'effarouchaient vraiment qu'à la vue d'un serpent. Indéniablement, ce dernier savait comment s'y prendre pour les terroriser et leur faire perdre tout contrôle. Dans les méandres de ses multiples anneaux, il s'enroulait autour d'une tige haute et drue, s'immobilisait et, la langue sifflante et fourchue allant et venant avec une vitesse vertigineuse, il les hypnotisait au passage.

Plus hautes que les tiges, se distinguaient les ombelles en massifs obscurs et denses où venaient s'ébattre de multiples oiseaux aux couleurs incomparables qui tournaient et criaient à tue-tête. Les effluves étaient à la fois douceâtres et entêtants et, le soir venu, chacun était ravi de les oublier bien qu'ils fussent si tenaces qu'ils en imprégnaient l'intérieur des maisons. La tête lourde, Choutarna et ses compagnes n'en finissaient plus de les respirer, histoire de s'enivrer pour oublier l'épuisant travail que l'arrachage leur imposait.

De temps à autre, elles suçaient et mâchaient la base d'une tige arrachée d'où sortait une sève fraîche et sucrée qui humidifiait agréablement la bouche et la gorge.

Des bâtiments en briques jouxtaient les champs. C'étaient les ateliers où les femmes travaillaient. Elles ôtaient l'écorce de la plante qui servait à confectionner de multiples objets, paniers, sandales, câbles, voiles de bateaux, pagnes pour le petit peuple et ustensiles divers qui servaient à la vie de tous les jours.

Par contre, les ateliers qui effectuaient le travail délicat des spécialistes se trouvaient à Thèbes et à Memphis. Cette besogne réclamant une extrême précision consistait à tirer la moelle fibreuse pour confectionner le fin papier dont la texture ne buvait pas l'encre qu'on y apposait avec la pointe des roseaux effilés.

Neby était privilégiée avec sa palette, son écritoire et ses calames, elle se propulsait partout où l'on avait besoin d'elle, écrivant, chiffrant, commentant des petits rapports journaliers qui lui remettaient en mémoire l'application de son travail de scribe.

Le premier souci de Neby, en arrivant à Tanis, avait été celui de raser son crâne sur lequel poussait un fin duvet brun depuis qu'elle avait quitté Memphis. Elle avait dû impérativement reprendre son apparence de jeune garçon sorti tout fraîchement d'un quelconque petit temple de province pour retrouver son travail.

***

Courbés tout le jour, les hommes entièrement nus tranchaient les tiges de papyrus à leur base, les sectionnant à grands coups secs et rapides avec leur petite hache à lame tranchante qui brillait au soleil.

A force de tomber et de trébucher sous le poids des hautes bottes qu'il fallait ramasser puis lier entre elles et porter aux ateliers qui jouxtaient les champs, Choutarna et ses compagnes eurent gain de cause. Elles ne restèrent que quelques jours à peiner dans les champs. Seul, Pentou dut poursuivre ce travail avec les ouvriers agricoles parmi lesquels il s'était fait quelques compagnons pour avoir soigné deux ou trois blessures sans gravité, et dont il avait agrandi le cercle pour mieux s'intégrer à ce milieu dont il ignorait tout.

Certes, Choutarna n'avait pas retrouvé l'atmosphère noyée de charme poétique qu'entretenaient les moissonneurs entre eux et qui gagnait même les villages avec, parfois, une soirée de fête. Choutarna soupira. Ici, pas de flûte, pas de sistre ou de cymbale, personne ne réclamait l'improvisation de ses danses. Elle aurait pourtant aimé esquisser deux ou trois gestes alanguis de ses bras souples, quelques sauts de gazelle ou quelques balancements voluptueux de ses hanches arrondies.

Intriguées de voir que Choutarna oubliait son état de princesse pour effectuer une besogne dont l'ampleur était aussi contraignante que la leur, Bastet et Sekmet tentaient d'amoindrir sa tâche par d'incessantes gentillesses qui touchaient le cœur tendre de la Babylonienne.

Dans les ateliers, les femmes travaillaient du matin au soir, n'ayant que deux coupures pour s'alimenter, boire et se reposer. L'une, quand les rayons du soleil atteignaient le plus haut du zénith, et l'autre, quand la descente de la course solaire entamait un ciel encore bleu de lumière. C'est alors qu'une bienfaisante fraîcheur empoignait le corps fourbu des travailleurs et que l'odeur entêtante des papyrus, mêlée au soir qui tombait, devenait plus douceâtre.

Les bâtiments en briques crues étaient installés tout en longueur. Il y faisait sombre et frais à l'intérieur, les femmes ne subissaient pas cette pesanteur étouffante et brûlante qui anéantissait tant d'hommes dans les champs. Quand la cadence ralentissait, les gardes qui quadrillaient l'exploitation vociféraient des ordres en serrant dans leurs doigts nerveux une tige flexible qu'ils faisaient crisser dans l'air. Ils travaillaient pourtant dur et vite, avançant au rythme de leur coupe, levant à peine les yeux et soulageant leurs organes à leurs pieds lorsque le besoin s'en faisait sentir. Peu importait, l'instant d'après, ils se trouvaient ailleurs.

Les ateliers étaient multiples, car le papyrus servait à tout et chacune de ses parties était utilisable. Du bas des tiges sortait cette friandise fraîche et agréable à mâcher. Quant au reste, rien n'était négligeable. Nouées ensemble et fortement serrées, elles servaient à la confection de barques légères. En principe, ces petites embarcations servaient pour les transports quotidiens.

Radeaux et chalands n'étaient pas tous faits en bois de sycomore ou en bois d'acacia pour les plus résistants. Le papyrus servait à confectionner ceux qu'utilisaient les paysans pour se déplacer d'une rive à l'autre du fleuve. Aux abords des villes et des ports, de grands bacs en fibres de papyrus prenaient les passagers le matin et les ramenaient le soir. Puis, de l'écorce étirée et entrelacée on faisait des câbles, émincée et plaquée on en faisait des voiles. On tressait des nattes, des paniers, des sandales. On fabriquait des cordes, des pagnes, des nasses pour la pêche et divers ustensiles. On effilochait la fibre du papyrus pour en faire de solides balais. On confectionnait des coffres, des tables basses et même des petits tabourets légers que l'on pouvait transporter.

Les grosses tiges résistaient si bien que, enfoncées dans le limon, elles servaient de piquets de bornage ou de supports pour les dais et les toits de kiosques qui apportaient au peuple l'ombre apaisante.

Certes, c'était la matière dominante pour la basse et la moyenne classe. Tout était en papyrus et, selon l'objet à confectionner, on utilisait soit le bas, le centre ou le haut de la tige.

Enfin, de la moelle fibreuse, on tirait le fin papier qui séduisait tant les scribes et qui, pourtant, n'était pas à la portée de ceux qui n'avaient pas les moyens de se le procurer. Dans la haute société, chacun savait que si l'on ne pourvoyait pas aux besoins du petit scribe, il n'utilisait que des fragments d'argile, des tessons de poterie, voire des tablettes plus larges pour y voir le tracé de son écriture ou de ses chiffres.

De ces constatations découlait une évidence. Si le papyrus pullulait au bord du Nil et plus précisément encore dans les marais, comme le bambou en Asie ou le cocotier en Afrique, il résultait fatalement que l'orientation des métiers dépendait essentiellement de cette matière première indispensable au peuple. Métiers qu'avait depuis longtemps peaufiné le pays et qu'il maîtrisait dans tout son art.

Quelque temps plus tard, avant la fin du ramassage, Pentou fut affecté aux ateliers de cordage. Il put enfin redevenir décent et remettre son pagne qu'il ôtait dans les champs à l'exemple de ses compagnons, tant la chaleur était excessive.

Choutarna tressait des nattes. Elles étaient de texture grossière et les brins de papyrus qu'elle tenait entre ses doigts et qu'elle étirait toute la journée lui écorchaient la peau. Le soir, quand elle se retrouvait avec Neby et Sekmet, elle regardait ses pauvres mains abîmées sans pouvoir y passer la pommade ou l'onguent qui en eût aussitôt calmé les rougeurs et les irritations.

Bastet et Sekmet avaient été affectées aux ateliers du tressage des paniers et des sandales. Le travail était plus délicat, plus précis. Chaque mouvement malhabile était passible d'une réflexion menaçant de pénaliser le salaire. Jamais elles n'eussent cru que les sandales qu'elles portaient depuis leur adolescence demandaient tant d'attention et de patience dans leur confection.

Enfin, Neby, tout comme ses compagnes, attendait avec impatience le retour de Minhotep qui devait clôturer le délai imparti pour ne pas attirer l'attention de la police de Memphis ni celle des agresseurs de Thèbes.

CHAPITRE XI

Neby circulait d'un pas agile entre les deux rangées de tiges de papyrus. De temps à autre, un canard, une sarcelle ou une oie, qui n'avait pas déserté les lieux malgré les bruits agités des hommes, venait heurter ses pieds nus que le soleil chauffait de ses rayons ardents.

Durant tout l'arrachage, il était interdit de tendre des pièges ou de prendre le gibier au collet et toute prise était sanctionnée durement. Depuis que Neby effectuait son travail sur les lieux de la récolte, elle avait assisté à quelques bastonnades qui n'étaient certes pas les moindres de celles qu'elle avait vues pour punir les infractions de ce genre. Elle exécrait ce spectacle qui la rendait nerveuse. Et puis, chaque bastonnade lui rappelait celle dont elle avait été la malheureuse victime quand elle était enfant au temple de Karnak.

Courbés, le ventre nu rentré — car seuls les gras et gros dignitaires avaient le leur proéminent — et transpirant sous la chaleur moite des marais, les hommes tranchaient d'un coup sec et précis, geste automatique qu'ils répétaient du matin au soir, les tiges des papyrus en prenant soin de ne pas les laisser tomber à terre avant qu'ils eussent coupé une poignée assez grosse pour la laisser glisser au pied de la botte qu'ils avaient assemblée la seconde précédente.

Des femmes et des adolescents, nus eux aussi, s'empressaient de ramasser à pleines brassées les tiges qu'ils liaient avec des cordes fines et qu'ils emportaient là où la lisière du champ empiétait sur la terre battue qui menait aux ateliers.

Les premiers jours, le silence s'était fait autour de Neby quand elle était apparue devant les hommes, scribes et paysans, avec ses tablettes et ses calames. Certes, dans ces lieux bourbeux et foisonnants de végétation, peu de scribes avaient la tête rasée, ce privilège n'ayant cours que dans les villes, pas dans les campagnes, et encore fallait-il, dans les grandes capitales égyptiennes, Memphis, Héliopolis, Denderah, Edfou, Abydos, et Thèbes bien entendu, que les scribes eussent bénéficié d'un enseignement au temple de la ville.

En arrivant sur les lieux, si Neby n'avait pas choqué, elle avait du moins beaucoup surpris son entourage. Puis, les jours qui suivirent, les hommes se firent à son allure un peu étrange et certains, parmi les ouvriers agricoles, s'étaient laissé aller à quelques remarques osées dont plusieurs avaient dégénéré en propos déplacés.

Dans le delta, il était rare qu'un homme gardât un vêtement sur son corps. Même la ceinture cache-sexe ne trouvait pas sa place sur la peau ruisselante de sueur. Les bouviers, gardiens de chèvres, de bœufs et de béliers, qui travaillaient dans les marais profonds du delta étaient entièrement nus. Ils ne remettaient leur pagne que lorsqu'ils réintégraient la masure où les attendait leur famille.

De toute façon, l'air était si moite et si collant

qu'ils en auraient tordu leur pagne pour en retirer la sueur tant il aurait été trempé.

Quand Neby avait entendu les premiers quolibets la mettant en demeure d'ôter sa tunique, elle avait tout d'abord fait la sourde oreille, essuyé les remarques goguenardes, puis les propos railleurs, se disant que les scribes de l'exploitation, jusqu'à présent, ne lui avaient fait aucune remarque sur sa tenue vestimentaire qui consistait en une tunique plutôt qu'un pagne laissant le torse découvert comme ils en portaient tous.

Quand une poignée d'hommes parmi les plus enragés avaient forcé les railleries jusqu'à l'obliger à se réfugier près des intendants qui dirigeaient l'exploitation, la situation s'était compliquée à tel point qu'il lui avait fallu demander son transfert sur une autre exploitation où les hommes étaient plus passifs.

Certes, Neby avait tremblé plus d'une fois dans la fournaise des champs de papyrus lorsqu'elle s'était trouvée face à tous ces hommes nus et horriblement poilus. Même si elle faisait partie intégrante de cette couche de la société qui n'avait ni biens ni privilèges, elle n'avait vu jusqu'alors que des hommes civilisés, fiers de leur épilation soignée et de leur peau lisse. Même les paysans de Coptos ou de Memphis qu'elle avait fréquentés allaient se faire raser dès qu'ils avaient les moyens de payer le barbier.

Neby avait violemment tremblé le jour où un jeune paysan l'avait saisie par la taille pour tirer sa tunique et la lui arracher du corps. Ils avaient culbuté, chuté, puis étaient tombés parmi les bottes liées qui attendaient leur transfert aux ateliers.

Voyant qu'elle était impuissante à se défendre contre le garçon, un solide gaillard dont la stature s'apparentait à celle d'un jeune géant, elle s'était mise à crier jusqu'à ce qu'arrivât un autre scribe. Fort heureusement, il y en avait tant dans les parages pour surveiller le travail que Neby fut très vite libérée de son agresseur.

Bien entendu, le garçon fut bastonné et Neby innocentée. Mais, le soir, elle fut convoquée chez l'intendant qui lui réclama la version des faits. Comme les scribes gardaient leur pagne dans les champs — l'enlever leur eût ôté l'autorité qu'ils avaient sur la gent paysanne — elle ne fut nullement appréhendée. Depuis, les paysans ne la tourmentaient plus et elle pouvait effectuer son travail tranquillement.

Malgré l'ordre rétabli, on l'affecta, quelques jours plus tard, dans un champ de jeunes papyrus. Le travail, s'il était plus délicat, n'en était pas pour autant moins astreignant. Les hommes les arrachaient directement en les tirant à la racine afin de récupérer le maximum de la moelle fibreuse qui en constituait le cœur.

Leur hauteur était moins impressionnante et si la chaleur était aussi intense, la brûlante moiteur ne suffoquait pas autant et, parfois, un bout de ciel se dévoilait entre les ombelles. Chaque champ de papyrus avait sa destinée finale selon la force et la grosseur des tiges. Les jeunes plantes tendres et moelleuses arrachées au lieu d'être coupées à la base servaient à la confection du papier.

Sa tablette en mains, Neby avait déjà compté toutes les bottes arrachées depuis l'aube dans la section qu'elle devait surveiller. Ici, les hommes restaient dociles et les adolescents qui liaient les bottes assemblées étaient assez jeunes pour que la jeune fille se sentît en sécurité.

Les champs de papyrus étaient si nombreux que la récolte semblait interminable. Contrairement aux moissons, elle s'étendait sur une durée beaucoup plus longue. Neby respirait à l'idée que, bientôt, Minhotep reviendrait au port pour l'emmener à Thèbes avec ses compagnes.

Cette journée-là s'était passée sans encombres et le résultat du compte journalier qu'elle avait remis au scribe en chef avait été satisfaisant.

Sur le chemin qui la ramenait au village, Neby rêvait aux jours qui l'attendaient à Thèbes. Aurait-elle enfin la possibilité d'exercer son métier en gardant son état de femme ? Voilà une question qu'elle se posait si souvent qu'elle inventait chaque fois une réponse nouvelle. Allait-elle prendre place dans une maison et fonder une famille ? Allait-elle sillonner sa vie entière villes et villages ?

Au bout du champ qui contournait les abords ouest de la ville de Tanis, Choutarna et Sekmet, parfois, l'attendaient et elles rentraient toutes les trois au logis de Seita. Quand elles n'étaient pas là, Neby poursuivait sa route en direction de la cabane, sachant qu'elle y trouverait ses compagnes.

Quand elle entra dans la masure, seule Choutarna était là. Sekmet était partie se laver dans le fleuve.

— Si nous allions la rejoindre ? proposa Neby. J'ai fortement envie, moi aussi, d'ôter la sueur qui colle à ma peau en me laissant ces odeurs désagréables.

Quand elles arrivèrent sur les berges du Nil, elles n'y trouvèrent pas Sekmet.

— C'est étrange, fit Choutarna, elle m'avait dit qu'elle serait près du vieux sycomore qui n'a plus de feuillage. Tiens, celui-là !

Elle le désigna du doigt.

— Peut-être s'est-elle arrêtée en route ?

— Pour quoi faire ? Son seul souci, tu le sais, est de revenir à la cabane propre et lavée de la poussière de la journée.

Elles ôtèrent leur tunique et se glissèrent dans l'eau fraîche du soir. Elles s'ébattirent quelques instants dans le fleuve, s'aspergèrent en riant sans plus penser à Sekmet. La couleur du Nil avait pris cette teinte rosâtre que lui donnait un ciel où commençait à poindre le soleil couchant. Sarcelles, oies et canards s'ébrouaient dans les bosquets des alentours. Un soupçon de vent balançait les quelques ombelles de papyrus venues s'égarer là sur les berges fraîches.

Quand elles quittèrent le fleuve, alors qu'elles se rhabillaient, deux hommes se glissèrent derrière elles, les saisirent, les plaquant contre eux en posant sous leur nez un linge fortement imprégné de narcotique.

Dans le char qui la transportait, Neby ne sentit aucune agressivité à son égard. Curieusement même, les liens qui attachaient ses poignets étaient si lâches qu'elle réussit à se libérer au bout de quelques secondes. Elle n'avait pas été matraquée, mais en dilatant ses narines elle sentait encore le narcotique qui l'avait endormie. Quant à ses pieds, ils étaient libres de toute entrave.

Soudain, le conducteur se retourna. Il avait un regard sombre, mais nullement mauvais. Son attitude semblait même trop débonnaire pour ressembler à celle d'un vulgaire bandit.

— Si cet enlèvement vous a paru brutal, dit-il d'un ton courtois, je m'en excuse. Mais soyez sans inquiétude, les ordres spécifiaient de ne vous faire aucun mal.

Encore nébuleuse, les yeux hagards et la tête

assourdie, Neby se retourna. Le roulement du char qui suivait le sien atteignait déjà ses oreilles depuis quelque temps, mais les effets du narcotique s'estompaient trop lentement pour qu'elle distinguât nettement l'attelage qui les suivait.

— Choutarna? s'enquit-elle faiblement.

— Ne t'inquiète pas. Ta sœur doit se remettre lentement, tout comme toi.

— Où est-elle?

— Derrière nous.

Neby se redressa vivement. Elle fut soulagée quand elle sentit qu'aucune douleur n'empêchait ses membres de bouger et que ses esprits revenaient peu à peu.

— Où allons-nous?

— A Memphis.

Curieusement, Neby n'éprouvait pas la peur qui l'étreignait si souvent quand un nouveau coup du sort l'atteignait et, aujourd'hui, rien ne tremblait en elle. Sans doute aurait-elle craint un piège ou une détestable ruse si Choutarna n'eût pas été avec elle. Mais Choutarna était-elle vraiment dans l'attelage qui la suivait? Soudainement prise d'un doute, elle se redressa à nouveau, comme piquée par un scorpion.

— Arrêtez-vous! cria-t-elle au conducteur qui menait rondement ses chevaux.

— Pourquoi?

— Je veux voir ma sœur.

L'homme fit crisser les roues du char, claqua du fouet les flancs de ses chevaux, et cria l'ordre de stopper au conducteur qui le talonnait de près.

— Choutarna! hurla la jeune fille.

— Neby! répondit aussitôt sa compagne. Pourquoi ne sommes-nous pas ensemble? Je suis inquiète sans toi.

— Dès que nous serons arrivés à Memphis, vous serez de nouveau côte à côte.

— Pourquoi allons-nous à Memphis ?

Cette fois, l'esprit nébuleux de Neby reprenait de la vigueur. Memphis ! L'incendie du bateau de Pérouhé lui revenait dans tous ses détails. Par tous les dieux d'Égypte ! La police avait dû effectuer des recherches et les retrouver. Mais comment avaient-ils pu faire, puisque Minhotep et son chaland n'étaient plus là et que rien ne prouvait que les jeunes gens avaient embarqué sur *La Croix d'Ankh* ?

— Que nous veut-on ? dit-elle encore sans trembler de la voix.

— Allons, sois sans crainte, je te l'ai dit. Aucun mauvais traitement ne t'attend à Memphis. Bien au contraire.

— Je ne comprends pas et j'aimerais avoir des explications. On n'enlève pas un scribe à son travail.

— Tu comprendras plus tard, jeune homme. Et, pour l'instant, puisque tu es rassuré sur le sort de ta petite sœur, cela doit te suffire.

Sous sa légère tunique, Neby frissonna, d'autant plus que l'air se faisait assez frais avec la nuit qui tombait lentement. Devait-elle parler de ses amis ? Bastet, Sekmet et Pentou ! Leur était-il arrivé un sort identique ? Dans ce cas pourquoi n'étaient-ils pas avec eux ?

— Allons ! Le voyage sera court, reprit le conducteur d'un ton affable. Demain à l'aube nous serons à Memphis. Allonge-toi confortablement au fond du char et, si tu le peux, essaye de dormir.

Certes, cet homme ne lui faisait pas peur. Il était plutôt sécurisant dans ses propos qui incitaient à la confiance. Elle décida de s'enfoncer au plus profond de la coque du char et d'oublier que, peut-être, des jours plus noirs s'annonçaient.

Mais il fut fait comme le conducteur l'avait annoncé et Neby oublia pour un temps ses questions. On dort toujours beaucoup après un premier réveil sous narcotique. Neby sommeilla jusqu'à l'aube. Ce furent les premiers rayons solaires qui l'éveillèrent en douceur. Il lui fallut quelques instants pour se remémorer la situation et, inquiète tout de même quand les chars s'arrêtèrent, elle se laissa descendre de l'attelage et tomba dans les bras de sa compagne.

— Nous n'avons pas de temps à perdre en inutiles effusions, grogna le conducteur de Choutarna qui paraissait moins loquace que son collègue.

Elles se laissèrent entraîner par les deux hommes dans une suite de jardins verdoyants où palmiers et figuiers étendaient leurs branches chargées de fruits.

Derrière un kiosque aux colonnes de marbre, une pièce d'eau coupait les jardins. Des cygnes d'une blancheur éclatante y glissaient tranquilles et majestueux. Ils flottaient parmi une nuée de canards au col vert entre les fleurs de lotus qui étalaient leurs corolles odorantes.

Dans une allée perpendiculaire au dallage de pierre, se dandinaient deux grues à houppettes grises et, plus loin, le cri des ibis et des hérons, ponctué par celui plus strident des macaques d'Asie, petits singes dont raffolaient les Égyptiens, arrivait jusqu'à l'ouïe des jeunes filles. Elles observaient, écoutaient, tournaient la tête et leurs visages aux pupilles dilatées prenaient un air de plus en plus stupéfait.

Les cris s'intensifiaient. Des piaillements d'oiseaux se mêlaient au bruit pesant des envols de faucons. Il était évident que la présence d'une volière s'annonçait non loin de là par toute cette agitation qui bruissait dans l'air et les feuillages.

Les deux hommes qui marchaient devant les jeunes filles se retournaient discrètement de temps à autre pour voir si tout était normal. Mais rien ne semblait perturber cette marche insolite qui intriguait tant Neby et sa compagne. Tout ceci ne présageait certes pas de mauvais augures. Les propos sécurisants du conducteur semblaient s'avérer justes. Mais qu'y avait-il au bout de tout cela ?

Quand les jardins furent en partie traversés, les tamaris et les perséas dépassés et les bosquets de térébinthes et de chèvrefeuilles éloignés de leurs yeux, le petit groupe s'achemina vers une immense terrasse que bordaient des palmiers aux feuillages découpés.

Enfin, les deux hommes s'éloignèrent à l'approche d'un scribe qui, tête rasée, se courba devant elles. Mais son salut fut bref et il se redressa très vite. Il tenait un document de papyrus enroulé dans l'une de ses mains et, dans l'autre, il serrait un calame. Sa tunique était d'une blancheur impeccable. A l'ancienne mode, longue et droite, elle avait une épaule dénudée, l'autre s'ajustait sur le torse par une broche en or représentant une tête de bélier ourlée de lapis-lazuli.

Il conduisit les jeunes filles dans une grande pièce éclairée par une baie qui donnait sur un jardin. Des sièges bas étaient disséminés dans la salle. Un grand coffre en bois d'ébène prenait presque tout un pan de mur. Des fleurs, des coupes en albâtre, des lampes à huile parfumée étaient réparties un peu partout sur des tables basses.

— Je suis Ousert, dit le scribe. Je suis chargé de vous souhaiter la bienvenue.

— Mais, où sommes-nous ? murmura Choutarna.

Ousert la regarda mais ne répondit pas. Il se

contenta de frapper dans ses mains. Aussitôt arrivèrent deux hommes. Jeunes, une vingtaine d'années peut-être, le crâne rasé eux aussi, ne laissant déchiffrer sur le visage aucune émotion, pas plus de sympathie que d'hostilité, un visage neutre et passif. Leur tunique longue balayait presque le sol et c'est à peine si l'on voyait le bout de leurs pieds nus. Ils se courbèrent devant les jeunes filles, plus en profondeur que ne l'avait fait Ousert.

— Que voulez-vous boire ? fit celui-ci en leur jetant un coup d'œil assez froid.

Neby et Choutarna n'en croyaient pas leurs oreilles. Voici qu'on leur proposait un breuvage pour rafraîchir leurs lèvres desséchées par la course du voyage !

Devant leur mutisme, Ousert donna un ordre précis et les deux jeunes gens s'esquivèrent pour revenir quelque temps plus tard avec des coupes emplies d'une boisson rouge, légèrement sucrée et très rafraîchissante.

— C'est un vin léger de nos vignes. Il a peut-être un goût douceâtre, et pris en trop grande quantité, il a des effets dont il faut se méfier. Il vous rendra les forces que vous avez peut-être perdues depuis votre départ inopiné, fit-il dans un léger sourire.

Puis, il se courba à nouveau.

— Maintenant, je vous laisse. Détendez-vous et reposez-vous un peu.

Comment prendre peur lorsqu'un tel réconfort vous arrivait soudainement ? Et, si ce qu'elles étaient en train de vivre était une illusion, pourquoi devraient-elles subir automatiquement de tristes conséquences ?

Elles dégustèrent le petit vin qui raviva leurs membres encore un peu endormis par la prise du narcotique datant de la veille et entendirent le bruit de la porte qui s'ouvrait.

Une nouvelle tête rasée se pencha devant elles, un pagne long laissant apercevoir des pieds nus parfaitement manucurés, un visage agréable au grand front dégagé où juste une ride courait presque imperceptiblement et se perdait là où la racine des cheveux aurait dû pousser.

Il les observa un instant. Elles avaient toutes deux une tunique de grosse toile, couverte de poussière et de couleur indécise. Ne portant pas de sandales, leurs pieds s'étaient salis dans le voyage et les cheveux de Choutarna étaient une véritable broussaille.

Il se planta devant elles.

— Je suis Toutou, l'intendant de ce domaine, déclara-t-il d'un ton légèrement moqueur. A présent que vous êtes désaltérés, je vais vous conduire là où vous pourrez vous laver et vous vêtir de neuf.

Il fit un pas vers Neby et l'air moqueur qu'il avait pris tout à l'heure se transforma en ironie.

— Pour toi cela ne devrait pas être compliqué de te trouver un pagne propre. Il y en a tant ici que tu n'auras que l'embarras du choix. Mais pour toi, fit-il en se tournant vers Choutarna, les choses seront plus compliquées. Enfin, nous verrons bien ce que nous trouverons. Suivez-moi.

Il les conduisit dans une pièce où, entre deux colonnes d'albâtre surmontées de vasques fleuries, une fontaine laissait couler une eau bleue parfumée au lotus. Deux serviteurs attendaient en tenant des serviettes de lin.

Le plus jeune qui n'avait pas seize ans entreprit de laver précautionneusement les pieds de Choutarna, tandis que le plus âgé prit Neby en charge.

Quand celle-ci présenta son pied au serviteur, elle

esquissa un geste de recul tant le regard du serviteur parut surpris à la vue de sa délicate cheville et de son pied menu. Mais elle se retint et fit semblant de ne rien avoir vu.

Les deux serviteurs travaillaient en silence. Après avoir ôté la poussière de leurs pieds avec le linge qu'ils tenaient en mains et qu'ils plongeaient dans la fontaine, ils entreprirent de les masser avec une huile qui sentait la myrrhe et l'oliban.

Détendues et rafraîchies, Neby et Choutarna se posèrent de multiples questions. Un tel traitement de faveur pouvait les intriguer. Quelque temps plus tard, un autre serviteur arriva, portant deux tuniques qu'il déplia devant elles. Elles étaient longues et blanches. Sans aucune gêne, Choutarna avait esquissé le geste de se dévêtir pour glisser sur son corps, avec un plaisir évident, cette belle étoffe de lin dont elle n'avait pas ressenti la fine texture sur sa peau depuis longtemps.

Quand elle croisa le regard de Neby, elle se rendit compte de sa stupidité. Toutou les regardait d'un œil narquois, attendant que Neby se dévêtît aussi.

Qu'allait-elle faire ? Dévoiler en une seconde à peine ce qu'elle s'acharnait à cacher depuis plus de dix ans ? Non ! Elle ne se sentait pas prête pour avouer que son sexe n'était pas masculin.

Un instant, elle se perdit dans le labyrinthe des questions qu'elle se posait et ne trouva aucune issue. Elle vit que Choutarna avait stoppé le geste d'ôter sa tunique. Mais, soudain, la porte s'ouvrit et Neby resta pantelante. Panehesy, le Grand Prêtre de Ptah, se tenait devant elle.

Son visage devint blanc et ses doigts s'agitèrent. Comment n'avait-elle pas reconnu l'atmosphère d'un temple ? Les lieux saints de Karnak restaient pourtant si vivaces dans sa mémoire, si brûlants, si obsédants parfois, qu'elle aurait dû les reconnaître, même s'il s'agissait du temple de Memphis.

— Allons, fit le Grand Prêtre à Toutou, nous n'allons pas forcer cette jeune fille à se dévêtir devant nous, même si son jeune frère nous y autorise. C'est un acte féminin intime qu'il me déplairait de violer. Allons, allons, laisse-moi seul et dis à tes serviteurs de s'en aller.

Toutou s'inclina devant le Grand Prêtre et disparut avec les serviteurs.

Neby ne quittait pas les yeux de Panehesy. L'éclat gris de ses prunelles la mettait au supplice. Elle s'approcha de lui et murmura :

— Ainsi, nous sommes au temple de Memphis.

Elles avaient posé l'une et l'autre à terre la tunique propre qu'elles tenaient entre les mains, n'osant rien faire qui pût paraître un geste manqué. Comme Panehesy fixait toujours les yeux de Neby, elle dit à voix basse :

— Que vas-tu faire de nous ?

Il ne répondit pas et prit le vêtement que Neby avait posé sur le sol.

— Mets-la, fit-il en la lui tendant.

La jeune fille ouvrit la bouche, mais ne rétorqua rien. Sans quitter le regard du Grand Prêtre, elle ôta lentement sa tunique et révéla sa nudité parfaite. Un instant, elle resta devant Panehesy sans rien dire, savourant presque la surprise du prêtre devant son corps dénudé. Choutarna avait disparu de leurs yeux. Elle s'était réfugiée dans un angle de la pièce.

Panehesy s'approcha de Neby, la main en suspens comme pour saisir l'objet de sa convoitise mais, s'avisant qu'il n'était pas seul et que Choutarna devait l'épier derrière lui, sa main glissa lentement le long de son corps et il la posa sur la ceinture de son pagne dont les pans de devant tombaient presque à terre.

Leurs yeux se confondaient en une muette question et leurs deux mémoires se rejoignaient en une vision unique. Puis, Neby resta face à son émoi grandissant et Panehesy devant l'image d'une jeune poitrine blanche, lisse et souple qui se dissimulait trop derrière un buste de garçon, car cette fois, Neby n'avait pas hésité. Sa tunique grossière, autrefois blanche mais devenue grise de poussière, était tombée sur le sol, offrant aux regards des jambes fines et fuselées, des cuisses rondes et souples et Panehesy comprit que sur son joli sexe que recouvrait une sombre toison s'inscrivait la promesse d'un accord.

Abasourdie, comprimée dans son coin, Choutarna soufflait à peine. Elle s'était adossée à la colonne de marbre qui supportait la vasque servant de lampe à huile pour éclairer la pièce lorsque la nuit tombait, incapable de comprendre ce qui arrivait soudainement à Neby.

Choutarna ne savait plus que penser. Des larmes perlaient à ses yeux à l'idée de renoncer à sa compagne. Pourtant, il n'était pas certain qu'à ce moment précis, elle se posât la question fatale. C'était trop diffus en elle. Comment savoir si elle craignait de perdre Neby avant qu'elle eût résolu ses propres problèmes ou si elle redoutait de ne plus jamais la revoir? Panehesy et Neby semblaient si confus l'un devant l'autre.

Les yeux embués, Choutarna releva la tête et les observa comme si elle voulait se convaincre que Neby restait indifférente au regard du Grand Prêtre perdu dans les méandres voluptueux de sa fragile silhouette.

Elle vit qu'il n'en était rien et que sa compagne semblait hypnotisée par le va-et-vient des yeux métalliques de Panehesy posés sur elle. Dans le silence feutré de la pièce où, seul, le bruissement du jet d'eau de la fontaine se faisait entendre, le corps nu de Neby frémissait. Elle le sentait enfin débarrassé de son carcan insupportable de garçon. Muette, elle attendait. La pulsion de ses veines battait à vive allure. Puis, elle entendit bouger Choutarna. Alors, elle quitta le regard de Panehesy et s'enveloppa doucement du frais vêtement de lin blanc.

Quand elle en fut recouverte, elle se tourna vers Choutarna.

— Je crois que, à présent, le Grand Prêtre va nous expliquer ce qu'il veut faire de nous.

Panehesy avait retrouvé la juste mesure du temps, des valeurs et de l'affaire à traiter.

— De toi, fit-il en tendant la main à Neby, je vais faire un grand scribe.

Sans paraître remarquer la surprise de la jeune fille, il pivota vers Choutarna et prit la tunique propre qu'elle n'avait pas encore revêtue.

— De toi, princesse, je vais tenter de réhabiliter la situation.

Choutarna crut que l'air lui manquait. Elle voulut crier, puis s'agita et tomba dans les bras de Neby qui, voyant son état, bien qu'elle fût fortement troublée elle-même, s'était précipitée sur elle. Panehesy l'étendit à même le sol, sur le moelleux tapis qui l'en recouvrait.

Agenouillée près d'elle, Neby lui claqua doucement le visage de la main, mais Choutarna s'était évanouie. Quand Neby releva les yeux, elle vit un serviteur apporter un linge imbibé de vinaigre et de térébinthe. Il le plaqua sur le nez de Choutarna pour le lui faire respirer afin qu'elle revînt rapidement à elle. Ce qui ne tarda guère, les émanations du remède sous ses narines la suffoquèrent aussitôt et la firent tousser.

— Il fallait s'y attendre, Choutarna, chuchota Neby à son oreille. Cette fois-ci est la bonne. Prions les dieux que ta vengeance arrive.

— De quelle vengeance parles-tu? s'informa le Grand Prêtre qui s'était éloigné des deux jeunes femmes pour laisser le serviteur accomplir son travail, lequel s'en était allé aussitôt que la jeune fille avait retrouvé ses esprits.

— La mienne! hurla Choutarna en se levant précipitamment. Celle que j'attends depuis que tes hommes ont assassiné ma sœur, mes suivantes, mes hommes d'équipage et toute l'expédition qui devait me conduire auprès de ton pharaon Aménophis le Troisième à qui mon père me donnait en mariage comme Seconde Épouse.

— Tu te trompes, Choutarna, répliqua tranquillement le Grand Prêtre. Ce ne sont pas mes hommes qui ont anéanti l'expédition de ton père, le roi de Babylone. Ce sont les prêtres d'Amon, non ceux de Ptah.

— N'est-ce donc pas la même chose?

— Certes non. Tu apprendras que Ptah et les autres dieux de province sont désormais en conflit avec le dieu Amon.

— Et pourquoi? fit Neby d'un ton intrigué.

— Parce que « nous »! les représentants de Ptah, Toth, Anubis, Horus, Hathor, Knoum et Rê plus encore, perdons peu à peu nos valeurs pour subir, chaque jour davantage, l'autorité abusive de ceux qui représentent le dieu Amon, le dieu de Thèbes qui était encore obscur lorsque les princes thébains ont chassé les Hyksos d'Égypte.

— Dieu de Ptah! Grand Prêtre, s'étonna Neby, comment avez-vous appris que Choutarna était la princesse babylonienne qui devait épouser le pharaon?

— Des doutes tout d'abord, des certitudes ensuite.

— Mais encore?

— Les danses de ta compagne lors des moissons à Memphis étaient celles d'une Syrienne, non d'une Égyptienne.

— Je sais, vous me l'aviez laissé sous-entendre. Mais encore? répéta Neby.

Maintenant que son corps était voilé de la tunique propre, elle sentait son assurance revenir.

— Elle n'était pas ta sœur, répliqua Panehesy et cela, je le sentais.

— N'est-ce pas là un bien faible argument pour nous expliquer les choses?

Panehesy hocha la tête.

— Vos amis nous ont révélé la vérité.

Neby et Choutarna crièrent ensemble :

— Nos amis! Où sont-ils? Qu'en avez-vous fait?

— Soyez sans inquiétude pour eux. Ils sont actuellement en route pour Thèbes.

— Mais les agresseurs!

Le Grand Prêtre vint se planter devant Choutarna et, pour la première fois, se prosterna devant elle. Un salut respectueux, mais bref. Quand il releva son puissant buste dont la poitrine était recouverte d'un lourd collier de bronze, il jeta d'une voix fluide :

— Les agresseurs de vos amis sont les mêmes qui, autrefois, ont supprimé les gens de votre expédition, princesse.

Visiblement, Choutarna se sentait troublée qu'on l'appelât princesse.

— Ainsi Bastet et Pentou ont parlé. Qu'ont-ils dit? fit-elle d'une voix inquiète.

— Qu'ils savaient que des brigands engagés par des prêtres d'Amon effectuaient de faux documents signés avec des sceaux que ciselait la mère de Sekmet.

— C'est en effet ce qu'ils nous ont dit, avoua Neby. Mais peut-on en savoir davantage en ce qui concerne Choutarna ?

Panehesy secoua la tête et eut un sourire saupoudré de méfiance. Certes, il ne pouvait pas tout révéler.

— Ils nous ont appris les révélations faites par la princesse sur le bateau de Pérouhé.

— C'est tout ? insista Neby, incrédule.

— Veux-tu parler de l'incendie ? Ne craignez rien à ce sujet. Vous étiez en légitime défense. L'affaire en restera là.

CHAPITRE XII

Neby et Choutarna furent séparées dès le premier soir. Cependant, on les rassura sur le sort qui devait les attendre et on leur fit comprendre que, désormais, chacune d'elles verrait son destin tourner à son avantage.

Choutarna fut emmenée dans la partie ouest du temple, là où la vie artistique et spirituelle se déroulait. Là où chanteurs et musiciens accomplissaient leurs devoirs pour le plaisir des dieux. Dès son arrivée, on lui donna une suite grandiose de plusieurs pièces qui se succédaient dans un emmêlement interminable de jardins parfumés.

L'une des salles, la plus vaste, s'ouvrait à ciel ouvert comme souvent les pièces de réception dans les maisons des riches notables où les colonnes supportaient des chapiteaux décorés et où l'eau des fontaines coulait lentement dans des vasques en corolles avant de retomber sur le marbre blanc.

La chambre de Choutarna était fastueusement meublée. De grands coffres, vides au départ, devaient par la suite s'emplir de fins vêtements colorés qui lui rappelleraient ceux qu'elle portait à Babylone.

Ses pieds foulaient d'épais tapis aux couleurs chatoyantes et, accrochée sur l'un des murs, Choutarna eut la surprise de voir une grande tablette d'argile sur laquelle était peinte la déesse Astarté, grande divinité régnant sur la Mésopotamie et qui, d'un grand regard clair fixé sur la princesse, semblait détenir le mystère de son destin.

Une pièce attenante à sa chambre composait une sorte de bureau où elle pouvait lire, écrire, danser ou jouer de la musique. Dans un angle, au milieu de coussins entassés, une harpe immense dont le socle recourbé se terminait par une tête de bélier surmontée de cornes d'or avait été déposée et attendait que les doigts fins de Choutarna s'y posassent.

Enfin, une salle d'ablutions où rien ne manquait terminait cet agréable espace et, après tout ce temps passé sans commodités ni confort, la jeune fille y passait des heures interminables, étendue sur la table d'albâtre, béatement soumise aux mains expertes des masseurs qui lui prodiguaient de longs et savants massages pour embellir et adoucir sa peau malmenée par les fâcheuses circonstances.

Sur un dallage de mosaïques aux parfaits dessins géométriques bleus et verts, tout flattait l'œil : table de massage en albâtre, cuve à bain de marbre rouge, meubles en bois d'ébène emplis de cosmétiques, onguents, pommades, parfums, sièges bas à pieds griffés d'or, grands miroirs cerclés de cuivre et d'argent surmontés des cornes d'Hathor et tables de toilette où on remarquait plus de dix perruques finement bouclées, ondulées, tressées, chacune attendant qu'on la choisît. Tout trônait là pour le bon plaisir de Choutarna.

Chaque matin, dès qu'elle quittait sa couche, elle se laissait aller à la douce pression des massages en rêvant au temps où elle était encore au palais de son père. Son serviteur préféré était un eunuque généreux et sensible qui l'avait prise en affection et la comblait d'attentions comme l'avait fait autrefois Myriam.

Des larges baies qui s'ouvraient sur les jardins du temple, les senteurs de jasmins et de tamaris lui arrivaient aux narines. Parfois, elle voyait passer les scribes-jardiniers qui, tôt le matin, allaient puiser l'eau du canal qui débouchait sur le Nil, lequel se trouvait en bas d'une colline, juste derrière l'épais barrage des arbres. Ils repassaient quelque temps plus tard, chargés des deux grands seaux, remplis d'eau à ras bord, qui se balançaient de chaque côté de leurs épaules au rythme de leurs pas.

Puis, passé ses fenêtres, elle ne les revoyait plus. Ils se dirigeaient vers les grands potagers dont elle n'apercevait qu'une partie, où des poireaux et des gros oignons blancs réclamaient de façon pressante l'arrosage quotidien.

Mais, dans son éblouissante geôle, Choutarna s'ennuyait. Il lui arrivait si souvent de regretter la présence de Myriam, et plus encore la chaude affection de Neby qu'elle n'apercevait qu'aux offices du matin et du soir, devant suivre chaque rite qu'imposait le dieu Ptah en son temple. Choutarna qui connaissait le peu de conviction qu'éprouvait Neby pour les devoirs religieux savait que sa compagne ne venait que pour la voir.

Hélas, pour compliquer la continuité de leurs rapports, elles ne se trouvaient pas toujours côte à côte dans le sanctuaire d'Hathor ou celui de Ptah. Alors, d'un simple regard, elles s'assuraient l'une et l'autre que la vie ne les malmenait pas. Mais l'absence de discussion entre elles creusait en Choutarna un désespoir qu'elle avait peine à surmonter.

Après les quelques premiers jours passés dans sa geôle dorée, quand elle parut, aux yeux des prêtres, dispose et détendue, séduisante à nouveau, la silhouette enveloppée des voiles chatoyants qui venaient de sa Syrie natale, Panehesy engagea un maître de danse, petit homme efféminé au sourire discret et à l'allure effacée — il avait, cependant, la voix sombre, éclatante et le langage direct — venu spécialement de Denderah pour lui apprendre l'enseignement des danses rituelles égyptiennes.

Puis, des musiciens furent mis à sa disposition pour qu'elle pût réapprendre le maniement du luth, de la harpe et de la flûte qu'elle ne pratiquait plus depuis le fatidique naufrage. Par contre, sistres, crotales et tambourins restaient assez maniables pour qu'elle eût gardé la perfection de son art.

Au bout de quelques semaines, six chanteurs aveugles lui furent affectés. Elle vivait parmi eux, apprenait, discutait, plaisantait même, car ils avaient de la repartie et de l'humour et elle s'en fit rapidement de bons amis. Ils étaient discrets, simples, sans histoire, l'écoutaient et lui inculquaient la philosophie des dieux égyptiens. Car, si Neby avait enseigné à la jeune fille la langue égyptienne, si elle lui avait appris à lire et écrire autrement qu'en akkadien, elle n'avait guère nuancé, à ses yeux, la panoplie qu'enfermait le panthéon des divinités égyptiennes.

Aussi, le travail des prêtres aveugles auprès de la princesse ressortissait plus encore d'un endoctrinement spirituel que d'un enseignement musical et choral. C'était plus volontiers le soir, quand le couchant du soleil s'abaissait sur le temple, que les prêtres aveugles chantaient. Leurs voix étaient si cristallines qu'elles perçaient l'espace en retombant avec des vibrations qui ne s'estompaient que bien plus tard.

Après quelques essais qui les avaient surpris, la voix de Choutarna révéla un timbre bas, chaud, nuancé comme l'exigeaient souvent les mélodies asiatiques que l'on chantait sur les bords de l'Euphrate, quand la nuit tombait lentement sur le fleuve.

Enfin, un maître de protocole vint lui apprendre les usages de la cour de Thèbes. La ville de Memphis en était peut-être éloignée, mais il était indéniable qu'on n'oubliait pas qu'elle avait été proche de celle des anciens pharaons dont l'époque n'était pas si lointaine.

Pendant que Choutarna réapprenait les bons usages qu'elle avait oubliés durant sa vie itinérante au cœur du petit peuple d'Égypte et qui lui permettaient de retrouver sa dignité de princesse, Panehesy réfléchissait au déroulement du plan qu'il tentait de mettre au point avec ses conseillers. Certes, un programme qui ne manquait pas d'envergure puisqu'il s'agissait d'intégrer à la cour de Thèbes une princesse asiatique, morte dans l'esprit de tous, pour la faire ressusciter par magie aux yeux du pharaon.

Si Choutarna avait eu connaissance du plan de Panehesy, même si sa joie de retrouver son rang était évidente, elle eût douté de l'heureuse issue de l'événement au sein du palais de Thèbes. Car, bien que protégée, n'allait-elle pas se heurter aux prêtres d'Amon et à leur farouche détermination à vouloir la supprimer ? Karnak était si près de Thèbes et son clergé était si hostile à tout ce qui touchait l'Asie et ses croyances ! Et pire encore si elle devait assumer, comme il avait été prévu autrefois entre le pharaon et son père, le rôle de Seconde Épouse !

Choutarna eut soudain une pensée pour Neby qui ne cessait de s'inquiéter à son sujet. Elle avait tant pris l'habitude de la soutenir, l'épauler, l'assister, apportant toujours, par son travail, le menu salaire qu'il fallait à sa vie quotidienne ! Choutarna retournait dans sa tête tant de fois cette question : devait-elle plutôt retourner à sa vie itinérante qui l'excluait de la vie politique de deux pays dont elle ne savait plus auquel elle appartenait ? Fallait-il qu'elle s'obligeât à suivre le destin que d'autres avaient tracé pour elle ?

Le Grand Prêtre avait volontairement éloigné Choutarna de Neby afin qu'elles ne fussent, ni l'une ni l'autre, perturbées dans leur enseignement réciproque ou déconcentrées par les propos intimes qu'elles échangeaient. Panehesy avait compris depuis longtemps l'affection profonde qui les unissait, aussi désirait-il qu'aucune faille n'entrave ses projets.

Neby avait été installée au temple dans le quartier des prêtres travailleurs. Certes, elle ne bénéficiait pas du statut princier de Choutarna. Mais elle s'en moquait complètement. Ses premières réflexions l'avaient amenée à penser que Panehesy ne pouvait pas l'imposer comme un scribe confirmé. Méconnue, issue du bas peuple, affligée d'un handicap majeur, celui d'offrir aux yeux des autres un corps de garçon qui dissimulait celui d'une fille, elle n'avait guère d'atouts pour séduire les prêtres de Ptah et retenir l'intérêt qu'ils auraient pu lui porter, si ce n'était son intelligence, sa bonne humeur et sa grâce naturelle.

Cependant, les bonnes dispositions de Panehesy à son égard semblaient évidentes et, misant autant sur son instinct que sur l'étrange influence qu'il exerçait sur elle, il se prit à veiller farouchement sur Neby.

Dès qu'il l'eût remise entre les mains de Toutou, son intendant, et réclamé qu'elle fît ses preuves aux yeux des prêtres qui attendaient le résultat de ses capacités, dès qu'il eût affirmé qu'elle devait satisfaire aux besoins des travaux du temple, sans ménagements aucun, à l'exception de la quasi liberté de porter son pagne long à buste recouvert, Neby se sentit aussitôt dans la peau d'un garçon plus que dans celle d'une fille. Elle eut, sur-le-champ, le profond désir de réussir toutes les tâches qu'on lui assignerait.

Sa chambre était petite, mais confortable. Elle n'avait pas le grand lit sculpté recouvert de feuilles d'or, orné de pattes griffues de lion, à coffrage en bois d'acacia et reposoir d'albâtre pour la tête, qu'avait Choutarna. Le sien était une simple banquette de briques crues sur laquelle on avait déposé une natte propre et une couverture pour qu'elle s'y enveloppât durant les nuits fraîches. Mais, en cette fin de saison du Chemou, l'air était brûlant et les nuits suffisamment tièdes pour que l'on dormît encore sans être recouvert.

Le soir, elle apercevait de sa fenêtre les petits prêtres itinérants qui venaient balayer le sol pour le dégager des détritus laissés pendant la journée. Ces gens, de basse condition, n'étaient affectés au temple que pour un temps déterminé. Le seul prêtre-balayeur qui disposait d'un titre de prestige était celui qui effaçait les empreintes du dieu à l'intérieur du sanctuaire de Ptah. Certes, ces empreintes laissées par la divinité suprême restaient purement symboliques et le sol était constamment vierge de toute impureté, si bien que le prêtre n'esquissait que le geste machinal de son balayage.

Très tôt, le matin, elle se rendait au lac Sacré avant les autres pour faire ses ablutions quotidiennes. Elle évitait ainsi les questions, les regards et les sous-entendus. Sur le chemin du lac, elle croisait souvent les prêtres-bouchers qui venaient débiter les quartiers de viandes destinés aux offrandes du dieu Ptah et à celles des dieux divers enfermés dans les temples annexes et dont les sanctuaires se situaient au nord et à l'est de l'enceinte.

Arrivaient ensuite les prêtres-brasseurs et les prêtres-boulangers portant leurs pains et leurs galettes. Puis, venaient les prêtres-maraîchers avec leurs paniers de fruits et de légumes, les prêtres attachés aux étables avec leurs jarres pleines de lait cru et de lait caillé.

Tous ces présents étaient destinés aux dieux qui les restituaient ensuite, après en avoir symboliquement consommé l'essentiel. Après quelque temps, généralement à l'aube suivante, le tout était distribué au personnel du temple. Bien entendu, la répartition était faite en fonction de la qualité des produits et de la hiérarchie des prêtres.

Le procédé du brassage de l'orge pour la confection du pain était identique à celui de la bière. Il s'effectuait non loin des riches résidences du temple, dans de grandes annexes pourvues de moulins à céréales, de meules à pierre, de mortiers, de pilons et de fours comme Neby n'en avait jamais vues. Il est vrai que la production était intense et que les offrandes s'avéraient nombreuses.

Au temple de Memphis, la bière brassée était assez succulente pour que sa renommée s'étendît du delta jusqu'à la pointe de Bouhen, en Haute Égypte. Bière assez proche de celle qu'on importait de Kede, région du sud-est de l'Asie Mineure, elle avait un goût fort que l'on pouvait appeler « âcre » et tournait la tête de ceux qui en absorbait trop.

Le grain broyé dans les mortiers en pierre au

moyen d'énormes pilons, les masses obtenues ainsi, pétries à l'eau, étaient légèrement cuites. Puis, écrasées, mélangées au sel et à divers ingrédients qui en faisaient la saveur, elles étaient mises à fermenter dans d'immenses cuves qui dégageaient un étrange arôme épicé. Enfin, déposées sur un tamis, pétries à nouveau, un liquide s'égouttait dans des jarres enduites de poix et fermées au moyen de bouchons en limon durci du Nil.

Neby suivait scrupuleusement les consignes qu'exigeait la vie quotidienne du temple. Elle se levait tôt, se couchait tard, comptait, notait, commentait sur ses tablettes d'argile ou ses feuilles de papyrus le travail qu'on lui donnait à faire. Et, pour se nourrir, tout comme s'alimentait le petit personnel du temple, elle attendait qu'on récupérât la nourriture déposée la veille sur les autels des sanctuaires.

C'était ainsi que fonctionnaient tous les temples d'Égypte et, comme on l'a dit, chacun savait que les aliments les plus fins et les viandes les plus succulentes allaient au-devant des prêtres les plus hauts placés. Parfois, Neby arrivait à manger une cuisse de canard ou une aile d'oie bien grasse, mais c'était assez rare et, bien souvent, elle ne récupérait que de maigres morceaux de lard qu'elle avalait avec un concombre et une galette d'orge au miel ou aux graines de sésame. Ceci dit, elle mangeait à sa faim sans que personne n'eût à redire.

Neby assistait à l'office du matin et à celui du soir comme le lui avait demandé Panehesy. C'est là qu'elle voyait Choutarna. Elles ne se parlaient que lorsqu'elles étaient côte à côte. Hélas, trop peu à leur convenance, mais chacune pouvait se rendre compte que l'autre était physiquement au mieux de sa forme.

Les premiers jours, quand l'office du matin était

terminé, Neby retournait à sa chambre, puisque le temps de réflexion que lui avait accordé Panehesy n'était pas achevé. Ce délai passé, elle avait dû, par l'intermédiaire de Toutou, donner sa réponse au Grand Prêtre qu'elle n'avait pas revu depuis le jour de son arrivée. Avait-elle réfléchi seulement? Rien d'autre ne comptait pour elle que la présence de Choutarna en ce temple et la promesse qu'elle lui avait faite de ne pas la quitter avant d'être assurée d'un meilleur destin. Dans ce cas, pouvait-elle retourner à sa vie itinérante?

Et c'était bien là que, fort de sa puissance, Panehesy l'attendait au tournant! Quelle réponse pouvait donner Neby au Grand Prêtre quand il savait qu'elle ne partirait pas sans Choutarna? Et, puisque c'était grâce aux prêtres du temple de Memphis que la princesse devait retrouver son état initial, que pouvait bien dire Neby à Panehesy si ce n'était qu'elle désirait rester?

Ses ablutions faites et les offrandes déposées, quand elle revenait de l'office du matin, elle voyait passer les prêtres-scribes dont les activités étaient très diverses. Palette et tablette en mains, ils étaient toujours affairés. Chacun partait au-devant de la besogne qui le concernait. Parfois, elle croisait un regard amical, parfois un regard hostile. Elle se disait avec effroi, mêlé toutefois d'un certain plaisir, que bientôt elle aurait à se mesurer avec eux dans l'exécution de son travail.

En dehors de sa chambre, quand elle n'était pas aux offices, Neby passait souvent son temps dans le quartier des artisans. Ils étaient regroupés au sud de l'enceinte du temple. Peintres, potiers, menuisiers, cordonniers, tous prêtres de Memphis, travaillaient dans les ateliers qui s'activaient tôt le matin jusque tard le soir.

Enfin, un matin, après avoir exécuté quelques travaux revêches, travaux de routine, comptabilité, listes de matériel, pointages du personnel, écritures insignifiantes relatant les horaires et les changements d'équipes, elle vit Toutou arriver. Il était accompagné de ses deux assistants et portait encore sur son visage ce sourire un peu narquois avec lequel, sans doute, il pensait déstabiliser la jeune fille.

En observant ce sourire ambigu, Neby se demandait encore s'il savait qu'elle était une fille.

— Suis-moi, fit-il d'un ton retentissant. Le Grand Prêtre désire te voir. Ton travail nous a donné satisfaction. Il est temps de voir ce que tu peux faire d'autre.

Elle fut surprise de ne pas être conduite à l'endroit précis où elle était arrivée au temple avec Choutarna, la salle immense où le Grand Prêtre recevait le public. Panehesy avait dû suffisamment mûrir sa proposition pour que Neby ne pût la refuser. Toutou et ses hommes la conduisirent dans sa propre résidence. Une superbe bâtisse qui côtoyait celle de son père, le Grand Meryrê, vieux Maître de Memphis, veuf depuis longtemps et qui ne s'était jamais remarié.

Toutou traversa des jardins somptueux, des terrasses ombragées de palmiers et de sycomores, des bassins où s'ébrouaient des cygnes et des canards dans des volutes incontournables de lotus et de nénuphars qui étalaient leurs couleurs comme un joyau offrant la teinte de ses pierres.

Ils arrivèrent près d'une entrée soutenue par de grandes colonnades. Le portique carré comportait deux mâts à oriflammes et les colonnes en granit se terminaient en forme de papyrus. De haut en bas, elles étaient recouvertes de hiéroglyphes et forçaient le regard par la majesté de leur style.

— Laisse-nous, Toutou, dit le Grand Prêtre qui, ouvrant les deux battants de la grande porte en bois de cèdre, s'était avancé vers eux d'un pas silencieux.

Il mit sa main sur l'épaule de son ami et poursuivit :

— Je te reverrai ce soir. Viens quand la course descendante du soleil aura entamé le ciel. Je dois te parler des investissements que nous avons mis dans le commerce du blé de Damas.

Puis il se tourna vers Neby qui observait les hiéroglyphes des immenses colonnes avec une grande attention.

— Cela te plairait-il de savoir les déchiffrer ?

Elle le regarda de plein fouet et Panehesy se dit qu'elle avait pris de l'assurance depuis leur entrevue lors du défilé du cheptel du village.

— Quel scribe néophyte amoureux de son travail à qui l'on fait cette proposition peut refuser ? rétorqua-t-elle sans baisser le regard.

— Des ignorants qui refusent d'en savoir davantage, dit-il en riant, j'en connais !

Elle sourit modestement.

— Qui ?

— Peut-être toi, si tu refuses de rester plus longtemps dans mon temple.

— Ai-je dit que je voulais en partir ? rétorqua-t-elle l'œil froid et pourtant sanglé de plaisir.

Il se planta devant elle, sûr de lui, conquérant déjà, l'observant d'un air vaguement moqueur.

— Donc ! Après ces premiers travaux qui ont prouvé à mes scribes que tu étais compétente, tu acceptes de poursuivre ?

— Je resterai tant que Choutarna sera là.

— Eh bien voilà une franchise qui me va droit au cœur. C'est entendu. J'accepte ta condition.

— Ne m'avez-vous pas dit, quand j'étais dans les champs à compter les bottes liées, que je ferais les vendanges ?

— C'est exact. Je te l'avais promis juste avant que tu t'enfuies pour aider ta princesse.

Elle rougit. Le terme de « princesse » faillit la déstabiliser un instant mais elle se reprit en pensant qu'il avait parfaitement cerné la situation et, rassurée, elle eut un soupir qu'il perçut comme un nouvel embarras.

— Cela te convient-il ?

— Oui. Mais...

— Mais, coupa-t-il, tu n'auras pas à compter stupidement les paniers et les cuves de raisins qui se remplissent à un rythme accéléré.

Il la prit par le bras et la poussa doucement en avant.

— Allons, entrons chez moi. Nous allons discuter comme il convient de le faire, à présent que tu as décidé de t'instruire avec mon soutien et sous ma protection.

Elle se détacha souplement de l'emprise des doigts sur son bras, stoppa le pas qu'elle s'apprêtait à faire et leva la main dans un signe de protestation. Panehesy haussa le sourcil. Décidément, il lui trouvait un soupçon d'aplomb qu'il décida de considérer comme une preuve de caractère.

— J'ai accepté pour les vendanges.

— Bien sûr, fit-il tout en lui reprenant le bras sans se départir de son assurance.

Il la fit entrer dans une vaste salle décorée où, sur l'un des pans du mur, étaient accrochés des supports à cruches contenant des jarres à vin et à bière fine. Plus loin, il y avait une table basse avec une aiguière destinée au lavage des mains. Elle était posée sur une cuvette servant à recueillir l'eau impure.

En passant près de l'aiguière, Panehesy saisit la petite anse d'argile et la pencha. Neby tendit ses mains et, tout en observant le visage de la jeune fille, il versa lentement l'eau fraîche qui fleurait bon le jasmin dans la paume de ses deux mains disposées en coupe.

Quand le filet d'eau parfumé fut stoppé et que Neby retira ses mains de l'orifice de l'aiguière, un serviteur vint aussitôt prendre la cuvette pour l'emporter et la vider. Puis, un autre domestique apparut et lui tendit une serviette afin qu'elle s'essuyât les mains. Un troisième — ils avaient tous le crâne rasé et le pagne court, torse nu à la mode ancienne — lui apporta un chasse-mouches qu'elle saisit avec un geste un peu emprunté.

Jamais encore elle ne s'était servie de cet objet de luxe que, seuls, les riches agitaient ou faisaient agiter au-dessus de leurs têtes. Au sein du bas peuple d'Égypte, les gens s'éventaient au moyen de grandes feuilles de papyrus arrachées aux arbres.

Le chasse-mouches que tenait Neby entre ses doigts avait un manche d'argent ciselé, incrusté de petites cornalines qui semblaient défier son regard. Plus haut, les grandes palmes composées de plumes d'autruche se balançaient souplement sans même qu'elle eût besoin d'en agiter l'ensemble.

Un autre serviteur vint encore proposer ses services. Neby se dit qu'il devait y en avoir un caché à chaque angle de pièce, chaque contour de couloir, à chaque escalier bas et haut. Son prestigieux chasse-mouches en mains, elle regarda Panehesy qui lui faisait signe de monter les marches qui se présentaient devant elle.

A l'étage, surélevé par quatre colonnes qui soutenaient le plafond décoré de moulures torsadées en forme de lotus, la pièce dans laquelle ils pénétrèrent était couverte, sur trois murs, d'étagères emplies de papyrus. Ils étaient enroulés et serrés les uns contre les autres. Les parois murales étaient si encombrées que pas un pouce ne restait vierge. Sur les étagères du quatrième mur, des petites jarres en argile basses et ventrues, fermées, alignées et serrées, enfermaient les documents les plus anciens, les vieilles archives qu'il fallait soigneusement conserver.

Neby avait certes là l'occasion de montrer son ébahissement. Elle se douta qu'elle se trouvait dans une belle et grande bibliothèque. En posant son œil curieux sur l'ensemble des murs, elle s'aperçut qu'il n'y avait pas que des papyrus. Certaines étagères empilaient des tablettes d'argile sur lesquelles une écriture serrée apparaissait des deux côtés.

Panehesy la prit aux épaules et lui fit signe de prendre place sur l'un des tabourets bas de la pièce. Puis, il s'installa sur celui qui lui faisait face, négligeant le grand fauteuil à dossier recourbé disposé derrière son bureau qui longeait la grande baie ouverte sur l'un des petits lacs sacrés du temple.

— Non, dit-il en souriant à la jeune fille. Tu n'auras pas à compter les paniers emplis de raisins. Tu devras faire le rapport de chaque journée de travail dans le site qui te sera affecté. Les gens qui feront les vendanges seront tes compagnons. Je veillerai personnellement à ce que tu n'aies aucun ennui.

Pour la première fois, elle lui sourit délicieusement et il reçut cette offrande comme un chaleureux remerciement.

— Cependant, n'oublie pas que chaque soir, après le travail, se tiendra la réunion des scribes et que ta besogne sera disséquée, approuvée ou contredite. Ce sera l'instant où tu devras défendre tes opinions, ton style, ton caractère et, bien sûr, le résultat de ton travail.

Il prit sa main et la serra dans la sienne. Elle ne la retira pas, mais elle ne fit rien pour l'engager à poursuivre un geste qui l'eût amené à poursuivre au-delà.

— Je ferai de mon mieux, souffla-t-elle.

— Ce n'est pas assez, fit Panehesy. Il faut te surpasser. Ce n'est qu'à l'issue de cette épreuve que je pourrai imposer ta personne parmi ceux qui postulent à de plus hautes fonctions.

Elle cilla des paupières, montrant qu'elle comprenait et acceptait la portée de son propos. Puis, elle leva les yeux vers son visage et les porta sur la petite ride qui courait sur son front découvert. Alors, elle se demanda quel style il pouvait avoir en portant une perruque lorsqu'il vaquait à ses occupations familiales au sein de son domaine personnel.

— Mais je t'informe, l'avertit-il en retirant sa main et en se levant pour esquisser quelques pas dans la pièce, qu'il faudra chaque soir étudier le sens sacré des hiéroglyphes. Je te les apprendrai. Nous travaillerons dans cette salle qui est à la fois ma propre bibliothèque et le bureau de l'intendance. C'est là que je vois Toutou et mes conseillers et c'est là que je m'entretiens avec eux. Mes appartements sont plus loin.

— Avez-vous une autre maison ?

Il sourit tant la question de Neby était puérile. Une autre maison ! Comment le Grand Prêtre aurait-il pu n'avoir qu'une seule résidence ? Il disposait d'une grande habitation au cœur de la ville de Memphis, une autre à la sortie de Thèbes, face aux collines de la côte ouest qui enfermait les tombes des grands pharaons, et une encore à Éléphantine, cachée dans les bosquets de papyrus et les étangs argentés qui reflétaient les colonnes du temple.

— En principe, je vis avec mon épouse hors de ce temple.

— Ton épouse ! fit-elle le sourcil levé, une rougeur subite lui montant aux joues.

Il acquiesça de la tête et elle remarqua que la veine qui courait sur son crâne en descendant sur les tempes enflait démesurément.

— Ton épouse ! répéta-t-elle dans un murmure à peine audible.

Il reprit de l'assurance et la veine qui battait à ses tempes revint à sa cadence normale. Quant à la ride minuscule, elle avait, elle aussi, récupéré sa mesure exacte.

— C'est à Philaé, loin de Memphis, que ma femme préfère résider, confirma-t-il sans élever la voix. C'est là qu'elle se trouve actuellement et je ne dois l'y rejoindre que les vendanges passées.

Il se dirigea vers un rayonnage de la pièce et en tira un gros rouleau de papyrus qu'il tendit à Neby.

— Tu y trouveras toute la base nécessaire à l'enseignement des hiéroglyphes. Commence à réfléchir sur l'explication des textes. Nous discuterons de tes impressions dans quelques jours, le temps que tu les assimiles. A présent, je vais te faire reconduire à ta chambre et tu suivras les indications qu'on te donnera pour le début des vendanges.

Les palissades de vignes défilaient devant les yeux de Neby et lui semblait immenses. Jamais encore elle n'avait vu de telles vignes. Celles qui lui restaient en mémoire étaient de minces treilles où les raisins s'accrochaient dans les jardins de quelques grands dignitaires, mais celles du temple de Ptah étaient de vastes pergolas supportées par des pieux fourchus qui montaient si haut que les vendangeurs faisaient la courte échelle pour accéder au sommet.

Les vins du delta semblaient plus réputés que ceux du sud. Même Thèbes ne pouvait rivaliser avec ceux de Memphis où les ceps étaient scrupuleusement arrosés chaque matin.

Dès que les premières feuilles émergeaient des vignes, on voyait s'affairer les prêtres-jardiniers, le crâne huilé pour éviter les brûlures intenses du soleil et les yeux bordés de khôl, car ce fard servait aussi à repousser les insectes volants qui gênaient, continuellement à proximité des yeux.

Ils arpentaient dès le matin le chemin qui allait du canal aux vignes, les épaules chargées de seaux d'eau dont ils déversaient une partie au pied des cépages et le reste dans de grandes jarres en terre afin d'intensifier l'arrosage au cours de la journée quand les rayons solaires desséchaient trop la terre.

Les oiseaux qui voltigeaient en bandes étaient aussitôt chassés par les hommes qui brandissaient des chiffons en criant. Et, dès que les perdreaux, canards ou cailles s'agitaient aux alentours, ils tentaient de les attraper au moyen de petits pièges tendus au bas des treillages.

Malgré son ardeur au travail et l'attention qu'elle portait aux recommandations, Panehesy avait pris soin de ne pas envoyer trop longtemps Neby dans les vignes sous un soleil brûlant — soleil qu'elle connaissait, certes, pour l'avoir frôlé si souvent — qui l'eût épuisée le soir et empêchée de suivre l'enseignement de l'écriture sainte du temple.

Un revirement que le Grand Prêtre avait calculé avec justesse, car Neby se souvenait de ses propres paroles qui devaient la conduire sur le terrain parmi les vendangeurs. Elle s'était donc levée le matin, l'esprit clair et serein, avec l'idée d'un travail qui consistait à surveiller les équipes d'hommes et à s'assurer qu'ils travaillaient avec entrain, flûtes et tambourins à l'appui.

Il faut dire que lors des vendanges en Égypte ancienne depuis le Moyen Empire — qu'elles eussent lieu sur les importants domaines des temples ou sur ceux des riches exploitants agricoles —, la musique était loin d'être exclue durant les longues journées de labeur. D'ailleurs, Panehesy s'efforçait toujours de recruter les meilleurs musiciens du pays pour entraîner les hommes au travail.

Au début du premier matin, Neby s'était attardée sur les lieux. Mais n'ayant rien d'autre à faire que de regarder les hommes besogner, elle s'était prise à rêver au rythme de la vendange. Le soleil chauffait et ses rayons brûlants tombaient abruptement sur les épaules et les dos dénudés des travailleurs. Toutes les heures, on leur apportait de l'eau fraîche dans des cruches en terre cuite et chacun se désaltérait pour mieux reprendre le travail.

Les hommes cueillaient les grappes et les jetaient dans des paniers de joncs tressés que leur tendaient ceux que l'on avait affectés à cette besogne.

Lorsque les treilles montaient à des hauteurs considérables, il fallait faire la courte échelle afin d'atteindre le sommet. Ce qui n'empêchait pas que, parfois, les treillages grimpaient si haut que seuls des acrobates pouvaient effectuer le travail. A cet effet, les prêtres de Memphis engageaient une troupe d'équilibristes ambulants pour effectuer la cueillette qui exigeait autant d'adresse que de souplesse, car du haut de leur échafaudage, ils devaient non seulement attraper les grappes de raisins, mais les lancer dans les paniers de joncs placés juste au-dessous d'eux.

Au pied des vignes, le travail était plus simple et les hommes cueillaient tranquillement les grappes pendant que d'autres portaient les paniers pleins au pressoir. Ils marchaient pesamment en cadence, accompagnés par les flûtistes qui s'ingéniaient à leur jouer les mélodies les plus vives.

Les pressoirs se composaient d'une cuve en pierre ronde et basse disposée sur une légère hauteur et au-dessus de laquelle était dressé un châssis en bois de sycomore dépassant d'une demi-coudée la taille humaine.

La cuve était remplie de raisins aux noirs et juteux grains qu'il fallait écraser. Six hommes, relayés toutes les heures, y pénétraient avec entrain. Là encore, les flûtistes les accompagnaient de leurs airs les plus enjoués ponctués du cliquetis des sitres et du grincement des crotales.

Quand les hommes étaient montés dans la cuve, le travail commençait. Les uns étaient jeunes et alertes, sautant comme des cabris déchaînés sur les raisins qu'ils écrasaient en chantant. Les autres plus lourds, plus âgés, savaient économiser leurs efforts. Ils soufflaient à chaque pesée de leurs pieds en psalmodiant les chants qui venaient à leurs oreilles. Une rasade d'eau fraîche les avait accueillis en montant dans la cuve, une autre les attendait à la sortie.

Neby les avait observés une journée entière, inscrivant déjà dans sa mémoire les gestes qu'ils effectuaient. Dans la cuve, ils saisissaient de leurs bras levés les traverses supérieures du châssis tout en foulant de leurs pieds les grappes entassées. C'était un raisin noir à la pulpe sucrée et aux effluves déjà enivrants. Et, soutenus par leurs chants et les airs endiablés des flûtistes, les hommes s'activaient. Chaque panier déversé dans la cuve devait leur apporter un nouvel entrain jusqu'à ce que l'heure passât et que le changement d'équipe arrivât.

Les premiers pas du foulage étaient lents. Puis, peu à peu, le rythme prenait de la vitesse et, passées les quelques minutes du démarrage, les hommes s'activaient et mouvaient leurs pieds si vite que s'ils ne s'étaient pas retenus aux traverses de bois, ils seraient vraisemblablement tombés à chaque instant. La cadence était trop rapide pour leur permettre le plus léger relâchement.

Le liquide pressuré s'écoulait par des orifices dans des cuves disposées plus bas. Des jeunes prêtres venaient régulièrement les chercher afin de les vider dans de grandes jarres en terre cuite posées à l'ombre des arbres. Mentalement, Neby en comptait des dizaines qui, à l'abri des rayons ardents du soleil, attendaient qu'on en fermât l'orifice avec des bouchons d'argile.

Cependant, certaines variétés de raisins parmi les plus sucrées nécessitaient un foulage différent. Les fruits déjà pressés étaient recueillis dans de grands linges fermés en forme de sacs que l'on comprimait à nouveau. Cet ultime pressage était souvent effectué en tordant ces sacs, amollis par le jus qui en sortait, tel que les blanchisseurs pratiquaient avec le linge qu'ils lavaient sur les bords du fleuve.

S'il s'agissait de grandes quantités, on s'aidait au besoin du pied des animaux — parmi ceux les plus lourds — pour effectuer un foulage parfait. Ce procédé ne se pratiquait que pour mieux retirer le sucre de la pulpe du raisin. Aussi, Neby avait-elle vu de grands et gros bœufs, conduits par un bouvier, tourner en rond dans la cuve en foulant de leurs pattes pesantes les raisins qu'il fallait broyer finement.

Si ce vin-là était destiné à faire un grand cru, on devait encore peaufiner ce pressage et si, de surcroît, il s'agissait d'une quantité peu importante occasionnant le pressurage par linge, le travail s'avérait plus délicat et réclamait une autre compétence. Les linges qu'il fallait tordre et qui regroupaient les pulpes étaient attachés par des nœuds coulants au-dessus d'une grande jarre en terre. Puis, les hommes introduisaient un bâton aux extrémités et, s'armant de vigueur autant que de patience, lui faisaient imprimer un mouvement de torsion jusqu'à ce que le liquide ne coulât plus dans la jarre dont le col était suffisamment large pour que le jus y pénétrât facilement.

Parfois, il fallait un homme supplémentaire dont l'agilité était plus grande que la force et qui, dans des contorsions inouïes, déliait les nœuds, ôtait le bâton et ouvrait le linge afin que l'on pût retirer le tout de la jarre où s'écoulait un jus concentré, coloré et sucré. C'était, on l'a dit, le produit des grands crus qui n'avaient rien à voir avec le premier jus récolté dans la cuve.

Ce fut à ce stade d'observation qu'on demanda soudainement à Neby de réintégrer le temple. Repue des gestes rythmés et précis des vendangeurs qu'elle regardait la journée entière, Neby attendit donc que se profilât l'ombre de Panehesy dans sa chambrette. Ce fut encore Toutou qui vint l'y chercher avec son air constamment narquois et son éternel sourire ambigu sur les lèvres.

Se postant devant elle, bras croisés et jambes écartées, ce qui lui donnait l'assurance d'une posture hiérarchiquement supérieure, il lui donna l'ordre de se rendre aux caves où s'effectuait la fermentation du vin.

La jeune fille vêtue de sa tunique blanche qui recouvrait sagement son buste et ses épaules et qui, dans ses plis innombrables, descendait jusqu'à ses chevilles, laissant ses pieds nus, s'en fut donc dès ce matin-là dans les caves à fermentation ainsi qu'on lui avait ordonné. Elle en connaissait le lieu pour l'avoir approché un jour qu'elle musardait dans le temple.

La fermentation du jus s'effectuait dans des jarres fermées au moyen de couvercles en limon du Nil sur lesquels un scribe imprimait l'inscription du lieu d'origine et de l'année du pharaon régnant. Mais avant qu'on ne fermât ces jarres, bien des opérations devaient scrupuleusement s'effectuer.

Quand Neby se rendit compte qu'à aucun moment elle n'avait peiné dans les vignobles pas plus qu'au pressurage, elle se dit que d'autres fonctions l'attendaient. Aussi fit-elle bonne figure quand Toutou lui ordonna de se rendre sur les lieux de la fermentation et ne posa-t-elle aucune question. Panehesy voulait-il, par ce choix, la familiariser avec ce qu'il y avait de plus prestigieux en qualité vinicole ? Neby se contenta de réunir toutes ses facultés mentales et d'attendre les ordres suivants.

Le bâtiment dans lequel on la fit entrer — si elle en connaissait le lieu et les murs extérieurs, elle n'en avait jamais vu l'intérieur — était dissimulé sous les ombrages des arbres afin de rester frais en permanence. Un escalier menait aux caves où des châssis en bois contenaient des rangées de cruches parfaitement alignées et serrées les unes contre les autres. Instinctivement, Neby se dit que c'était là qu'avait lieu le mélange des vins.

Il faut dire que, sous le Nouvel Empire, les Égyptiens s'étaient pris de passion à imiter la pratique des Crétois et des Grecs qui consistait à mêler non pas des cépages — les Égyptiens le pratiquaient déjà depuis longtemps — mais différentes espèces de vin, ce qui donnait un breuvage parfois curieux au goût, plus fort en alcool et qui pouvait supporter un vieillissement plus durable.

Des yeux, Neby fit le tour de la cave. Cinq prêtres y travaillaient déjà, le torse et les pieds nus. Leurs crânes impeccablement rasés au-dessus de leurs yeux noirs et perçants surmontés de sourcils épilés paraissaient étrangement identiques

Elle repéra aussitôt le scribe-comptable qui devait transcrire le nombre de cruches utilisées pour effectuer les mélanges et se glissa silencieusement à son côté tout en observant les prêtres qui travaillaient près des châssis serrés les uns contre les autres.

Les cruches étaient toutes ouvertes, laissant planer dans l'atmosphère une lourde senteur alcoolisée. A l'aide de longs siphons en paille, les goûteurs humaient puis extrayaient le liquide qu'il fallait mêler à un autre. Leurs gestes semblaient aussi précautionneux que ceux qu'ils accomplissaient sur les tables d'offrandes et leur attitude aussi respectueuse que s'ils devaient, dans la seconde suivante, se prosterner devant la grandeur de Pharaon.

Palette en main, Neby décida de commencer son travail. Elle jeta un coup d'œil au scribe qui notait ses propres indications et vit qu'il ne s'occupait pas d'elle. Par contre, l'un des prêtres qui, devant un récipient d'argile, transvasait trois sortes de vins à l'aide de sa longue paille, se tourna vers elle.

— Tiens, fit-il en lui tendant une cruche de vin. Goûte celui-ci. Il est fait de plusieurs mélanges.

— Et, il est « deux fois bon », jeta son compagnon qui, délaissant le siphon, saisit la cruche que tendait le prêtre à Neby pour la présenter à ses narines.

— Oh ! « trois fois bon », tu veux dire, corrigea l'autre prêtre-goûteur.

Ils étaient tous les deux de petite taille, avaient un large visage carré que la profondeur des caves dans lesquelles ils œuvraient si souvent n'avait pas l'occasion de brunir et leur nez s'épatait sur des narines en perpétuel éveil.

Si leurs crânes rasés ne présentaient aucune différence avec celui de Neby, leurs torses épilés et musclés étaient complètement dénudés, offrant une distinction grossière avec le gracile buste de la jeune fille recouvert de lin.

Neby frémit un instant. Encore une fois, allait-elle subir les sarcasmes de ses compagnons de travail ? Non ! Panehesy avait dû veiller à ce qu'on la laissât en paix sur le sujet vestimentaire. Ceci dit, un autre point délicat allait sans doute remplacer celui qu'elle avait tant de fois redouté. Et, sous leurs airs détachés et indifférents, ces prêtres avaient décidé de lui en faire voir de bien belles.

— Non, « trois fois bon », je te dis, répéta le premier goûteur à son compagnon.

Le scribe-comptable s'approcha d'elle. Cette fois, Neby remarqua une lueur amusée brillant au fond de son œil. Jusque-là, il s'était contenté d'exprimer l'austérité sur son visage glabre.

— Tu ne connais pas cette expression, fit-il d'un ton complaisant. Quand un vin est « huit fois bon » c'est qu'aucun Grand Dignitaire ne peut trouver meilleur breuvage. Quand il n'est que « deux ou trois fois bon » c'est que les goûteurs peuvent encore l'améliorer.

Il saisit la cruche que le goûteur tendait à Neby et la prit entre ses propres mains. Puis, avec ce même geste lent et cérémonieux qu'il devait accomplir dans ses offrandes au dieu, il l'approcha du nez de Neby et l'agita lentement sous ses narines.

— Puisque tu ne sais pas encore humer le vin, il faut que tu le goûtes.

Comme Neby hésitait, ne sachant que faire, il insista d'un ton presque gouailleur.

— Eh bien goûte, puisqu'on te l'offre. Goûte ce vin « trois fois bon ». Tu transcriras ensuite sur ta tablette d'argile ton impression.

— Mais, balbutia Neby, je ne suis pas compétente. Je n'ai jamais bu de vin.

Les prêtres s'esclaffèrent et Neby comprit qu'elle était en train de faire l'objet d'une farce ridicule. Pourquoi Panehesy ne l'avait-il pas tout simplement affectée à la cueillette du raisin ou même au pressurage ? Ses pieds délicats auraient été sans doute meurtris, voire en sang, mais du moins son honneur eût été sauf.

— Jamais ! fit le prêtre-scribe d'un ton railleur. Jamais tu n'as bu de vin !

Il tendit d'un geste impérieux la cruche à Neby qui la saisit de façon malhabile. Puis, il reprit son calame et sa tablette.

— Dieu de Ptah ! Quel âge as-tu donc ? interrogea-t-il.

Neby ne répondit pas. Mieux valait ne pas relever la question qui pouvait engendrer un sarcasme qu'elle voulait éviter pour en esquiver la réplique.

— Eh bien ! lança l'un des goûteurs, notre Grand Prêtre Panehesy nous envoie, là, un bien jeune garçon. Que viens-tu faire avec nous si tu es incapable de goûter ce vin ?

— Allons, conclut l'un de ses compagnons en se dirigeant vers Neby et en désignant la cruche de son index pointé, ne fais plus de manières et goûte. C'est une excellente façon d'apprendre.

— Mais...

— Goûte, je te dis, insista le prêtre. Comment veux-tu traduire ton impression sur ce travail si tu ne sais pas apprécier le bon vin ?

— Et surtout, reprit l'autre, comment veux-tu que nous t'estimions si tu ne sais pas faire ce que nous-mêmes effectuons ?

Neby soupira. En ce point, elle trouva qu'il avait raison. Elle devait faire un effort, quitte à surmonter son inquiétude sur la conséquence des résultats à venir. Elle leva la cruche et la dirigea vers ses lèvres et comme elle hésitait encore avant de s'exécuter de bonne grâce, l'un des goûteurs vint derrière elle et la poussa légèrement dans le dos afin que le récipient heurtât sa bouche.

Neby s'exécuta aussitôt et sentit le liquide brûler sa langue, son palais, puis descendre dans sa gorge pour s'accrocher ensuite âcrement à son ventre.

Comme elle ne voulait pas paraître absurde et qu'elle sentait son esprit clair, elle essuya sa bouche et respira un grand bol d'air.

— C'est « trois fois bon », fit-elle.

Ils explosèrent de joie et frappèrent dans leurs mains. Neby voulut un instant analyser cette soudaine gaieté, mais on approchait déjà de son nez une autre cruche.

— A présent, goûte celui-là. Il est meilleur encore. Il est « six fois bon ». Si tu décèles une différence, c'est que tu es capable de rester avec nous.

Elle goûta sans broncher. Le breuvage lui parut plus chaud, plus amer, plus fort. Machinalement, elle tourna la tête vers sa tablette qui gisait sur le sol et ses lèvres se reposèrent à nouveau sur le bord de la cruche. Une seconde gorgée coula dans son ventre, puis une troisième.

Consciente qu'ils l'observaient tous et que, pour eux, elle était en train de subir un examen dont elle devait sortir vainqueur, elle plongea hardiment ses lèvres dans le nouveau breuvage qu'on lui tendait.

Après le sixième essai, elle sentit vaciller ses jambes. Après le septième, une petite sueur coulait sur son front, son visage, descendait avec arrogance le long de ses seins qu'elle aurait tant voulu rafraîchir. Dieu de Ptah ! Pourquoi n'y avait-il pas d'eau dans cet endroit ? Peut-être la lui cachait-on afin qu'elle n'en réclamât pas ? A présent, Neby riait, tendait la main vers les cruches qu'on avançait. Elle buvait en regardant la face hilare des prêtres.

Ce fut au huitième essai qu'elle faillit tomber et que le scribe-comptable la retint entre ses bras.

— Ce vin est « huit fois bon », se moqua-t-il, et tu dois le goûter. Après nous te laisserons, car tu auras su faire tes preuves.

Pâmée dans les bras du prêtre, elle s'exécuta une dernière fois sans plus de manière et, tout en buvant, elle commença à remuer des épaules.

— Ce vin-là est un breuvage extraordinaire, dit-elle en claquant la langue. Son effluve me ressort par le nez. C'est de loin le meilleur de tous.

— Parfait, jubilèrent les autres. Parfait. Tiens, nous allons trinquer et boire avec toi.

— Ne m'as-tu pas dit que j'en avais fini ? rétorqua Neby, la voix pâteuse.

— Allons, jeune homme ! fit le prêtre-scribe, trinque avec nous et tu seras définitivement des nôtres.

Remise sur pieds, Neby constata que ses jambes flageolaient et sentit qu'entre ses seins la sueur coulait. Elle s'efforça de rester vaillante, mais ses yeux cillaient à tout moment et une lourdeur extrême envahissait son cerveau.

Elle dut trinquer avec ses nouveaux amis et, cruche contre cruche, dans un tintement d'argile entrechoqué, elle but une ultime fois. Ce fut néanmoins celle qui l'acheva.

A demi inconsciente, comment pouvait-elle s'apercevoir que les prêtres ne buvaient rien, se contentant de humer les breuvages et qu'elle était seule, dans une absence totale de jugement, à absorber le liquide ?

Elle gesticula un instant, histoire de remettre ses jambes d'aplomb sur le sol, tituba, but encore et sentit l'effet de l'alcool l'anéantir insidieusement. Chaque seconde qui passait l'anéantissait davantage. Alors ses genoux fléchirent, son cerveau sombra et elle faillit tomber lourdement sur le sol.

Sa chute fut amoindrie par l'aide des deux prêtres-goûteurs qui l'avaient soutenue avant qu'elle ne s'affale à terre. Pourtant, Neby n'était pas suffisamment inconsciente pour lâcher prise. Tombée à côté de sa tablette qui gisait sur le sol depuis longtemps, elle la saisit d'une main maladroite, indécise et avança :

— Je vais com... commencer mon... mon travail et trans... transcrire mes im... impressions.

C'est alors qu'elle perdit le contrôle de ses esprits et, les yeux nébuleux, observant le torse dénudé de ses compagnons, elle voulut paraître identique et dégagea l'une de ses épaules recouvertes. Dieu ! Qu'elle avait chaud et que cet air puant d'alcool l'irritait ! Elle glissa ses doigts sur son corsage et le fit tomber entièrement.

Comme si Panehesy, caché, avait attendu dans l'embrasure de la porte le moment précis où Neby flancherait — il avait, hélas, attendu quelques secondes de trop — il fit irruption dans la cave à l'instant où les prêtres regardaient, avec une surprise évidente, le velouté de ses épaules et la rondeur de ses seins.

— Cela suffit à présent, ordonna-t-il d'un ton sec. Vous l'avez parfaitement initiée aux délices du vin.

Il croisa le regard ahuri du scribe-comptable, puis celui des goûteurs tout aussi abasourdis.

— A mon sens, vous êtes allés un peu trop loin et beaucoup trop vite.

Les prêtres fixaient toujours la poitrine ronde, blanche et dénudée de la jeune fille. Comment avaient-ils pu se laisser berner de la sorte ? Comment n'avaient-ils pas senti derrière cette étoffe légère palpiter une poitrine de femme ? Des seins petits, mais parfaitement galbés qui s'attachaient sur un buste fragile. Par tous les dieux ! Qu'ils avaient donc été stupides ! Des farceurs pris à leur propre piège !

Le comptable fut le premier à détourner ses yeux de la silhouette de Neby affalée sur le sol de terre battue. Il croisa le regard gris de Panehesy.

— J'eus préféré qu'elle ne dévoilât pas son identité, fit-il en se penchant sur la jeune fille.

Puis, il se releva et posa sa main sur l'épaule du scribe.

— N'oublie pas, toi et tes compagnons, qu'elle doit rester un garçon jusqu'à nouvel ordre. Il me serait désagréable de radier un bavard de la corporation des prêtres de Ptah.

Il saisit Neby entre ses bras et la souleva. Elle s'était profondément endormie dans un ronflement qui rejetait les vapeurs d'alcool consommé.

Panehesy n'emporta pas Neby dans la chambre de son appartement personnel du temple, mais dans sa maison de Memphis. Son indépendance envers sa femme était suffisamment grande pour lui permettre ce geste. Fantaisie ! Certes non. Foucade ! Encore moins. Il avait de Neby un violent désir qu'il ne pouvait maîtriser. C'était comme une passion brutale qui s'était déclenchée le jour où il avait croisé le regard de la jeune scribe en se demandant si c'était une fille ou un garçon alors qu'elle se faisait raser le crâne auprès d'un barbier de la ville.

La grande pièce, soutenue par quatre colonnes de pierre, éclairée d'une large véranda, dont la terrasse donnait sur les jardins intérieurs, et pavée d'un dallage recouvert de tapis asiatiques accueillit confortablement la jeune fille.

Le sommeil qui emporta Neby, cette nuit-là, fut peuplé de rêves agités et elle ne s'éveilla qu'après une journée entière et une nuit de torpeur. L'aube des plaisirs vinicoles qui l'avait surprise et emportée dans ses étonnements candides l'avait ramenée en parfaite forme au matin suivant.

Elle s'éveilla fraîche et dispose, ne laissant apparaître qu'un léger étonnement au bord des paupières. Panehesy était à son côté. Il l'observait en silence et quand il vit qu'elle ouvrait les yeux, il lui tendit une coupe à demi pleine.

— N'aie aucune crainte, fit-il en se baissant vers elle afin que la coupe soit au niveau de ses lèvres. Ce n'est pas du vin. C'est de l'eau additionnée de coriandre et de cardamone avec un peu de bryone. Un breuvage excellent pour atténuer les effets que l'alcool provoque sur ceux qui en ont abusé.

Neby se redressa. La surprise qui marquait tout à l'heure son visage se transforma en désappointement et ses yeux se teintèrent d'un doute qu'elle ne put dissimuler à Panehesy. Avant de boire le breuvage, elle murmura :

— Pourquoi as-tu laissé faire ces prêtres qui ont abusé de ma confiance?

Il remarqua que pour la première fois, elle utilisait un tutoiement intime.

— Ils ne t'ont ni trompée ni maltraitée, pas plus qu'ils ne t'ont abusée ou violentée et tu le sais. Ils ont fait ce que j'ai ordonné.

Contrariée, le regard de Neby se voila.

— Alors, j'ai été bien sotte de t'obéir par leur intermédiaire.

— Tu ne pouvais faire autrement, Neby. Sans ce test, tu n'aurais jamais conquis l'estime de ces prêtres.

— Tu m'avais dit que je travaillerais au cœur des vendanges, reprocha-t-elle d'un ton âcre. Tu n'as pas tenu parole.

— Tu te trompes. L'affinement du vin est précisément le cœur des vendanges. Son essence la plus pure. C'est l'aboutissement d'un long travail de recherche et de précision.

Neby secoua la tête en un signe négatif et ne répondit pas.

— Je t'ai laissé observer toutes les phases de la vendange sans que tu participes au travail.

— J'aurais préféré, décréta la jeune fille butée.

— Es-tu un scribe, oui ou non?

Elle le regarda étonnée et cette fois hocha la tête en un signe d'assentiment.

— Alors, reprit le Grand Prêtre, tout jeune scribe récemment recruté au temple doit, au moment des vendanges, passer ce test, du moins s'il est affecté à la fermentation et à l'affinement du vin. Pour lui, c'est un honneur.

— Mais...

— Aux yeux de tous les prêtres, n'es-tu pas un garçon? coupa suavement Panehesy.

— Si.

— Alors, voulais-tu que parviennent à mes oreilles les mêmes soupçons qui t'ont fait si souvent reculer devant des actes que tu ne pouvais accomplir?

Neby se redressa. Elle était tout à fait réveillée et sentait son esprit étonnamment serein.

— Les prêtres-goûteurs de nos caves, poursuivit le Grand Prêtre, ne travaillent qu'avec des initiés, non des amateurs. Sans le savoir, tu devais tenter de les amadouer.

— Ai-je réussi ? répliqua-t-elle un peu sèchement.

— C'est parfait. Ils t'ont observée, t'ont jugée. Ils t'acceptent.

— Ont-ils donné leur agrément sur mon état de fille ou sur celui d'un garçon ? jeta-t-elle presque agressive.

Il fut obligé de poser la coupe qui contenait le remède sur l'un des bords du repose-tête, car Neby ne se décidait pas à la prendre.

— Il est vrai que je n'avais pas supposé un seul instant que les vapeurs d'alcool t'auraient donné l'envie de te dévêtir. J'aurais certes préféré que tu ne dévoiles pas ainsi ton corps.

— Eh bien, Grand Prêtre, concéda Neby avec un humour grinçant, tu n'as pas assez réfléchi aux conséquences de ton acte.

— C'est vrai, admit-il en riant. Cependant, mes goûteurs ne diront rien. Ils garderont le secret

Elle le regarda rire et observa ses dents soignées et blanches. Tout en s'esclaffant, il scrutait son visage d'une manière désinvolte et, pourtant, cette hilarité soudaine n'était qu'une échappatoire, car une émotion qui prenait sans cesse de l'ampleur gonflait son cœur et s'apprêtait à éclater.

— Je n'ai pas demandé à travailler dans tes caves, que je sache, dit-elle d'un ton mordant, et j'aurais préféré me trouver près des vignes à surveiller les collecteurs de grappes ou les fouleurs de raisins.

Il reprit la coupe déposée sur l'aile de faucon qui se déployait à droite du repose-tête. Enfin, elle la saisit et la tourna nerveusement entre ses doigts. Panehesy eut un sourire bienveillant pendant que, du bout des lèvres, elle goûtait le breuvage et, tranquillement, laissa courir ses yeux sur la gracieuse silhouette qu'elle offrait.

— Allons, Neby ! Ne sois pas furieuse. C'est un apprentissage de la vie que tu viens de faire. Désormais, tu sauras doser tes gestes ou tes actes en fonction des propositions qu'on pourra te faire.

— Ce n'étaient pas des propositions, rugit-elle, mais des ordres !

— Non ! Des instructions venant de tes supérieurs, rectifia-t-il.

— En quoi avais-je besoin de les satisfaire ?

— Si tu avais refusé, ces prêtres t'auraient pris pour un petit scribe minable. Ils t'auraient donné l'ordre de te retirer aussitôt. Jamais tu n'aurais eu leur estime.

— Et alors, peu m'importait, s'insurgea Neby en haussant l'épaule.

Il eut un sourire plein de sous-entendus qui releva l'extrémité de ses lèvres.

— Sais-tu que ces hommes font partie de la commission qui se réunira le jour où l'on proposera l'admission de ton titre de Grand Scribe de l'École du Temple de Memphis ?

Neby se sentit comme un jeune cheval qu'on venait de dompter, crinière ébouriffée tombante et rage au bord des dents. Elle pencha sa tête en arrière et fit sortir de ses poumons un long sifflement qui mit fin à sa contrariété.

— Très bien, dit-elle enfin en esquissant elle aussi un sourire, j'aurais mauvaise grâce à persister dans mon entêtement. Et puisque tu m'attendais dans les dédales de tes caves, je pense que je ne craignais rien. Mais, qu'aurais-tu dit si j'avais refusé de boire ?

Il se pencha sur elle et embrassa doucement ses lèvres. Elles étaient un peu sèches et avaient le goût âcre de la cardamone qu'elle avait goûtée tout à l'heure.

— Je t'aurais excusée, prononça-t-il en s'écartant de la jeune fille qui n'avait eu aucun recul pour éviter le contact de sa bouche. Je ne pensais pas que tu irais aussi loin dans le souci que tu avais d'obéir à ces hommes et de les contenter.

— Avez-vous parié sur moi ?

— Allons, Neby. Ne te fais pas plus enfant que tu n'es. Il fallait que tu apprennes à comparer les diverses qualités vinicoles au travers des mélanges et que tu saches distinguer un petit vin d'un grand cru.

Elle le fixa longuement et but la fin du breuvage qu'elle tenait toujours entre ses mains. Il était frais, mais avait ce goût amer qui, sans doute, devait guérir les excès des grands buveurs de vin.

— Et selon toi, Grand Prêtre, en quoi cette connaissance me sera-t-elle utile ? fit Neby en lui tendant la coupe vide.

— Plus tard, quand tu te trouveras dans un banquet de dignitaires ou de hauts personnages, tu apprécieras de savoir goûter les vins que l'on te servira. Et tu sauras aussi te distinguer, car tu ne dépasseras plus la mesure permise. Il est odieux de voir toutes ces femmes de qualité vomir sans arrêt durant les grands festins.

— Est-ce le cas de ta femme ?

Il fut surpris par le ton de la question. Elle comportait une acidité presque doucereuse et il y répondit par un hochement de tête.

— Parfois, cela lui arrive.

Elle regretta son propos et chuchota humblement :

— Panehesy ! Crois-tu donc qu'un jour ma destinée se mêlera aux grands de l'Égypte ?

Il s'assit sur le bord du lit et lui prit la main qu'il garda dans la sienne. Le grain de sa peau était lisse et il se plut à la caresser.

— Allons ! fit-il tendrement, veux-tu rester un scribe de petite envergure toute ta vie ?

Elle haussa l'épaule d'un geste désabusé.

— Peut-être. Si les clients ne me font pas défaut.

Mais elle savait que la vie était plus facile pour une femme scribe qui évolue dans la haute société plutôt qu'au hasard des rues à la recherche d'un client potentiel. Elle apprécia soudain la chaleur de sa main. Elle était grande et puissante. Rassurante comme un abri chaleureux d'où l'on ne veut plus sortir. Neby savait que le Grand Prêtre désirait l'aider avec une franchise sans partage et que le violent désir qu'il avait d'elle était quelque chose d'autre, comme une bouture qui vient se greffer sur la plus importante des branches d'un arbuste.

— Ne veux-tu donc jamais retrouver ton état de femme ?

Il s'approcha et se pencha vers elle. Neby constata qu'il avait le souffle un peu court et que ses yeux jetaient des lueurs qu'elle ne lui connaissait pas. Son désir s'avivait et elle le sentit bouillonner au travers de ses entrailles.

Le lit sur lequel il l'avait étendue ivre morte la veille était une pièce de mobilier richement décorée. Jamais encore Neby n'avait dormi dans un vrai lit, n'ayant eu pour couche que des paillasses, des nattes ou, plus souvent encore, le sol de terre battue.

Le lit du Grand Prêtre — car il n'y avait plus de doute, cette pièce éclairée par le soleil du jour était sa propre chambre — comportait un grand cadre en bois d'ébène, plaqué de feuilles d'or, tendu de solides bandes de toiles entrecroisées sur lesquelles des coussins moelleux étaient disposés. Le lit était surélevé par des pieds qui se terminaient en pattes de lion aux griffes d'or et le chevet sur lequel reposait sa tête était sculpté d'une aile de faucon déployée à chaque extrémité.

— Allons, Neby ! Réponds-moi, insista Panehesy, ne veux-tu donc jamais retrouver ton état de femme ?

Puis, il tourna sa main de façon à ne voir que la paume et, l'approchant de ses lèvres, y déposa un baiser.

— Si, murmura-t-elle.

Quelques instants, il observa la paume de sa main qu'il venait d'embrasser. Elle était longue, lisse, blanche, car elle n'était pas, à l'exemple de celles des grandes dames de la noblesse, passée au henné pour en aviver la couleur.

Penché sur elle, la bouche au-dessus de son visage frémissant, il sentit son haleine encore embuée de quelques vapeurs de vin mêlées à l'âcreté du remède. Sa poitrine était nue. La veille, afin de mieux la contempler durant son sommeil, il ne l'avait pas recouverte lorsqu'il avait précautionneusement étendu la jeune fille sur sa couche.

De sa main libre, l'autre tenant toujours la coupe vide qu'elle lui avait rendue, il parcourut lentement la courbe de son menton triangulaire et la descendit sur sa gorge. Puis, il posa la coupe sur le sol et se pencha de nouveau sur elle. Mais elle se rétracta légèrement, repoussant un peu son buste en arrière. Voulait-elle fléchir au point de céder aux instances du Grand Prêtre ? Il était évident que Panehesy lui faisait découvrir tout un monde enchanteur par-delà même sa séduction et son infaillible don de grand seigneur doublé du titre prestigieux de Premier Grand Prêtre de Ptah.

Les souvenirs du temple qu'elle gardait en mémoire, ceux de Karnak notamment, s'avéraient si néfastes, si destructeurs qu'elle n'aurait jamais cru pouvoir se soumettre aussi aisément à la volonté d'un prêtre, qu'il fût supérieur ou subalterne.

— Que vas-tu faire de moi quand je connaîtrai la signification de tous les hiéroglyphes sacrés ? Je ne peux rester indéfiniment au temple.

Il glissa ses lèvres sur les siennes mais ne les atteignit pas vraiment, car à nouveau elle se rétracta et il eut un soupir de mélancolie doublé d'un léger sourire crispé.

— Tu peux rester au temple aussi longtemps que tu le souhaiteras.

— Ce n'est pas mon intention, émit-elle dans un souffle car cette fois il reprenait ses lèvres avec plus de force et de passion.

Subjuguée par la violence du baiser, elle se laissa faire.

Quand il lâcha sa bouche il semblait avoir oublié sa réponse, préférant poser sa tête sur le ventre blanc et soyeux qui s'offrait à lui. Le délicat nombril de la jeune fille, creusé comme une fossette, attisa son désir et il en contourna doucement le dessin de ses lèvres.

— A présent, tu m'appartiens, Neby, chuchota-t-il.

Elle fit un brusque écart et voulut plier ses jambes, genoux repliés contre elle. Ce n'était pas de l'appréhension mais l'intuition soudaine que l'écart qui la séparait de son état de jeune fille à celui de femme s'amincissait chaque seconde davantage.

Mais, prenant son geste pour un signe d'hésitation, Panehesy s'interposa et pesa sur elle. Alors elle rallongea ses jambes et, tout en gémissant doucement, le laissa glisser sa main le long de ses cuisses.

C'est à peine si elle le vit ôter ceinture et pagne qui tombèrent silencieusement à côté de la coupe qu'elle avait vidée tout à l'heure. Lorsqu'elle sentit la chaleur de sa peau nue contre la sienne, elle dut reconnaître qu'elle ne maîtrisait plus rien, ni son esprit ni ses sens, aussi décida-t-elle de se laisser aller au-devant de ces pulsions inconnues qu'elle sentait se déchaîner et bouillonner en elle.

Panehesy remonta le long de son corps et sa bouche revint quémander celle de Neby qui cette fois, apprécia la langueur du baiser. Souffle contre souffle, peau contre peau, le cœur battant à l'unisson, ils oublièrent tout.

Elle s'offrait, elle se libérait, goûtant avec un plaisir sans cesse grandissant les caresses de Panehesy lorsque soudain, elle perçut en elle une secousse violente et fut surprise par une douleur infinie qui la fit se cabrer.

Mais la douleur s'atténua lentement pour faire place à une sensation exacerbée dont elle ne maîtrisait pas encore la teneur.

Elle perçut des secousses lentes, saccadées tout d'abord qui la déstabilisèrent tant sa respiration lui manquait. Puis vint un rythme plus harmonieux qui fit battre les veines de son cou et bouillonner sa tête et, quand il déversa en elle sa semence, elle gémit enfin, libérée de tout ce passé qui lui collait trop à la peau.

Il passa la journée et la nuit suivante auprès d'elle sans se soucier des prêtres qui réclamaient sa présence.

***

Les jours qui suivirent furent de toute évidence une suite d'événements qui s'enchaînèrent avec une promptitude qu'elle essayait de maîtriser comme elle pouvait. Le temps passait lentement et la saison du Chemou se terminait avec le mois de Paophi qui entamait les premiers jours de la saison d'Akhit. Celle qui devait apporter l'inondation bénéfique, la crue divine pour régénérer la terre des agriculteurs.

Dès l'aube, Neby se rendait aux caves où les prêtres l'avaient acceptée comme une sorte de mascotte qui venait distraire la monotonie de leur besogne. Elle n'avait jamais plus absorbé une goutte d'alcool et se contentait de transcrire sur son papyrus les indications que le scribe lui fournissait.

Les prêtres-goûteurs l'observaient parfois d'une œillade narquoise, mais Neby semblait ignorer leur ironie et se contentait de poser quelques questions concernant son travail.

Dès lors, enfermer dans ces cruches un vin de qualité devint son principal souci. Le breuvage de grand cru que l'on transvasait ensuite dans une jarre en terre et que l'on fermait par un bouchon d'argile faisait partie de sa besogne quotidienne.

Débonnaire, le prêtre-scribe la laissait inscrire sur le bouchon, au moyen du sceau du temple, les inscriptions qui définissaient l'origine du vin et l'année du règne d'Aménophis III. Neby s'acquittait honorablement de sa tâche et, quand les heures qui suivaient celles du plein zénith arrivaient, elle quittait les caves, le cœur léger et l'âme dispose, pour s'enfermer dans les franches salles de la bibliothèque où elle découvrait des lectures dont elle n'avait jamais soupçonné la teneur ni l'intérêt.

Panehesy lui laissait l'intégrale liberté de sillonner les longues rangées d'étagères qui enfermaient toute une littérature qu'elle dévorait sans plus s'arrêter jusqu'à ce que les heures nocturnes arrivassent et que le Grand Prêtre vînt la chercher.

Il l'emmenait dans sa maison de Memphis où il se faisait servir un repas arrosé de bon vin que Neby dégustait par petites gorgées.

Ce jour-là, Neby était absorbée dans la lecture du « Conte des Deux Frères ». La veille, elle avait lu celui du « Naufragé » et l'avant-veille celui du « Paysan Éloquent ». Et quand Panehesy lui avait fait découvrir les « Aventures de Sinouhé », Neby n'avait pas dormi de plusieurs nuits tant elle s'était passionnée pour les risques aventureux que prenait le héros égyptien sur les routes qui l'emportaient loin, en Syrie, du côté de l'Euphrate. Ah ! comme elle aurait voulu partager ces instants avec Choutarna et lui raconter les péripéties de Sinouhé l'Égyptien, campé à Babylone !

Le premier livre que lui avait fait lire Panehesy était un ouvrage du Moyen Empire, écrit par Soube Khety à la douzième dynastie, « La Satire des Métiers », lequel avait fort amusé la jeune fille. Le livre rassemblait les multiples occupations manuelles des Égyptiens dans une société où il n'y avait pas de salut en dehors du métier de scribe. L'ouvrage dénigrait ainsi tous les métiers, ne rehaussant que celui du scribe quelle que soit sa position hiérarchique, puisque seul celui-ci avait la possibilité de se distinguer dans cette société quasi bureaucratique qui caractérisait si bien l'Égypte.

La satire de Soube Khety ne manquait pas d'humour et tous les métiers étaient dénigrés. Ainsi le porteur d'eau devenait bossu à force de porter les seaux sur ses maigres épaules, le blanchisseur se faisait manger par un crocodile sur les bords du Nil, le boulanger tombait dans son four et le tailleur de pierres se faisait assommer par ses propres outils. Seul, le scribe sortait vainqueur de tous les naufrages.

Dans l'enseignement que prodiguait Panehesy à Neby, les ouvrages religieux ne tenaient qu'une place minime, car la jeune fille était décidément moins attirée par la vie d'un temple, si grouillante fût-elle, que par celle de la vie extérieure. Ainsi, le « Livre des Pyramides » ou le « Livre des Morts » qui rassemblaient les premiers textes sacrés, les hymnes divins, les écrits et chants funéraires avaient moins d'intérêt à ses yeux que toute cette littérature laïque qu'elle découvrait avec un enthousiasme débordant.

Dans la grande salle de la bibliothèque éclairée par des ouvertures qui donnaient sur l'un des bassins du temple, Neby transcrivait avec application un texte sorti du « Livre de l'Amdouat » qui relatait, heure par heure, un voyage du dieu Rê parmi les habitants de l'au-delà. C'était un des rares thèmes qui, parmi tous les textes sacrés, ne lui déplaisait pas.

Elle jeta un coup d'œil sur son godet d'eau et vit qu'il n'en contenait plus tant elle avait écrit. Alors, elle se donna un temps de repos et se mit à rêver, les yeux fixés sur le bassin qui s'étendait jusqu'aux marches de marbre menant au petit temple d'Aton, un dieu méconnu, adepte de Rê et du soleil, que Neby avait pris en affection, se rendant sur le lieu chaque fois qu'elle voulait se délasser.

Elle détendit son buste un peu raidi par la position du scribe et déplia ses pieds croisés. Puis, s'étirant, elle s'agenouilla devant la table basse qui lui faisait face et admira une fois de plus le bel ensemble, palette et tablette, offert par Panehesy dès son arrivée à la bibliothèque du temple.

Un ensemble qu'elle pouvait transporter dans un petit sac en cuir digne du plus grand scribe de la dynastie régnante. La palette avait trois profondes rainures pour les calames dont la pointe en roseau était taillée si finement qu'à présent elle pouvait tracer de merveilleux hiéroglyphes. La palette comportait aussi deux doubles godets pour l'eau et les couleurs. Un minuscule rangement était prévu pour le lissoir qui aplanissait le papyrus avant l'emploi et le couteau qui servait à le couper dès que le texte était achevé. L'ensemble était complété par un petit mortier et un broyeur qui permettaient d'écraser les couleurs. Enfin, l'étui à papyrus enfermant le document vierge enroulé, le chiffon et le grattoir pour effacer les ostracas.

Neby entendit un bruit de pas sur la terrasse et tourna le visage. Le Grand Prêtre s'avançait vers elle. Elle lui sourit et le laissa s'approcher. Puis, quand il fut à ses côtés, elle offrit ses lèvres à la grande bouche qui se tendait vers elle et frissonna sous le baiser profond qu'il lui donna.

— As-tu bien travaillé, petit scribe ? dit-il quand il se fut dégagé de sa bouche fraîche.

Elle se mit à rire.

— Quand je partirai, munie du document qui fera de moi un scribe de plus grande envergure, je redeviendrai une fille.

— Que tu sois fille ou garçon, tu ne partiras pas, assura le Grand Prêtre en la prenant dans ses bras.

Elle reprit son rire, un peu saccadé, un peu nerveux toutefois. L'ombre d'un doute venait de la tenailler.

— Veux-tu donc m'épouser ?

Il ne répondit pas, desserra son étreinte et sortit de son ample manche un rouleau de papyrus.

— Tiens, dit-il, c'est pour toi.

— Qu'est-ce que c'est ? fit Neby malicieuse. Un contrat de mariage pour être ta Seconde Épouse ?

Il eut un sourire ambigu et attendit quelques instants.

— Lis, fit-il d'un ton pressant.

Elle se racla la gorge et commença sa lecture à voix haute.

— « Moi Panehesy, fils de Meryrê, Premier Grand Prêtre au temple de Memphis, Grand Intendant des Écuries, des Champs et des Greniers à Blé du temple et Grand Prophète de Ptah, déclare avoir initié Neby, fille d'Isis et de Koushy, scribe public de la région de Bouhen, à la profession de Grande Scribe des Travaux Publics et des Travaux de l'État. Cet acte rédigé au sein du temple de Ptah, à Memphis, prend effet à partir de ce jour, le troisième du mois de Paophi, et ne s'annulera que sur faute grave de ladite scribe. »

Sa lecture terminée, Neby resta sans voix. Panehesy s'en tirait à merveille. Comment lui en vouloir davantage quand il offrait à la jeune fille le seul moyen de se tirer d'affaire dans la vie qui devait être désormais la sienne ? Que valait à côté de ce document précieux une promesse de mariage en tant que Seconde Épouse dont elle ne voulait pas, d'ailleurs.

Neby se jeta dans ses bras.

— Tu m'offres là le plus royal des cadeaux. Jamais je ne te remercierai assez.

— C'est un acte officiel, Neby. Un acte que j'ai signé de mon sceau personnel. Tu iras le faire enregistrer au Bureau Central de Memphis. Et, si un jour tu le perds ou si on te le vole, ce document sera recopié et te sera remis sans difficulté. Nous en garderons également un exemplaire aux archives du temple.

Le premier débordement de joie passé, Neby eut une lueur attristée dans les yeux.

— Que se passe-t-il, petit scribe? s'enquit-il affectueusement en posant ses lèvres sur les siennes.

— C'est que, confia Neby soucieuse, sortie de ce temple, c'en est fini de mon état de garçon. Me voici une femme scribe.

— N'est-ce pas là ce que tu voulais?

Elle toucha du doigt son crâne rasé.

— Il faudra que je me laisse pousser les cheveux à présent.

— Et que tu bordes tes yeux de khôl, ce que tu n'as jamais voulu faire. Même les prêtres d'un temple se maquillent les yeux, tout d'abord pour sauvegarder leur hygiène et ensuite éviter les piqûres d'insectes au bord des paupières.

Il se dirigea à grands pas vers l'entrée de la pièce, ferma la lourde porte et tira le loquet de bois. Puis, à pas plus lents, fixant son regard sur les prunelles dorées de Neby, il revint près d'elle, la souleva dans ses bras et la coucha sur le tapis moelleux de la pièce qui n'attendait que leurs tendres effusions pour les engouffrer davantage dans les délices de l'amour. Quand il vint se coucher sur elle, elle s'abandonna mollement en respirant le nuage de musc que son corps dégageait et qui se mêlait à son odeur de jasmin.

CHAPITRE XIII

Ce matin-là, l'absence de Panehesy laissait à Neby l'occasion de prendre une journée de repos et la jeune scribe se dit qu'elle devait en profiter pour faire enregistrer son précieux document au Bureau Administratif de Memphis.

Si sa nouvelle vie l'enchantait — n'apprenait-elle pas au temple tout ce qu'une jeune scribe ambitieuse était en droit de savoir ? — elle se posait mille questions sur son devenir. Certes, le document qui attestait qu'elle pouvait exercer sa fonction de façon officielle lui permettait d'échafauder des projets plus durables que l'amour que lui portait le Grand Prêtre.

Si Neby se torturait à l'idée de refuser une position de seconde épouse ou de concubine comme souvent les grands dignitaires en possédaient lorsque leur fortune le permettait, elle regrettait plus encore que son nouvel état de femme scribe ne lui permît pas de travailler sur l'un des plus grands domaines du royaume.

Mais Neby n'était pas de celles à se morfondre sur une situation frustrante, d'autant plus que les satisfactions de son métier, dont elle mesurait toute la portée, la remplissaient d'une joie profonde.

Choutarna à qui elle avait parlé de sa nouvelle condition n'avait pas montré l'enthousiasme auquel s'attendait sa compagne. Qu'elle fût scribe à la fois femme et diplômée la réjouissait, mais qu'elle aimât Panehesy l'inquiétait et elle craignait à présent qu'elle préférât une promotion sur l'un de ses immenses domaines et la laissât à son sort bien imprécis, il est vrai.

En ceci, Choutarna se trompait car Neby échafaudait bien d'autres projets dont sa compagne n'était pas écartée. Mais, pour l'instant, notre jeune scribe humait l'air frais du matin et se disait qu'une visite, si courte fût-elle, au petit temple d'Aton lui ouvrirait les horizons bénéfiques d'une journée bien remplie qu'elle se proposait de passer entièrement dans la ville, hors des murs du temple.

Sa réflexion mise au point, elle s'en fut en direction du sanctuaire d'Aton, juste pour se recueillir quelques instants. Ce temple-là n'était pas grand. A vrai dire, il était minuscule, mais c'était le seul auquel elle accordait quelque crédit. Aton ! Le disque solaire, la chaleur de la terre, le bien-être gratuit, semblable pour tous. N'y avait-il pas qu'un astre qui s'appelât soleil et qui brillât de la même façon pour chaque être vivant ? Neby qui avait sillonné par tous les états d'âme les rues des villes, les bords du Nil, les routes et les déserts et qui ne s'était jamais privée de ses chauds rayons, ne pouvait accorder sa faveur qu'à celui qui représentait le soleil.

Quand elle arriva devant le petit temple, elle fut surprise d'y voir un jeune homme prosterné. Face au disque d'Aton — puisque que c'était la seule divinité qui n'avait ni figure humaine ni figure animale — il semblait se recueillir avec une grande concentration. Pourtant, le bruit de son approche lui fit tourner la tête.

Il avait une silhouette dégingandée, grande et osseuse.

Neby vit un regard sombre enfermé dans des yeux étirés vers les tempes et cernés de khôl, un nez long aux narines resserrées et une bouche large et sinueuse. Il leva le sourcil en voyant qu'elle s'approchait, nullement embarrassée, et comme il la prenait pour un garçon, il se colla au mur pour lui faire place afin qu'elle priât elle aussi le dieu Soleil.

Neby vint se prosterner à son côté, un regard intrigué lancé en coulisse vers l'inconnu. Au bout de quelques minutes, elle se releva et s'approcha de la table d'offrande pour y déposer une fleur de lotus. Elle caressa les doux pétales du bout de son index, porta la fleur à ses narines puis la posa délicatement sous les rayons du disque gravé dans la pierre.

Le jeune homme la regarda faire, étonné de voir la simplicité de l'offrande. De son côté, Neby avait remarqué l'étrange don qu'avait déposé son compagnon. Un papyrus enroulé entre deux cornes de gazelle.

— Il est inhabituel pour un garçon d'offrir une fleur au dieu Aton, dit-il, quand elle se releva et qu'elle planta droit ses yeux dans les siens.

— J'aime offrir des fleurs à ceux que j'aime, fit Neby en se tournant vers le disque qui, ciselé dans la pierre, offrait ses rayons solaires à la terre.

— Il est plus rare encore de trouver un prêtre qui honore ce dieu pratiquement inconnu. C'est la première fois, depuis que je viens prier ici, que je trouve un adepte d'Aton recueilli dans ce minuscule sanctuaire. Dans quelle activité œuvres-tu au sein de ce temple ?

— Je ne suis pas prêtre, fit Neby en souriant. Je suis scribe.

— Si tu n'es pas prêtre, répliqua l'inconnu, pourquoi n'es-tu pas à la Maison de Vie, tout comme moi ?

— La Maison de Vie, dit-elle, est réservée aux jeunes nobles, aux fils de dignitaires, aux riches Égyptiens.

Il se tut et l'observa en silence. Les traits délicats de son visage l'étonnaient et il ne pouvait en détacher ses yeux. Son regard était comme un aimant attiré par chaque détail qui se mouvait sur la silhouette de ce jeune scribe. En lui, tout était grâce : la lueur douce et tendre de l'œil, le sourire plein de charme, la peau si satinée, le geste qu'il avait eu en déposant le lotus sur la table d'offrande. Aménophis en fut presque chaviré.

Baissant les yeux sur les attaches fines de ses poignets, il vit qu'elles paraissaient si fragiles qu'il faillit lui prendre la main. Mais il se retint et se contenta de feindre la concentration dans sa prière inachevée. Au bout de quelques instants pourtant, il n'y tint plus.

— Je ne t'ai jamais vu, fit-il d'une voix chaude et grave. Ne fréquentes-tu pas les autres temples ?

— Celui de Ptah où je suis astreint à suivre les offices du soir et du matin, avoua Neby dans un demi-sourire.

— Astreint, dis-tu !

— Je ne m'intéresse qu'au dieu Aton.

— Voilà qui me réjouit, fit le jeune homme en dévoilant ses dents mal plantées. Moi aussi, seul Aton me plaît. Ce qui, d'ailleurs, me met à dos la plupart de mes maîtres. Le seul qui me comprenne est bien le Grand Prêtre de Ptah.

— Panehesy ! s'exclama Neby avec surprise.

— Non, je parle de Meryrê, son père. Panehesy

est trop jeune pour m'enseigner la philosophie de la religion.

Il se tourna vers elle.

— Pourquoi ne t'intéresses-tu pas aux autres temples ?

— Je suis très compliquée dans mes sympathies avec les dieux. Certes ici, j'ai appris à les connaître. Mais aucun ne me plaît comme Aton. Cependant, je vénère Hapy, le dieu du Nil, car c'est lui qui m'a protégée tout au long de mon adolescence alors que j'arpentais le Nil à la recherche d'un travail.

— D'un travail ?

— Bien sûr. Je suis un simple scribe public.

— Que fais-tu donc au temple ?

Neby hésita et cilla des paupières, mais ce grand jeune homme étrange et dégingandé lui plaisait.

— A la suite d'un concours de circonstances, expliqua-t-elle, j'ai été amené à connaître le Grand Prêtre Panehesy. C'est lui qui m'a initié au sens des vérités religieuses.

— Un tel protecteur aurait pu t'imposer la Maison de Vie.

Il la jaugea non pas avec arrogance, car il accompagna son regard d'une grande sollicitude où se cachait quelque admiration.

— S'il t'inculque lui-même les bases de la spiritualité, ton intelligence est sûrement grande.

Neby rougit et l'inconnu s'en aperçut.

— Et de surcroît, tu dois beaucoup lui plaire, affirma-t-il dans un sourire très étendu.

— Sais-tu que Meryrê, son père, accepte aussi des jeunes gens de basse condition, du moins s'ils possèdent l'esprit et les possibilités intellectuelles nécessaires pour devenir de grands scribes ?

Aménophis plissa tant ses yeux qu'ils se fermèrent

à demi, lui donnant un air de chat sauvage en quête d'un bruit, d'un geste, d'un mot à saisir, les lèvres allongées, distendues. C'était toujours ainsi qu'il réfléchissait, la bouche plus étirée encore que son œil en amande. Aménophis était surpris. Cette attirance qu'éprouvait Panehesy pour ce jeune scribe de basse condition pouvait certes l'intriguer.

— Qui vénères-tu encore ? s'enquit-il en se recomposant un visage classique.

— Parfois Hathor que j'ai rencontrée, un jour, sur mon chemin et à qui je dois reconnaissance.

— Et pourquoi dis-tu que tu aimes Aton ?

Neby s'approcha de la pierre du sanctuaire où était gravé le disque avec ses rayons. Elle en caressa rêveusement le pourtour, descendant ses doigts sur les ciselures qui semblaient appeler les prières de ses rares adorateurs.

— Parce que c'est le soleil qui dispense la vie, la force, l'énergie. Sans lui, nous ne sommes rien et ne pouvons rien faire.

— Tu as raison. Mais, dis-moi. La chaleur du soleil ne te gêne-t-elle pas quand elle tombe du zénith et qu'elle anéantit ceux qui ne peuvent s'abriter ?

— Non. Le soleil ne m'a jamais écrasé, même s'il est au plus haut du ciel. Bien au contraire, il me régénère. J'ai souvent arpenté le Nil à l'heure où d'autres se reposent à l'ombre. Jamais ce soleil-là ne m'a rendu malade.

Aménophis semblait boire ses paroles avec un air inspiré qui ne le quittait plus. Il les sentait si justes, si sincères que, pour un peu, il les aurait dites lui-même tant elles collaient à ses propres idées. Euphorique tout à coup, il saisit la main de Neby et s'approcha du papyrus qu'il avait déposé sur l'autel. Puis, il le prit et, sans hésiter, comme s'il cherchait la consécration des propos qu'ils venaient tous deux d'échanger, le déposa sur sa paume ouverte.

— Tiens, lis. C'est un poème que j'ai dédié au soleil.

Un silence se fit. Léger, aérien, pour recueillir les mots que s'apprêtait à lire Neby, puis lourd, pesant pour discerner le bruit du pas qui, derrière eux, s'approchait.

Le toussotement prolongé qui s'ensuivit les fit se retourner. Un jeune homme se tenait derrière eux. Grand, large et fort, de carrure puissante et les jambes musclées, il ressemblait à un garde ou plutôt avait l'allure d'un soldat, en avait le visage impassible, le maintien sec et impérieux, carapace de froideur et d'arrogance.

Neby le regarda, étonnée, puis se tourna vers son compagnon qui ne paraissait ni surpris ni contrarié. Ils étaient tous deux à l'opposé. Seule, la tunique qui recouvrait leurs corps en tombant sur leurs pieds nus était semblable. Seuls, leurs crânes rasés étaient identiques, bien que l'un parût plus allongé que l'autre. Et seule, restait l'impression qu'en un autre temps une chevelure abondante avait dû recouvrir ces deux crânes rasés pareillement.

Quand l'autre vint se prosterner devant Aton, Neby ne bougea pas. Quand il se releva, ses puissantes épaules roulèrent sous le fin tissu de sa tunique et, d'une torsion rapide du buste, il pivota sur sa gauche et se planta devant elle.

Elle le fixa de ses yeux bruns.

— Lis, puisqu'on te l'a demandé, ordonna-t-il froidement.

Elle défia son regard tout en déroulant le papyrus. Il était recouvert d'une écriture fine et serrée, mais le texte était court.

— Lis, répéta le nouvel arrivant, campé dans son arrogance.

Neby se tourna vers l'autre garçon, celui qui, dans son enthousiasme, avait attiré sa sympathie.

— Permets-moi de lire ce texte pour moi-même, je l'apprécierai mieux.

Le grand gaillard présomptueux lui prit violemment le bras.

— Mon camarade t'a donné l'ordre de lire son texte à haute voix et tu dois lui obéir.

— Allons, fit Aménophis en souriant. J'ai simplement formulé un souhait.

— Et moi, répliqua Neby, je formule celui de lire ton texte pour moi seul.

Puis, d'un coup sec, elle frappa la main de l'insolent qui serrait toujours son bras et se dégagea avec colère.

— Qui es-tu, jeta-t-elle en le narguant, pour t'interposer de la sorte ? La Maison de Vie que tu fréquentes ne te donne pas tous les droits.

Elle rencontra deux yeux froids et durs, coupants comme une lame de silex. Ce garçon-là ne semblait guère aimer les hommes efféminés alors que son ami n'avait montré aucune hostilité particulière envers elle.

— Qui es-tu ? réitéra Neby en se plantant aussi arrogante que lui devant le nouveau venu. Qui es-tu ? Un fils de riche ? Un noble ? Un garçon pourri par un père qui cède à toutes ses fantaisies ?

Il la regarda, cernant sa silhouette d'un air dédaigneux et laissa tomber d'un ton impérieux :

— Je suis Horemheb, le compagnon d'études du second fils de Sa Majesté le pharaon Aménophis à qui tu fais l'injure de refuser la lecture du poème qu'il a lui-même composé.

Neby en eut le souffle coupé et le sang afflua à ses joues. Ainsi, elle venait de converser avec le prince Aménophis ! A présent, elle se souvenait d'une conversation agitée entre Toutou et ses auxiliaires sur la venue du second fils de Pharaon au temple de Memphis pour y suivre un enseignement religieux.

Elle se tourna vers lui :

— Veux-tu que je lise ton texte à voix haute ?

— Non, fit-il presque honteux de la réaction autoritaire de son ami. Tu as raison. Lire pour soi-même est plus enrichissant.

Il saisit le bras d'Horemheb sans cesser de regarder Neby.

— D'ailleurs, il faut que nous partions.

Puis, de la main, il frôla son épaule.

— Je me souviendrai de ton visage, de ton allure, de l'énergie que tu dégages. Si un jour, tu es dans l'ennui et que tu te trouves à Thèbes, demande à me voir. Je te recevrai.

Puis il lâcha l'épaule de Neby pour accrocher de ses doigts nerveux celle de Horemheb et poursuivit d'un ton qu'il s'efforça de rendre jovial :

— Après tout, je n'ai pas tant d'amis avec qui je peux discuter du dieu Aton.

***

Quelque temps plus tard, remise de son étonnement et pourvue, pensait-elle, d'une promesse de poids, Neby sillonnait le centre de la ville à la recherche du Bureau Central pour y faire enregistrer son précieux document qui, désormais, attestait sa compétence professionnelle en tant que scribe et femme.

Les vendanges se terminaient et le mois de Paophi

entamait une saison qui annonçait la venue de la crue. Les paysans disponibles allaient se proposer pour travailler sur des chantiers que l'État payait en nature : blé, orge, bière, lentilles et poissons séchés. Quand le chantier n'était pas loin, chacun rentrait le soir dans sa masure au bord du fleuve. Quand le paysan se déplaçait sur un site dont l'éloignement l'empêchait de vivre chez lui, il couchait à proximité du chantier et ne réintégrait son foyer qu'à la saison des semailles.

C'était toujours ainsi depuis les dynasties anciennes, la saison de la crue voyait déferler les paysans sans travail à la recherche d'un chantier où ils effectuaient la basse besogne.

Quand la crue était terminée et qu'elle avait déposé sur la terre le limon fertile qui permettait de voir légumes, orge et blé pousser en abondance, les paysans rentraient chez eux et l'administration leur distribuait l'huile, le blé et les haricots qu'ils avaient gagnés. Parfois, ceux qui s'étaient distingués se voyaient pourvus d'une chèvre ou d'un âne. Certes, on était loin des paysans qui, enrôlés en temps de crue dans les expéditions guerrières du pharaon, étaient dotés au retour de quelques aroures qui leur permettaient de cultiver pour leurs besoins personnels.

Mais, en ce mois de Paophi, Neby sentait venir une soudaine nervosité car nombre de paysans étaient partis très loin dans les carrières du sud pour y extraire le grès de Nubie qui devait servir à l'achèvement du troisième pylône de Karnak.

En attendant que la terre se régénère et que les semailles commencent, beaucoup de femmes cherchaient aussi un travail de petite main dans les ateliers avoisinants, laissant leurs filles au foyer s'occuper des tâches ménagères. Pendant que l'eau du Nil montait à l'assaut des villes et des villages, ne laissant qu'un immense lac, elles en profitaient pour filer et tisser le lin, saler le poisson, réparer les nasses et les filets pour les prochaines pêches dans le fleuve.

Enfermée dans le temple depuis le mois de Mesore qui clôturait la saison du Chemou, Neby n'avait pas assisté cette fois à la vie différente qui s'organisait dans les villages pendant que la crue déferlait.

A nouveau, elle eut une pensée pour Panehesy et l'amour qu'elle lui portait. Jusqu'où allait-elle pouvoir aller sans rompre l'harmonie des sentiments qu'elle se plaisait à vivre avec lui au jour le jour? Quelle voie devait-elle prendre pour conserver un métier tout neuf qu'elle pouvait d'un jour à l'autre exercer sans crainte de se trouver dans l'illégalité?

Il y avait là une série de jugements qu'elle devait analyser, considérer sous tous les angles sans faire d'erreurs. Une décision qu'elle devait prendre sans aucun secours puisque Choutarna n'était plus à ses côtés, ni Myriam ni Minhotep la batelière. Neby devait affronter seule son destin.

La dernière fois qu'elle avait vu Choutarna et, la joie aux lèvres, lui avait annoncé qu'elle était désormais scribe à part entière, c'était devant le temple de Ptah. Mais elle voyait si peu son amie depuis qu'elle suivait l'enseignement destiné aux princesses de son rang qu'elle en arrivait à se demander si elle n'eût pas préféré quitter Panehesy le Grand Prêtre et repartir avec elle sur la route, libre, affranchie de toute obligation, enfin vêtue et coiffée en femme à la recherche d'un travail.

Perdue dans ses réflexions, Neby poussa un cri. Un char avait failli brutalement la renverser. Elle recula précipitamment et s'écrasa contre le mur de briques qui bordait les maisons. L'un des essieux, l'accrochant, déchira le bas de sa tunique et griffa sa jambe jusqu'à y laisser une traînée sanglante. D'une main tremblante, elle essuya les perles de sueur froide qui coulaient sur son front.

Les deux petits chevaux de race arabe dont la nervosité était bien connue des conducteurs d'attelage firent un écart, retenus par une main féminine.

— Je suis désolée, fit la conductrice qui maîtrisa ses chevaux avant de stopper brusquement son attelage près du mur opposé.

En toute autre occasion, Neby aurait pu admirer la maîtrise avec laquelle l'inconnue conduisait ses chevaux, mais la peur étreignait encore son esprit et elle restait coincée contre la paroi du mur.

— Ce n'est pas grave, fit-elle au bout d'un instant, quand elle eut repris ses esprits. Je me suis reculé juste à temps. Tes chevaux m'ont juste effleuré.

Elle releva la jambe que l'on apercevait ensanglantée entre les deux lambeaux d'étoffe. La jeune femme descendit du char et observa la silhouette de jeune garçon qu'offrait encore Neby aux yeux du public. Remise de ses émotions, Neby reprit en souriant :

— Un pansement sur cette égratignure et cela n'y paraîtra plus.

La femme lui tendit un linge propre.

— Une bien belle jambe que tu as là. Je suis peinée de l'avoir si vilainement abîmée. Tiens, prends ce tissu de lin. Il me sert à essuyer la sueur de mes chevaux lorsqu'ils sont épuisés par une course folle.

Voyant l'hésitation de la jeune fille, elle reprit :

— Ne crains rien. Il est neuf et n'a pas encore servi.

Neby le saisit, l'inspecta, le retourna entre ses doigts et, comme le sang coulait et commençait à lui tacher le pied, prit le parti de l'enrouler autour de sa jambe. La balafre se situait juste au-dessus de la cheville, un peu plus haut que le mollet.

— Tes chevaux sont beaux, mais trop fougueux, dit-elle en regardant l'inconnue qui l'observait en souriant.

— Dieu du ciel ! s'exclama-t-elle. Cela aurait pu être plus grave. Veux-tu l'intervention d'un médecin ?

Neby secoua la tête en un signe négatif. La conductrice frôla Neby et la jeune fille vit que sa beauté défiait toute concurrence. Son visage formait un pur ovale et ses yeux maquillés de khôl et de poudre de galène étaient soulignés de deux lignes allongées qui se rejoignaient plus loin vers les tempes. Sa perruque était longue, brillante, parfumée et se terminait en tresses souples qui tombaient dans son dos jusqu'à la taille. Sa bouche était petite, rouge et pulpeuse. Sa peau avait la carnation de ces Égyptiennes de haute noblesse qui passaient des heures à s'enduire de lait d'ânesse et de poudre d'amandes pour en affiner le velouté.

Quant à sa distinction, elle n'était pas à mettre en cause. Le maintien de son allure, le port de son cou, de ses épaules, de son buste étaient parfaits. Tout en elle criait la séduction, l'harmonie, l'élégance féminine si prisée par l'aristocratie égyptienne.

Elle s'écarta un peu de sa compagne. Dans son regard passa un éclair que Neby ne put définir tant il était ambigu. C'était comme une lueur attisée au moyen d'un feu venu on ne sait d'où. Neby resta, soudain, sur ses gardes. Tout à l'heure, il lui avait semblé que cette femme lui parlait d'une manière étrange, entre l'arrogance et la gentillesse.

— Comment t'appelles-tu ? fit-elle en clouant le métal de ses yeux sur elle.

— Neby. Et toi ?

— Mon nom ne te dira rien. Je venais au Bureau Public enregistrer un bien qui me revient d'un aïeul quand mes chevaux se sont énervés.

Surprise, Neby la fixa de ses prunelles brunes. L'inconnue ne cessait de la jauger du regard, passant machinalement sa main couverte de perles et de cornaline sur son buste où pendait un large collier jaspé.

— Tu as quel âge ? fit-elle encore.

Neby sentit qu'elle glissait sur une pente périlleuse et cette fois, elle se méfia. En quoi son âge regardait cette inconnue qui l'avait agressée, elle en était consciente à présent, avec son attelage de petits chevaux nerveux ?

— Et toi ? fit-elle sur la défensive. Tu me sembles plus âgée que moi.

La jeune femme tendit son joli buste en arrière. Même son rire, qu'elle égrena savamment, était empli de distinction, dosé parfaitement.

— Tu as raison, j'ai quelques années de plus que toi. Cependant, je suis suffisamment jeune pour être belle et séduisante encore. Mais, peu importe !

Elle griffa l'espace de son doigt lourdement bagué et poursuivit dans un sourire que l'éclat de ses dents blanches rendait plus charmeur encore :

— Sais-tu que le hasard vient de mettre sur mon chemin un jeune homme de constitution étrange, toi ! poursuivit-elle en pointant son index manucuré sur le buste de Neby.

Elle vit la jeune fille pâlir et sembla s'en amuser.

— Un tout jeune homme ! Un scribe, dit-on ! Fraîchement débarqué au temple de Memphis, mais qui va gentiment poursuivre le chemin de ses errances d'autrefois sur les routes d'Égypte qui bordent le Nil.

Neby blêmit et elle crut que l'égratignure qu'elle portait à la jambe et qu'elle venait de serrer sous l'étoffe la brûlait. Mais elle se rendit compte que c'était l'effet de son cœur qui battait à tout rompre.

— Qui es-tu pour me menacer ainsi ? cria-t-elle.

— Je suis l'épouse du Grand Prêtre de Ptah.

Une parcelle de seconde avait suffi à Neby pour comprendre la situation. Elle réfléchit aussi vite qu'un tourbillon de sable que le vent du khamsin soulève avec fracas, mais elle ne dit rien. Sa compagne l'observait, le dessin de ses yeux soulignés au khôl s'allongea démesurément et un sourire vint fleurir sur ses lèvres pulpeuses.

Voilà bien une situation à laquelle n'avait jamais été confrontée Neby. Affronter une rivale. Elle ne savait que faire, que dire et se sentit soudain très malheureuse.

— Je t'ai prévenue, fit sa compagne. Si tu insistes, je pourrais non te tuer, mais te casser, te rompre, faire de ton existence un enfer et tu regretteras d'être tombée entre les bras du Grand Prêtre.

Elle figea son sourire, sa peau était pâle, immobile, et l'on eût dit une belle momie à qui l'on venait d'ôter les bandelettes pour s'assurer de sa beauté passée.

— Si tu repars sur les routes, je t'oublierai.

Neby restait figée. L'épouse du Grand Prêtre poursuivit d'un ton tranquille :

— Tu possèdes à présent un élément pour te tirer d'affaire. Qu'il soit le seul, à présent, à t'aider pour monter dans la hiérarchie compliquée des scribes. Je t'en prie, sers-t'en et quitte Memphis aujourd'hui même.

Neby déglutit, mais sa gorge était sèche. Pourtant, elle semblait reprendre ses esprits.

— Aujourd'hui, je ne peux pas.

— Si demain, tu es là...

— Je te dis qu'il m'est impossible de partir aujourd'hui, ni même demain. Laisse-moi quelques jours, quelques semaines.

— Que veux-tu faire ? Tes adieux au Grand Prêtre ? Il n'est pas là. Il est parti ce matin, sans aucun doute après t'avoir quittée.

A présent, Neby paniquait. Ses angoisses revenaient et ses mains tremblaient. Sa jambe écorchée se mit à mollir et elle eut envie de fuir. Soudainement, elle eut le désir de se retrouver seule dans les rues d'une autre ville, sans plus penser à Panehesy. Cette femme avait raison. Sa place n'était pas auprès du Grand Prêtre, même si une passion réciproque les habitait.

Mais Neby était fragile, innocente, perdue dans un monde riche, opulent et pervers dont elle ne connaissait pas les rouages. Les seuls risques et périls qu'elle avait appris à connaître étaient ceux que la rue lui offrait depuis son enfance. Des lieux habités par le peuple qu'elle aimait et qui était son monde. Des gens parmi lesquels elle se mouvait à l'aise.

Neby sentit les larmes affluer à ses paupières. Devait-elle s'accrocher éperdument à un amour dont la mesure n'était pas faite à son image ?

Elle jeta cette fois sur la femme de Panehesy un regard implorant.

— Je ne sais plus, fit-elle piteusement. Aide-moi. Je ne suis pas faite pour cette vie de temple, pas plus que pour une promotion sur le riche domaine d'un Grand Prêtre. Rassure-toi. Je n'aurais accepté ni l'une ni l'autre de ces deux solutions. Encore moins celle de devenir une seconde épouse ou une concubine de ton époux.

— Te l'a-t-il proposé ?

— Non.

— Alors, profite de son départ pour t'enfuir. Il est parti ce matin avec d'autres prêtres en emmenant la princesse babylonienne qu'ils protégeaient dans l'un des appartements du temple.

— Choutarna ! s'écria Neby en tendant les mains comme si elle voulait retenir l'image de son amie de tant d'années de joies et de rigueurs. Oh ! Choutarna !

Voyant son désarroi qui ne mettait nullement en cause l'amour qu'elle pouvait porter à Panehesy, sa compagne s'approcha d'elle et la retint par l'épaule.

— Allons ! fit-elle d'un ton plus enclin à la douceur. Qui préfères-tu donc ? Le Grand Prêtre ou la princesse ?

Neby se redressait déjà. Son pâle visage était tendu.

— Je veux retrouver Choutarna.

— Alors, pars pour Thèbes. Tes yeux sont flamboyants de rage à l'idée que le Grand Prêtre t'a trompée, ce qui, d'ailleurs, me remplit de joie.

Comme la jeune fille ne bronchait pas, elle reprit :

— Sans doute devait-il t'annoncer lui-même le départ de la Syrienne !

Neby hocha la tête.

— Il m'avait dit qu'à ce moment-là, je serais libre de choisir la route de mon destin. Je vois qu'il ne m'a laissé qu'une mise en demeure.

— C'est juste et la princesse aura besoin de toi.

Neby se rebiffa.

— Comment sais-tu cela ?

— J'ai mes espions.

— Tu ne m'as qu'à moitié convaincue. Soit, je vais partir pour Thèbes. Mais, auparavant, je vais m'assurer que tu dis vrai.

— Ce n'est pas un mensonge. La princesse est en route pour Thèbes. Panehesy me l'a confirmé.

— Si ton affirmation se précise, je retournerai juste dans ma chambre afin de prendre mon matériel de scribe. C'est mon seul bien et j'y tiens comme un second cœur qui bat en moi.

L'épouse de Panehesy l'observa quelque temps sans rien dire. Neby la repoussa lentement du bras.

— Laisse-moi à présent.

CHAPITRE XIV

Theyi, l'épouse du Grand Ay, Capitaine des Armées de Pharaon et Grand Intendant des Écuries Royales, accouchait pour la première fois, en ce matin du mois de Khoyak où la crue déferlait la plénitude de ses eaux sur le pays d'Égypte.

Néfertiti se sentait nerveuse. Chaque crue amenait dans son esprit une étrange sensation qui la poussait à retrouver sa famille nourricière. Aussi, dès que les eaux montaient, Theyi, sa mère adoptive, l'envoyait à la campagne rejoindre Ouri et Pensilhé, le couple de paysans dont l'homme, un matin d'inondation, l'avait trouvée dans la boue noirâtre que le Nil charroyait sur ses berges.

Là, en harmonie avec la nature dont elle aimait et mesurait la générosité, Néfertiti réussissait à se détendre, laissant filer loin derrière elle les complexités superficielles de la vie aristocratique pour ne saisir enfin que les simples choses quotidiennes de la vie paysanne.

Ce mystère qui entourait sa naissance l'oppressait parfois à tel point qu'elle n'en dormait plus et, ce jour-là, Néfertiti ne pensait qu'à sa venue au monde qu'on avait entouré des plus implacables secrets.

— Pensilhé, pourquoi suis-je aussi nerveuse quand la crue du Nil arrive ?

— Ma tendre colombe, répondit la paysanne, ce sont des idées obscures qui te viennent sans raison. Oublie ces tristes pensées et pense plutôt à l'enfant que ta mère adoptive est en train de mettre au monde.

— Hélas, soupira la jeune fille, ce ne sera ni mon frère ni ma sœur.

— Néfert ! protesta Pensilhé, comment peux-tu dire une telle chose ? La noble dame Theyi est ta mère. Elle t'a élevée...

— C'est toi, Pensilhé, qui m'a élevée, corrigea Néfertiti.

— Je t'ai donné mon sein. Soit, j'ai partagé mon lait de mère entre toi et Sehotep.

— Donc, affirma la jeune fille, Sehotep est un frère plus proche de moi que ne le sera cet enfant qui, dans quelques instants, va voir le jour.

— Non, ma colombe, répliqua tranquillement Pensilhé, si cet enfant n'a pas le même sang que le tien, il aura ton éducation et sera entouré, soigné, choyé par des parents qui t'ont toujours suivie.

La jeune fille se jeta dans les bras de la paysanne.

— Oh ! Pensilhé, dis-moi d'où je viens !

— D'une famille très honorable.

— C'est tout ! Ne pourras-tu donc jamais m'en dire davantage ?

— Néfertiti ! J'ai dit « très noble ».

Elles se regardèrent et si, dans la prunelle de l'une brillait la quête d'une réponse depuis trop longtemps cherchée, s'allumait dans l'autre une parcelle d'amour qu'elle avait pleinement su donner.

— Mais encore ? insista la jeune fille.

— Écoute, Néfert. Je n'en sais pas plus. Nous

t'avons trouvée un jour de crue impitoyable quand tout partait à la dérive, maison après maison, arbre après arbre, même les bateaux se fracassaient les uns après les autres. Oui, ma colombe ! Tout était englouti dans les eaux furieuses du fleuve. Sauf toi, que la bourbe du Nil a su protéger.

— Tu me l'as dit cent fois. C'est la suite que je veux savoir.

— Après ! Eh bien, tu le sais. C'est une histoire que je te répète chaque année, crue après crue. Après, la noble Theyi et son époux le Grand Ay ont fait des recherches. Il s'est avéré que ta naissance ressortissait de la plus haute descendance. Je ne peux t'en dire davantage.

— Tu n'en sais pas plus ?

— Hélas non. Que dit ta mère adoptive ?

La jeune fille fit la moue.

— La même chose. Mais comment puis-je vous croire ?

— Allons, Néfertiti. Pourquoi penses-tu que la reine Tiyi désire te faire épouser son second fils, le prince Aménophis ?

— Tu ne comprends pas, jeta la jeune fille en hochant la tête, ce n'est pas le rang de ma descendance qui m'obsède, c'est le mystère que l'on fait sur ma véritable mère.

— Allons, coupa fermement Pensilhé. Parlons d'autre chose à présent. Si tu ne veux pas penser à cet enfant que ta mère est en train de mettre au monde, pense au fiancé que l'on te donne, le prince Aménophis.

Certes, le second fils du royaume ! Néfertiti devait reconnaître que, sur ce point, Pensilhé avait raison. Si elle avait été de basse extraction, jamais la cour n'aurait souhaité ce mariage.

Néfertiti se détendit et ses yeux restèrent un instant flottant dans le vague. Le second fils du pharaon et de la reine Tiyi était, disait-on, un enfant assez sombre qui ne se plaisait qu'en la compagnie de ses amis les plus proches. On colportait aussi le bruit qu'il avait quitté le harem récemment pour parfaire son éducation religieuse dans la capitale du delta.

— Quand reviendra-t-il de Memphis? s'enquit-elle.

— Dès qu'il aura acquis les connaissances des grands mystères de la vie et de la mort.

Néfertiti reprit son attitude rêveuse. A quoi pouvait bien ressembler ce garçon qu'on lui destinait? On le disait moins beau et moins habile que son frère aîné qui savait tirer à l'arc et chasser l'ours en montagne, le lion en Nubie et la gazelle en plein désert.

Néfertiti venait d'avoir quatorze ans. Dans deux ans à peine, elle serait mariée à ce jeune prince qui passait pour un mystique écartant le dieu Amon au profit des divinités solaires. Elle eut soudain un doute qui vint assombrir la clarté du jugement qu'elle venait juste de mettre à jour. Allait-elle s'accorder aux idées de ce garçon? Aimer le soleil à la folie serait-il le seul atout dans le jeu qu'ils s'apprêtaient à commencer ensemble?

Assurément, elle n'aimait que le soleil et les bienfaits qu'il dispensait sur la terre, faisant mûrir les moissons, les raisins, les fleurs. Aussi, le dieu Rê lui plaisait plus que tout autre et elle ne tolérait Amon qu'associé au père tout-puissant de l'Égypte, créateur de la vie, de la chaleur et de la lumière.

Comment Néfertiti aurait-elle pu fuir le soleil alors qu'elle exécrait tant le vent, le froid et les tristes inondations du fleuve?

Elle dirigea ses yeux vers l'ouverture de la porte

qui donnait sur la cour intérieure où Pensilhé nourrissait les oies et les canards allant et venant à leur guise, cancanant sans arrêt et voletant lourdement d'un point à un autre.

Ouri était parti à l'aube pour recenser le bétail avec l'intendant du village. En cette période de crue, les paysans étaient inoccupés et chacun tentait de se faire engager dans les ateliers des environs pour grossir le maigre pécule qui les nourrissait souvent insuffisamment.

Certes, aidée confortablement par les parents adoptifs de Néfertiti, la famille de Pensilhé échappait aux dures contraintes de la vie agricole. Depuis que leur fils Koren était marié à Ankhy, jeune ouvrière travaillant dans un atelier de lin, il n'habitait plus avec eux. Une maison qui appartenait au domaine de Malgatta d'où provenaient les cultures du lin leur avait été attribuée et le jeune couple désirait y fonder son foyer.

Koren parti, les deux filles aînées Naï et Maêly avaient elles aussi réclamé leur indépendance. Depuis, Ouri et Pensilhé se sentaient démunis, un peu perdus sans leurs trois premiers-nés. Naï et Maêly qui avaient déserté la maison familiale pour vivre dans une petite habitation de deux pièces à la sortie du village semblaient s'accommoder d'une existence dont elles avaient mesuré les aléas.

Naï, depuis qu'elle savait lire et écrire, ne pensait plus qu'à entrer à Malgatta pour y devenir une dame importante. Quant à Maêly, on disait qu'elle fréquentait les garçons du village avec une audace qui la plaçait devant les plus belles filles des environs. Maêly avait l'avantage de ne pas rendre de comptes à des parents qui, souvent, empêchaient leur fille de sortir quand les derniers rayons solaires tombaient et que la nuit prenait la relève.

Ouri et Pensilhé se consolaient de ces séparations par les présences encore enfantines de Netjet et Thanis. Les cadettes, qui n'avaient que neuf mois d'écart, grandissaient et devenaient des adolescentes pour l'instant plus préoccupées par les jeux et les farces qu'elles inventaient sans cesse que par des pensées de coquettes dont s'imprégnaient déjà leurs compagnes.

Quant à Sehotep, dont l'âge était identique à celui de Néfertiti, il était entré comme apprenti au village de Deir-el-Médineh qui regroupait tous les artisans peintres, potiers, menuisiers, cordonniers travaillant dans la Vallée où l'on creusait les tombeaux royaux.

Néfertiti observait la porte par laquelle Ouri était parti tout à l'heure. Un vent se levait et faisait vibrer la cime du grand acacia qui se dressait dans la cour où s'ébattaient les canards. La jeune fille écarquilla soudain les yeux et se leva.

— Pensilhé, c'est Kaska qui vient nous apporter des nouvelles. L'enfant doit être né !

Elle planta là Pensilhé et courut au-devant de la servante qui s'avançait à grands pas précipités. Néfertiti se hâtait. Le vent lui fit ouvrir les lèvres et inspirer une bouffée d'air frais. Elle s'arrêta, expira l'air qu'elle venait d'absorber puis reprit sa course, suivie de Pensilhé qui commençait à s'essouffler à présent qu'elle atteignait presque quarante ans.

— C'est une fille ! s'écria la servante. La noble dame Theyi vient de mettre au monde une adorable petite fille que l'on a prénommée Moutjemet.

— Eh bien, constata Pensilhé, cette enfant nous arrive en de bien favorables instants. N'est-ce pas dans quelques jours que débarque une princesse venant de l'étranger ?

— Mais oui ! s'écria Néfertiti, plus excitée à

l'idée que la cour allait accueillir une Seconde Épouse que par celle d'accueillir une sœur qui n'était pas vraiment la sienne.

***

Gilhouhebat arriva vers la fin de l'inondation. On était en plein mois d'Hathor et la foule fêtait la déesse en même temps que la cour recevait la princesse asiatique. Ce fut à Tanis, dans le delta, que les barques royales l'accueillirent.

Le pharaon souffrant n'avait pu accompagner son épouse, mais toute la cour d'Égypte représentée par les plus hauts dignitaires accompagnait la reine.

Les barques royales avaient emprunté le fleuve soudain rentré dans son lit et, à présent que la terre était féconde du riche limon qui allait engendrer les belles récoltes à venir, les paysans labouraient.

Au centre de la barque sacrée, installée sous un large dais de lin bleu rayé d'or qui surmontait l'estrade royale, la reine Tiyi se faisait éventer par ses servantes qui agitaient les longues palmes au-dessus de sa tête. Elle était vêtue d'une tunique blanche, dont le plissé généreux partait des seins jusqu'à la plante de ses pieds délicatement chaussés de sandales d'or. Ses deux bras ornés de bracelets se dégageaient des amples manches plissées. Dans une main, elle tenait une croix d'Ankh et, dans l'autre, la fleur traditionnelle de papyrus.

Elle portait la lourde coiffe au vautour qui attestait son rang de Grande Épouse Royale. L'antique coiffure ornementale des déesses, représentant l'oiseau sacré étendant ses ailes au-dessus de la tête, avait été savamment posée sur sa longue perruque noire, aux mèches séparées en de multiples tresses qui tombaient dans son dos et sur son buste recouvert du collier de cornaline et de lapis-lazuli réservé aux reines d'Égypte.

A ses côtés, la princesse Gilhouhebat discutait avec elle dans un langage mi-akkadien, mi-égyptien. Son accent aux étranges intonations asiatiques faisait parfois sourire Tiyi et elle s'efforçait de dialoguer avec sa rivale en bonne intelligence, lui parlant du climat de l'Égypte, du peuple, de ses dieux et de ses traditions.

Les barques qui suivaient était toutes occupées par les suivantes de la princesse, du moins celles qui la côtoyaient de près, car l'expédition mitannienne comportait plusieurs centaines de servantes, serviteurs et divers personnels qu'il avait fallu entasser dans les chariots qui suivaient le convoi princier tout au long des bords boueux du Nil.

— Nous remercierons comme il se doit ton père, Gilhouhebat, le roi du Mitanni, le noble Tushratta qui a fait don au pharaon d'une belle statue de votre divinité Ishtar.

— C'est pour lui souhaiter un bon rétablissement, Majesté, fit la jeune fille en baissant les yeux. L'effigie de notre divinité lui rendra la santé, la force et le pouvoir de procréer à nouveau.

« Procréer à nouveau ! » Tiyi fit la grimace. Son époux en était-il encore capable ? Sans doute, s'il mettait dans sa couche une jeune et jolie fille telle que Gilhouhebat. Elle se félicita — après s'être rassurée surtout — d'avoir mis au monde deux fils dont l'un assurerait un jour la suite du règne de son père.

— Pharaon est en mauvaise santé. Il serait venu si les crises de sa maladie ne le prenaient pas aussi fréquemment et aurait pu, de suite, apprécier ta beauté au lieu d'attendre ta venue enfermé dans les appartements de son palais, fit-elle en lâchant la croix d'Ankh qu'elle posa délicatement sur ses genoux. Puis, elle se laissa aller dans un voluptueux soupir et saisit la main de la jeune fille.

— L'avenir de l'Égypte est assuré, Gilhouhebat, prononça-t-elle d'une voix feutrée, mais rien ne t'empêchera de donner au pharaon quelques filles ou quelques fils bien nés. Tes enfants seront élevés au harem dans les traditions les plus nobles. Et, plus tard, si tu as des garçons, ils obtiendront un très haut poste dans l'armée ou l'administration égyptienne et, si tu as des filles, elles épouseront les plus grands dignitaires de notre pays.

La princesse mitannienne n'osait regarder Tiyi trop effrontément. Elle coula cependant vers elle un œil dont l'éclat allait sans doute bientôt réveiller la somnolence du pharaon devenue coutumière.

Tiyi notait avec un certain plaisir la discrétion de la jeune fille, son allure réservée qui, tout en soulignant son maintien digne et noble, conviendrait à la cour de Malgatta. Elle avait longtemps craint une jeune personne audacieuse et effrontée qui, sans attendre, régenterait la cour sans se préoccuper de la présence quotidienne de la Grande Épouse.

Les barques de Ramose et de Bek, les conseillers les plus proches de la cour, rassurés à présent qu'on avait retrouvé leurs filles, encadraient celle de la reine. Les poupes luxueusement décorées s'enroulaient comme des queues de scorpion et les cabines centrales en bois de cèdre abritaient les hauts dignitaires qui, de temps à autre, en sortaient pour tenir compagnie aux hommes d'équipage. Ceux-ci tenaient le gouvernail, mais les voiles largement déployées suffisaient pour faire avancer lentement les embarcations. Quand le vent cessait, une rangée de rameurs venait prendre la relève et le long défilé des barques glissait sur l'eau dans un bruit sourd et sec, au rythme des coups de rame qui troublaient le cours du fleuve.

Le soleil était encore loin du zénith et des stries bleuâtres se dessinaient à l'horizon, annonçant une journée chaude qui ne donnerait guère de répit aux travailleurs besognant dans les champs.

Dans le sillage de Tiyi se tenait aussi la barque de Ptahmose et de sa femme Ipény qui, pour rien au monde, n'aurait voulu manqué l'arrivée de la princesse. Restaient proches également celles de Merymose, de Khaemhat et de Kherouef qui, de son œil agile, notait chaque détail qui eût pu paraître suspect. C'est ainsi que, passé Bubastis et Héliopolis, sur la branche unique que formait alors le Nil, il avait aperçu l'embarcation de Pérouhé s'approcher insensiblement de celle de Ptahmose. L'espion le plus virulent de la cour cherchait sans doute le moyen d'amorcer à nouveau un subtil calcul pour troubler la bonne harmonie du cortège.

La reine observa quelque temps la silhouette de Kherouef tournée en direction de la barque de Pérouhé. Un pressentiment lui dit que son fidèle conseiller n'était pas pleinement rassuré. Mais les embarcations filaient doucement sur le fleuve et rien ne venait perturber le voyage. Alors, Tiyi se pencha sur sa compagne et de la main désigna les paysans que l'on voyait travailler dans les champs.

— Après les fêtes d'Hathor que nous venons de célébrer et pendant lesquelles les paysans n'ont pas travaillé, ils commencent à présent les semailles.

— C'est ainsi dans notre pays, répondit poliment Gilhouhebat. Après la crue de l'Euphrate, nous ensemençons la terre.

Après Héliopolis, les barques dépassèrent le plateau de Tourah où les tailleurs de pierre extrayaient le calcaire. Les carrières s'alignaient les unes à côté des autres, offrant leurs parois blanchâtres et la poussière que balayait lourdement le vent. Puis, sur l'autre rive du Nil, là où le taureau d'Apis s'élevait, contrebalancé par le temple d'Isis qui se dessinait au loin, Tiyi ne put s'empêcher de faire remarquer à sa compagne la grandeur et la majesté des pyramides devant lesquelles les barques passaient.

Le long du Nil, la terre était noire. Elle avait été ameublie dès la fin de la crue quand les premiers jours du mois de Khoyak avaient apporté l'essence suprême de la vie agricole. Pour égaliser le sol, les paysans avaient déjà brisé les mottes de terre avec leurs courtes houes en bois. Puis, les charrues prenaient à présent la relève, tirées par des bœufs ou des vaches.

— L'air est serein et le soleil n'a pas encore montré la force de ses rayons les plus intenses, veux-tu que nous nous arrêtions un instant ? s'enquit Tiyi auprès de sa compagne qui fixait avec attention la campagne de ses yeux étonnés.

— Avec plaisir, fit celle-ci. Dans mon pays, le Mitanni qui borde l'Euphrate, nous sommes très sensibles au temps des semailles. Elles nous apportent un blé au grain qui ressemble à de l'or et dont vous, Égyptiens, avez fréquemment souligné la qualité.

Tiyi acquiesça et donna l'ordre d'arrêter sa barque. Les rameurs cessèrent aussitôt le rythme balancé de leurs mouvements et l'homme d'équipage lâcha le gouvernail. La grande voile claqua un instant puis s'immobilisa et une armée de serviteurs, venue on ne sait d'où, se précipita pour avancer une passerelle faite de planches mobiles et de cordages qu'on étendit devant les pieds de la reine et ceux de la princesse.

Elles l'abordèrent avec délicatesse, prenant soin de ne pas trébucher sur les bords tant l'étroitesse des planches était hasardeuse. Tout un monde fut en ébullition car le souhait de Tiyi était inattendu et quelque peu insolite. S'attarder ainsi sur un sol boueux qui n'avait pas encore eu le temps de sécher — il fallait attendre les mois de Phaemat et de Payni pour que la terre épongeât toute l'eau qu'elle avait bue durant la crue — amusait la reine. On suivait soudain un emploi du temps imprévu auquel ni Ptahmose et son épouse ni Pérouhé ne s'attendaient.

Des ordres vinrent de toutes parts. Habilleuse, maquilleuse, scribes, porte-sandales et porte-ombelles descendaient de barque accompagnés des suivantes privées de Gilhouhebat que l'on avait enrôlées dans l'escorte.

Quand elles eurent mis pied au sol, la princesse eut un soupir prolongé. Tiyi vit qu'elle n'osait aller plus loin tant la terre était gluante et risquait de lui salir les pieds.

— Regarde, fit-elle en désignant du doigt le canal qui longeait le fleuve, ce chemin là est presque sec.

Puis, elle pointa un doigt bagué de jaspe et de cornaline en direction du chadouf situé à son extrémité.

— Il permettra de donner de l'eau aux cultures trop éloignées, poursuivit-elle.

Mais Gilhouhebat regardait plus loin encore, là où deux paysans tiraient la charrue. Ils s'approchaient lentement et régulièrement. L'un pesait vigoureusement sur les mancherons de la houe composée d'une palette terminée en pointe qui creusait les sillons. L'autre conduisait les bœufs en les excitant d'un bâton dès qu'ils montraient un signe de fatigue. Le timon pourvu d'une traverse en bois était attaché aux cornes des bœufs.

Quand les laboureurs furent près du cortège, la princesse fit la remarque que le joug des charrues n'était pas le même que celui qu'on utilisait dans son pays et que la houe se composait d'un large couperet encastré dans une palette de bois. Au bout du champ, la silhouette d'une femme apparut. Elle était grande, jeune et mince, et quand elle fut près des laboureurs qui s'étaient arrêtés au passage de la reine, Gilhouhebat vit qu'elle avait le teint hâlé des paysans, les mains calleuses et les pieds pleins de la boue noire et gluante qu'elle piétinait sans honte. Son geste de semeuse s'était arrêté en même temps que la marche lente des laboureurs.

— Ton sac est vide, fit Tiyi en souriant à la paysanne.

Celle-ci retira le panier à graines qui pendait à son cou et le cala contre sa hanche.

— Il faut enterrer ce que j'ai semé, fit-elle en désignant du doigt un jeune garçon qui arrivait avec deux ânes.

— C'est ton fils ? demanda la reine.

— Non, c'est mon frère.

Tiyi regretta sa question. Comment avait-elle pu oublier que les femmes de la campagne vieillissaient plus vite que celles des villes ? L'air et le soleil brunissaient trop vite leur peau et ridaient leurs visages avant que l'âge mûr vînt les cueillir. Quand un paysan était riche, il utilisait des béliers pour piétiner la terre et enfoncer les graines au plus profond du sol. Quand ses moyens ne lui permettaient pas de louer de tels animaux, de simples ânes faisaient l'affaire. Il fallait, dans ce cas, repasser trois ou quatre fois pour bien enfouir les graines.

— Tiens, fit Tiyi à la jeune paysanne en ôtant l'un de ses bracelets qui cliquetaient sur ses bras. Voici de quoi t'acheter plusieurs sacs de graines.

Elle dirigea son regard vers les deux laboureurs.

— Ton père a-t-il un coin de terre à lui ?

— Non, mais le chef du village nous loue trois aroures.

— Eh bien, voilà de quoi les ensemencer. Allons, retournons dans la barque à présent. Nous avons encore un long voyage avant d'arriver à Thèbes.

***

La princesse Gilhouhebat était à peine arrivée à Thèbes que le pharaon s'était remis de sa maladie. Amaigri, certes, mais assez vigoureux pour accueillir la princesse l'œil allumé de désir. Après les festivités qui s'ensuivirent et qui vinrent alourdir les estomacs les plus voraces et brouiller les esprits les plus fragiles, on commença à s'habituer à la présence de la princesse que le pharaon ne quittait plus.

Ce regain de vie dura jusqu'au jour où les événements bouleversèrent son existence. Du moins un seul événement eût suffi pour l'enterrer vivant et celui-ci fut de taille.

De la profonde Nubie, là où la cinquième cataracte formait un filet d'eau mince proche de la source du Nil jusqu'au delta marécageux qui s'ouvre sur la Méditerranée, la nouvelle fusa à la vitesse du khamsin.

Et ce matin-là, à la Maison de Vie du temple de Memphis, une intense agitation secouait les prêtres, toutes hiérarchies confondues. Une armée de soldats et de gardes avait envahi l'enceinte de briques et pénétré les lieux jusqu'aux sanctuaires, annonçant le malheur qui s'abattait sur la cour du pharaon Aménophis.

Son fils aîné, Thoutmosis, parti chasser le lion dans les grands déserts africains, avait été tué par un fauve récalcitrant qui ne s'était pas laissé prendre ni abattre. Après une courte lutte où chacun avait engagé son honneur, le félin avait gagné la bataille. Sautant à la gorge du prince, il l'avait égorgé d'un coup net, d'un coup de quatre crocs extraordinairement puissants, sans bavure, sans souffrance, le laissant mort dans la plus stricte dignité. La qualité essentielle qui rehausse le courage et la bravoure de n'importe quel grand chasseur.

L'Égypte entière pleurait l'héritier du trône qui laissait la place de façon fort inopinée à son cadet, lequel n'avait certes pas prévu que cette charge difficile lui reviendrait un jour.

Soldats et gardes avaient aussitôt formé une haie de défense autour du jeune homme, éberlué encore de ce qui lui arrivait. Le Grand Général des Armées du pharaon s'était courbé devant lui. Le capitaine d'Infanterie et celui de la Charrerie du palais avaient plongé sur le sol en un mouvement leste et impeccable, mains à plat devant leurs visages, en attendant qu'Aménophis leur ordonne de se relever. Mots qu'il n'avait prononcés que tardivement faute d'expérience.

Puis, tout avait été si promptement organisé, chronométré, enregistré, que le jeune homme n'avait pu ni souffler ni réfléchir à ce qui l'attendait. Les consignes n'avaient même pas été données par la cour de Thèbes. L'armée prenait tout en mains. C'est à peine si le prince Aménophis put se pencher sur les sentiments qui l'unissaient à son frère. Car, sans rien partager d'important avec son aîné, il l'aimait à sa façon et le respectait. Aussi, pour éviter de se ridiculiser aux yeux intransigeants de l'armée, avait-il bombé son buste maigre et distendu ses grandes lèvres sinueuses.

Jusqu'à son arrivée à Thèbes, Aménophis garda cet air partagé entre l'inquiétude et la béatitude. Il pensait à la douleur de sa mère, à celle de Satamon qui devait très prochainement épouser son frère Thoutmosis pour être sa Grande et Première Épouse et lui donner les enfants de pure souche pharaonique que l'Égypte attendait. Mais personne ne savait que, déjà, dans le ventre de Satamon bougeait l'embryon d'un petit prince conçu avant que le frère et la sœur s'unissent officiellement.

La route de Memphis à Thèbes devait se faire sans halte au gré des roues du char qui crissaient sur le sable et des chevaux dont l'écume sortait des naseaux brûlants. Que ferait le prince lorsqu'il se prosternerait devant son père accablé de tristesse? Aurait-il envers lui un geste bienveillant, un geste qui lui montrerait son désarroi et son chagrin?

Le jeune homme en doutait. Il aurait sans doute fort à faire avec ce père qui ne l'appréciait guère, ayant depuis toujours porté son intérêt sur son aîné qui tirait les flèches aussi loin que son prestigieux arrière-grand-père Aménophis II, celui qui était allé conquérir l'Euphrate et ses villes avoisinantes.

Le jour même de cette triste annonce, le convoi se mit en route. Une armée considérable accompagnait le prince. Venant de Thèbes et y retournant, elle augmentait au fur et à mesure que le convoi passait dans les villes qui bordaient le fleuve, Hermopolis, Abydos, Denderah, Ombos, Thinis. Les contingents grossissaient à vue d'œil.

De son allure martiale, le buste haut dressé et la

main ferme, Horemheb conduisait le char du prince qui, debout à son côté, réfléchissait à s'en tourner le sang à sa future vie de pharaon. Quel tour cynique l'existence venait-elle de lui jouer? Lui qui ne pensait qu'au mysticisme, à ses idéologies et à la façon dont il devait les appréhender...

Quand le temps de momification consacré à son frère serait terminé et que les obsèques auraient lieu, Aménophis ne serait certes plus le même homme. Les prochaines moissons viendraient, suivies des vendanges et, à nouveau, la saison d'Akhit apporterait ses espoirs de renaissance. Alors, il épouserait la belle Néfertiti dont chacun lui parlait en termes élogieux.

Quand les chars du convoi furent aux portes de Thèbes et que le prince leva les yeux sur les colonnes qui soutenaient l'immense portique du palais, le reste des armées l'attendait de pied ferme et il ne put s'empêcher de faire la grimace tant il exécrait ces lignes bien rangées de soldats casqués et armés. Ils avaient un corselet de bronze pour la plupart ciselé et les hanches ceintes d'un pagne rouge et court qui s'arrêtait à leurs genoux, laissant leurs jambes nues mais leurs mollets maintenus dans des sortes de guêtres en cuir aux lanières découpées. Ils tenaient une courte lance effilée, pointe dirigée vers le ciel dans leur main droite et un bouclier de bronze dans la gauche.

Capitaines, archers, fantassins et autres soldats, en files ordonnées, se tenaient au garde-à-vous. Toute l'armée égyptienne était là, les quatre principales divisions en tête, élevant les drapeaux et les bannières aux couleurs de leurs divers bataillons.

En première ligne, la division d'Amon se tenait serrée, tenant en main ses étendards bleu et or, couleurs du dieu de Thèbes. Anen, le Grand Prêtre, était en tête, la peau de léopard traditionnelle sur son dos. Son visage triangulaire était baissé, mais on voyait ses yeux inquisiteurs se relever au-dessus de la ligne rasée de ses sourcils.

Puis la division de Rê, la seule à laquelle le prince accordait quelque intérêt, se tenait sur la droite. Un grand disque d'or venait s'ajouter sur les oriflammes pourpres comme le soleil couchant. Le jeune Aménophis eut un regard prolongé en direction du Grand Prêtre Meryrê qui lui avait enseigné les mystères de la création et les origines des premières divinités.

A l'arrière, la division de Ptah arborait ses couleurs blanc et rouge, teintes symboliques de la Basse Égypte, celles de Memphis et des dieux séculaires qui avaient régné en des dynasties lointaines. La division de Seth se tenait à l'écart. C'était la seule qui déployait ses boucliers comme de grands vantaux annonciateurs de troubles à venir.

Les chevaux étaient enharnachés. On eût dit que c'était une déclaration de guerre. Il ne manquait que les chars de combat et la grêle des flèches tombant sur la foule. Aménophis frissonna. Son père, dans son grand désespoir, avait-il voulu affoler l'esprit fragilisé de son cadet par un étalage excessif de ses troupes ou était-ce à l'initiative du Grand Général Nakht, Porte-Étendard du pharaon ?

Les corps d'armes ne bougeaient pas et les chefs de troupe restaient immobiles. Installés sur les trois côtés d'un grand carré bordé de colonnes, l'armée laissait place au convoi du prince afin qu'il passât librement sur le quatrième côté qui lui était ouvert.

Quand le jeune Aménophis se prosterna devant son père, il lut dans son regard l'expression d'une distance immense, sans plus d'émotion que s'il s'agissait d'un simple scribe administratif. Le détestait-il donc à ce point ? Le prince recula d'effroi, mais avant de s'écarter davantage, il leva à nouveau les yeux sur ce géniteur qui l'avait probablement engendré dans de moins bonnes dispositions que celles qu'il avait eues en concevant son frère. Un court instant, il chercha dans les yeux de son père un soupçon de lueur complice, un espoir, une infime partie de lui-même, mais il n'y vit qu'indifférence. Alors, il détailla froidement les rides profondes qui creusaient son visage et les plis flasques du cou qui tombaient sur sa gorge et recula sans plus insister.

Quand il s'agenouilla devant la reine prostrée dans la douleur, il chercha dans son regard la compassion qu'il n'avait pas trouvée chez son père et murmura d'une voix douloureuse :

— Était-ce nécessaire, mère, tout ce déploiement militaire ?

— C'est ainsi que Pharaon voulait dire adieu à son fils.

Il lui saisit la main et la réchauffa dans la sienne, car elle était froide et inerte. Puis, quand il leva les yeux sur elle, il fut convaincu qu'elle serait à ses côtés chaque fois que le besoin s'en ferait sentir.

CHAPITRE XV

De retour au temple, le premier souci de Neby fut de se diriger vers l'appartement où Choutarna était gardée. Une impression étrange qui, pourtant, n'était pas un sentiment d'abandon, car elle savait que sa compagne ne l'aurait pas laissée dans l'incertitude, la saisit de plein fouet lorsqu'elle aperçut le couple de pigeons blancs s'agitant nerveusement dans la cage plaquée d'or qui se trouvait face aux jardins.

Choutarna ne les avait pas emportés avec elle. Avait-elle donc été à ce point stupéfiée par ce départ imprévu pour en oublier ses oiseaux ? En observant l'attitude nerveuse des pigeons qui se calmaient à son approche, elle effaça de son esprit cette hypothèse et pensa que sa compagne les lui avait laissés pour qu'ils lui permissent de la retrouver en cas de danger. Choutarna n'affirmait-elle pas que ses pigeons avaient une intelligence fort aiguisée et qu'ils s'agitaient quand la moindre anomalie se présentait ?

La jeune fille saisit la cage et contourna sans bruit les jardins de l'appartement. Pénétrant dans la chambre de sa compagne par l'une des portes arrière qui donnait sur le bassin et les jets d'eau, elle appela à voix basse Choutarna et, comme elle s'y attendait, celle-ci ne répondit pas

Quand elle sortit de la pièce, elle se heurta à l'un des chanteurs aveugles avec lesquels Choutarna jouait chaque jour de la harpe. Il semblait perturbé mais comment Neby, ignorante des événements de la cour de Thèbes, pouvait-elle savoir que le matin même les armées du pharaon étaient parties de la Maison de Vie de Memphis pour emmener le prince Aménophis, désormais successeur de son père ?

L'aveugle s'immobilisa et tendit l'oreille.

— Je te reconnais, fit-il en tâtonnant le mur qu'il suivait à pas feutrés. Tu es le jeune scribe que notre Grand Prêtre initie au culte du dieu Ptah.

— Je suis surtout l'ami de la princesse à qui tu enseignais la musique, protesta Neby.

— Crois-tu donc que je l'ignorais ?

— Dis-moi, répliqua Neby sur ses gardes, l'a-t-on installée dans une autre partie du temple ?

— Comment, s'offusqua l'aveugle, tu ne sais donc pas ?

— Que devrais-je savoir ? riposta la jeune fille un peu agressive.

L'aveugle parut gêné. Puis, s'enhardissant devant l'attitude querelleuse de Neby, avoua d'un ton prudent :

— Choutarna est partie au cours de la nuit dernière. Elle était accompagnée du Grand Prêtre Panehesy et de l'intendant Toutou.

Il sembla tout à coup à Neby qu'un vide immense l'entourait et son air combatif retomba aussitôt. Elle releva le visage, inspira un grand coup puis expira et, rabaissant la pointe de son menton vers le sol, esquissa une grimace dont elle seule connaissait la signification.

L'impression qu'elle eut soudain de ne plus pouvoir respirer l'air du temple de Memphis devint désagréable. Ainsi la femme de Panehesy avait raison. Pourquoi le Grand Prêtre ne l'avait-il pas prévenue du départ de sa compagne, malgré sa promesse formelle de la tenir au courant ? Par crainte qu'elle ne le quittât !

Neby avait oublié l'aveugle qui se tenait immobile devant elle, la canne en suspens, l'observant de ses yeux vides. Elle songeait à cette éblouissante femme qui, volontairement, avait jeté son attelage sur elle pour la convaincre qu'elle refusait de perdre un mari dont l'influence s'exerçait sur les plus hautes personnalités du pays. Cette femme avait dit vrai.

Neby releva la tête et fixa les yeux creux de l'aveugle qui ne cessaient de la scruter en silence. Il avait levé son bâton à la hauteur de son buste recouvert d'une fine toile de lin blanc. Tenant toujours la cage entre ses mains, Neby soupira. Eh bien ! Sa décision était prise. Elle partirait à l'instant même. Panehesy l'avait trompée. Il ne la reverrait pas.

— Puis-je prendre ces pigeons que l'on avait offerts à Choutarna ?

— Ces oiseaux sont à toi si tu les désires.

Les pigeons semblaient avoir repris leur comportement habituel. Ils se tenaient en équilibre sur la légère balancelle en osier qui, lentement, oscillait d'avant en arrière, épousant le souffle de l'air.

— Ce sont des pigeons voyageurs, confirma l'aveugle.

Neby pencha la tête sur la cage et observa longuement le mouvement qu'ils imprimaient à la fragile balançoire en osier. Indécis, l'un d'eux fit stopper le ballottement de la tige qui les soutenait et sembla l'observer. Puis, il entrouvrit le bec et amorça un roucoulement dont l'envergure se déploya comme pour inciter son compagnon à faire de même.

— Sont-ils exercés à voyager ?

— Hélas, fit l'aveugle, ce sont de jeunes pigeons inexpérimentés. Ils n'ont jamais eu de professeur pour leur apprendre ce savant exercice, et la princesse Choutarna n'a pas eu le temps de le faire.

— Eh bien, je le ferai moi-même.

L'aveugle abaissa son bâton et, de son autre main, saisit le bras de Neby. La jeune fille remarqua que le parcours de son geste avait été sans faille.

— Nous nous étions habitués l'un à l'autre, fit-il d'un ton hésitant. Va la retrouver et veille sur elle. Elle est plus vulnérable encore que tu ne le crois.

— Où l'emmène-t-on ?

Il fit un pas en avant, le buste ployé, les épaules creuses. Sa voix était haute et claire bien qu'il s'efforçât de ne pas l'élever plus qu'il ne fallait.

— Ne crois surtout pas qu'on l'emmène à Karnak où elle ne vivrait pas deux heures avant qu'on l'assassine. Trop de malveillance l'y attendrait, d'autant plus qu'un grand malheur vient d'arriver.

— Un grand malheur ?

Les joues de Neby blêmirent et elle sentit un frisson la parcourir.

— Le prince Thoutmosis qui devait succéder à son père est mort dans un accident de chasse.

La jeune fille respira et ses couleurs revinrent. Elle haussa d'un geste indifférent ses épaules. Que lui importait un pharaon ou un autre ! Seule Choutarna comptait, et la retrouver saine et sauve occupait désormais son esprit.

— Je crois que tu la trouveras chez la reine Tiyi, dans son palais de Malgatta. Elle y sera enfermée jusqu'aux obsèques de son fils.

— Merci pour tes conseils, murmura Neby d'un ton chaleureux. Et merci pour ces pigeons. Peut-être les verras-tu un jour survoler ce temple et les reconnaîtras-tu au bruit de leur vol.

Elle saisit la main de l'aveugle et y posa ses lèvres.

— Maintenant, fit-elle d'une voix plus légère, il me faut aller chercher mon ensemble de scribe. Je ne peux partir sans mon âme de travailleur.

Il lui barra le chemin de son bâton.

— Ne va pas dans ta chambre. On a donné l'ordre de t'y garder de force jusqu'au retour du Grand Prêtre.

— Mais...

— Tiens, sourit l'aveugle en désignant un sac de toile rangé près du mur d'enceinte qui les côtoyait. C'est ta palette, tes papyrus, tes encriers et tes calames. Rien n'y manque.

Neby sentit ses yeux ciller.

— Va ! reprit l'aveugle. Quitte ce temple par la porte arrière qui débouche directement sur le sanctuaire de Sobek, le dieu des crocodiles. Au bout de ce chemin, tu trouveras une issue bordée de jujubiers et de balanites. Là, sur ta droite, le Nil n'est plus loin. Suis-le jusqu'à la sortie de Memphis et ne t'arrête pas avant d'être à Beni-Hassan, Touna ou Hermopolis.

A nouveau, Neby cilla des paupières. Elle sentait un picotement acide chatouiller l'iris brun de son œil. Elle voulut parler, mais une fois encore le bâton de l'aveugle l'arrêta.

— Personne ne te cherchera avant l'aube. On sait que tu es parti enregistrer ton attestation de scribe et que tu peux avoir envie de coucher en ville.

Il abaissa son bâton.

— Ah ! J'oubliais, précisa-t-il de sa voix haute et chantante, essaye de te faire embaucher deux ou trois semaines dans l'un des ateliers d'Hermopolis.

— Je connais Hermopolis, mais je n'ai jamais prié le dieu Toth qui s'y trouve.

— Quand tu y seras, va lui faire une offrande, aussi simple soit-elle. Demande-lui de réussir ta mission.

Sa mission ! Quelle était-elle ? Retrouver Choutarna et s'assurer qu'elle vivait pleinement heureuse, enfermée au palais du pharaon, parmi les autres concubines du harem ? Et, si sa compagne n'était plus faite pour cette vie de luxe et d'oisiveté à laquelle on allait la contraindre ?

Une autre appréhension la saisit. Si la mort du prince héritier changeait la face des choses et qu'on voulût en profiter pour éliminer la fille du roi mitannien devenue doublement inutile ? Elle s'efforça de remettre ce point de vue à plus tard et questionna l'aveugle :

— Que fait-on dans les ateliers d'Hermopolis ?

— Comment ! s'exclama l'aveugle, tu ne sais pas qu'à Hermopolis on fabrique les plus beaux papyrus qui soient ? Même ceux du temple d'Amon ne sont pas aussi purs, lisses et fins.

— M'arrêter aussi longtemps ! s'inquiéta Neby, crois-tu vraiment que cela soit nécessaire ? Depuis que je suis ici, j'ai économisé la valeur de six débens de bronze et deux d'argent. Autant dire que je suis presque riche et qu'il ne m'est pas nécessaire de travailler pour l'instant.

L'aveugle secoua la tête. Son crâne huilé transpirait sous la chaleur qui, pourtant, commençait à tomber pour faire place aux premiers rayons du soleil couchant.

— Cela brouillera les pistes quand on te cherchera. Je t'en prie, ne néglige pas ce conseil.

— C'est entendu. Je le suivrai.

***

La cage de ses pigeons serrée dans l'une de ses mains, son sac de scribe enfermé dans l'autre, Neby sortit du temple aussi silencieusement qu'un chat. Elle n'eut aucun mal à trouver le petit débarcadère qui donnait sur le Nil et, de là, elle suivit le fleuve en direction de Beni-Hassan.

Le soir était tiède et les rayons solaires tombaient rouge vif comme le sang frais coule d'une blessure. Oui ! Neby ressentait une entaille profondément incisée en elle. Elle venait de tirer un trait sur la chaleur du sentiment qui l'avait empoignée ces derniers temps. Quelle contradiction ! Voilà que toute sa féminité allait bientôt transparaître au grand jour et qu'elle en rejetait l'essence même, l'amour passionné et sensuel qu'elle avait découvert.

Un paradoxe bien insensé qu'elle s'efforçait de vivre à présent que son choix s'était porté ailleurs que sur la volupté de la chair et du cœur. La route grisante qui borde le Nil allait reprendre tous ses droits et l'engloutir à nouveau dans les aléas de la vie quotidienne. Les chaudes mains caressantes de Panehesy seraient loin et le souvenir du souffle envoûtant qu'il rejetait sur elle en pressant son buste fragile, ses hanches étroites, son ventre haletant ne viendrait plus que perturber les nuits où le sommeil déserterait son corps.

Cependant, tout en marchant, Neby pensait que sa décision était la seule qui fût acceptable. Jamais, elle n'accepterait d'être une concubine. Jamais elle ne pourrait annihiler la liberté qu'elle s'octroyait depuis sa plus tendre enfance. Son père lui avait interdit de le faire. Les mots intransigeants qu'il avait formulés avant de mourir résonnaient encore dans sa tête. Neby le savait et ne pouvait faire autrement.

Les murs du temple laissés derrière elle, le ciel sombre enveloppant sa silhouette légère et sa décision prise, les premiers pas qu'elle avait esquissés aux abords du Nil l'avaient amenée à une conclusion bien simple. Celle de rester encore quelque temps dans son aspect de garçon.

Deux raisons la poussaient à cette contrainte. Tout d'abord, comment pouvait-elle abandonner aussi vite cette seconde peau qui l'avait habillée depuis qu'elle était enfant quand son père en avait décidé ainsi ? De sa chevelure de fillette, elle n'avait aucun souvenir. Dans les reflets du Nil, elle n'avait toujours vu que l'image de son crâne rasé, ombré parfois d'un voile duveteux qui signalait que la repousse nécessitait au plus vite les soins d'un barbier. Combien de fois, lasse et affamée, s'était-elle privée de manger pour payer le travail du barbier afin que sa tête restât lisse ? La seconde des raisons qui lui fit adopter cette décision fut le pressentiment que Panehesy rechercherait une jeune femme scribe, persuadé que, désormais, Neby ne pouvait plus renier son sexe.

A l'aube, les pieds fatigués par sa longue marche, les épaules lasses de porter cage d'un côté et sac de l'autre, Neby soupira. Épuisée, elle s'endormit au bord du fleuve dont les eaux descendaient chaque jour davantage. Elle se mit à penser à ses longues marches d'autrefois, traînant derrière elle le jet des bourrasques des saisons d'Akhit et les flots débordants qui recouvraient les berges, les jardins, les villages. Elle était alors obligée de poursuivre son chemin par l'intérieur des terres, là où le désert prenait sa place.

A Beni-Hassan, elle ne prit le temps que de manger et de boire, celui aussi de donner des graines d'orge aux deux pigeons. Ce ne fut qu'un peu plus tard qu'elle décida de les apprivoiser en ouvrant la cage et en les suivant des yeux. Ils allaient et venaient au gré de leurs envies.

Quand les pigeons comprirent qu'une liberté occasionnelle pouvait leur être attribuée, elle bagua leurs pattes d'une fine tresse d'osier qu'elle avait lissée et amincie avec le pilon de son mortier de scribe afin de ne pas les alourdir plus qu'il ne fallait.

Au bout de quelque temps, ils s'habituèrent à ce carcan auquel Neby accrocha un petit bout de papyrus vierge avec lequel ils voletaient çà et là. Le matin, ils s'envolaient, la suivant docilement dans les airs à une hauteur qui n'excédait jamais celle des plus hauts arbres sur lesquels ils se posaient de temps à autre.

Le soir, ils rentraient dans leur cage et Neby s'endormait, la tête reposant sur un tronc d'arbre caché par un bosquet qui n'avait pas été englouti par les eaux dévorantes.

A Touna, ses pigeons avaient parfaitement assimilé la leçon de leur future besogne et ils ne s'inquiétaient plus de voir Neby enserrer chaque jour un petit bout de papyrus autour de leurs pattes baguées.

La jeune fille qui vivait sur ses réserves ne manquait pas de nourriture. Elle quittait parfois les berges boueuses du fleuve où elle rencontrait les paysans qui labouraient leurs champs. S'approchant des villages, elle s'arrêtait sur les marchés et achetait du poisson qu'elle mangeait cru, car en cette période de fin d'inondation, on ne trouvait aucun petit bois sec sur le sol engorgé de boue. Pas de foyer à faire, pas de friction de pierres pour allumer le feu. Vidées de leurs entrailles et tête enlevée, Neby croquait les carpes et les perches du Nil comme une dame du harem croquait les grenades fraîches et pulpeuses.

Elle quitta Touna lorsque, de la crue du Nil ayant emporté les cabanes des paysans les plus rapprochées du fleuve, se dégagèrent les terres prêtes à l'ensemencement et fit prendre à ses pigeons des envols de plus en plus longs, leur montrant chaque fois la cage ouverte dans laquelle ils pouvaient à tout moment revenir.

A Hermopolis, avant de se présenter dans l'un des ateliers de papyrus comme le lui avait recommandé le chanteur aveugle, elle décida d'acheter une simple cage tressée en tiges d'osier et de vendre celle de Choutarna dont le placage d'or ne pouvait qu'attirer les convoitises. Elle la céda contre un pagne neuf et des sandales en cuir d'hippopotame à un marchand libyen qui s'en retournait commercer dans son désert natal. Il lui restait même la valeur de quelque argent qui grossissait son petit pécule.

Puis, le soir venu, elle attendit ses pigeons, leur donna des grains d'orge et s'endormit au pied d'une colline dont le promontoire avait servi d'abri à quelques paysans durant la crue. A l'aube, elle décida d'envoyer les oiseaux en direction de Thèbes, un papyrus vierge à la patte. C'était là son dernier essai.

Les tenant dans ses mains creusées en coupe avant leur ultime envol, elle posa délicatement ses lèvres sur le bec orangé du mâle. Il avait une tache noire minuscule qui se remarquait lorsque l'oiseau était près des yeux.

— Toi tu seras Bâ, mon esprit.

Puis, elle se tourna vers la femelle et lissa les plumes blanches de sa petite tête dressée.

— Et toi, tu seras Kâ, mon âme.

Les pigeons se mirent à voleter autour d'elle, puis écartant leurs griffes se posèrent sur son bras. De ses doigts légers, elle caressa leur plumage argenté et, observant leurs petits yeux ronds, aigus et vifs, elle leur chuchota tranquillement des paroles d'espoir.

Les pigeons s'agitèrent, hésitèrent une dernière fois avant de s'envoler. Enfin, lançant leurs pattes griffues à l'assaut du vide, ils battirent étrangement des ailes comme s'ils ne savaient que faire. Puis, dans un bruissement de plumes que Neby garda longtemps en tête, ils prirent leur essor définitif, s'engouffrèrent dans l'espace et disparurent en plein ciel, ne laissant que deux points bleutés devant le regard nostalgique de la jeune fille.

— Filez, mes beaux oiseaux, et revenez me voir. Vous me trouverez toujours quelque part sur les bords du Nil. Choutarna accrochera son message à votre patte.

Neby resta quelques jours sans rien faire, rêvant à des jours lointains qui ne lui apportaient que nostalgie. Ses amis les bédouins devaient avoir trouvé refuge au sein de leur famille arabe. Myriam la Crétoise, Minhotep la batelière dont elle avait été quelque temps la protégée devaient voguer au large de la Méditerranée, campées sur *La Croix d'Ankh*. Et Choutarna, la seule pour laquelle Neby s'inquiétait vraiment, était peut-être déjà enfermée entre les barreaux dorés d'une existence oisive dont elle devrait apprendre les règles.

Elle discutait parfois avec un laboureur qui se reposait quand le soleil était trop fort, le soc et la houe de sa charrue à ses côtés, les bœufs se désaltérant au bord du fleuve. Parfois, sa femme reposait aussi, un bras replié sous sa tête et le sac contenant les graines soigneusement fermé afin que les oiseaux ne vinssent pas les voler.

A cette époque des semailles, voletaient beaucoup de petits pluvians, oiseaux minuscules qui sortaient en même temps que les crocodiles, las de la crue hivernale, à la recherche de nourriture. De tout temps, les pluvians restaient inséparables des sauriens et vivaient la saison du Chemou accrochés à leurs mâchoires ouvertes pour y nettoyer leurs dents et trouver en même temps une nourriture substantielle.

Mais, à l'instant, les terribles petits oiseaux étaient plutôt à la recherche des graines enfouies dans les sillons que venait de tracer le laboureur. Les pluvians n'avaient peur de rien. Ils osaient tout, même se percher sur le sac de graines comme si celui-ci allait s'ouvrir miraculeusement.

Quand Neby se présenta à la porte ouest d'Hermopolis, près du site d'un des plus gros ateliers de papyrus, un adolescent qui balayait les brindilles et les déjections de papyrus jetées à terre la fit attendre à l'extérieur, près des baraquements annexes qui servaient au stockage.

Le garçon lui raconta que c'était là l'endroit où les amas de fibres attendaient d'être traités pour fabriquer les feuilles de papier d'écriture. Puis, s'assurant que Neby ne bougeait pas, il repartit à son travail de balayage. L'adolescent se servait de deux brosses. L'une à long manche dont l'extrémité était constituée de fibres de papyrus qui, à chaque mouvement, entraînait sur les bords de la pièce toutes les déjections se trouvant sur le passage. L'autre à manche plus court, faite de grandes feuilles de palmes liées entre elles, déplaçait plutôt la poussière accumulée sur les presses à papyrus.

Au bout de quelques minutes, une ouvrière, assez ronde de taille, au visage avenant et les cheveux courts coupés au carré retombant sur les épaules, l'avertit que l'intendant de l'atelier allait venir lui-même la questionner sur ce qu'elle savait faire.

Impatiente d'être reçue et voyant que l'homme en question n'arrivait pas, elle s'avança vers les bâtiments devant lesquels elle attendait.

Dans la première pièce toute en longueur, des papyrus aux racines tendres étaient entassés. Un peu plus loin, les souples tiges avaient été débitées en tronçons dont la taille devait déterminer la hauteur de la feuille d'écriture. Neby s'approcha et vit qu'une hachette avait été posée au ras du sol et que l'un des tronçons était à moitié fendu. Elle comprit qu'elle était arrivée à l'heure où la course du soleil était en plein zénith et que cette accalmie était celle du temps de repos accordé aux ouvrières avant que le travail recommence jusqu'au soir.

Neby s'aventura prudemment dans la salle suivante dont le sol était de terre battue. Un autre travail y avait été commencé. On découpait les tronçons qu'elle avait vus tout à l'heure en fines lamelles et on les aplatissait au marteau.

Un bruit la fit se retourner. Elle craignit que l'homme qui devait la recevoir fût arrivé, alors elle se pencha par l'unique ouverture de la pièce et regarda. Comme elle ne vit personne la chercher, elle poursuivit ses investigations et s'aperçut que, plus loin encore, on avait déposé les lamelles de papyrus sur des planches en deux couches superposées se couvrant à angle droit.

Puis, elle vit des jarres pleines d'eau qui servaient

à les arroser avant de les mettre sous presse. La sève de la plante mêlée à l'eau collait les fragments entre eux. Quand toute trace d'humidité était asséchée, on retirait la feuille qui sortait de la presse. Elle était lisse, souple et blanche. On collait ces feuilles entre elles, pour obtenir un rouleau de papyrus. Au temple de Memphis, on avait enseigné à Neby qu'il fallait environ vingt feuilles pour constituer un livre de taille moyenne. Les feuilles découpées par le scribe avaient la hauteur qu'exigeait le texte. Elles étaient ensuite enroulées dans un étui et rangées dans une bibliothèque. Neby avait appris la confection de ce travail avec Panehesy au temple qui possédait ses propres ateliers.

Cette fois, Neby entendit un claquement sec comme si l'on battait un bois contre un autre. Elle s'avança et vit l'ouvrière qui l'avait introduite. Elle exécutait un travail spécial qui était de renforcer le début et la fin d'un rouleau, endroits particulièrement exposés à être endommagés par les diverses manipulations des scribes. Pour ce faire, elle taillait des bandes protectrices qu'elle aplatissait, au moyen d'un marteau de bois, et qu'elle encollait ensuite pour les appliquer au verso. Ce qui consolidait l'arrière de la feuille.

Quand Neby tomba sur elle, elle battait les lamelles de papyrus pour les assouplir.

— Tu n'aurais pas dû bouger de l'endroit où tu étais tout à l'heure. Kyâ, le chef de l'atelier, va te chercher et il sera mécontent de te voir ici.

— Mais, protesta Neby, j'ai attendu et je croyais bien faire en apprenant déjà comment ces ateliers fonctionnent.

— Comme tous les ateliers de papyrus, fit l'ouvrière dans un large sourire. N'as-tu donc jamais travaillé ?

— Si, mais ailleurs.

— Heureusement, car Kyâ n'engage aucun apprenti, seul un scribe confirmé l'intéresse. Il y a une place à prendre et si l'homme fait l'affaire...

Elle jaugea un instant la frêle allure de Neby qu'elle devait apparemment prendre pour un jeune homme à peine sorti de l'adolescence et sur son large visage se dessina un air plus jovial que narquois.

— Si tu fais l'affaire, l'intendant t'installera dans les bâtiments des chevronnés et tu pourras rester le nombre de saisons que tu désires.

— Sinon ?

Elle se leva pour prendre un pot de colle avec laquelle elle engluait les lamelles de papyrus.

— Sinon, fit-elle en remuant les hanches qu'elle avait rondes et pleines, tu ne resteras pas deux jours. Le premier pour se rendre compte, le second pour s'assurer que tu es un incapable.

Neby fit la grimace. Elle eût préféré un emploi de quelques semaines simplement. Son désir d'arriver à Thèbes au plus vite l'empêchait de rester plus longtemps. En regardant l'ouvrière achever son travail, elle sut qu'elle n'attendrait pas la venue de Kyâ et qu'elle serait peut-être déjà loin lorsque la pause aurait cessé et que les ouvriers reprendraient leur besogne.

— Pourquoi travailles-tu alors que les autres se reposent ?

— J'ai une demi-journée à récupérer. Hier, je suis allée en ville pour vendre mon âne et j'ai perdu beaucoup de temps à palabrer pour que le marchand accepte mon prix.

— L'as-tu bien vendu au moins ?

— Pour deux débens et quatre kités de bronze ; j'ai obtenu un couple de chèvres en échange.

— Pourquoi ne voulais-tu plus ton âne ?

— Depuis que je suis mariée, j'habite près des ateliers de papyrus. L'âne ne me sert plus pour le voyage, tandis que les chèvres me donneront du lait et du fromage.

Elle se retourna brusquement.

— Tiens, voilà Kyâ qui s'approche. Il vaut mieux que tu me laisses. Il affirmera que tu me distrais de mon travail et cela commencera mal pour toi.

Elle s'écarta et retourna prendre place devant l'établi où elle frappait ses lamelles de papyrus. Neby sortit de la pièce et vit deux hommes s'approcher. Kyâ, le plus grand, la toisa quelques instants en silence. Puis, en dévisageant l'autre, Neby sentit subitement ses jambes s'amollir et la sueur couler dans son dos. Elle reconnut aussitôt l'un des gardes qui l'avaient enlevée avec Choutarna dans les champs de papyrus, il y avait juste deux saisons alors que la crue dernière s'apprêtait à monter.

Elle résolut de faire face vaillamment, sans faire preuve d'aucune crainte qui l'eût aussitôt culpabilisée.

— Je cherche du travail, fit-elle crânement, en s'adressant à Kyâ qui ne répondit pas.

— Ce n'est pas ici que tu dois travailler, fit l'autre homme d'un ton légèrement gêné.

— Ah ! Et où dois-je aller ? rétorqua Neby d'un ton quelque peu agressif. As-tu reçu l'ordre de me ramener au temple de Ptah ?

— Pas du tout.

Surprise, Neby abandonna le ton querelleur dont elle s'était servie et questionna plus adoucie :

— Alors, explique-toi.

— Le Grand Prêtre désire que tu travailles dans l'une de ses maisons de Memphis, celle qui est sur le bord du fleuve. Il dit qu'un ami tel que toi ne peut qu'accéder à son souhait.

Kyâ s'était légèrement écarté. Qu'un garde personnel du temple de Memphis vînt en personne chercher un scribe qui s'apprêtait à lui demander du travail semblait l'impressionner. D'autant plus que le garde en question affirmait que ce jeune scribe était l'ami du Grand Prêtre.

— La maison de Panehesy dont tu me parles n'a-t-elle pas été touchée par l'inondation ? s'enquit prudemment la jeune fille. Il est étrange que mon ami le Grand Prêtre ait choisi ce lieu de travail alors que ses autres résidences sont beaucoup plus éloignées du fleuve.

— Les pièces les plus élevées sont restées à l'abri des risques de la crue, jeta le garde en se disant qu'il allait bientôt perdre son sang-froid si ce gamin de scribe persistait à le narguer.

Aussi saisit-il le bras de Neby avec fermeté mais, d'un coup sec, celle-ci se dégagea brusquement.

— Allons, laisse-moi, je te suis.

Puis elle salua respectueusement Kyâ sans détourner ses yeux des siens. Ils étaient petits, rapprochés, d'un noir intense et semblaient chercher la solution à cette énigme.

— C'est dommage, j'aurais aimé travailler chez toi. Ce sera peut-être pour une autre fois. Je pense que mon visage ne te sera pas inconnu.

Suivant d'un pas tranquille le garde qui, de temps à autre, se retournait pour s'assurer qu'elle était toujours derrière lui, elle vit les équipes des ouvrières arriver. Le temps de pause était achevé. Bourdonnantes et remuantes, elles passèrent près d'elle. Certaines riaient, d'autres la regardèrent d'un air surpris en la frôlant de près. Les plus besogneuses se hâtèrent pour reprendre leur place délaissée quelques heures plus tôt.

Elle ne put s'empêcher de penser à l'aveugle qui lui avait conseillé de travailler quelques semaines avant de s'arrêter à Thèbes. Elle regretta aussi l'impulsion qui lui avait fait choisir de rester un garçon. Mais bah ! à présent, elle savait que Panehesy l'aurait aussi vite retrouvée si elle avait opté pour l'allure d'une jeune fille.

Passé les ateliers de papyrus, le garde ralentit sa marche. Neby le vit porter sa main en visière et regarder l'horizon. Elle freina elle aussi son allure et dirigea ses yeux vers la ligne horizontale qui se nimbait de clarté. Il lui sembla qu'un nuage de poussière venait en grisonner la lumière. Ses yeux insistèrent. C'était un halo de sable provenant du désert et soulevé par les pattes des deux chevaux qui entraînaient un char à vive allure. Laissant la boue des abords du Nil, le cavalier avait pris la route de l'intérieur touchant de près le désert

Il fit tournoyer son attelage avant de stopper devant Neby qui avait ouvert ses yeux aussi grands que lorsqu'elle l'avait vu, stupéfaite, avancer sous le portique du temple de Ptah. Il descendit et elle n'eut pas le temps de crier ni même de respirer. D'une main, il reprit les rênes de l'attelage et de l'autre il serra Neby contre lui.

— Je t'avais prévenu, petit scribe. Où que tu ailles, je te retrouverai.

Elle se laissa librement aller au violent ballottement du char. Même s'il était dans ses habitudes de contester un fait qu'elle ne pouvait tolérer, elle préféra se soumettre et s'entendit murmurer :

— Là où ton épouse n'a pas d'espions.

Il ne répliqua pas, alors elle poursuivit :

— Vas-tu me séquestrer ?

Il se mit à rire, découvrant ses dents blanches.

— Peut-être, puisque tu n'es pas raisonnable.

— Tu m'as trompée, Panehesy. Tu devais me tenir au courant du départ de Choutarna. Tu t'es servi de moi pour mieux apprivoiser ma compagne.

— Je ne voulais pas te perdre.

— Où est Choutarna ? Qu'en avez-vous fait ?

— Elle est à Malgatta. Chez la reine Tiyi, elle ne craint rien et vivra avec son statut de princesse.

Neby poussa un soupir de soulagement. L'aveugle ne lui avait pas menti.

Elle se pelotonna contre Panehesy qui, de sa main chaude, la retint contre lui. Une onde de plaisir la saisit tout entière. Une vague d'amour montait en elle et, déjà, elle sentait un fourmillement sensuel chatouiller son esprit. Pourtant, elle savait qu'après deux ou trois nuits de passion partagée, elle chercherait encore à partir.

Le char qu'il conduisait à vive allure fit, en sens inverse, le chemin parcouru à pied par Neby. A Beni-Hassan, le fleuve avait réintégré son lit habituel. Sous la pression de leur conducteur, les chevaux ralentirent leur course et Panehesy leur fit prendre un chemin qui côtoyait la limite du désert, laissant le fayoum et ses bosquets bourbeux sur la gauche.

Passé la boucle du village, Panehesy s'engouffra sur une route blanche et poussiéreuse, alors que le vent du Nil apportait au désert une fraîcheur inhabituelle. Il poursuivit sans rien dire jusqu'à l'oasis la plus proche, celle qui menait aux grands espaces arabiques en ouvrant la voie sur le Sinaï.

L'oasis paraissait mince, on apercevait un filet d'eau étendu sur une cinquantaine de coudées, mais bordé de quelques palmiers. Détachés, les chevaux se rafraîchirent. L'herbe qui poussait à l'ombre des grands arbres offrait un asile rassurant. Panehesy étendit la jeune fille au pied d'un palmier qui balançait ses longues feuilles dentelées en jetant à ras du sol ses zones d'ombrage bienfaisantes.

— Je ne t'appartiens que passagèrement, murmura Neby à l'oreille de Panehesy qui se penchait sur ses lèvres. Ne crois pas que je deviendrai ta concubine.

— Je n'ai jamais formulé ce souhait, répliqua le Grand Prêtre en écrasant sa bouche sur celle de sa compagne.

— Alors, que veux-tu de moi ?

— Signer un pacte.

Elle se souleva à demi, mais le grand corps de Panehesy barra son élan et elle dut capituler sous sa forte poigne, telle une gazelle entre les mailles serrées du filet de son chasseur.

— Un pacte ! protesta Neby. Lequel ?

— Puisque tu refuses obstinément d'être une concubine et que je ne puis te séquestrer, je veux te retrouver de temps à autre là où tu seras.

— Crois-tu donc pouvoir me surprendre partout où je me rendrai ?

— Ne te fais aucune illusion, petit scribe. Je t'ai affranchie et tu gardes quelque part en toi le sceau de mon empreinte.

— Ne parle plus, murmura la jeune fille, et aimons-nous avant de nous séparer à nouveau.

Elle se colla à lui lorsqu'il dégagea sa tunique et elle accepta les caresses les plus folles lorsqu'il pressa ses mains sur son corps frissonnant.

AVERTISSEMENT

Après la célèbre Hatchepsout, cet ouvrage, *Le Chant de la Terre,* met en lumière d'autres grandes figures féminines de cette prestigieuse XVIIIe dynastie.

Ainsi la grande reine Tiyi dont les origines restent troubles, Nubienne peut-être par son visage au teint sombre et ses lèvres épaisses, Asiatique peut-être par sa politique sans cesse tournée vers les pays de l'Est ou tout simplement issue de la noblesse thébaine, les hypothèses varient selon les historiens. Cependant, ils s'accordent tous à dire que la reine Tiyi était une femme de tête, intelligente et diplomate, qui sut mener l'Égypte lorsqu'il le fallut.

La saga *Les Thébaines* est une reconstitution historique et romanesque qui met en scène les femmes égyptiennes au cœur du peuple des pharaons de la XVIIIe dynastie.

Les personnages des Thébaines, personnages fictifs, se mêlent aux personnages réels, restituant ainsi, avec la plus grande rigueur possible, l'atmosphère de l'époque, les événements authentiques et, bien sûr, l'histoire de ces femmes qui revendiquent leur liberté dans les diverses classes sociales auxquelles elles appartiennent : on connaît ainsi des chefs d'entreprise, tisserandes, prêtresses, batelières, femmes d'affaires, administratrices de biens, femmes médecins, femmes scribes, hauts fonctionnaires...

Tout en décrivant leur vie quotidienne, rien n'est laissé au hasard dans cette immense fresque car se déchaînent, en parallèle, les grands fléaux de l'époque : sécheresse, épidémie, famine, crues dévastatrices, grèves, esclavage, etc. pour donner une vision réaliste de ce que fut cette période de l'Égypte ancienne.

Le tome 8 des Thébaines, La Vallée des Artisans, *complétera cette saga sur la XVIIIe dynastie de l'Égypte ancienne en poursuivant le règne de la grande reine Tiyi dont le fils Akhenaton, prenant pour Grande Épouse la belle Néfertiti, entraînera l'Égypte dans un chaos religieux total. Quant aux Thébaines, elles revendiqueront toujours leur indépendance dans les différentes couches de la société de cette époque.*

DÉESSES ET DIEUX DE L'ÉGYPTE ANTIQUE

AMON : dieu de Thèbes, à tête de bélier.

ANOUKIS : dieu de la première cataracte (île de Sehel).

ANUBIS : dieu à tête de chacal / dieu des nécropoles, temple de Denderah.

ATON : dieu du disque solaire.

BASTET : déesse à tête de chat, région de Bubastis.

BES : dieu nain / dieu qui préside à la naissance.

GEB : dieu de la terre.

HAPY : dieu hermaphrodite / dieu du Nil.

HATHOR : déesse à tête de vache symbolisant la vie terrestre, déesse de Denderah.

HORUS : dieu à tête de faucon symbolisant les rois des premières dynasties, fils d'Osiris.

ISIS : l'initiatrice, la première des déesses / épouse d'Osiris et mère d'Horus.

KHEPRI : le dieu scarabée / dieu de l'aube.

KNOUM : dieu à tête de bélier / dieu des potiers, dieu de Philaé et d'Éléphantine.

KONSOU : fils d'Amon, région de Thèbes.

MAÂT : déesse de la justice, création théologique, coiffée d'une plume d'autruche.

MIN : dieu de la fécondité, pourvu d'un énorme phallus. Dieu de Coptos.

MOUT : épouse d'Amon.

NEKBET : déesse vautour, maîtresse des oueds désertiques.

NEITH : déesse issue de l'eau.

NEPHTYS : sœur d'Isis et amante d'Osiris / mère d'Anubis.

NOUT : déesse des étoiles, région d'Héliopolis.

OSIRIS : dieu des morts.

PTAH : dieu des artisans / temple de Memphis.

RÊ ou RÂ : dieu soleil. Dieu d'Héliopolis.

SATIS : déesse de la première cataracte / fille d'Anoukis.

SECHAT : déesse de l'écriture / épouse de Thot.

SEKHMET : déesse à tête de lionne / déesse de la défense.

SELKIT : déesse scorpion.

SETH : dieu du désert / dieu du mal, des forces obscures.

SOBEK : dieu crocodile / dieu du fayoum.

THOT : dieu à tête d'ibis / dieu de la connaissance / dieu d'Hermopolis.

THOUERIS : déesse hippopotame / préside à l'accouchement.

GLOSSAIRE

ABYDOS : ville de Haute Égypte où réside le dieu Osiris.

AKKADIEN : habitant d'Akkad, importante cité de Mésopotamie.

AMON : dieu installé par les princes thébains à la libération de l'Égypte envahie par les Hyksos.

ANKH (croix d') : amulette, symbole de vie.

APIS : taureau sacré.

ATON : ou dieu Soleil qui remplaça le dieu Rê ou Râ au temps d'Aménophis IV ou Akhenaton.

BÂ : âme oiseau à tête humaine. Les Égyptiens pensaient qu'à la mort, le Bâ et le Kâ se libéraient du corps en continuant à vivre dans la tombe.

BARQUES SOLAIRES : nefs cosmiques qui permettaient de passer de la vie terrestre à la vie de l'au-delà.

BUBASTIS : ville de la Basse Égypte, située dans le delta du Nil.

CALENDRIER : l'année se décomposait en douze mois. Chaque mois comptait trente jours divisés en trois décades.

CANAAN : terme qui désignait une région de Palestine.

CANOPE : vase dans lequel on enfermait les viscères du mort momifié.

CHADOUF : système d'arrosage des terres.

CHOLÉRA : quand les rivières, les canaux ou les fleuves étaient taris, absorber de l'eau sale pouvait provoquer le choléra.

CLEPSYDRE : horloge.

DEIR-EL-BAHARI : temple de la pharaonne Hatchepsout.

DEIR-EL-MEDINEH : nécropole de la Vallée des Rois / village des Artisans.

EMBAUMEMENT MOMIFICATION : procédé qui permettait de préserver les corps selon des techniques qui évoluèrent au fil des siècles.

EDFOU : ville entre la Basse et Haute Égypte.

ÉLAM : région du sud-ouest de l'Iran actuel.

ÉLECTRUM : métal fait d'un mélange d'or et de cuivre fort prisé des Égyptiens.

ÉLÉPHANTINE : ville près de la 1re cataracte.

ESNA : ville située sous Thèbes et Karnak.

FAYOUM : région d'étangs et de fourrés grouillant de poissons et de volatiles située sur le flanc occidental de la moyenne Égypte communiquant avec la vallée par un bras naturel du Nil.

GALÈNE : sulfure de plomb utilisé pour fabriquer le khôl qui servait au maquillage.

HAREM : lieu réservé aux femmes dans les maisons de maîtres, qui n'était pas gynécée à la grecque.

HERMOPOLIS : ville de la Basse Égypte où réside le dieu Thot.

HIÉRATIQUE : système d'écriture simplifiée.

HIÉROGLYPHE : signe idéographique de l'écriture sacrée.

HITTITES : peuple d'origine indo-européenne venu des Balkans.

HYKSOS : peuplades de l'Est ayant envahi l'Égypte au Moyen Empire.

IRRIGATION : arrosage artificiel des cultures dans les pays arides.

ISIS : déesse initiatrice / nœud d'Isis : amulette, symbole.
JUBILÉ : fête qui consistait à réaffirmer la puissance du pharaon.
KÂ : âme, force vitale, énergie spirituelle, rejoint les dieux dans l'au-delà. Afin que la personne soit immortelle, le Bâ et le Kâ devaient pouvoir reconnaître le corps, sinon ils ne pouvaient le réintégrer.
KARNAK : temple de Thèbes, où réside le dieu Amon.
LIBYE : désert à l'ouest du delta.
LOTUS : symbole de la renaissance.
MASATABA : chambre funéraire. Tombeaux qui se regroupaient en quartiers dans un lieu déterminé.
MEDINEH-HABOU : nécropole et village dans la Vallée des Rois et la Vallée des Reines.
MEMNON (de) : colosses édifiés sous Aménophis III.
MEMPHIS : ville de Basse Égypte où réside le dieu Ptah.
MITANNI : puissant État qui s'étendait au nord-est de la Syrie et englobait les vallées du Tigre et de l'Euphrate.
OBÉLISQUE : monolithe de forme quadrangulaire, symbole solaire gravé de hiéroglyphes à la gloire des pharaons.
OUDJAT (l'œil d') : œil fardé, amulette, symbole / œil du dieu de la voyance, œil magique d'Horus.
PHILAÉ : île de la 1re cataracte où réside Knoum, le dieu des potiers.
POUNT : pays d'Afrique qui, actuellement, pourrait être la Somalie ou l'Éthiopie.
PSHENT : double couronne / large couronne rouge sous la mitre blanche.
PYRAMIDES : élément principal du complexe funéraire pharaonique, Saqqarah fut la première de ces

constructions, puis suivirent Khéops, Khéphren et Mykherinos.

SAISONS : *Périt,* époque des labours et des semailles ; *Chemou,* époque des récoltes ; *Akhit,* époque de la crue et du dépôt du limon sur les terres.

SCARABÉE : symbole, amulette de l'éternel retour / cachet servant de sceau.

SCEAU : en argile ou en faïence, permettait de tamponner les documents.

SCRIBE : fonctionnaire chargé de la rédaction des actes administratifs, religieux ou juridiques.

SPHINX : monstre mythique, à corps de lion et à tête humaine, préposé à la garde des sanctuaires funéraires sous forme de statue.

TANIS : ville de la Basse Égypte, située dans le delta.

THÈBES : capitale de l'Égypte de la XVIIIe dynastie, située entre la Haute et la Basse Égypte.

URAEUS : couronne au cobra / serpent sacré.

BIBLIOGRAPHIE

— *Littérature historique sur l'Ancien Empire égyptien*
de A. Roccati / Éditions du Cerf / Paris 1982.
— *Les Flabellifères dans l'Égypte ancienne*
document du C.N.R.S. / Paris 1979.
— *La Littérature égyptienne*
Paris, P.U.F. / 1982 Collection « Que Sais-Je » / 1982.
— *L'Empire de Ramsès*
de Claire Lalouette / Fayard / 1985.
— *Égypte, merveilles du monde*
texte de Claudio Barocas, traduction de Dominique Versini, préface d'Oscar Niemeyer, Nathan / Paris / 1970.
— *Histoire de la Vallée des Rois*
de John Romer / Éditions Philippe Lebaud.
— *Habitation des prêtres dans le temple d'Amon*
de Pierre Anus (extrait de la revue *Kémi*), 1971.
— *Karnak / Égypte / Domaine du divin*
de J. Lauffrey, préface Desroches Noblecourt — C.N.R.S.
— *Les Bâtisseurs de Karnak*
de Jean-Claude Golvin et Goyon, Les Presses du C.N.R.S., 1987.
— *Les Secrets des bâtisseurs égyptiens*
de Manuel Minguez Tallandier.

— *L'Art de l'Égypte*
de Kazimierz Michalowski, Éditions Citadelles, Paris / Mazenod / 1994.
— *Le Nil*
de Bruce Brandier, National Geographic Society / Flammarion, 1977.
— *La Vallée des Reines / tombes royales identifiées*
Fontaines-lès-Dijon.
— *La Vallée des Rois*
d'Otto Neubert, Robert Laffont, 1977.
— *L'Archéologie et l'histoire de la Vallée des Reines*
Les dossiers d'archéologie / Fontaines-lès-Dijon.
— *Her-Back Pois Chiche*
de Schwaller de Lubicz, Éditions Champs Flammarion / Visages vivants de l'ancienne Égypte.
— *Her-Buck Disciple*
de Schwaller de Lubicz, Éditions Champs Flammarion / Visages vivants de l'ancienne Égypte, 1955.
— *Rituels funéraires de l'Ancienne Égypte*
Éditions du Cerf / Paris 1972 / de J.-C. Goyon.
— *Pouvoirs et Sagesse selon l'Égypte ancienne*
Éditions du Rocher, de Christian Jacq.
— *Famine et Sécheresse*
Jane Walker et Christine Leplae-Couwez / Édition Gama / 1992.
— *Histoire de la civilisation égyptienne*
de J. Pirenne la Baconnière / 1963.
— *Naissance et Rivalités des premiers empires*
Éditions Rencontrer, Lausanne (vol. 1).
— *Images de la vie quotidienne / l'Égypte au temps des Pharaons*
de Guillemette Andri, Hachette / 1992.
— *Contes et Récits de l'Égypte ancienne*
de C. Lalouette, Flammarion, 1995.

— *Les Contes populaires de l'Égypte ancienne*
traduits et commentés par Jean Maspero, Éditions Maison-Neuve et Larose, 1988.
— *Les Créateurs d'éternité (chronique du village des Artisans de la Vallée des Rois)*
de John Romer, Édition Philippe Lebaud, 1984.
— *La Restauration du Village d'Artisans*
Les dossiers d'archéologie / Fontaines-lès-Dijon.
— *L'Esprit du temps des pharaons*
de Erik Homung / Égyptologie, Mythes, Civilisation, Éditions Philippe Lebaud.
— *Le Temple de l'homme / Étude de la pensée pharaonique*
Dervy livres.
— *Le Livre de l'Égypte ancienne*
du British Museum, Collections Égyptologie, Mythes et civilisations.
— *Au temps de Babylone*
de Harry W. F. Saggs, Éditions Ph. Lebaud, 1995.
— *L'Égypte interdite*
Sciences et Avenir / décembre 1999 / n° 634 bis.
— *Éternelle Égypte*
de Newby / photos de Maroon, Fernand Nathan.
— *Connaissance de l'Égypte ancienne*
de J. Sturm, Bruxelles, 1996.
— *La Nouvelle Égypte ancienne*
Sciences et Avenir / n° spécial / n° 30.
— *L'Égypte des pharaons*
Édition Géo / novembre 1989 / n° 129.
— *Les Égyptiens / l'Empire des pharaons*
de Cyril Aldred, Éditions Armand Colin / Coll. Civilisations, 1985.
— *Néfertiti*
de Philippe Vandenberg, Éditions Belfond, 1987.
— *Dictionnaire de l'Égypte ancienne*
Encyclopaedia Universalis, Éditions Albin-Michel, 1988.

— *Le Monde des pharaons / textes et photographies* par Henri Stierc, Éditions Princesse, 1978.
— *Les Fouilles du Tell-El-Amarna et l'époque amarnienne*
traduction H. Wild / Payot / Paris 1936 (extraits).
— *Akhenaton et sa légende*
de C. Traunecker, Bordas / Paris / 1984.
— *L'Empire des Conquérants, l'Égypte au Nouvel Empire*
1979, sous la direction scientifique de J. Leclant / Gallimard (vol. II).
— *L'Égypte du crépuscule de Tanis à Méroé*
1980 (t. III).
— *Les Sagesses de l'Égypte pharaonique*
de J. Leclant.
— *Naissance de l'écriture, cunéiformes et hiéroglyphes*
Réunion des Musées nationaux, 1982.
— *L'Égypte*
de Janine Monnet, Éditions Fernand Nathan, 1963.
— *Une nécropole de Thèbes-ouest*
de Ch. Leblanc, Documentation Le Caire.
— *Les Momies*
de Ange-Pierre Leca, Librairie Hachette / Coll. Marabout Université, 1976.
— *Le Livre des Morts des anciens Égyptiens*
par Grégoire Kolpatchy, Dervy Livres.
— *La Médecine égyptienne*
de Ange-Pierre Leca, Éd. Dacosta, 1971.
— *Parfums et aromates de l'Antiquité*
de Pierre Faure, Fayard, 1991.
— *La Vie quotidienne en Égypte au temps de Ramsès*
de Pierre Mentet, Éd. Hachette, 1946.
— *Voyage dans la Haute et Basse Égypte*
de Denon Vivant, Éd. Pygmalion, 1990.
— *Voyage en Égypte et en Nubie*
de G. Belzoni, Éd. Pygmalion, 1979.

— *Atlas de l'Égypte ancienne*
de J. Baines, Éditions du Fanal, 1990.
— *La Pharaonne de Thèbes Hatchepsout fille du Soleil*
de Francis Fèvre, Presses de la Renaissance, 1986.
— *La Civilisation égyptienne*
de Adolph Erman et Hermann Ranke, Éd. Payot / Coll. Histoire / 1948.
— *Thèbes ou la naissance d'un empire*
de Claire Lalouette, Éd. Fayard, 1986.
— *La Littérature égyptienne*
de Claire Lalouette, Paris, P.U.F. / Coll. « Que Sais-Je ? » / 1982.
— *La Sagesse vivante de l'Égypte ancienne*
de Ch. Jacq, Robert Laffont, 1998.
— *La Thèbes des Pharaons*
de C. Nims / Albin Michel / 1962.
— *La Religion des Égyptiens*
de A. Erman / Payot / Paris, 1952.
— *Textes sacrés et textes profanes de l'ancienne Égypte*
de Claire Lalouette, Éd. Gallimard / Coll. Unesco / 1984.
— *Les Prêtres de l'ancienne Égypte*
de Serge Sauneron, Éd. Perséa, Paris, 1988.
— *Les Épouses des pharaons*
de Léonard Cotrell, Éd. Robert Laffont, 1968.
— *Les Égyptiennes*
de Christian Jacq, Éd. Perrin, 1996.
— *La femme au temps des pharaons*
de Christiane Desroches Noblecourt, Éd. Stock / Coll. dirigée par Laurence Pernoud / 1986.
— *Les Pharaons / les noms / les thèmes / les lieux*
de Pascal Vernus et Jean Yoyotte, Ma Éd., 1988.
— *Découvertes et mystères de l'Égypte ancienne.*
— *Le Nil au temps des pharaons*
Historia spécial, n° 9612.

— *L'Art égyptien / Encyclopédie d'aujourd'hui*
par Serge Donadon, Livre de Poche, 1993.
— *L'Égypte des pharaons*
Historia spécial / n° 495 / mars 1988.
— *L'Ombre d'Égypte / Le Peuple de Pharaon*
Guide archéologique du musée « Malgré Tout », Éd. du Cédarc / Belgique / 1999.
— *Égypte, merveilles du monde*
texte de Claudio Barocas, Éd. Nathan, 1976.
— *Voyage en Égypte ancienne*
de Jean-Claude Golvin, Éd. Actes Sud / Coll. Errance / Paris, 1999.
— *Dictionnaire de la civilisation égyptienne*
de Georges Posener, Éd. Hazan, Paris.
— *Le Trésor des Pharaons / La Joaillerie égyptienne de la période dynastique*
par Cyril Aldred Tallandier.

Du même auteur

LE PAYS D'ALICE EST À QUELQUES DÉRIVES D'ICI – *Poèmes, Préface de Denise Miège* – Éditions Millas-Martin

RETENDRE LA PEAU DES PAVÉS – *Poèmes, Préface d'Andrée Appercelle, Illustrations de l'auteur* – Éditions La Bruyère

LÉONOR FINI OU LES MÉTAMORPHOSES D'UNE ŒUVRE – *Biographie, étude de l'œuvre* – Éditions Le Sémaphore. Traduit en italien aux Éditions L'Altra metà dell Arte.

DHUODA LA CAROLINGIENNE – *Roman historique* – Éditions Le Sémaphore.

LES THÉBAINES
*La Couronne insolente**
*De roche et d'argile***
*Vents et parfums****
*L'Ombre du Prince*****
*La Seconde Épouse******

Dans la collection *Les amours des femmes célèbres*, parue aux éditions du Sémaphore :

Les Amours de George Sand
Les Amours d'Isabeau de Bavière
Les Amours de Sarah Bernhardt
Les Amours d'Aliénor d'Aquitaine

À paraître :

Les Amours de Colette
Les Amours de Ninon de Lenclos

Composition réalisée par EURONUMÉRIQUE

IMPRIMÉ EN ESPAGNE PAR LIBERDUPLEX
BARCELONE
Dépôt légal Édit. : 32405-05/2003
LIBRAIRIE GÉNÉRALE FRANÇAISE - 43, quai de Grenelle - 75015 Paris.
ISBN : 2-253-15515-2 31/5515/7